NATASHA KORSAKOVA

RÖMISCHES FINALE

Kriminalroman

WILHELM HEYNE VERLAG
MÜNCHEN

Sollte diese Publikation Links auf Webseiten Dritter enthalten, so übernehmen wir für deren Inhalte keine Haftung, da wir uns diese nicht zu eigen machen, sondern lediglich auf deren Stand zum Zeitpunkt der Erstveröffentlichung verweisen.

Alle Ähnlichkeiten mit lebenden Personen sind rein zufällig und nicht beabsichtigt.

FSC
www.fsc.org
MIX
Papier aus verantwortungsvollen Quellen
FSC® C083411

Verlagsgruppe Random House FSC®-N001967.

2. Auflage 2020
Originalausgabe 11/2019

Redaktion: Claudia Wuttke
Printed in the Czech Republic
Umschlaggestaltung © Favoritbüro, München, unter Verwendung der Motive von Shutterstock (S.Borisov, joesayhello, CK2 Connect Studio, Alina G)
Satz: GGP Media GmbH, Pößneck
Druck und Bindung: CPI books GmbH, Leck
ISBN: 987-3-453-42363-3

www.heyne.de

Für meine Eltern und für Manrico,
die Felsen in der Brandung

Ich habe nichts gesehen, ich habe nichts gehört, ich war nie dort, und wenn doch, habe ich geschlafen.

SIZILIANISCHES SPRICHWORT

Prolog

San Luca, Calabria, im Oktober 1954

Knarrend öffnete sich das hölzerne Portal. Ein breiter Lichtstrahl fiel ins Innere der Kirche und blendete Don Giuseppe einen Atemzug lang. Wie von selbst fuhr seine Hand unter das Sakko, wo er den maßgefertigten Griff seiner Pistole fühlte. Mit zusammengekniffenen Augen blickte er sich um. Alles schien friedlich.

Aurora, seine Schwester, hielt seinen Sohn auf dem Arm wie einen kostbaren Schatz. Winzige Finger stahlen sich aus dem prächtigen Taufkleid. Der Kleine hatte die gesamte Zeremonie verschlafen. Nun wurde es Zeit, dass er aufwachte. Die Taufe war das eine Ritual. Das wichtigere aber wartete noch.

Die Orgel setzte mit dröhnenden Klängen ein, und Salvatore begann lauthals zu schreien. Aurora konnte sich ein Lachen nicht verkneifen, und auch die übrigen Gäste mussten grinsen. Unbändiger Stolz wärmte Giuseppes Brust. Er hatte einen Sohn. Salvatore, der Erlöser. Vier Jahre hatte er auf ihn gewartet, vier lange Jahre, in denen er hart gearbeitet und sein Imperium ausgeweitet hatte. Über die Grenzen seines geliebten Kalabriens hinaus drang es in die Strukturen von Kirche und Justiz und zersetzte sie wie Säure die Gesichter Abtrünniger. So sollte es sein.

Langsam marschierte die kleine Taufgemeinde los, dem Ausgang zu.

Auf dem Kirchplatz scharten sich die Mitglieder der *famiglia* schnatternd um ihr Oberhaupt. Sie alle hatten sich herausgeputzt für diesen besonderen Tag. Hinter ihnen drängten sich die üblichen Speichellecker in billigen Anzügen, die nach Angstschweiß rochen. Giuseppe warf einen schnellen Blick zu den umliegenden Häusern mit ihren abgeblätterten Fassaden. Menschen winkten hinter vergitterten Fenstern, die Mutigeren standen auf den schmiedeeisernen Balkonen, glotzten und ließen Blumenblätter regnen. Und über ihnen, auf den Dächern, thronten Giuseppes Scharfschützen wie Wasserspeier.

Behutsam reichte Aurora ihm seinen Sohn, er packte ihn von hinten unter den Achseln und stützte den Kopf mit den Daumen. Der Kleine wog kaum mehr als ein Welpe, ein Umstand, der Giuseppe verunsicherte und zugleich rührte.

Schlagartig wurde es still auf dem Platz, und die Menge wich zurück. Salvatore hatte die Augen weit geöffnet, als ahnte er, dass etwas Großes, Wahres bevorstand.

Nun trat der Priester ein zweites Mal vor, in der einen Hand einen eisernen Schlüssel, in der anderen ein scharfes Messer. Beides streckte er dem Säugling entgegen.

Don Giuseppe spürte, wie Schweiß auf seine Stirn trat. Binnen Sekunden würde sich Salvatores Schicksal entscheiden. Ihrer aller Schicksal.

Der Padre sprach die Worte des heiligen Rituals. Salvatores Ärmchen begannen wie auf einen unsichtbaren Befehl hin zu rudern. Schlüssel oder Messer? Schmach oder Ehre?

Im nächsten Moment fuhr Salvatores rechte Hand auf die scharfe Schneide des Messers herab.

Ungestüm presste Don Giuseppe den Kleinen an seine Brust. Tränen der Rührung traten in seine Augen. Der Junge hatte ihn nicht enttäuscht! Ein Schlüssel wäre das Zeichen für einen Verräter gewesen, der später einmal Jagd auf die *famiglia* machte und sie hinter Gitter brachte. Das Messer aber war das hehre

Versprechen, seinen Blutzoll zu leisten, wenn die Zeit gekommen wäre. Damit war Salvatores Lebensweg vorbestimmt.

Giuseppe reckte seinen Sohn hoch in die Luft, der Menge entgegen. Blut rann von den winzigen Fingern auf die weiße Spitze des Taufkleids. Jubel brandete auf, und die Scharfschützen feuerten Salven in die Luft.

Der Don hatte einen Nachfolger.

1

Monteverde Vecchio, Rom, 13. Mai 2018

Schweißgebadet fuhr Dionisio Di Bernardo aus dem Schlaf hoch. Wieder dieser Traum. Wieder Kalabrien. Wieder Maschinengewehrsalven. Und dann die Detonation … Die Vergangenheit schien sich um seinen Geist gewickelt zu haben wie das verschwitzte Laken um seinen Körper. Er befreite sich von dem Stoff, richtete sich auf, dann hielt er inne. War da nicht ein Geräusch?

Rasch warf er sich den Morgenmantel über und lief auf Zehenspitzen zur Schlafzimmertür. Als er sie einen Spaltbreit öffnete, bemerkte er den Lichtschein, der von unten, von der Küche aus, über die Treppenstufen nach oben fiel. Erleichtert atmete er auf. Sein Sohn war offenbar noch vor ihm aufgewacht. Oder er war mal wieder gar nicht ins Bett gekommen.

Di Bernardo rieb sich gähnend den Nacken, ging die Treppe hinunter und trat in die Küche. Leise rhythmische Klänge drangen an sein Ohr, unterbrochen von schnarrenden Wortfetzen. Radio 105, Rap Italia.

Alberto sah von seinem Platz am Küchentisch auf. Die geröteten Augen waren halb von einer breiten schwarzen Haarsträhne verdeckt, die ihm in die Stirn fiel. Ein Stillleben aus Büchern, Notizen, Laptop, fettigem Pizzakarton und Energydrinks lag ausgebreitet vor ihm.

»Hab ich dich geweckt?«, fragte er und wirkte zerknirscht.

Di Bernardo schüttelte den Kopf. »Nein, ich musste sowieso aufstehen.«

»Um fünf Uhr? An einem Sonntag?«

Di Bernardo fuhr sich über die müden Augen. Sein Dienst begann heute erst um zehn. Drei weitere Stunden Schlaf hätte er bitter nötig gehabt. Doch es gab Nächte, da schenkte der Schlaf ihm keine Erholung. Er nahm die Mokkakanne aus dem Küchenschrank und füllte das Sieb randvoll mit gemahlenem Espresso.

»Möchtest du auch einen?«, fragte er über die Schulter hinweg.

Alberto streckte sich und schüttelte den Kopf. »Ich bleib bei meinem Energy-Drink.«

Wenig später erfüllte aromatischer Kaffeeduft die Küche. Dionisio holte die Dose *Gocce di cioccolato* aus dem Schrank – sie fühlte sich verdächtig leicht an.

»Die ist leider leer«, sagte sein Sohn und zuckte die Achseln.

»Warum stellst du sie dann in den Schrank zurück?«, fragte Di Bernardo stirnrunzelnd.

»Um die Illusion zu wahren?«, gab Alberto grinsend zurück. »Außerdem kannst du froh sein, dass ich die ganzen Schokotropfen gegessen habe. Du achtest doch auf deine Linie.« Mit Schwung bugsierte er den Wust aus Büchern, Laptop und Müll auf den Stuhl neben sich, um Platz auf dem Tisch zu schaffen.

Di Bernardo spürte kleine Stiche in seinen Schläfen.

»Du weißt schon, dass der Laptop teuer war?«

»Alles im Griff, Papà. Chill mal.«

Die Stiche in seinem Kopf wurden drängender. Kurz überlegte er, ob er ein Machtwort sprechen sollte. Monica, seine geschiedene Frau, hätte es gewiss von ihm verlangt. Andererseits steckte der Junge mitten in seinem *Esame di Stato*.

»Hast du die ganze Nacht gelernt?«

»Sì. Du kannst echt stolz auf mich sein. Dein Sohn ist voll der Streber.« Alberto zog einen Collegeblock unter dem Laptop hervor, der dabei gefährlich ins Rutschen geriet. »Hier, lies mal!«

Di Bernardo kniff die Augen zusammen. Auf dem Din-A4-Blatt prangte eine Textzeile, ansonsten war es leer, sah man von diversen Essensspuren mal ab. »›Wider den Populismus. Eine Abhandlung von Alberto Di Bernardo.‹« Er sah auf. »Wird das deine Hausarbeit?«

Alberto nickte eifrig. »Den Titel hab ich schon. Cool, was?«

Di Bernardo ließ ratlos den Block sinken. »Voll cool«, murmelte er und fing sich dafür einen strafenden Blick ein.

»Ich war mitten am Lernen für Geschichte. Da hab ich mich gefragt, wie das früher war mit dem Populismus. Also hab ich angefangen zu recherchieren. Du glaubst es nicht! Es ist genau wie heute. Immer der gleiche Mechanismus. Man macht den Leuten Angst, und dann stellt man sich und seine Ideologie als einzig wahre Rettung dar. Also jetzt mal vereinfacht ausgedrückt.«

»Und du meinst, das ist das richtige Thema in der derzeitigen politischen Landschaft Italiens? Um eine gute Abschlussnote zu kriegen?«

Alberto verzog gequält das Gesicht. »Ne, das wohl nicht. Aber Papà … einer muss doch den Anfang machen und was sagen. Damit andere sich auch trauen und später nicht wieder behaupten, sie hätten es nicht gewusst.«

Di Bernardo legte ihm den Arm um die Schulter. »Recht hast du. Ich bin stolz auf dich.« Er lehnte sich zurück. »Angst ist ein Instinkt. Ohne sie hätte die Menschheit nicht überlebt. Wer Angst ausnutzt, zu seinem eigenen Vorteil oder um seine Ideologien zu verbreiten, verhält sich im Grunde ziemlich gerissen. Instinkte sind in einem drin, und die Angst stellt sich automatisch ein. Und während man noch darüber nachdenkt, ob dieses ungute Gefühl in einem überhaupt seine Berechtigung hat, da hat es sich bereits in dein Inneres gefressen, obwohl du den ganzen Unsinn doch eigentlich gar nicht glaubst. Mühsam.«

Alberto nickte. »Generationen von Diktatoren haben auf diese Weise regiert.«

»Diktatoren, Mafiosi, die 'Ndrangheta …« Womit er wieder bei seinen Albträumen war, bei seiner Zeit in Reggio di Calabria. Es war die zweite Station seiner Polizeikarriere gewesen, sie hatte ihn geprägt wie keine andere, und er war froh, dass er jetzt hier, in Rom, ein Stück weit zur Ruhe kam.

Alberto zog den Rest Schokolade unter dem Pizzakarton hervor und schob sich einen Riegel in den Mund. »Du auch?« Di Bernardo brach sich ein Stück ab. Die Schlaf- und Essgewohnheiten in ihrem Männerhaushalt waren derzeit nicht die gesündesten.

»Was ist eigentlich mit dem Mord an der Spanischen Treppe?«, fragte Alberto mit vollem Mund. »Seid ihr da inzwischen weitergekommen?«

Di Bernardo schüttelte den Kopf. Ein Nigerianer war in einem Palazzo direkt an der Spanischen Treppe erstochen aufgefunden worden. Es war bereits der zweite Mord an einem Afrikaner innerhalb kurzer Zeit.

»Die Tatwaffe ist die gleiche wie beim ersten Fall. Ein Messer, wie es zum Rebenschneiden verwendet wird. Menschen aus Afrika werden zu Hunderten hier in den Weinbergen zur Ernte eingesetzt. Keiner kennt den Mann, keiner vermisst ihn, keiner hat was gesehen.«

»Und die Politiker schüren die Angst und behaupten, die Gewalttaten hätten durch die Fremden erst zugenommen. Mal wieder typisch. Hat dein Chef dich deshalb darauf angesetzt? Damit die Sache nicht weiter instrumentalisiert, sondern gewissenhaft aufgeklärt wird?«

Di Bernardo nickte.

»Schon heftig«, meinte Alberto und zerknüllte das Schokoladenpapier. »Da fliehst du aus deiner Heimat, weil du dir für deine Kinder was Besseres erhoffst. Entkommst den Warlords, durchquerst die Sahara, landest gegen alle Wahrscheinlichkeit im ersehnten Europa, arbeitest für ein paar Cent als Erntehelfer – und dann sticht dich einer ab, einfach so. Und als Höhepunkt behaupten sie auch noch, du hättest die Kriminalität ins Land gebracht.«

Erneut nickte Di Bernardo. »Und es kommt noch besser: Der Spurensicherung zufolge geschah der Mord nicht im Palazzo. Die Leiche wurde dort nur publikumswirksam am geöffneten Fenster drapiert.«

Alberto stieß einen Pfiff aus. »Ausgerechnet an der Spanischen Treppe! Zwischen Tausenden Touristen.«

»Genau. Vermutlich ist es eine Botschaft. Aber welche?«

Alberto unterdrückte ein Gähnen. »Das wirst du bestimmt herausfinden, Papà. Ich geh dann mal ins Bett. Sehen wir uns heute Abend?«

»Ich müsste so gegen halb neun zu Hause sein. Soll ich uns was kochen?« Seine berühmt-berüchtigte *Parmigiana di melanzane* mit saftigen Oliven und extra viel Mozzarella kam ihm in den Sinn. Auberginen müssten noch im Kühlschrank sein. Und als Dessert Zabaione mit frischen Waldbeeren … Ihm lief das Wasser im Mund zusammen.

»*Fantastico*. Und zum Essen könnten wir uns die neue Folge von Commissario Montalbano ansehen«, schlug Alberto vor.

Die Aussicht auf einen gemütlichen Fernsehabend mit seinem Sohn hob Di Bernardos Laune augenblicklich. Zu Neujahr war Alberto endgültig bei ihm eingezogen. Seine Nähe erfüllte ihn mit Wärme, mit Stolz und nicht selten auch mit Unsicherheit.

2

Fast dreihundert Jahre waren vergangen, seit auf Wunsch von Papst Innozenz XIII. mit dem Bau der Spanischen Treppe begonnen worden war, um den Priestern einen würdevollen Aufstieg zur Kirche Santa Trinità di Monti und dem benachbarten Kloster zu gewähren. In jener Zeit hatte sich nur ein maroder Hang von der Piazza di Spagna hinauf zu dem gotischen Kleinod mit der neoklassischen Fassade erstreckt.

Roma eterna. Manchmal wünschte sich Di Bernardo, in der Zeit zurückreisen und wie ein Zaungast zusehen zu dürfen, wie die Ewige Stadt entstand, zerfiel und sich immer wieder neu erfand. Und vielleicht waren es gar nicht mal die großartigen Monumente, die er Stein um Stein wachsen sehen wollte; vielleicht war es vielmehr seine Sehnsucht nach der Gewissheit, dass auf jedes Ende ein neuer Anfang folgte. Genau diese Gewissheit brauchte er in einem Beruf, in dem Tod, Zerstörung und Gewalt ihn tagein, tagaus herausforderten.

Die Spanische Treppe jedenfalls war gegenwärtig zum Eldorado gewiefter Taschendiebe, selfiesüchtiger Touristen und zwielichtiger Souvenirverkäufer verkommen. Die einhundertachtunddreißig steinernen Stufen, die von dem kahnförmigen Bernini-Brunnen hinauf zur Kirche führten, waren von den Schritten von Millionen von Touristen glatt geschliffen worden … Menschen, die hinauf und hinunter spazierten und Commissario Di Bernardo an diesem schwülen Sonntagnachmittag besonders auf die Nerven gingen. Er konnte sich beim besten Willen nicht vorstellen, dass die Observierung auch nur ansatzweise von Erfolg gekrönt sein würde. Als ob der Täter ihnen fröhlich zuwinken wollte! Dennoch hatte er von seinem Platz unterhalb der Kirche den Palazzo genau im Blick, der in sich ein kleines Kunstwerk war. Die Wände hatten die Farbe gebrannter Ziegel, und wie überall in Italien waren es die Spuren des Verfalls, die ihm Charakter und eine morbide Eleganz verliehen. Hier ein Stück abgebrochener Stuck, dort ein Streifen modrig grauer Putz, daneben sich blähende Farbe, die auf einen Wasserschaden hinwies.

Seit Monaten, seit der erste Tote aus dem Fenster im zweiten Stock gehangen hatte, stand das Haus im Fadenkreuz der Ermittlungen, doch noch immer gab es keine Spur.

Di Bernardo machte sich auf den Weg nach unten. Auf der untersten Terrasse hielt er inne und sah einem Maler dabei zu, wie er mit der Perspektive der Treppenstufen kämpfte. Sein Vater, der die Kunst über alles liebte, hätte ihn auf das Spiel des Lichts aufmerksam gemacht, das die unterschiedlich ausgerichteten Stufen geradezu flirren ließen. Apropos Licht. Er war nicht hier, um zu träumen.

»Also jetzt mal ehrlich, Capo«, sagte sein Ispettore. »Wenn wir weiter hier rumstehen, bringen wir auch kein Licht ins Dunkel.«

Der Commissario wandte sich um. Es war ihm manchmal fast unheimlich, wie leicht Roberto Del Pino seine Gedanken zu lesen schien. Sie beide waren definitiv auf einer Wellenlänge, obwohl sie sich zumindest äußerlich überhaupt nicht entsprachen. Del Pino mit seinen engen Jeans und den angeblich senffarbenen, in Di Bernardos Augen aber eher schmutzig gelben Turnschuhen trug ein ausgeblichenes T-Shirt, das um seinen hoch aufgeschossenen Körper schlackerte. Das Haar mochte absichtlich so wirr fallen oder aber schlicht ungekämmt sein, wer wusste das schon. Er selbst hatte ein dunkelblaues Hemd mit dezentem Monogramm angezogen, eine schlechte Wahl angesichts der Schwüle, und dazu eine Glencheck-Krawatte in Hellblau und Schwarz. Wie zwei Polizisten sahen sie nun wirklich nicht aus, eher wie ein stattlicher Engländer mit seinem römischen Gigolo.

»Wäre es nicht mal langsam an der Zeit, unseren Posten hier zu räumen und uns einen Platz im Restaurant zu sichern? Sonst fallen wir noch auf.«

Di Bernardo musste grinsen. Del Pino fand immer einen Grund, um an Essen zu kommen. Zu Beginn seiner Zeit in Rom war ihm der junge Kollege manchmal ein wenig peinlich gewesen. Aber im vergangenen Jahr waren sie Freunde geworden. Freundschaft jedoch war gefährlich in seinem Beruf, besonders unter Kollegen. Das Bild Giovannis, seines jungen kalabrischen Ispettore, drängte sich in seine Gedanken. Sein Körper war im Dienst von einer Autobombe zerfetzt worden. Energisch schob er die Erinnerung beiseite. Sie waren hier nicht in Lecce und auch nicht in Calabria. Dies war Rom, das verrückte, lebendige, korrupte Rom, mit seinen versteckten Nestern aus Betrügern im kleinen und großen Stil. Hier wurde anders gekämpft, mit Verleumdungen, Intrigen und Messern …

Mitten in seine Überlegungen hinein läutete das Telefon. Er warf einen Blick auf das Display.

»Borghese«, sagte er, zog die linke Braue hoch und nahm das Gespräch entgegen.

»Dionisio?« Die Stimme seines Vorgesetzten klang gehetzt. »Hören Sie zu. Wir haben einen neuen Mordfall.«

»Was? Noch einen?«, fragte Di Bernardo und richtete hastig den Blick auf den Palazzo. Sein Herz begann zu rasen, und seine Gedanken überschlugen sich. War der Mörder noch in der Nähe? War er bewaffnet? Er packte Del Pino am Arm und zog ihn hinter sich, in seinen schützenden Schatten. Die Unmengen von Touristen … Ihm brach der Schweiß aus. Wo blieb die Verstärkung? Warum hörte er keine Sirenen?

Der Questore räusperte sich. »Eine ganz andere Sache. Ich muss Sie von der Piazza di Spagna abziehen …«

Di Bernardo atmete unwillkürlich auf, dann konzentrierte er sich wieder auf Borgheses näselnde Stimme.

»Ein berühmter Pianist ist erschossen worden, Emile irgendwas. Sie kennen sich doch aus mit dem Musikervolk. Schnappen Sie sich Del Pino, und fahren Sie zum Parco della Musica. *Subito!*«

Di Bernardo brauchte einen Moment, um sich zu orientieren. »Das heißt, wir brechen hier ab?«, fragte er.

»Ja. Prominente gehen nun mal vor«, sagte Borghese. »Beeilen Sie sich. Rufen Sie mich an, sobald Sie unterwegs sind.« Schon hatte er aufgelegt.

Di Bernardo steckte das Handy weg und warf seinem Ispettore den Autoschlüssel zu. »Planänderung! Mord an einem Pianisten. Auf zum Auditorium!«

»Zum Glück«, rief Del Pino mit kaum verhohlener Begeisterung. »Hier krepiert man ja vor Langeweile.«

Im Sprint ging es die Treppen wieder hinauf, achtundsechzig Höhenmeter, durch das Labyrinth an lachenden Touristen, verschwitzten Körpern und überdimensionalen Blumentöpfen hindurch. Oben an der Piazza della Trinità di Monti angekommen, fuhr Di Bernardo sich mit der Hand über die feuchte Stirn und warf einen letzten Blick auf den Palazzo weit unter sich. Fast meinte er Albertos Enttäuschung zu spüren. Für ihn waren noch alle Menschen gleich, hatten dasselbe Anrecht auf Gerechtigkeit … Doch die Morde an den beiden Fremden hatten soeben an Priorität verloren.

3

»Wann ist der Mord denn passiert?«, fragte Del Pino, während er den Polizeiwagen aus der Parklücke vor dem einstigen Paulanerkloster auf die Straße Richtung Norden lenkte.

»So wie ich es verstanden habe, gerade eben erst«, sagte Di Bernardo und schnallte sich an.

»Dann haben wir es also eilig?«

»Warum? Wollen Sie sich erst noch einen Tramezzino holen, oder was?«

»Der Mensch lebt nicht vom Brot allein«, erwiderte Del Pino. »Sorgen wir mal für ein bisschen Stimmung.« Mit diesen Worten schaltete er die Polizeisirene ein und gab Gas.

In halsbrecherischem Tempo passierten sie die trutzige Villa Medici und keine Minute später die Terrazza del Pincio. Di Bernardo erhaschte einen grandiosen Blick auf die blasse Kuppel des Petersdoms, über der sich pflaumenfarbene Gewitterwolken drängten. Er sog den malerischen Anblick tief in sich ein. Dann ging es auch schon in steilen Kurven hinab zur Piazza del Popolo. Di Bernardo hielt instinktiv die Luft an, bis sie unten waren. An diesem frühen Abend war der Platz voller Menschen, die auf den Stufen und um die Brunnen saßen oder in Richtung der Arkaden spazierten. In der Mitte prangte der Obelisk Flaminio, eines der vielen, von römischen Kaisern gestohlenen altägyptischen Kunstwerke. Das Kreuz auf seiner Spitze schien in den bleischweren Wolkenhimmel zu stechen.

Di Bernardos Blick streifte Del Pino. Der steuerte den heulenden Polizeiwagen mit der Begeisterung eines Fünfjährigen um die Piazza herum. Eines lebensmüden Fünfjährigen, ergänzte er gedanklich, als Del Pino schwunghaft auf den Lungotevere einbog, der an diesem Sonntag zu ihrer aller Glück recht leer war. Die Platanen, die am Hochufer des Tibers wuchsen, streckten ihre Äste mit den frühlingsgrünen Blättern weit über die Straße.

»Machen Sie mal die Sirene aus, Roberto, ich muss Borghese anrufen«, sagte Di Bernardo, nahm sein Telefon zur Hand und stellte auf Lautsprecher.

»Na endlich«, sagte der Questore, als er den Anruf entgegennahm. »Ich dachte schon, Sie melden sich gar nicht mehr.« Di Bernardo sparte sich eine Antwort und wartete einfach ab. Borghese räusperte sich. »Nun gut. Was wir bisher wissen: Das Opfer heißt Emile Gallois, achtunddreißig Jahre alt und ein international bekannter Starpianist, wohnhaft in Coppedè. Er ist mit Cristina Gallois, geborene Pantaleoni, verheiratet, was den Fall zusätzlich brisant macht.«

Del Pino pfiff durch die Zähne. »Römischer Hochadel«, flüsterte er. »Da hat sich der Tastenclown aber hochgeheiratet.«

Di Bernardo verdrehte die Augen.

»Jedenfalls sollte er auf der großen Aids-Gala am Dienstagabend spielen«, fuhr Borghese fort. »Irgendwas Russisches. Rach … Rach … Rachmirnoff oder so.«

»Rachmaninow«, fiel ihm Del Pino ins Wort und zuckte die Schultern. »Seit ich mit Gálinka zusammen bin, kenne ich alle bedeutenden Russen. Tschaikowski, Stalin, Tolstoi … Und meinen Freund Smirnoff natürlich.«

Di Bernardo verkniff sich ein Lachen. Zum Glück hatte er schnell die Hand über das Mikro gelegt, Borghese fand Einwürfe dieser Art überhaupt nicht komisch.

»… Probe mit dem Orchester war heute Nachmittag«, sagte der Questore gerade. »Offenbar ging er danach gleich in seine

Garderobe, während das Orchester noch irgendwas anderes spielte. Als der Saalwart nach ihm sehen wollte, fand er ihn auf dem Boden liegend vor. Zwei Einschüsse, einer mitten ins Herz, der andere in den Kopf.«

»War er da schon tot?«

»Haben Sie nicht zugehört? Zwei Einschüsse – Herz und Kopf. Wie soll man das denn überleben? Der Saalwart verständigte sofort den Sicherheitsdienst, und der schlug sofort Alarm. Das gesamte Gebäude ist jetzt abgesperrt, keiner kann raus. Der Mörder muss ziemlich sicher also noch drinnen sein. Die Sicherheitsleute haben die Orchestermusiker in einen großen Raum gleich neben der Bühne verfrachtet und sich davor postiert.«

»Was ist mit den Notausgängen?«

»Kameraüberwachung. Der NOCS ist auf dem Weg.«

Der *Nucleo Operativo Centrale di Sícurezza*, kurz NOCS, war ein Sondereinsatzkommando, das normalerweise zur Geiselbefreiung und Terrorbekämpfung herangezogen wurde. Di Bernardo war sich zwar sicher, dass die Polizia di Stato die Lage auch allein in den Griff bekommen könnte, aber dann erinnerte er sich an jenen Fall im vergangenen Jahr, der ihn schon einmal hinter die Bühne des Auditoriums geführt hatte. In den langen, niedrigen Gängen mit ihren unzähligen Seitentüren, den Künstlergarderoben und Übungszimmern hatte er sich mehrmals verlaufen. Angesichts der vielen potenziellen Verstecke beneidete er die Kollegen nicht um ihre Aufgabe.

»Also ist noch keiner von unserem Team drin?«, vergewisserte er sich. »Kein Arzt, keine Spurensicherung?«

»Da der Mann bereits tot ist, denke ich nicht daran, meine Leute in Gefahr zu bringen. Sobald der NOCS alles abgesichert hat und wir davon ausgehen können, dass da drinnen kein Amokläufer wartet, können Sie rein. Wo sind Sie überhaupt?«

Di Bernardo warf einen Blick aus dem Fenster. »Im Quartiere Flaminio. Wir müssten in fünf Minuten da sein.«

»Gut. Geben Sie mir Bescheid, wenn Sie vor Ort sind.«

»Was ist denn mit der näheren Umgebung des Parco?«

»Der Parkplatz ist abgesperrt. Da heute kein Konzert stattfindet, waren nur einige wenige Besucher im Buch- und Souvenirshop und dem Restaurant. Der NOCS hat die Leute in einem Hinterraum in Sicherheit gebracht. Beginnen Sie bei denen mit dem Verhör.«

»Wird gemacht. Und was ist mit den Autos auf dem Parkplatz?«, fragte Di Bernardo, aber der Questore hatte bereits aufgelegt.

»Klingt nach einem langen Abend«, brummte Del Pino. »Und wenn die Jungs vom NOCS da herumschwirren, hätten wir ja gar nicht so zu hetzen brauchen. Hoffentlich haben sie die Imbissbude am Parkplatz nicht auch geräumt.«

Di Bernardo lehnte sich seufzend zurück. So wie Rom seine Identität an Glorie, Zerfall und Wiederauferstehung festmachte, tat Del Pino es mit Essen, Hunger und wieder Essen.

»Was ist denn mit den Kochkünsten Ihrer Freundin?«, wollte er wissen. Seit vier Monaten war sein Ispettore mit einer jungen Russin liiert. Die anfängliche Begeisterung hatte seinem Gefühl nach jedoch bereits nachgelassen. Hatte Del Pino zu Beginn nur in Superlativen von seiner Gálinka gesprochen, drückte er sich seit einer Weile abends auffällig lange in der Questura herum.

»Ihre Mutter aus Moskau ist immer noch da«, sagte er und klang resigniert. »Es gab jetzt den dritten Tag hintereinander Borschtsch.«

»Schmeckt das so schrecklich, wie es klingt?«

Del Pino seufzte, seine Wangen wirkten mit einem Mal eingefallen. »Rote Bete, Zwiebeln und sehniges Fleisch unbekannter Herkunft.«

Di Bernardo schüttelte sich. »Gibt's wenigstens Pasta dazu?«

»Nicht mal das.«

Del Pino deutete geradeaus. Das Stadio Flaminio kam in Sicht, ein nüchterner Bau aus Stahl und Beton. »Da wollen Alberto und ich mal hin, uns ein Rugbyspiel ansehen.«

Das Stadion war bereits die dritte Version auf demselben Grund und Boden. Die Faschisten hatten das ursprüngliche Gebäude abgerissen und das Stadio del Partito Nazionale Fascista errichtet, um dort ihren Nationalismus mittels körperlicher Ertüchtigung auszuleben. In den Sechzigerjahren war es abgerissen und durch den gegenwärtigen Bau ersetzt worden. Wer wusste schon, was als Nächstes geschah.

»Kommen Sie doch heute Abend zu uns. Alberto wird sich freuen. Wir wollten zusammen kochen«, nahm Di Bernardo den Faden wieder auf.

»Echt?« Del Pino grinste ihn an. Der Ispettore hatte sich im vergangenen Jahr mit Alberto angefreundet, eine eigentümliche Allianz, die von gegenseitiger Bewunderung und einer Vorliebe für amerikanische Pizza, bunte Sneakers und schlechte Actionfilme getragen war.

»Echt!«, sagte Di Bernardo schmunzelnd. Ein warmes Gefühl durchströmte ihn. Mit dem weiblichen Geschlecht hatte er derzeit so seine Probleme, aber Freundschaft wieder zuzulassen, wog einiges im Leben auf.

Eine Joggerin kam in Sicht, als sie die Unterführung kurz vor dem Gelände des Auditoriums passierten; die Strecke von der Villa Gori, einem unprätentiösen Park mit im Dickicht verborgenen Skulpturen, hin zum Ufo-ähnlichen Palazetto dello Sport war ein beliebter Trimmpfad. Sie unterbrach ihren Lauf, stemmte die Hände auf die Knie und beugte sich erschöpft vor.

Del Pino fuhr das Seitenfenster herunter. »Nicht schlappmachen!«, rief er ihr hinterher und trommelte vergnügt auf das

Lenkrad, als er vom Viale Pietro De Coubertin auf die Zufahrt zum Parco della Musica einbog. Ein Polizist mit vor der Brust gehaltenem Maschinengewehr ließ sie an der Absperrung mit einem knappen Nicken passieren.

Di Bernardo richtete den Blick geradeaus, zu den drei futuristischen Bauten. Das einst so stolz schimmernde Metall der Dächer war von traurigen, der Witterung geschuldeten Schlieren überzogen.

Del Pino gab Gas und bog auf den halb leeren Parkplatz ein, an dessen Stirnseite die Mannschaftswagen des NOCS sowie mehrere Rettungsfahrzeuge standen. Nichts bewegte sich, gerade so, als wäre die Szene eingefroren. Plötzlich schien die Luft über dem Asphalt zu flimmern. Im nächsten Moment zerriss eine laute Detonation die Stille. Keine zwanzig Meter vor ihnen explodierte ein Wagen, und sie rasten direkt darauf zu!

»Del Pino! Bremsen!«, schrie der Commissario und riss vom Beifahrersitz aus die Handbremse hoch. Der Wagen drehte sich quietschend um die eigene Achse. Di Bernardo sah nach links zu seinem Kollegen. Del Pinos Oberkörper war zur Seite gerutscht, der Kopf auf die Brust gesackt. Ob durch den Knall oder die Wucht der Detonation – offenbar hatte er das Bewusstsein verloren. Di Bernardo zerrte an dem rechten Bein seines Ispettore, zog es irgendwie vom Gas, und endlich kam der Wagen zum Stehen. Mit rasendem Puls blickte er durch die Windschutzscheibe. Ein Stück voraus loderten grell die Flammen und befeuerten seine ganz persönliche Hölle.

4

»Wir brauchen einen Sanitäter!«, schrie Di Bernardo durch das geöffnete Seitenfenster. Er beugte sich über Del Pino und legte zwei Finger auf die Halsschlagader seines Ispettore. Sein Puls schlug kräftig. Oder war es der eigene, den er fühlte? Hastig kontrollierte er die Atmung.

»Roberto«, sagte er drängend. »Hören Sie mich? Roberto …«

Schon waren zwei Sanitäter bei ihnen. Di Bernardo stützte Del Pinos Körper, während einer der Männer die Fahrertür öffnete. Kurz hörte er ihn ab, nickte und legte ihm eine Halskrause um, während sein Kollege die Trage heranrollte.

Im nächsten Moment stöhnte Del Pino auf und öffnete die Augen.

»Was …«

Di Bernardo atmete auf. »Es gab eine Explosion. Wie geht es Ihnen, Roberto?«

»Was …?«

Nun kam auch Dottor Fabio Ricci angelaufen, der Gerichtsmediziner.

»Dio mio«, ächzte Del Pino. »Was will denn der von mir? Mich sezieren?« Er griff sich ans Ohr. »Verdammt! Warum hör ich nicht mal meine eigene Stimme?«

»Ich untersuche Sie rasch«, sagte Ricci gestikulierend. »Sie auch, Commissario.«

Benommen rieb Di Bernardo sich den Nacken. In einiger Entfernung heulte eine Feuerwehrsirene. In seinen Ohren pfiff es, er nahm seine Umgebung wie durch Watte wahr. Sein Blick suchte Del Pino. Dunkel zeichneten sich die Schatten unter seinen Augen ab, er musste Schmerzen haben. Einer der Sanitäter tupfte ihm vorsichtig Blut vom linken Ohr. Während Dionisio die Szene beobachtete, schob sich vor Del Pinos Gesicht das von Giovanni ... Giovanni mit dem breiten Lachen und dem unerschütterlichen Glauben an das Gute im Menschen. Ein Optimist, gegen jede Vernunft ... Und dann meinte er den Knall jener Explosion wieder zu hören ... und das Bild von Giovannis Gesicht zerstob zu nichts als Blut und Knochensplittern.

Der Schweiß brach ihm aus, sein Herz begann zu rasen.

»Commissario ...« Ricci rüttelte ihn sanft an der Schulter. »Alles in Ordnung?«

Di Bernardo fuhr sich mit beiden Händen durch das kurz geschnittene Haar.

»Was ist mit Del Pino?«

»Keine Sorge. Nichts Ernstes. Er hat vermutlich ein Knalltrauma, sein Trommelfell ist gerissen. Die Sanitäter bringen ihn gleich in die Klinik. Aber jetzt zu Ihnen. Lassen Sie mich kurz Ihren Blutdruck messen und Ihre Ohren ansehen.«

Di Bernardo nickte, dann deutete er zum Polizeiwagen. »Ich sollte den wohl besser ein Stück zurücksetzen.«

»Das kann auch die Feuerwehr erledigen. Kommen Sie.«

»Was machen eigentlich die ganzen Leute da draußen?«, wollte der Commissario wissen, während Ricci die Blutdruckmanschette um seinen Arm legte. »Ich dachte, das Auditorium wäre abgesperrt.«

»Irgendeine Vorschrift. Bei Feuer müssen die Ausgänge geöffnet werden. Die Musiker haben die Explosion gehört, konnten in Panik nach draußen rennen und behindern hier jetzt unsere Arbeit.«

»Aber der Mörder?«

Ricci zuckte die Schultern. »Wenn Sie mich fragen, ist der längst über alle Berge. Der wird sich unter die Musiker gemischt haben und dann getürmt sein.«

»Das macht Sinn, wenn er es nur auf den Pianisten abgesehen hatte. Sonst haben wir ein Problem.« Er ließ den Blick über die verängstigten Menschen schweifen. Die Männer vom Sondereinsatzkommando führten sie gerade in die Hinterräume des Buch- und Souvenirshops und brachten damit wieder etwas Ruhe in die Situation. »Wo sind die anderen aus unserem Team?«

»Drüben bei den Mannschaftswagen. Sie warten auf Anweisungen. Ihr Blutdruck ist etwas erhöht, Dionisio. Das sollten wir später noch mal kontrollieren. Lassen Sie mich noch kurz in Ihre Ohren sehen.«

Di Bernardo wandte den Kopf und hielt still. Aus dem Augenwinkel sah er, wie der Rettungswagen mit Del Pino losfuhr. Er schickte ihm einen stummen Gruß hinterher. Als Ricci von ihm abließ und den Daumen hob, krempelte der Commissario seinen Hemdsärmel wieder herunter und schloss den Manschettenknopf.

»Ich komme gleich zu Ihnen und dem Team, sobald ich mit NOCS gesprochen habe.«

Der befehlshabende Commandante des NOCS war ein schnittiger Mann um die fünfzig, einen Kopf größer als Di Bernardo. Über dem schmalen Mund zeichnete sich ein eisgrauer Bleistiftbart ab.

Unwillkürlich straffte sich der Commissario. Sein Blick fiel auf das Emblem am Ärmel der nachtblauen Montur: SICUT NOX SILENTES – so still wie die Nacht. Die Kollegen vom Sondereinsatzkommando waren harte Kerle, beneidenswert durchtrainiert und exzellent geschult. Sie wurden von einem Brennpunkt zum nächsten geschickt, waren auf Extremsituationen trainiert. Er wusste nicht, ob er die physische Disziplin für diesen Berufsweg aufgebracht hätte und schon gar nicht den notwendigen Tunnelblick. Zudem verabscheute er Gefechte jeglicher Art. Viel lieber war ihm die Kunst der klassischen Ermittlungsarbeit. Das Beobachten, die logischen Schlussfolgerungen, das Hören auf seinen Instinkt.

Als er ihn bemerkte, nahm der Commandante Haltung an. Um ein Haar hätte Di Bernardo salutiert.

»Meine Männer durchsuchen noch die Räume des Auditoriums. In schätzungsweise einer Stunde können Sie rein«, beschied der Commandante knapp.

»Gute Arbeit, danke«, sagte Di Bernardo. »Dann nehmen wir in der Zwischenzeit die Personalien der Leute auf, die Sie in Gewahrsam genommen haben.«

Der Commandante nickte kaum merklich und fokussierte sich auf das Gebäude vor ihnen. Di Bernardo folgte seinem Blick. Auf den käferartigen Dächern des Auditoriums huschten Polizisten mit Sturmhauben und Maschinengewehren umher. Für einen Moment meinte Di Bernardo das Adrenalin, das die Männer durchfuhr, förmlich zu riechen. Und dann wurde ihm klar, dass die Aktion letztlich vergebens war. Der Mörder war längst auf und davon.

Eine knappe Stunde später sammelten sich die Männer des NOCS um die Mannschaftswagen und machten sich zum Abzug bereit. Bis auf die Leiche war das Gebäude leer, ganz wie erwartet. Di Bernardos Team hatte die Kennzeichen der Autos auf dem Parkplatz notiert und war gerade mit den Zeugenaussagen der Besucher beschäftigt, die sich während und nach der geschätzten Tatzeit außerhalb des Auditoriums aufgehalten hatten. Nach ersten Angaben handelte es sich um eine Touristengruppe aus Turin und ein paar verstreute Musikfans, die gehofft hatten, der Probe beiwohnen zu können. Statt im Konzertsaal waren sie an einem Tatort gelandet.

Di Bernardo wandte sich an Francesco Campresi, den er mit der Leitung der Befragungen beauftragt hatte. Campresi gehörte zu den gewissenhaften Arbeitern im Team. Unermüdlich schnüffelte er den Spuren hinterher, nahm fleißig Aussagen auf, bewertete sie und legte sie auch noch ordentlich ab. Vermutlich war er so etwas wie der Lieblingsschwiegersohn der meisten Mütter. Zumal er groß genug war, auch noch die Gardinen aufzuhängen.

»Hat irgendjemand zum Zeitpunkt der Explosion etwas bemerkt? Einen Mann, eine Frau oder wenigstens einen Schatten?«

Campresi schüttelte den Kopf. »Zwei männliche Zeugen haben beschrieben, wie Sie mit Roberto auf den Parkplatz fuhren. Bei der Explosion sind alle in Deckung gegangen. Die ältere Signora dort hinten hat sich als Erste wieder hervorgewagt und beobachtet, wie die Sanitäter zu Ihrem Wagen stürmten. Dann brach das Chaos los, weil die Menschen aus dem Auditorium herausgerannt kamen. Einer hatte sogar noch seine Geige dabei! Das ist alles. Ich habe die Personalien notiert.«

»Gut gemacht. Dann sollten Sie sich die Leute vornehmen, die im Auditorium Dienst hatten. Garderobieren, Putzdienst, Sicherheitsleute … Den Saalwart, der die Leiche gefunden hat, übernehme ich.«

»Verstanden. Und was ist mit den Orchestermusikern?«

Di Bernardo dachte an seinen ersten Fall im Musikermilieu zurück. Eine Konzertagentin war ermordet worden, und er hatte lange im Dunkeln getappt und sich um ein Haar an der Nase herumführen lassen. Musiker tickten anders. Sie hatten wahlweise ihre Melodien oder ihre Erfolge im Kopf. Die Hälfte der Zeit wirkten sie geistesabwesend, versenkten die Köpfe in

Noten, die – in Del Pinos Augen – aussahen wie irgendwas zwischen Kaviar und Fliegenschiss, summten dazu oder machten eigentümliche Fingerübungen. Doch wenn sie irgendwo ihren Namen auch nur geflüstert hörten, waren sie plötzlich ganz Ohr und drängten ins Rampenlicht. Er wusste nicht, was in ihren Köpfen vor sich ging, aber er vermutete, dass die ständige Konzentration auf reale oder vorgestellte Klänge etwas mit dem Gehirn machte und die Sicht auf die Realität gelinde gesagt vernebelte. Und auf dieses seltsame Volk sollte er Campresi loslassen?

Di Bernardo seufzte. Wie sehr wünschte er sich Del Pino an seine Seite und hoffte, dass er wirklich schnell wieder einsatzfähig war.

»Um die kümmern wir uns später«, sagte er ausweichend. »Wenn Sie etwas Interessantes erfahren, rufen Sie mich dazu.«

Campresi nickte und machte sich wieder an die Arbeit. Del Pino hatte recht behalten. Es würde eine lange Nacht werden. Für sie alle.

Als Di Bernardo den Parkplatz passierte, fragte er sich einen Herzschlag lang, was gewesen wäre, wenn Del Pino und er nur eine Sekunde früher gekommen wären. Wenn sie neben dem Auto geparkt hätten. Ausgestiegen wären. Doch er verscheuchte diese Gedanken. Sie waren müßig.

Energischen Schrittes ging er auf den Eingang des Musikpalastes zu, als der Commandante der Feuerwehr ihm ein Zeichen gab.

»Haben Sie schon was für mich?«, erkundigte er sich. Di Bernardo hatte den Mann erst kürzlich im Fernsehen gesehen, nachdem ein großes Gebäude am Lungotevere eingestürzt war.

»Es sieht eindeutig nach einer Autobombe aus, Commissario. Die Sprengstoffexperten müssten in Kürze da sein.«

Di Bernardo rieb sich das Kinn. »Können Sie feststellen, von wo die Bombe gezündet wurde? Wäre es möglich, dass es aus dem Auditorium kam?«

Der Feuerwehrmann zog die Schultern hoch. »Warum nicht? Sie können eine Fernzündung heutzutage mit dem Handy auslösen, das ist nicht das Problem. Es ist nicht viel übrig von dem Wagen, aber wir nehmen uns die Trümmer gründlich vor.«

»Danke«, sagte Di Bernardo. Bei Explosionen war es schwierig, danach noch brauchbare Spuren zu finden. Flammen waren gierig, sie fraßen Beweise. Giovannis Mörder hatte er nie gefasst, und noch immer spürte er bei dem Gedanken daran einen Stich im Herzen. Doch was den aktuellen Fall anging, gab es letztlich nur eine Frage: War es Zufall, oder gehörte die Bombe zu einem gewieften Plan, mit dem der Täter Chaos stiften wollte, um unerkannt zu entkommen?

Di Bernardo glaubte nicht an Zufälle.

5

»Commissario?«

Di Bernardo wandte sich um. Ein fuchsgesichtiger Mann mit rötlich-braunem Haar eilte auf ihn zu, als er das Foyer des Auditoriums betrat. Er trug ein dunkelblaues Poloshirt und eine schwarze Anzughose, die so lang war, dass sie zu seinen Füßen Wellen schlug. Der Mann war nicht größer als einen Meter sechzig.

»Mariano Ottobre, ich bin der Saalwart«, stellte er sich vor und reichte Di Bernardo eine schwitzige Hand.

»Commissario Di Bernardo von der Questura. Könnten Sie mich vielleicht zum Tatort begleiten? Die Gänge hier sind für einen Außenstehenden so verwirrend wie die Katakomben in den Eingeweiden Roms.«

»Ach, Commissario, ich arbeite jetzt schon seit fünf Jahren hier und verlaufe mich trotzdem noch hin und wieder. Bitte, hier entlang.« Die langgezogenen Vokale, harten Konsonanten und vor allem das wilde Gestikulieren ließen Di Bernardo vermuten, dass der Mann aus Neapel stammte.

Sie hatten gerade die erste Wegbiegung erreicht, als er eine befehlsgewohnte Stimme in seinem Rücken vernahm.

»Di Bernardo, warten Sie …«

Abrupt wandte er sich um. »Signor Borghese? Ich dachte, Sie verbringen das restliche Wochenende auf dem Land und sind erst spät zurück …« Nun kam auch noch Commissario Granata um die Ecke getrabt. Es wurde immer mysteriöser.

»Bei einem Fall wie diesem kann ich ja schlecht auf meinem

Weingut sitzen und Trauben zählen«, brummte der Questore. »Vor allem, wenn Sie sich hier so aufführen und mal wieder Ihr eigenes Süppchen kochen wollen.«

»Wie bitte?« Di Bernardo zog die Brauen zusammen. Zu seinem Ärger bemerkte er, wie der Saalwart sich mit gespitzten Ohren näherte. Seine Nasenflügel bebten, als nähme er die Spur eines lahmen Hasen auf.

»Na jetzt, wo Del Pino ausfällt, sollten Sie zusammen mit Campresi ermitteln. Und was erfahre ich, als ich ihn anrufe? Er befragt die Putzfrauen. Sind Sie immer noch sauer auf den Mann, weil er mal ein Techtelmechtel mit Ihrer Ex hatte?«

Di Bernardo biss die Zähne zusammen. In den Augen des Saalwarts glomm ein neugieriges Funkeln.

Borghese ließ sich davon nicht aufhalten. »Egal, Sie haben sowieso nicht genug Leute. Ich stelle Ihnen Granata an die Seite, bis Ihr Ispettore wieder arbeiten kann.« Kurz musterte er den Commissario, der in einem gemütlichen Flanellhemd und Jeans steckte. »Haben Sie denn kein Sakko dabei, Sergio? Wir erwarten die Presse.«

Granata ließ sich nicht im Geringsten aus der Ruhe bringen – mit ein Grund, warum Di Bernardo den Kollegen so mochte.

»Ach, Signor Questore, es ist doch ein offenes Geheimnis, dass die Presse viel lieber mit Ihnen spricht«, erwiderte er und zwinkerte Di Bernardo zu.

»Auch wieder wahr«, sagte Borghese und warf einen Blick auf seine Armbanduhr. »Ich mache mich auf den Weg zur Ehefrau des Ermordeten. Erstatten Sie mir Bericht, sobald Sie etwas Neues herausfinden.«

»Für Ironie hat er echt keine Antennen«, murmelte Granata leise, sodass nur Di Bernardo ihn hören konnte. Gemeinsam folgten sie dem Saalwart, der sich nun wieder in Bewegung gesetzt hatte.

»Warum hat er denn heute so eine miese Laune? Seit er sein Weingut gekauft hat, ist er doch viel umgänglicher geworden.«

»Seine Frau liegt ihm in den Ohren, dass er sich frühzeitig pensionieren lassen soll«, flüsterte Granata.

Jetzt wurde Di Bernardo so einiges klar. »Das wird ihm gar nicht passen. Vor allem, weil er sich gegen sie noch nie hat durchsetzen können.«

Vor ihnen gabelte sich der Korridor. Der Saalwart blieb stehen und wies nach rechts. Erneut ging er voran.

Der Gang beschrieb ein weites Halbrund. Er musste ursprünglich einmal weiß gewesen sein, inzwischen aber waren die Wände schmutzig grau. An der niedrig hängenden Decke wechselten sich Lampen mit Sprinkleranlagen ab. An jeder Abzweigung waren Sicherheitskameras befestigt. Links und rechts an den Wänden hingen Fotografien großer Künstler.

»Sie alle waren hier zu Gast«, sagte der Saalwart und deutete mit ausladender Geste auf die Porträts. Rund zwanzig Meter weiter blieb er vor einem Bild stehen und deutete darauf. Ein leicht melancholisch wirkender Mann Ende dreißig, Anfang vierzig in schwarzem Smoking blickte auf sie herab. Das füllige schwarze Haar war sanft gewellt und aus der hohen Stirn gekämmt. Eine Braue war hochgezogen und verlieh dem ebenmäßigen Gesicht mit den seelenvollen Augen einen leicht spöttischen Ausdruck. Doch das war es nicht, was Di Bernardo irritierte. Es war der weiche Mund, dessen Unterlippe sich kaum merklich spannte. Ein leicht sadistischer Zug umspielte ihn, so schien es Di Bernardo wenigstens. Vielleicht lag es aber auch nur an der Momentaufnahme. Die langen, schmalen Finger ruhten auf den Tasten eines schwarz glänzenden Steinway-Flügels. Di Bernardos Blick fiel auf den Schriftzug am unteren Bildrand. EMILE GALLOIS.

Der Saalwart schluckte, sein Adamsapfel hüpfte auf und ab.

»Sie kannten Signor Gallois?«, fragte Di Bernardo.

Mariano Ottobre räusperte sich. »Ich habe bei jedem seiner Konzerte hier im Parco nach ihm gesehen. Er hat immer nach mir verlangt. Signor Gallois war ein wunderbarer Künstler und Mensch.«

»Mein Beileid, Signor Ottobre. Der Verlust tut mir sehr leid«, sagte Di Bernardo. Wo war er nur mit seinen Gedanken gewesen? Borghese hatte ihn ganz aus dem Konzept gebracht.

»Dann haben Sie Signor Gallois gefunden?«, hakte er nach.

Ottobre senkte den Blick, bevor er zögerlich nickte.

»Sobald ich mit dem Tatort fertig bin, hätte ich ein paar Fragen an Sie. Es wird auch nicht lange dauern.« Er machte eine kurze Pause. »Das muss ein Schock für Sie gewesen sein.«

»Danke, Commissario. Ich … ich begleite Sie dann jetzt zum Künstlerzimmer und warte dort im Gang auf Sie.«

»Gut, danke«, meinte Di Bernardo. Gefolgt von Sergio Granata, trat er durch eine breite, metallene Tür. Dahinter führte eine Treppe hinauf in den ersten Stock. Wieder erreichten sie einen Gang. Der grau-weiß melierte Steinboden hallte leicht unter ihren Schritten. Nach etwa fünfzig Metern kamen sie an einer geschlossenen Kantine vorbei. Unwillkürlich musste Di Bernardo an seinen ewig hungrigen Ispettore denken. Er hatte seinem Sohn eine Nachricht geschrieben; der Junge würde Roberto später am Abend im Krankenhaus besuchen.

Nachdem sie eine weitere Tür passiert hatten, betraten sie einen mit hellem Teppichboden ausgelegten Gang. Die Wände waren mit Kirschbaumfurnier verkleidet. Eine Deckenlampe flackerte; ihr unruhiger Schein züngelte auf dem Holz, als würde es brennen.

Ottobre deutete auf ein Plexiglasschild mit der Aufschrift Sala Sinopoli – Retro palco, darunter wies ein schmaler Pfeil nach links.

»Hier geht es zum Konzertsaal«, erklärte er. »Die Künstlergarderobe von Signor Gallois befindet sich gleich im Nebengang.«

Noch einmal traten sie durch eine Tür, wieder empfing sie der kühle helle Gang. Als sie um die Ecke bogen, sah Di Bernardo Federica Giglioli, die Chefin der Spurensicherung, die eine Türklinke nach Fingerabdrücken untersuchte. Neben der Tür war ein Din-A4-Blatt mit dem ausgedruckten Namen des Künstlers an die Wand geheftet worden. Gallois' Umkleide – damit waren sie am Tatort angekommen.

Di Bernardo nickte Federica und Dr. Ricci zu, machte einen Schritt in das Zimmer und sah sich um. Der fensterlose Raum war klein und nur mit dem Nötigsten eingerichtet. An der Wand über dem schlichten Holztisch war ein großer Spiegel befestigt, er wurde zu beiden Seiten von je fünf runden weißen Glühlampen beleuchtet. Rechts befand sich ein schmaler Schrank. Links vom Eingang war eine Tür, sie führte in ein winziges Badezimmer. Der einzige Stuhl im Raum war umgefallen. Di Bernardo senkte den Blick. Der Tote lag auf dem hellgrauen Steinboden. Seine Füße zeigten zur Tür, er mochte in ihre Richtung gesehen, dann zurückgewichen und hintenüber gestürzt sein. Er trug eine schwarze Hose, das linke Bein war seltsam verdreht, so als hätte es sich gegen den Sturz und das Sterben gewehrt.

Di Bernardos Blick wanderte den Körper entlang nach oben. Auf Höhe des Herzens klaffte ein Loch in dem maulbeerfarbenen Seidenhemd, dessen Ränder dunkel und zerfetzt waren. Eine große Menge Blut war in den Stoff gesickert und hatte fast schwarze Flecken hinterlassen, als wollte es ihn batiken. Der oberste Knopf des Hemdes stand offen, die Glieder einer goldenen Panzerkette waren zu sehen. Das kantige Kinn hing schlaff herab. Über dem unverwechselbaren Mund und den aristokratischen Nasenflügeln befand sich der nächste Einschuss. Dort, wo die Augen hätten sein sollen, sah Di Bernardo nichts als Blut,

Knochenstücke und ausgetretene Hirnmasse. Er zwang sich, weiter hinzusehen, atmete flach ein und aus, bis er sich wieder gefangen hatte.

Dies also war es, was von einem Leben übrig blieb. Einem noch so jungen Leben, das binnen Sekunden ausgelöscht worden war.

»Ein Schuss ins Herz, einer in den Kopf. Da wollte wohl jemand sichergehen«, sagte Granata.

»Der Mörder muss aus nächster Nähe geschossen haben«, sagte Dottor Ricci. Ich kann noch nichts Genaues sagen, aber mir kommt es so vor, als hätte er ihm die Pistole direkt auf die Brust gesetzt und dann abgedrückt. Hier, sehen Sie den Winkel ...«

Di Bernardo trat näher. Ricci hatte recht, ein glatter Durchschuss. »Warten wir die Obduktion ab«, sagte er und ging in die Knie. Sein Blick wanderte über den Leichnam. Die linke Hand lag schlaff am Boden, lange, gepflegte Finger ... Finger, die mit ihrer Kraft und Sensibilität ganze Welten aus Klängen erschaffen hatten.

Rechts von der Leiche lag der umgeworfene Stuhl, an einem Bein klebte etwas breiig Rotes. Di Bernardo verengte die Augen. Sein Blick fiel auf die rechte Hand ... In ihrer Mitte klaffte eine blutige Wunde.

»Was ist da passiert, Dottore?«, fragte er Ricci und nickte zur Hand des Toten.

Ricci befühlte sie eingehend. »Die Mittelhandknochen sind zertrümmert. Jemand wollte wohl nicht, dass er je wieder spielen könnte.«

»Sie meinen, jemand wollte ihn quälen? Ihn zerstören?« Di Bernardo schüttelte den Kopf. Wenn er eines gelernt hatte bei seinem letzten Musikerfall, dann, dass die Hände das Wertvollste waren, was die Künstler hatten, wertvoller als jedes Instrument. »Hätte Gallois bei diesem Angriff noch gelebt, hätte er sich mit aller Kraft gewehrt. Dann läge er anders am Boden. Ich sage Ihnen, er wurde aus nächster Nähe erschossen. Erst dann hat man ihm die Hand zertrümmert.«

»Aber wer tut so was?«, warf Granata ein. »Worin liegt der Sinn, wenn er schon tot ist und es nicht mehr mitkriegt?«

»Ganz einfach«, sagte Di Bernardo. »Hass. Blanker Hass.«

6

Auf dem Gang vor dem Künstlerzimmer wandte sich Di Bernardo wieder an den Saalwart. »Hätten Sie einen Raum für uns, wo wir heute Abend das Orchester und natürlich auch Sie befragen können?«

»Selbstverständlich, Commissario«, antwortete Ottobre dienstfertig. »Was brauchen Sie denn?«

»Drei oder vier Stühle, einen Tisch, Strom. Ich werde mich als Erstes mit Ihnen dort treffen, damit Sie danach endlich nach Hause gehen können.«

»Ich kümmere mich darum«, sagte Ottobre und eilte davon.

Granata zog die Stirn in Falten. »Wir sollten uns ein Bild von den persönlichen Beziehungen machen. Und außerdem mal ein bisschen in der Vergangenheit dieses Pianisten schnüffeln.«

»Lassen Sie uns mit Ottobre beginnen, Sergio. Ein Garderobier kennt die Menschen bis auf ihre Unterwäsche. Wenn es Drohungen gegen Gallois gab, mag er davon gewusst haben. Aus einem einfachen Grund. Der Mord geschah hier, beim Konzert, und nicht bei Gallois zu Hause oder sonst wo. Ich wette, dass die Tat mit seinem Beruf zu tun hat.«

»Na, ist das nicht etwas vorschnell? Was, wenn er Schulden hatte. Drogen genommen hat. In der Halbwelt unterwegs war …«

Di Bernardo fuhr sich über das Kinn. Granata hatte eindeutig zu viel mit seinem Milieu und den Prostituiertenmorden zu tun. Allerdings fiel es ihm schwer, sein Bauchgefühl in Worte zu fassen. Del Pino hätte ihn sofort verstanden.

»Mag sein. Aber ein Schläger, egal ob Schuldeneintreiber, Dealer oder Stricher, hätte ihm erst die Hand zertrümmert und dann geschossen. Er hätte ja noch etwas von ihm gewollt.«

»Wir haben noch keinerlei Obduktionsergebnisse«, wandte Sergio ein. »Was, wenn die Reihenfolge doch eine andere war?«

»Die Hand muss zerschmettert worden sein, als er am Boden lag. Und es gibt keine Abwehrspuren. Außerdem – wie soll das gehen, mit dem Stuhl. Einer müsste ihn doch festgehalten haben.«

»Und wenn es zwei waren? Im Übrigen würde ich ja eher um mein Leben kämpfen als um meine Hand«, erwiderte Granata.

Di Bernardo zuckte die Achseln. »Für Musiker mag das eine gleichbedeutend mit dem anderen sein.«

Granata schürzte die Lippen, er schien nicht überzeugt.

Di Bernardo wandte sich um und blickte in das Zimmer, in dem Gallois gefunden und allem Anschein nach auch ermordet worden war. Sie waren dem Täter so nah … und doch entzog er sich ihnen, existierte außerhalb dieses verbindenden Rahmens, so lange, bis sie die Botschaft des Tatorts verstanden hatten.

Hass … oder was sonst? Eifersucht? Rache?

Der Gerichtsmediziner kniete am Boden und deutete auf Spuren von Gewebe, die auf den Steinplatten hafteten, dort, wo die Hand des Toten gelegen hatte. Federica, die Leiterin der Spurensicherung, gab einem ihrer Männer ein Zeichen.

»Dottore? Was meinen Sie, wie lange Sie mit der Obduktion brauchen werden?«, fragte Di Bernardo.

Der Gerichtsmediziner sah auf und lächelte schief. »Na, das hat diesmal aber gedauert, dass Sie mir diese Frage stellen.«

Di Bernardo sah ihn schuldbewusst an. »Ich weiß, ich weiß. Jedes Mal dränge ich Sie …«

»Kein Problem. Ich schätze, morgen Nachmittag. Wollen Sie bei der Obduktion dabei sein?«

Di Bernardo nickte. »Ich versuche es. Geben Sie mir bitte Bescheid, ja?« Er räusperte sich. »Federica?«

Die Leiterin der Spurensicherung richtete sich auf. Sie war etwas größer als er. Unter der Kapuze ihres weißen Schutzanzugs hatte sich eine kurze kastanienfarbene Haarsträhne hervorgestohlen.

»Dionisio?«, gab sie lächelnd zurück. »Du weißt schon, dass wir noch nichts Konkretes für dich haben?«

Di Bernardo räusperte sich wieder. Sie machte ihn verlegen. Alberto war schuld, er hatte ihn gedrängt, mal wieder mit einer Frau auszugehen. Also hatte er Federica vor zwei Wochen zum Abendessen eingeladen. Das Ganze war ein einziges Desaster gewesen! Er erinnerte sich daran, als wäre es erst gestern gewesen … Federica trug schwindelerregend hohe Schuhe, was zur Folge hatte, dass sie ihn fast um einen Kopf überragte. Er fühlte sich eingeschüchtert von ihrer Größe, ihrem Selbstbewusstsein, und hätte am liebsten verlegen an seiner Krawatte genestelt, doch die hatte Alberto ihm zu Hause mit den Worten abgenommen: »Viel zu bieder. Mach dich mal locker.« Also knöpfte er den obersten Knopf seines Hemdes zu und wieder auf, zu und wieder auf. Und in dem Stil ging es weiter. Vor lauter Nervosität fing er an zu reden, kaum dass er das Menü für sie beide bestellt hatte. Über ihre gemeinsamen Fälle, die Questura und nicht zuletzt Borghese. Beim Hauptgang fiel ihm auf, dass sie hinter der Serviette dezent ein Gähnen verbarg. Schleunigst änderte er seinen Kurs, machte ihr Komplimente zu ihrer Arbeit, stellte ihr höflich ein, zwei nicht allzu persönliche Fragen – aber dann, die zarten Kalbsmedaillons mit der Olivenhaube waren noch nicht mal aufgegessen, musste er an Giorgia denken, seine Ex-Freundin, und wie sie es liebte, Oliven zu knabbern. Ohne groß nachzudenken, erzählte er Federica von Giorgia, der Polizeipsychologin, die ihm gleich zweimal die Hörner aufgesetzt hatte, sich nach Mailand hatte versetzen lassen und dort derzeit ihre Probezeit absolvierte. Giorgia, die es wie keine andere Frau verstand, zuzuhören und mit ihrer hypnotischen Stimme Fragen zu stellen … Fragen, die ihn immer tiefer in den Abgrund seiner Gefühle geführt hatten … Als der Espresso serviert wurde, realisierte er, dass das Dessert völlig an ihm vorbeigegangen war vor lauter Reden. Ihm wurde heiß und kalt. Über den Tassenrand sah er zu Federica, die regelrecht erschöpft aussah, ausgelaugt. »Ich bin ein Esel. Bitte entschuldigen Sie, Federica. Was ist nur in mich gefahren! Da rede ich ohne Punkt und Komma von Giorgia, dabei sind wir zwei doch verabredet.«

Jetzt war es an Federica, einen roten Kopf zu bekommen. »Äh, verabredet? Ich dachte, das wäre ein Arbeitsessen, Dionisio.«

Das machte es nur noch schlimmer! Nie zuvor hatte Di Bernardo sich so sehr gewünscht, ein Tor zur Unterwelt würde sich vor ihm auftun, und Gott Pluto würde ihn hinforttragen, irgendwo anders hin, Hauptsache weit weg. Und als er ihr in den leichten Mantel half, sagte Federica zur Krönung des Ganzen auch noch: »Außerdem, Dionisio, interessiere ich mich sowieso nicht für Männer.«

Jetzt tätschelte sie seinen Arm, was ihn erneut erröten ließ. »Ich gebe dir Bescheid, sobald wir etwas haben. Die Schusswaffe war vermutlich eine neun Millimeter mit Schalldämpfer, aber das müssen wir noch überprüfen. Unser Täter hat die Patronenhülsen wohl mitgenommen. Alles ziemlich akkurat.«

»Danke. Das ist ja schon was.« Er atmete tief durch und wandte sich an Granata.

»Wir brauchen mehr Leute, wenn wir das Ganze zu einem schnellen Ende bringen wollen.«

»Wie wäre es mit Franco und Ciccio?«

Di Bernardo musste unwillkürlich grinsen. Die beiden Kriminalbeamten Franco Palazzo und Cesare Bono waren vor einem halben Jahr in die Questura gekommen, nachdem ihre Dienststelle in der Mussolini-Stadt Sabaudia geschlossen worden war. Die Spitznamen des berühmten Komikerduos aus den Siebzigerjahren hatten sie schnell weggehabt. Wie sein amüsantes Vorbild war Franco kleiner als sein Kollege, breitgesichtig und hatte eine Vorliebe für derbe Zoten, während der hochgewachsene, schlaksige Cesare mit den eng stehenden hellen Augen sich immer so gab, als wäre jeder unter seiner Würde, allen voran sein Partner in der Questura.

»In Ordnung. Holen wir die beiden ins Boot. Ah, und noch etwas, Sergio …«

Granata sah ihn offen an, die Fältchen um seine Augen ließen erahnen, dass er häufig lächelte.

»Ich weiß schon, Dionisio. Wir zwei haben denselben Rang. Aber Sie haben die Leitung des Falles. Und sobald Roberto wieder auf den Beinen ist, übernimmt er. Ich springe bloß ein. Kein Thema.«

Di Bernardo drückte ihm die Schulter. »Danke. Sie haben was gut bei mir.«

Granata grinste. »Wann denn mal nicht, Dionisio?«

Zwanzig Minuten später war der Polizeifotograf fertig mit seiner Arbeit. Die Leiche des Pianisten lag auf einer Trage und wartete auf den Abtransport in die Pathologie.

Di Bernardo sah sich noch einmal in dem nüchternen Raum um. Konkrete Anhaltspunkte gab es hier nur wenige. Es schien kein Kampf stattgefunden zu haben. Die Brieftasche des Toten und das ausgeschaltete Handy waren säuberlich in Plastiktütchen der Spurensicherung verwahrt. Nichts sprach für einen Raubüberfall. Die Panzerkette um den Hals stammte von Cartier und war damit gut und gerne siebentausend Euro wert. Ein Raubmörder hätte sich die Beute wohl kaum entgehen lassen.

Auf dem Tisch stand ein Kaffeeautomat aus glänzendem Edelstahl, der in dem kargen Raum wie ein Luxusrequisit wirkte. Daneben stapelten sich weiße Espressotassen. Die einzige benutzte Tasse war von der Spurensicherung eingetütet worden.

»Die Kaffeemaschine hat Signor Gallois letztes Jahr mitgebracht und sie uns überlassen«, sagte der Saalwart hinter ihm. Di Bernardo drehte sich zu ihm um. »Ich stelle sie immer in seine Garderobe, wenn er hier Konzerte hat. Manchmal …« Ottobre räusperte sich. »Manchmal hat er mich nach einer Probe auf einen Espresso eingeladen.« Seine Augen hatten sich gerötet.

»Eine Solistengarderobe hatte ich mir irgendwie anders vorgestellt, glamouröser«, merkte Granata an. »Das hier erinnert mich eher an mein Zimmer im Studentenwohnheim in Bari.«

»Der Ruhm eines Musikers entsteht auf der Bühne, nicht in der Garderobe«, sagte Ottobre. »Kommen Sie bitte, ich zeige Ihnen jetzt, wo Sie arbeiten können.« Er warf einen letzten Blick auf den Leichnam und wandte sich dann abrupt ab. Mit hängenden Schultern lief er den Gang hinunter und bog an der nächsten Tür rechts ab. Wieder lag eine lange Flurschlucht vor ihnen, aber ein paar Meter voraus drang Licht auf den Korridor. »Bitte sehr.« Der Saalwart wies auf den Raum und machte eine einladende Geste.

Di Bernardo trat einen Schritt näher und sah sich um. Mit dem Resopaltisch und den zusammengewürfelten Stühlen hatte er etwas von einer Amtsstube. Ottobre hatte eine Flasche Wasser und zwei Gläser auf den Tisch gestellt.

»Danke, das ist perfekt«, sagte er zu dem Saalwart, der zögerlich lächelte. »Bitte, nehmen Sie doch Platz.«

Ottobre setzte sich auf den weißen Plastikstuhl. Er schien ganz darin zu versinken. Di Bernardo nahm ihm gegenüber Platz. Der Stuhl wackelte, er wünschte, er hätte einen altmodischen Notizblock dabei, um ein Stück Pappe unter das zu kurze Stuhlbein zu legen. Aber heutzutage arbeiteten sie mit Laptop und Tablet.

»Lassen Sie uns von vorn beginnen, Signor Ottobre. Was stand heute an? Eine Probe?«

»Das ist richtig, Commissario. Wir hatten eine Generalprobe für das Konzert am Dienstag im Sinopoli-Saal.« Di Bernardo sah kurz zu Granata, der an der Kopfseite Platz genommen und einen Laptop aus der Tasche gezogen hatte, um das Gespräch zu protokollieren.

»Sie sagten ›wir‹ – wen genau meinen Sie damit?«, fragte er weiter.

»Also, Emile Gallois natürlich, der Dirigent und das Orchester.«

»Was ist das für ein Orchester? Gehört es zur Accademia?«

»Nein, nein. Es sollte ja kein reguläres Konzert werden, sondern eine Wohltätigkeitsveranstaltung. Das Orchester heißt ›Italia pro Musica‹, es besteht aus hundertzehn Mitgliedern.« Wieder schwieg der schmächtige Mann. Di Bernardo widerstand dem Impuls, mit den Fingern auf die grau gesprenkelte Tischplatte zu klopfen.

»Und … woher kommen sie … wer genau sind sie? Erzählen Sie doch bitte.«

»Es ist zusammengesetzt aus Studenten und erfahrenen Musikern aus ganz Italien. Sie sind seit zwei Jahren *Artist in Residence* bei uns, das heißt, sie treten regelmäßig hier auf.«

»Wo sind denn die Musiker untergebracht, die nicht aus Rom kommen?«

»Äh, das weiß ich wirklich nicht. Das kann Ihnen aber alles der Orchestervorstand erzählen.«

»Bei denen geht es ja genauso bürokratisch zu wie bei der Polizei«, murmelte Granata.

Ottobre wirkte ehrlich empört. »Ja, das muss ja auch alles seine Ordnung haben! Vom Orchesterwart bis hoch zum Konzertmeister. Sonst weiß doch keiner, was er zu tun hat.«

Granata zog eine Braue hoch. »Ich dachte, dafür gibt es Noten.«

Granata hatte definitv seinen eigenen Stil. Di Bernardo ergriff energisch das Wort.

»Bitte sagen Sie mir doch, wer der Dirigent ist?«

»Maestro Ephraim Azzaria.« Ottobre reckte trotzig den Kopf Richtung Granata.

Den Namen hatte Di Bernardo noch nie gehört. Musste man den kennen?

»Ist der Maestro noch hier?«, wollte er wissen. »Ich würde ihn gern als Nächstes sprechen.«

»Nein, Commissario, er ist noch vor dem Probenende gegangen.«

Di Bernardo richtete sich auf. »Wie bitte?«

»Ja, als Signor Gallois fertig war, ist er auch aufgebrochen.«

»Aber ich dachte, das Orchester hätte noch geprobt?«

»Hat es auch. Aber unter dem Konzertmeister. Das ist nicht unbedingt Sache des Dirigenten, wenn das Orchester noch einige Stellen üben muss.«

»Ich werde direkt zu ihm fahren, sobald wir hier fertig sind«, murmelte Di Bernardo, an Granata gewandt.

»Haben Sie seine Adresse, Signor Ottobre? Oder hat die auch nur der Vorstand?«, hakte Granata nach.

»Maestro Azzaria wohnt in Prati, Via Crescenzio Nummer 10 b. Mein Gott, wenn die Polizei noch nicht bei ihm war, dann weiß er es ja gar nicht!«

»Ich werde mich persönlich darum kümmern«, sagte Di Bernardo. Etwas an dem alarmierten Tonfall des Saalwartes ließ ihn aufhorchen. »Aber sagen Sie, ist Ihnen während der Probe etwas aufgefallen?« Er beugte sich ein wenig vor. »Irgendetwas Ungewöhnliches?«

»Na ja, der Maestro war überhaupt nicht zufrieden mit dem Orchester, er hat sich ziemlich aufgeregt über die Geiger und die Holzbläser.«

»Wie machte sich das denn bemerkbar?«

Ottobre druckste herum.

»Also, er kann schon mal laut werden und vielleicht auch … hm, etwas abfällig. Den Taktstock hat er aber nicht zerschmettert, diesmal nicht!«

»Und wie hat Emile Gallois darauf reagiert?«

»Nun …« Die Fuchsaugen des Saalwarts bewegten sich unruhig hin und her. Granata richtete sich in seinem Stuhl auf.

»Erzählen Sie es uns, Signor Ottobre«, forderte Di Bernardo ihn eindringlich auf.

Der Saalwart knetete seine Hände, bis die Knöchel weiß hervortraten.

»Ich … denke, es war ihm ziemlich unangenehm. Aber so ist der Maestro eben.« Gewollt lässig zuckte er die Schultern.

Di Bernardo verengte die Augen. Das war nicht die ganze Antwort. Aber er musste wohl Geduld aufbringen.

»Kommen wir zu dem Schuss. Sie haben ihn gehört?«

»Nein, Commissario! Niemand hat etwas gehört! Deswegen hat es ja auch gedauert, bis ich Signor Gallois gefunden habe. Ich … ich wollte zu ihm, als die Probe zu Ende war, und ihn fragen, ob er irgendwas braucht. Ich habe mehrmals an die Tür geklopft, aber er hat nicht geantwortet. Also bin ich in die Garderobe von Maestro Azzaria gegangen. Aber er war wie gesagt schon weg.«

»Sind Sie sich da sicher?«

»Ja, auf jeden Fall. Seine Jacke und der Schal hingen nicht mehr am Haken. Und seine Partitur lag auch nirgendwo. Sein Zimmer war so gut wie leer. Und wenn der Maestro da ist, dann …«

»Was – dann?«

»Nichts.«

Granata räusperte sich. »Hören Sie zu, Signor Ottobre. Wir verstehen Ihre Loyalität. Das ist ein feiner Zug, wirklich. Aber wir sitzen hier nicht in einer Bar, unterhalten uns ein bisschen und erzählen uns, wie der Tag so war. Wir haben einen Mord aufzuklären. Den gewaltsamen Tod eines Mannes, den Sie nach eigenen Angaben mehrere Jahre lang begleitet haben. Vielleicht haben Sie ihn nicht gemocht, aber das tut nichts zu Sache …«

»Doch, doch!«, rief Ottobre. »Ich habe ihn gemocht. Sehr sogar! Signor Gallois war ein feiner Mensch!«

»Also, was genau wollten Sie uns sagen?«

Ottobres Blick huschte von Granata zu Di Bernardo.

»Es ist überhaupt nichts Besonderes. Ich … ich will nur nicht, dass es an die Presse dringt.«

»Das tut es nicht. Also, worum geht es?«

Gespannt beugte Di Bernardo sich vor.

»Na ja, der Maestro … Er ist ziemlich unordentlich. Er lässt überall was stehen und liegen, seine Fliege, sein Hemd, Müll – alles. Man muss ständig hinter ihm herräumen. Wenn er weg ist, dann sieht man das. Dann ist alles fort – bis auf die schmutzige Wäsche und den Müll.«

Einen Moment herrschte Stille.

»Was für eine Tragödie«, sagte Granata trocken.

Di Bernardo betrachtete Ottobre eindringlich. Vielleicht war es in der Welt eines Saalwarts wirklich eine Tragödie, wenn ein berühmter Mann dermaßen unordentlich war. Aber wurde das nicht sowieso jedem Künstler nachgesagt? Ihn jedenfalls wunderte es nicht.

»Und was geschah dann?«, wollte er wissen. »Nachdem Sie bei dem Maestro waren?«

»Da bin ich hoch in den Saal gegangen. Die Streicher waren gerade fertig und haben eingepackt, also ein paar, aber die Bläser haben noch geprobt. Daher dachte ich mir, ich sehe noch mal bei Signor Gallois nach dem Rechten.«

»Erzählen Sie weiter.«

»Ich bin runter und habe wieder an die Tür geklopft. Es war alles still im Zimmer. Also dachte ich, dass er ... Na ja, dass er vielleicht auch gegangen wäre, und habe die Tür mit dem Generalschlüssel geöffnet.« Er schluckte. »Und da lag er dann.«

»Haben Sie irgendetwas angerührt?«

»Nein, das heißt, doch ... Ich bin sofort zu ihm, hab im ersten Moment gedacht, er wäre vielleicht bloß umgekippt. Aber dann hab ich das ganze Blut auf seinem Hemd gesehen. Und sein Gesicht ... Es war schrecklich.« Die letzten Worte hatte er nur geflüstert.

Di Bernardo ließ ihm ein wenig Zeit, sich zu fassen. Der Mann war ohne jeden Zweifel erschüttert. Das Bild des Ermordeten würde ihn sein Leben lang verfolgen.

»Haben Sie vorher irgendetwas gehört?«, fragte er schließlich. »Ein Geräusch? Stimmen? Den Schuss?«

»Nein!«

»Und haben Sie jemanden gesehen?«

»Nein! Ich wünschte, es wäre so. Aber ich war ja im Haus unterwegs. Der Sinopoli-Saal befindet sich einen Stock höher. Natürlich habe ich mich als Erstes um Signor Gallois kümmern wollen, er ist ... er war ja der Solist. Und nicht nur das: Er ist weltweit ein berühmter Musiker! Natürlich hatte er ein Recht auf Sonderbehandlung. Aber dann kam dies und das dazwischen, und zum Maestro musste ich ja auch noch kurz. Mein Kollege ist krank geworden, und da heute nur geprobt wurde, war keine weitere Unterstützung vorgesehen.«

»Was passiert denn mit den Garderoben, wenn die Musiker proben oder ein Konzert haben? Wer schließt ihre Räume ab?«

»Die Solisten haben jeder einen eigenen Schlüssel für ihren Raum, die Gemeinschaftsgarderoben vom Orchester schließt der Orchesterwart ab. Und wir Saalwarte haben einen Generalschlüssel.«

»Und sonst? Niemand?«

Ottobre schüttelte den Kopf. »Da fällt mir ein ... Vor einiger Zeit ist tatsächlich ein Schlüssel zu der Künstlergarderobe verschwunden, in der Signor Gallois diesmal untergebracht war. Nach dem Konzert eines amerikanischen Quartetts.«

»Interessant. Und wann war das?«

Ottobre überlegte. »Vor vier Monaten. Alle Musiker wurden extra angeschrieben, ob jemand den Schlüssel aus Versehen eingesteckt hatte. Aber das verlief im Sande.«

»Und was geschah dann?«

»Dann wurde das Schloss ausgetauscht. Das ist eine Auflage der Versicherung. Einige der Instrumente sind mehr wert als ein Haus.«

»Verrückt«, brummte Granata.

»Etwas interessiert mich noch, Signor Ottobre«, sagte Di Bernardo. »Welches Stück stand für das Konzert auf dem Programm?«

»Rachmaninow. Das Zweite Klavierkonzert.« Ottobres Stimme klang stolz. »Nicht viele Pianisten können das spielen. Vor allem nicht so virtuos.«

Di Bernardo hatte nie ein Stück von Rachmaninow gehört. Er würde das Klavierkonzert googeln müssen.

»Es sollte eine Benefizveranstaltung zugunsten der Aids-Kranken sein«, fuhr Ottobre fort. »Der Adel aus ganz Europa hatte sich angekündigt. Emiles Frau, Cristina, hatte das alles für ihn organisiert. Nach dem Konzert hatte das Ehepaar zu einem großen Galadinner in der Villa Miani eingeladen. Und jetzt … Wer tut so etwas bloß?«

»Gibt es jemanden, der Signor Gallois ersetzen könnte?«, fragte Di Bernardo. Er konnte sich zwar nicht vorstellen, dass ein Musiker den anderen tötete, um einen unbezahlten Auftritt bei einer Benefiz-Gala zu ergattern, aber die Sucht nach Ruhm mochte schwerer wiegen als die Macht des Geldes.

Der Saalwart zog die Schultern hoch. »Das weiß ich nicht. Aber so ohne Weiteres kam niemand an Signor Gallois heran.«

Di Bernardo überlegte. Ottobre gehörte seinem Gefühl nach der aussterbenden Spezies der Dienerschaft an – jenen Menschen, die ihre Lebensaufgabe darin sahen, die Bedürfnisse von Leuten zu erfüllen, die gesellschaftlich und finanziell über ihnen standen. Einige Diener mochten korrupt sein, aus einem Geltungsbedürfnis heraus oder weil der Preis stimmte, und die Sensationsgier der lechzenden Massen mit pikanten Details füttern. Andere waren absolut loyal. Wenn ihn nicht alles täuschte, gehörte der unscheinbare Mann in den zu langen Hosen zu Letzteren. Aber dumm war er nicht. »Sie kennen die Musiker wie kein anderer, richtig?«

Ottobre legte den Kopf schräg. »Worauf wollen Sie hinaus?«

»Wir suchen ein Motiv. Und eben weil Sie ein aufmerksamer Mensch sind, bin ich sicher, dass Sie tagtäglich Dinge beobachten, die anderen entgehen.«

Der Saalwart verschränkte die Arme. »Bei Signor Gallois gab es nichts zu beobachten. Ich hab doch schon gesagt, dass er ein feiner Mensch war.«

»In Ordnung«, meinte Di Bernardo. Der Mann mauerte. Er würde ihn in die Questura bestellen und sehen, was er dort aus ihm herausbekäme.

»Sie haben unmittelbar nachdem Sie den Toten gefunden haben, den Sicherheitsdienst verständigt?«

»Ja, sofort. Mit meinem Funkgerät.«

»Was schätzen Sie, wie lange es gedauert hat vom Probenende bis zu Ihrem Anruf beim Sicherheitsdienst? Bis die Türen automatisch geschlossen wurden?«

»Zwanzig Minuten. Nicht länger.«

»Könnten wir noch einmal zum Künstlerzimmer von Signor Gallois gehen? Ich wüsste gern, welches der kürzeste Weg zum Ausgang ist und wie lange man dafür braucht. Ich will wissen, ob der Mörder eine Chance hatte zu entkommen, bevor sich die Türen schlossen.«

Der Saalwart erhob sich, er wirkte geradezu erleichtert.

»Kommen Sie, ich führe Sie zurück.«

Im Künstlerzimmer war die Trage mit dem Toten noch immer nicht abtransportiert worden. Federicas Kollege nahm Proben aus dem kleinen angrenzenden Badezimmer, sie selbst berechnete soeben den möglichen Standort des Stuhls, bevor er umgefallen war.

»Gut, gehen wir«, sagte Di Bernardo. Federica hatte den Tatort mit dem 3-D-Laser gescannt, er würde ihn sich noch in der Nacht in allen Details ansehen. »Stoppen wir die Zeit.«

Ottobre führte die beiden Commissarios den langen gebogenen Gang entlang. Vielleicht vierzig Meter entfernt bemerkte Di Bernardo zu seiner Linken eine unverschlossene Tür, die einen Spalt breit offen stand. Kühle Luft wehte herein. »Halt, warten Sie! Kann man hier nach draußen?«

Der Saalwart, der schon ein ganzes Stück vorangegangen war, kam zurückgelaufen. »Das hier führt in den Innenhof zu den Ruinen der antiken römischen Villa. Theoretisch kommt man von da schon nach draußen. Aber es ist ganz schön verzwickt, man muss über mehrere Feuerleitern klettern. Und überall sind Kameras. Also solche, die auch funktionieren, nicht bloß Attrappen wie in den Fluren.

»Wie bitte? Sie sagen, die Kameras in den Fluren sind nicht scharf gestellt?«, fuhr Granata den Mann an.

»Das ist doch nicht meine Schuld«, entgegnete er. »Die Musiker haben sich überwacht gefühlt und sich so oft an den Kameras zu schaffen gemacht, dass die Kosten der Instandsetzung irgendwann zu hoch wurden. Was haben die nicht alles angestellt! Kaugummi, Sekundenkleber, durchgeschnittene Kabel … Also hat man sich im Stillen darauf geeinigt, dass die Musiker hier auf den Gängen und in ihren Garderoben machen können, was sie wollen. Alle Kameras draußen, im Foyer und in den Publikumsbereichen, funktionieren aber.«

Di Bernardo seufzte. Das erschwerte ihre Arbeit um ein Vielfaches. Er stieß die Tür auf. Draußen war es längst dunkel geworden, die Luft roch nach Akazien. Als er aufsah, blickte er direkt in eine der Kameras; das kleine rote Kontrolllicht blinkte. Er verzog das Gesicht zu einer säuerlichen Grimasse, dann wandte er sich ab.

»Nun gut. Unser IT-Mann soll sich die Videoaufnahmen des gesamten Tages besorgen. Wie viele solcher Türen gibt es, Signor Ottobre?«

»In jedem der Außengänge eine.«

»Was ist mit den Notausgängen, sind dort intakte Kameras installiert?«

»Ja, auf jeden Fall.«

»In Ordnung. Gehen wir weiter und stoppen die Zeit.«

Im nächsten Moment ertönte ein Stück weit hinter ihnen ein gellender Schrei.

Di Bernardo rannte den Gang zurück, dicht gefolgt von Granata und Ottobre. Als das Künstlerzimmer in Sicht kam, streckte er den Arm zur Seite aus, um die beiden Männer aufzuhalten.

Eine schmale rothaarige Frau stand im Türrahmen zu Gallois' Garderobe. Sie presste sich die Hand auf den Bauch und rang keuchend nach Luft.

Di Bernardo ging langsam auf sie zu.

»Signora ...?«, fragte er sanft. Sie sah zu ihm auf, die grünen Augen weit aufgerissen, die Wimperntusche verlaufen.

»Was haben Sie mit meinem Mann gemacht?«, schrie sie.

Di Bernardo zuckte zusammen. Er hatte einiges an Erfahrung, und trotzdem wusste er nicht recht, wie er mit der Situation umgehen sollte. Die Frau eines ermordeten berühmten Musikers traf man nicht gern am Tatort. »Mein aufrichtiges Beileid«, sagte er schließlich mit gesenkter Stimme.

Signora Gallois klammerte sich an seinen Arm. »Lassen Sie mich durch, bitte.«

Di Bernardo roch den Alkohol in ihrem Atem. Er sah fragend zu Federica, sie nickte. Er führte die Signora am Arm zu dem Leichnam. Ein Laken war über den Körper gebreitet.

»Das ist kein schöner Anblick«, erklärte er und hielt ihre Hand zurück, als sie das Laken von dem zerschossenen Kopf ziehen wollte. »Sind Sie sicher, dass Sie das möchten?«

»Ich muss doch wissen, ob es wirklich Emile ist«, sagte sie schluchzend.

»Sie kennen seine Hände wie sonst niemand«, sagte Di Bernardo ruhig. »Und ich bin hier, wenn Sie mich brauchen.«

Er trat einen Schritt zurück und gab Granata ein Zeichen. »Holen Sie Gio... Nein, den Polizeipsychologen, wie hieß er noch mal?«

»Bruno Dall'Ongaro«, sagte Granata.

»Genau. Zur Unterstützung.« Dall'Ongaro vertrat Giorgia, während sie in Mailand ihr Glück versuchte. Er hoffte, dass es ihr dort nicht gefiele. Aus vielerlei Gründen.

Im nächsten Moment warf sich Signora Gallois auf den

Leichnam ihres Mannes und begann wild zu schluchzen. Di Bernardo bemerkte das winzige Zucken von Granatas Lidern. Fragte sich sein Kollege auch gerade, ob das hier alles bloß eine Inszenierung war?

7

An diesem späten Abend zeigte Rom sich von seiner lieblichen Seite. Die Schwüle hatte sich verzogen, und die Luft roch nach verdunstendem Regen und dem kaum wahrnehmbaren, zimtigen Duft der Platanen. Als Di Bernardo über den Ponte del Risorgimiento fuhr, spiegelte sich das Licht der Straßenlaternen auf dem Tiber. Ein kleines Hausboot tauchte unter dem Baldachin aus Ästen und Blättern auf, dann bog er auch schon auf die Hauptstraße ein, die am Fluss entlang Richtung Prati führte.

Die Via Crescenzio lag direkt am obersten Zacken des sternförmigen Adriano-Parks, in dessen Herz die Engelsburg aufragte. Hinter den schwarzen Silhouetten der Pinien waren die angestrahlten Mauern zu erkennen. Als er neu nach Rom gekommen war, vor drei Jahren, war er häufig abends über den Ponte Sant'Angelo in Richtung Burg spaziert und hatte, ein Pistazien- oder Schokoladeneis aus einer der traditionellen *gelaterie* in der nahen Via di Coronari in der Hand, die besondere Atmosphäre aus Straßenmusikern und Künstlern in sich aufgesogen, hatte den Kopf in den Nacken gelegt und zu der Skulptur des Erzengels Michael hinaufgesehen, der Zeuge der wechselhaften Geschichte der Burg war. Ursprünglich als Mausoleum für Hadrian erbaut, wurde sie zur Kastellburg erweitert und diente als Zitadelle, Schatzkammer, Gefängnis der Inquisition, Zufluchtsstätte für die Päpste, Museum und romantisches Fotomotiv. Das Schicksal des Castel Sant'Angelo war so facettenreich wie die menschliche Natur und spiegelte neben all dem Glanz auch deren grausame Aspekte wider.

Di Bernardo parkte unweit der angegebenen Hausnummer und warf einen Blick auf die Uhr. Es war kurz vor halb zehn. Er zog sein Telefon aus der Sakkotasche. Am frühen Abend hatte er Alberto geschrieben, sein Sohn wollte direkt ins Krankenhaus zu Del Pino fahren. Rasch rief er ihn an.

»Ciao, Papà! Roberto ist schon entlassen worden, alles halb so schlimm.« Er senkte die Stimme. »Ich bin bei ihm zu Hause, damit er nicht allein ist.«

Di Bernardo runzelte die Stirn. »Was ist denn mit seiner Freundin?«

»Lange Geschichte«, flüsterte Alberto. »Ich bleib heute Nacht hier. Wir spielen gerade Buracco, er zockt mich total ab. Ich wette, seine Karten sind gezinkt.«

Di Bernardo grinste erleichtert. Das klang ganz nach Roberto. »Hast du denn was gegessen?«

»Wir haben den Borschtsch ins Klo entsorgt, wobei das vermutlich gegen die Gefahrenstoffauflagen verstößt. Jetzt haben wir erst mal Pasta gekocht. Kommst du noch vorbei? Nachtisch wäre nicht übel.«

»Ich glaube, das wird zu spät. Ich bin noch am Arbeiten.«

»Oh, schade.«

»Sag Roberto viele Grüße, ich melde mich nachher noch mal.«

»*Va bene!*«

Di Bernardo streckte den Rücken durch. Del Pino ging es gut. Ihm fiel ein Stein vom Herzen. Er stieg aus und lief die paar Schritte über den holprigen Bürgersteig zu dem schmiedeeisernen Tor, das zur Hausnummer 10b führte. Mit zusammengezogenen Brauen suchte er nach dem Namensschild von Ephraim Azzaria. Hoffentlich war der Maestro zu Hause. Noch im Parco della Musica hatte er sich erste Informationen beschafft. Azzaria war italienisch-israelischer Abstammung und pendelte zwischen

Rom und Leesburg, Virginia, um die Symphonieorchester hier und in Washington, D.C. zu leiten.

Kurz nachdem er auf die Klingel gedrückt hatte, öffnete sich das Tor mit einem leisen Surren. Di Bernardo ging durch einen dicht bewachsenen Vorgarten zu dem leicht nach hinten versetzt liegenden Jugendstilhaus. Bewegungsmelder sprangen an und erleuchteten den Weg. Die sepiafarbene Fassade des Mehrfamilienhauses war bis zum ersten Stock mit Wein berankt.

Die Sprechanlage knisterte, dann vernahm Di Bernardo ein knappes *»Si?«*. Kaum hatte er seinen Namen genannt, ertönte der Türsummer. Ob der Maestro ihn erwartete?

Im Innern verströmte das Haus mit seinen in Beige- und Brauntönen gehaltenen Fliesen, der floralen Bordüre und den Hängelampen aus satiniertem Glas unaufdringlichen Luxus. Di Bernardo warf einen Blick auf das Namensschild im Erdgeschoss – hier war er falsch. Die Stufen hinauf in die oberen Stockwerke waren aus poliertem dunklem Holz, sie knarzten unter seinen Schritten. Ganz oben öffnete sich eine Tür. Di Bernardo beschleunigte seine Schritte.

Im vierten Stock erwartete ihn ein mittelgroßer Mann um die fünfzig, mit scharf geschnittenem Gesicht, sonnengebräunter Haut und dunklen Augen. Der morgenländische Einfluss in den Genen des Mannes war unverkennbar. Di Bernardo hatte sich unter einem Maestro einen elegant gekleideten Herrn mit leicht arroganter Miene in einem luxuriösen Ambiente vorgestellt, doch Azzaria trug einen grauen Jogginganzug, der seine besten Tage weit hinter sich gelassen hatte, und ausgetretene Hausschuhe.

»Tut mir leid, ich habe nicht richtig verstanden, wer Sie sind«, empfing ihn Azzaria mit fragendem Blick.

»Commissario Di Bernardo, ich komme von der Questura.«

Er zog seine Marke und den Ausweis aus der Sakkotasche und hielt beides hoch.

Der Dirigent wirkte verunsichert. »Ist etwas passiert? Ich meine … wenn es bloß darum ginge, dass ich mal wieder zu schnell gefahren bin, würden Sie wohl nicht persönlich vorbeikommen … Treten Sie ein.« Er deutete vage zur Tür.

Di Bernardo empfing ein Chaos aus Koffern, Reisetaschen, von den Füßen gekickten Lederschuhen und einer zugeknoteten Mülltüte. Ottobre hatte nicht übertrieben, was den Ordnungssinn des Maestros betraf.

»Gehen Sie geradeaus in den Salon«, sagte Azzaria, und Di Bernardo bahnte sich einen Weg durch den Flur in das Wohnzimmer, das ebenso chaotisch wirkte. Der Raum wurde dominiert von einem schwarzen Flügel, ringsum eingerahmt von auf dem Boden liegenden Notenstapeln, Büchern, CDs und einigem mehr. Die Einrichtung war opulent und ganz im Stil von Louis-quatorze gehalten, mit throngleichen Lehnsesseln, zierlichen Tischchen und einem exquisiten Sekretär. Das Domizil eines Sonnenkönigs. An der Stirnseite des Raumes befand sich eine zweiflügelige, von schweren Brokatvorhängen umrahmte Tür, die zur Dachterrasse führte. Hinter Zitronenbäumchen in großen Terrakottatöpfen sah Di Bernardo den Rand der Festungsmauer des Castel Sant'Angelo hervorblitzen. Ein beeindruckendes Zuhause.

»Sie sind noch nicht lange in Rom«, sagte Azzaria in Di Bernardos Rücken.

Er wandte sich zu dem Maestro um. »Woher wissen Sie das?«

Azzaria verzog den Mund zu einem süffisanten Grinsen. »Die alten Ruinen da draußen fallen Ihnen noch ins Auge. Wenn Sie mal zwanzig Jahre hier leben, dann interessiert es Sie weitaus mehr, ob der Espresso in der Bar an der Ecke auch die richtige Crema hat.«

Di Bernardo nickte. »Maestro … Sie haben heute Abend die Generalprobe für die Aids-Gala im Parco della Musica dirigiert …«

»Ein Desaster!« Der Dirigent fuhr sich durch das kurze grau melierte Haar. »Die Geiger bringen mich noch ins Grab! Das Thema muss schwelgen, da ist Leidenschaft drin … das kann man nicht einfach so runternudeln! Ich …«

»Signor Azzaria …«, unterbrach ihn Di Bernardo sanft, aber entschlossen. »Ich bedauere sehr, Ihnen mitteilen zu müssen, dass Emilie Gallois, der Pianist, tot aufgefunden wurde.«

Aus Azzarias Gesicht wich jede Farbe. »Was sagen Sie? … Um Gottes willen. Emile? Emile ist tot?!« Azzarias Atem ging schnell, seine Augen irrten umher. »Das … das ist nicht wahr. Sagen Sie es, Commissario! Sagen Sie mir, dass es nicht wahr ist!«

Di Bernardo schüttelte sachte den Kopf. »Es tut mir leid.«

»Aber wie …? Das ist doch nicht möglich … ich habe ihn vorhin noch gesehen. Da ging es ihm gut. Was …«

Di Bernardo führte Azzaria zu einem Fauteuil und schob den Kleiderhaufen zur Seite. »Bitte setzen Sie sich, Maestro.« Azzaria folgte seiner Aufforderung und presste sekundenlang die Lider zusammen.

»Was wollen Sie mir sagen, Commissario?«

»Signor Gallois wurde heute nach der Probe in seiner Künstlergarderobe erschossen.«

Azzaria riss die Augen auf, dann schlug er die Hände vors Gesicht und begann zu weinen.

Di Bernardo war von dem emotionalen Ausmaß der Reaktion ein wenig überrascht, andererseits waren diese Musiker eben ein leidenschaftliches Völkchen. »Es tut mir außerordentlich leid, Maestro.« Nichts hasste Di Bernardo mehr als die Pflicht, Angehörige oder Freunde des Opfers über dessen Tod informieren zu müssen. Jedes Mal fühlte er sich so hilflos. Was er auch sagte, es spendete keinen Trost, schon gar nicht bei einem Gewaltverbrechen. Zugleich aber musste er Augen und Ohren offen halten, denn in diesem Stadium der Ermittlungen war nahezu jeder verdächtig.

Azzaria wischte sich mit beiden Händen über das tränennasse Gesicht. »Ich … ich wäre jetzt gern allein, Commissario. Wenn es Ihnen nichts ausmacht.«

Di Bernardo hatte gehofft, einige Informationen aus dem Dirigenten herauszubekommen, doch augenscheinlich war das gerade nicht möglich. Einem Impuls folgend, beschloss er, den Mann nicht weiter zu bedrängen.

»Selbstverständlich. Ich würde dann morgen wiederkommen und Ihnen ein paar Fragen stellen.«

Azzaria nickte benommen und stand auf. Für einen Moment taumelte er und stützte sich dann an der Armlehne seines Sessels ab. Di Bernardo überlegte noch, ob der Mann Hilfe brauchte, als er die Worte hörte, kaum mehr als ein Flüstern.

»Emile und ich … wir haben uns geliebt.«

Di Bernardo hielt überrascht inne.

»Sie … Sie beide waren ein Paar?«

In Azzarias Gesicht zeichneten sich die unterschiedlichsten Gefühle ab: Sehnsucht, Liebe, Verletztheit, Leere, Trauer …

»Emile und ich haben uns anderthalb Jahre nach seiner Hochzeit kennengelernt.«

Caspita! Die Beziehung hatte der Saalwart mit keinem Wort erwähnt. Und auch die heftige Reaktion der Signora wollte nicht zu dieser Information passen. Also hakte Di Bernardo nach. »Wusste Emiles Ehefrau von Ihnen und Ihrer Beziehung?«

Azzaria hob das Kinn. »Ja, natürlich.«

Di Bernardo stieß einen unhörbaren Pfiff aus und überschlug die Fakten. Emile Gallois hatte mit vierundzwanzig Jahren geheiratet. Demnach hatte die Affäre mit Azzaria dreizehn Jahre gedauert. Dreizehn Jahre waren eine lange Zeit für Cristina Gallois, um mit der Affäre ihres Ehemanns umgehen zu lernen. Sie zu akzeptieren. Oder eben nicht.

»Gibt es jemanden, der Ihnen heute Abend beistehen könnte?«, fragte er besorgt.

Azzaria schüttelte den Kopf, er wirkte völlig erschöpft. »Ich komme allein zurecht. Aber danke, Commissario.«

»Ich rufe Sie morgen an. Und … mein aufrichtiges Beileid, Signor Azzaria.«

Als Di Bernardo die Tür erreicht hatte, meinte er den Blick des Dirigenten im Nacken zu spüren. Instinktiv drehte er den Kopf und blickte zurück.

»Emile … er hatte sich endlich dazu durchgerungen, sich scheiden zu lassen. Wir … wir wollten heiraten«, sagte Azzaria und starrte ihn an. »Das sollten Sie vielleicht wissen.«

8

Aufgewühlt trat di Bernardo aus dem Haus. Seine Schulter streifte eine Mimose, die gefiederten Blätter kräuselten sich.

Als er seinen Wagen erreichte, sah er auf die Uhr; die Begegnung mit Azzaria war kürzer ausgefallen als erwartet. Einen Moment überlegte er, ob er zu Alberto und Del Pino fahren und den Mord hinter sich lassen sollte. Er war müde, ein stechender Schmerz durchfuhr seinen Hinterkopf. Die Wendung, die der Fall genommen hatte, fraß sich in seine Gedanken. All das abschütteln zu können war eine Illusion. Er beschloss, zu Fuß zu gehen, um seine Eindrücke zu sortieren.

Ein leichter Wind war aufgekommen. Di Bernardo stellte den Kragen seines Sakkos auf und überquerte die Straße. Unwillkürlich blickte er nach oben, zur Dachterrasse des Maestro. Die Vorhänge waren bis auf einen schmalen Spalt zugezogen.

An der Festungsmauer entlang lief er Richtung Tiber. Noch immer waren Touristen unterwegs, ihr weinseliges Gelächter erfüllte die Luft. An der Ecke der Piazza Pia bog er rechts ab. Vor ihm erstreckte sich die Via della Conciliazione, die zentrale Auffahrt zum Petersplatz. Azzaria mochte recht haben, er lebte noch nicht lange genug in Rom, dass ihn ein Anblick wie der des Petersdoms nicht berührt hätte. Ein einziges Mal war er im Dom gewesen, hatte die Seitenschiffe und die Sixtinische Kapelle besichtigt und Ehrfurcht verspürt. Für einen weiteren Besuch hatte die Zeit noch nicht gereicht.

An überquellenden Mülleimern vorbei lief er in Richtung Petersplatz. Eine Ratte kreuzte seinen Weg, einen Kanten Brot zwischen den spitzen Zähnen. Der weitläufige Platz war menschenleer, ein ebenso seltener wie wohltuender Anblick. Di Bernardo ging am Obelisken vorbei bis vor zur Absperrung, hinter der sich dunkle Plastikstühle reihten, und starrte auf die Basilica San Pietro, als böte sie Antworten auf die tausend Fragen in seinem Kopf.

Weder Ottobre, der Saalwart, noch die Orchestermusiker hatten durchblicken lassen, etwas von der Beziehung zwischen dem Maestro und dem Solisten gewusst zu haben. Was sagte ihm das? Alle waren betroffen gewesen, bemüht, zur Aufklärung des Falles beizutragen. Einige der älteren Musiker hatten erschüttert gewirkt, manche sogar geweint. Der erste Geiger kam ihm in den Sinn, und er ertappte sich dabei, wie sich Fragen aufdrängten. War die Beziehung zwischen Azzaria und Emile wirklich die einzige gewesen, die er neben seiner Ehe hatte? Wie hatten sie diese überhaupt gelebt? Oder gab es weitere Affären? Dreizehn Jahre unter solch prekären Umständen konnten nicht ohne Konflikte abgelaufen sein. Und dann war da Cristina. Granata und er hatten sie nicht mal nach einem Alibi gefragt. Er hatte ja keine Ahnung gehabt!

Sein Telefon klingelte, es war der Questore.

Mit knappen Worten erstattete Di Bernardo Bericht.

»Gallois? Schwul?« Borghese seufzte. »Irgendwas ist doch immer.«

»Offenbar wollte er die Scheidung.«

Borghese räusperte sich. »Sind Sie sich da sicher?«

»Das war es, was Azzaria mir sagte.«

»Eine Pantaleoni? Geschieden? Das wäre eine Katastrophe!« Tief holte der Questore Luft, ein untrügliches Zeichen dafür, dass er zu einem seiner Vorträge ansetzte.

»Die Familie Pantaleoni ist hoch angesehen und erzkatholisch. Sie besitzen noch immer einen Großteil der Landgüter in den Albaner Bergen. Haben Sie nie den Palazzo in Castelli Romani gesehen?«

»Irgendwo dort liegt doch die Sommerresidenz des Papstes, oder?«

»Genau, das grandiose Castel Gandolfo am Albaner See. Und was folgern Sie daraus?«

»Dass die Familie mit dem Vatikan verbandelt ist?«

»Exakt. Das Geschlecht der Pantaleoni hat über Jahrhunderte hinweg bedeutende Kirchenfürsten hervorgebracht. Der eher weltliche Teil der Familie war und ist im Aufsichtsrat der Vatikanbank aktiv.«

Di Bernardo pfiff durch die Zähne. Das roch nach Macht und Einfluss. Und dennoch …

»Sie meinen, eine Scheidung wäre da nicht drin? Das geschieht doch längst sogar an Königshäusern.«

»Ja, aber wir sind hier nicht bei den Anglikanern. Eine Annullierung wäre vielleicht denkbar, zumal die Ehe kinderlos ist. Aber nach all den Jahren? Das wäre ein handfester Skandal.«

»Nun, das erklärt zumindest, warum die Signora sich bislang arrangiert hat. Aber warum hat sie ihn überhaupt geheiratet, wenn sein Interesse offenbar eher dem eigenen Geschlecht galt? Und wieso sollte sie jetzt bereit sein, in eine Scheidung einzuwilligen?«

»Pfff. Wenn überhaupt stimmt, was dieser Dirigent sagt.«

»Seine Trauer wirkte echt. Der Mann war tief betroffen. Wohingegen Signora Gallois mir etwas … nun ja, exaltiert schien.«

»Mir gefällt nicht, was Sie da andeuten wollen.«

»Mir noch weniger«, brummte Di Bernardo. Er hasste es, wenn ein Fall zum Skandal wurde. Wenn links und rechts und geradeaus nichts als Fettnäpfchen waren, die nur darauf warteten, dass er mit beiden Füßen hineintrat.

»Kommen Sie morgen um halb acht in mein Büro, dann besprechen wir das Vorgehen«, beschied Borghese und verabschiedete sich.

Di Bernardo setzte sich auf die metallenen Stufen, die zur Poste Vaticane hinaufführten, und stützte das Kinn in die Hände. Morgen würde er erneut zu Azzaria fahren und auch Signora Gallois einen Besuch abstatten müssen. Was mochte in ihr vorgegangen sein, als sie begriffen hatte, dass ihre Ehe, die angeblich ohnehin eine Farce gewesen war, nun endgültig vorbei war?

Er dachte an seine eigene Ehe zurück, all die Jahre voller Streit, die Vorhaltungen, die wachsende Entfremdung. Halbherzige Versuche, die Risse zu kitten, Brücken, die man schlug, um die Schützengräben zu überwinden, und die doch dicht am Abgrund endeten. Er war resigniert gewesen, doch letztlich auch erleichtert, als Monica, Albertos Mutter, ihn um die Scheidung gebeten hatte. Was, wenn sie es nicht getan hätte? Wenn sie es nicht hätten tun dürfen? Wenn sie weiter hätten ausharren müssen? Hätten sie sich irgendwann gehasst? Oder wären sie sich völlig gleichgültig geworden? Leere anstelle von Liebe? Ihn schauderte.

Er holte sein Handy hervor und googelte das Ehepaar Gallois. Als er die Bilder aufrief, geriet er ins Grübeln. Die Fotos zeigten zwei strahlende Menschen – ein offenbar glückliches, geradezu glamouröses Paar. Untergehakt, ihr Kopf an seiner Schulter, sein Arm, der sie umfasste … aneinandergeschmiegt, einander zugewandt, ein offenes Lachen, intensiver Blickkontakt … Das alles sollte bloß Show sein? Er zoomte eines der Bilder näher heran, beide waren darauf von hinten zu sehen, die Köpfe nach rechts gewandt, zu einem modernen Gemälde, das gerade enthüllt wurde. Cristina Gallois trug ein bodenlanges, rückenfreies Abendkleid. Emiles Hand lag auf dem Rücken seiner Frau. Zwei

Fingerkuppen hatten sich unter den Saum des Ausschnitts nahe der Taille geschoben, Haut auf Haut, in einer zärtlich-besitzergreifenden Geste. Er suchte nach dem Datum, an dem das Bild aufgenommen worden war. Anfang April diesen Jahres, bei einer Vernissage.

Di Bernardo blickte auf. Sah so ein Paar aus, das sich scheiden lassen wollte? Das eine Ehe nur vortäuschte? Für einen Moment zweifelte er an Azzarias Behauptung. Doch dann rief er sich die Reaktionen des Mannes ins Gedächtnis. Den Schock, die Verzweiflung, die Trauer … das war echt gewesen, ohne Zweifel.

Di Bernardo hielt es nicht länger auf den unbequemen Stufen, er stand auf. Was, überlegte er, wenn Azzaria nur gehofft hatte, Emile würde seine Gefühle teilen, würde ihn begehren, zu ihm stehen? Wenn alles oder vielleicht auch nur die Sache mit dem Heiraten allein seiner Fantasie entsprang? Wenn es in Wahrheit zu einer Auseinandersetzung gekommen war …

In rasender Geschwindigkeit stürzten die Bilder auf ihn ein. Azzaria, der hinter Emile die Bühne verließ. Ihn in seiner Garderobe aufsuchte, ihn unter Druck setzte, ihn bedrohte … Ein Streit, dann der Schuss … Der Saalwart, der, zerrissen in seiner unbedingten Loyalität zu zwei verschiedenen Künstlern, ausblendete, was er gehört hatte, und beharrlich darüber schwieg …

Di Bernardo rieb sich den Hinterkopf, der Schmerz war stärker geworden. Er würde Azzarias Behauptung überprüfen. Dreizehn Jahre waren die beiden angeblich zusammen gewesen … Irgendwelche Spuren mussten sie hinterlassen haben. Wenn nicht hier, in Rom, dann bei ihren Gastspielen in Europa, in den USA. Irgendjemand musste Bescheid wissen.

Di Bernardo massierte sich den Nacken und rief sich die Begegnung mit Cristina Gallois in Erinnerung. Dann dachte er an Azzaria in seinem leicht verkommenen Zuhause. An seine Arroganz und seine Trauer. Irgendetwas passte nicht zusammen.

In Momenten wie diesen wünschte er sich Giorgia an seine Seite. Sie war nicht umsonst Polizeipsychologin geworden, mit ihrem untrüglichen Gespür für all das, was Menschen vor anderen verbergen wollen. In ihrer gemeinsamen Zeit hatte es nur wenig gegeben, das er vor ihr hatte geheim halten können. Ein forschender Blick aus ihren großen braunen Augen, eine Hand, die sich sanft, aber bestimmt auf seine legte ... und dazu Hunderte kleiner Fragen.

Er hatte ihr sogar von Camilla erzählt, seiner kalabrischen Liebe. Sie war Anwältin gewesen, eine hartnäckige, scharfsinnige Frau und eine Utopistin zugleich. Sie hatten die Liebe zur Gerechtigkeit geteilt. Mit Camilla hatte er nach seiner gescheiterten Ehe wieder träumen können. Er hatte spüren dürfen, wie zwei Menschen eine Synergie erzeugten, wie trotz der unbarmherzigen Realität Kalabriens sein Glaube an das Gute im Menschen wuchs und mit ihm die Hoffnung, die Welt könnte ein besserer Ort werden, wenn man dem Übel die Wurzel zog. Bis die 'Ndrangheta Camilla getötet hatte.

Di Bernardo fühlte tief in sich wieder die Leere, die ihn nach ihrem Tod heimgesucht hatte. Leere und Schuldgefühle, weil er Camilla nicht hatte beschützen können.

Jahre später war Giorgia da gewesen, als er den Schmerz erstmals an sich herangelassen hatte. Doch dann, eines schönen Tages, hatte er erkennen müssen, dass er ihr nicht genügte. Ausgerechnet mit diesem Erbsenzähler Campresi hatte sie ihn betrogen.

Er ballte die Faust und machte sich auf den Weg zurück zu seinem Auto.

Vielleicht war Camillas Schatten zu groß, zu dunkel. Man sagte ja, die Zeit heile Wunden. Welch ein Unsinn. Der Schmerz verging nicht, man gewöhnte sich nur an ihn und lebte weiter, irgendwie. Auch heute, hier, an diesem lauen Abend, spürte er noch immer die Stiche, die beide Verluste ihm beschert hatten. Camilla, Giorgia. Doch er spürte auch, dass sein Herz mehrere Kammern hatte, und eine davon nahm Giorgia noch immer ein.

Am kommenden Wochenende würde sie zu Besuch nach Rom kommen. Plötzlich konnte er es kaum erwarten.

Bis dahin lag jedoch noch einiges an Arbeit vor ihm. Er würde als Erstes mit Signora Gallois reden müssen. Doch welche Aussagen konnte er schon von einer Frau erwarten, die fast fünfzehn Jahre lang für die Öffentlichkeit Theater gespielt hatte?

9

San Luca, Calabria, im April 1973

Kies knirschte unter Don Giuseppes Schuhen, als er durch den Garten zu seinem Palazzo lief. Die ersten *santisti,* die heiligen Brüder aus der ganzen Provinz, würden sich in Kürze zur *mangiata* einfinden.

Brüder … Er verkniff sich ein Lachen. Sie waren ein Haufen übergewichtiger, alternder Männer, die ahnten, dass ihnen die eigene Bedeutsamkeit schneller entglitt als das Leben selbst. Sie waren nicht Manns genug, um sich gegen die Schraubzwinge seiner Macht zur Wehr zu setzen. Er hatte sie alle in der Hand. Schließlich hatte er schon lange begriffen, dass die Position eines Mannes nicht mit der Anzahl seiner Schläger und Schützen einherging. Wissen war ein Pfeiler seiner Macht, Wissen um die schmutzigen Geheimnisse seiner Brüder, die er akribisch in seiner Chronik festhielt. Der zweite Pfeiler aber war die Unvorhersehbarkeit. Seine willkürlichen Bestrafungsaktionen, die nicht haltmachten vor Frauen und Kindern, schufen ein Klima der Angst, in dem seine Macht gedieh wie der Mohn auf den Feldern im fernen Afghanistan.

Und dennoch war er wachsam und stets auf der Hut. Auf der Hut vor sich selbst. Er wäre nicht der erste *padrino,* der sich und seinen Einfluss überschätzte.

Sein Blick wanderte über die Terrasse und hinunter auf San Luca und die umliegenden Ortschaften. Sein Reich. Hier war sein Wort Gesetz, von hier breitete seine Macht sich aus in die gesamte Provinz.

Doch was ihn weit mehr interessierte, war der Norden. Der Norden des Landes und die Länder nördlich der Alpen. Hunderttausende Italiener waren in die Schweiz und nach Deutschland gegangen. Diese Narren. Glaubten, sie wären bei den Kartoffelfressern in Sicherheit vor dem langen Arm der 'Ndrangheta. Vielleicht sollte er mit Salvatore mal einen kleinen Ausflug machen. Nach Rom, dann nach Turin und anschließend über die Grenze. Es war an der Zeit, dass sein Sohn Verantwortung übernahm.

Das Läuten der Glocken von San Sebastiano klang aus dem Tal herauf. Nur Minuten später trafen seine *santisti* ein. Sie schüttelten ihm die Hände, küssten ihm die Wangen. Es gab viel zu besprechen.

»Wohlan, setzt euch und greift zu«, forderte er die Männer auf und deutete zu der reich gedeckten Tafel im Esszimmer.

Nur zu gern folgten sie seiner Einladung. Ein gutes Abendessen, ein süffiger Wein, eine gesegnete Nacht.

»Entschuldige, ich habe mich verspätet«, sagte Pasquale und trat auf ihn zu.

Giuseppe verengte die Augen zu Schlitzen. Eine gute Stunde saßen sie schon zusammen, und erst jetzt bemühte sich dieser Stümper dazu? War er zu dumm gewesen, das nächtliche Feuerwerk vorzubereiten?

Unwillig erhob er sich. Pasquale küsste ihn links und rechts auf die Wange. Ob Bruder- oder Judaskuss, wer wusste das schon? Der Übelkeit erregende Geruch seiner Pomade kroch ihm in die Nase. Er konnte den Verlobten seiner Schwester Aurora nicht ausstehen, aber bald wäre er Teil der *famiglia.* Heute Nacht würde er den heiligen Eid schwören, *Il Giuramento del Veleno.* Und dann würde das Feuerwerk losgehen, zwölf Wagen der Carabinieri würden explodieren, und im dreizehnten, da würde ein Kind verbrennen.

10

»Um Himmels willen, Di Bernardo! Sie können die Duchessa Pantaleoni doch nicht mit Signora anreden!« Der Questore fuhr sich mit beiden Händen über den Kopf, als wollte er das nicht mehr vorhandene Haupthaar glätten.

»In allen Klatschblättern, in Zeitungen, Magazinen wird sie aber genau so genannt.«

Borghese ließ sich in seinem Stuhl nach hinten sinken und verschränkte die Arme hinter dem Kopf. »Hören Sie. Auch wenn die Monarchie und mit ihr der Adelsstand nach dem Zweiten Weltkrieg abgeschafft wurden, ist das Standesbewusstsein nicht einfach verschwunden. Jahrhundertelange Traditionen und Herrschaftsstrukturen lassen sich nicht mir nichts, dir nichts abschaffen. Und ich verlange ja auch gar nicht, dass Sie sich unterwürfig geben. Aber erweisen Sie der Duchessa um Himmels willen Ihren Respekt.«

»Ich erweise jeder Frau Respekt. Ob sie nun im Vorzimmer arbeitet oder in ihrem Palazzo sitzt.« Er hatte schon sagen wollen: »… auf der Straße arbeitet«, aber er wollte Borghese nicht unnötig provozieren. Nicht um 7:42 Uhr und vor seinem ersten Espresso.

»Ach, kommen Sie, Sie wissen genau, was ich meine. Das Standesbewusstsein des Adels ist schließlich kein Snobismus, sondern ein Erbe und eigentlich noch mehr als das, nämlich Kulturgut. Ein Zeichen der Beständigkeit. Sehen Sie sich doch um, hier in Rom oder, schlimmer noch, in Neapel, in Catania, in ganz Europa. Die Menschen haben ihre Werte verloren, sie brauchen dringend wieder geistig-moralische Führung.«

»Durchaus. Aber warum sollte ausgerechnet eine Signora Pantaleoni-Gallois, die möglicherweise ein starkes Motiv hätte, ihren Ehemann zu töten, in der Lage sein, geistig und moralisch zu führen?«

»Himmel, weil sie eine Pantaleoni ist! Die Familie wurde vom Heiligen Stuhl zu einer Zeit in den Adelsstand erhoben, da gab es die Di Bernardos noch gar nicht!«

»Vielleicht von Papst Alexander VI.?«, gab der Commissario zurück.

Borgheses Gesicht lief rot an, auf seiner Glatze bildete sich ein Schweißfilm.

Di Bernardo wusste auch nicht, was ihn gerade ritt. Zuzeiten des lasterhaften Papstes konnten über Monate hinweg keine Messen gelesen werden, weil er und etliche seiner Kardinäle an Syphilis erkrankt waren. Nein, er wollte nicht lästern und auch nicht pauschal urteilen. Aber er war nun mal nicht bereit, einen Menschen allein aufgrund seiner noblen Herkunft anders zu behandeln, ihn zu bevorzugen, ihm Sonderrechte zu gewähren und hehre Eigenschaften zuzusprechen. *Basta!* Er stand auf.

»›Freundlichkeit ist eine Sprache, die Taube hören und Blinde lesen können‹«, zitierte er Mark Twain, dessen Bücher er in seiner Jugend verschlungen hatte. »Selbstverständlich werde ich die Signora mit Freundlichkeit und gebührendem Respekt behandeln, das brauchen Sie mir nicht extra zu sagen. Ich werde in ihrer Gegenwart auch nicht in der Nase bohren oder mich im Schritt kratzen. Das sollten Sie eigentlich wissen.« Alberto hätte seine kleine Ansprache gewiss gefallen.

Borghese atmete seufzend aus. »Sachte, sachte, so habe ich das doch gar nicht gemeint. Aber die Presse sitzt mir im Nacken, das muss Ihnen doch klar sein. Lassen Sie uns einen Espresso trinken, und dann machen Sie sich an die Arbeit.« Nach einem schnellen Blick auf die Uhr räusperte er sich. »Allerdings sollten Sie nicht vor zehn bei der Duchessa vorstellig werden.«

Vermutlich würde er ihm gleich noch die imaginären Flusen vom Jackett pusten, dachte Di Bernardo.

»Und was ist mit Azzaria? Gestatten Sie mir, bei ihm früher aufzukreuzen?«

Borghese breitete die Hände aus. »Mit dem Musikervolk kennen Sie sich doch besser aus. Stehen die überhaupt vor Mittag auf? Man hört ja so einiges.«

Jetzt war es an Di Bernardo zu seufzen. Unwillkürlich dachte er an Arabella, die in seinen letzten Fall verwickelte Stargeigerin. Eine faszinierende Frau, etwas exaltiert und verlogen, aber begnadet in ihrem Spiel. Er hätte ihr nächtelang zuhören können. Giorgia hatte sie gar nicht gemocht. Aber das war wieder ein anderes Thema.

Im nächsten Moment erschien Anna Cantoni, seine frühere Schreibkraft, die Borghese als Vorzimmerdame für sich rekrutiert hatte. Sie balancierte zwei Espressotassen in einer Hand.

»*Ciao,* Anna!«, grüßte Di Bernardo. »Vermissen Sie uns gar nicht?« Die junge Frau mit dem Fünfzigerjahre-Fimmel hatte ihm einiges an Arbeit abgenommen, sie war ein wahres Organisationstalent und fast immer gut gelaunt.

Hinter ihrer Retrobrille blinzelte sie ihm zu und reichte ihm seinen Espresso. Ein *biscotto* mit gerösteten Mandeln lag auf dem Unterteller.

»Wieso habe ich keinen Keks?«, monierte Borghese.

»Ah, *capo,* Sie wollten doch auf Ihre Figur achten«, sagte sie vergnügt und legte den Kopf schief. »Nachdem der Commissario schon so erfolgreich abgenommen hat …«

Di Bernardo grinste in sich hinein. Monatelang hatte er sich gequält, war Joggen gegangen, hatte versucht, das Abendessen auszulassen und sich regelmäßig nachts um zwei selbst vor dem Kühlschrank ertappt. Dann hatte er sich seine Hemden einfach eine Nummer größer gekauft und war sehr zufrieden mit dieser Lösung.

Es klopfte, und Del Pino stand in der Tür, blass, mit dunklen Ringen unter den Augen, aber einem schelmischen Zug um den Mund.

»Rieche ich hier Kaffee?«, fragte er in die Runde.

Di Bernardo stellte rasch seine Tasse ab und stand abrupt auf.

»Roberto!« Er schlug seinem Ispettore freundschaftlich auf die Schulter. Auch Borghese hatte sich erhoben.

»Del Pino! Was bin ich froh, dass Sie wieder da sind. Aber sind Sie denn schon wieder gesund?«

»Mein Trommelfell hat ein Loch. Solange Sie mich nicht zum Tauchen schicken, *capo,* kann ich prima mitmischen.«

»Sie sind also nicht mehr krankgeschrieben?«

»Ich werde erst recht krank, wenn ich den ganzen Tag zu Hause sitze, das sage ich Ihnen. Bedingt diensttauglich, meint der Arzt. Kein Tauchen, keinen schmutzigen Finger ins Ohr stecken.«

Anna kam wieder herein, eine weitere Tasse Espresso mit gleich drei Keksen in der Hand. Del Pino warf ihr eine Kusshand zu und steckte sich einen *biscotto* in den Mund.

»Also, was hab ich verpasst?«, fragte er mit vollem Mund.

Di Borghese musterte den Ispettore, der es sich in seiner Skinny-Jeans und einem weiß-lila gemusterten T-Shirt auf dem Besuchersessel bequem gemacht hatte.

»Moscino schreibt man doch mit ›h‹«, sagte er und deutete auf die breite Aufschrift auf Del Pinos Shirt. Der sah an sich herunter und schüttelte den Kopf.

»Hm, deshalb war das Teil wohl so billig«, sagte er achselzuckend.

»Fahren Sie nach Hause, ziehen Sie sich was Anständiges an. Das fehlt ja noch, dass meine Abteilung in gefälschter Kleidung bei der Duchessa auftaucht!«

Di Bernardo hustete, um ein Lachen zu verbergen, und trank seinen Espresso in einem Schluck. »Kommen Sie, Roberto. Ich erzähle Ihnen unterwegs, was Sie gestern alles verpasst haben.«

Der Questore trat hinter seinem Schreibtisch hervor und schob Di Bernardo und Del Pino aus seinem Arbeitszimmer, nicht ohne sie noch einmal zu ermahnen.

»Denken Sie dran. Die Paparazzi lauern überall. Geben Sie mir Bescheid, wenn Sie etwas Neues erfahren. Ansonsten erwarte ich Sie heute Abend in meinem Büro, Di Bernardo.« Dann blickte er hinaus in den Flur. »Granata?« Seine sonore Stimme hallte durch den Gang.

Commisario Sergio Granata trat aus seinem Zimmer, er trug noch seinen Parka und war wohl gerade erst eingetrudelt.

»Del Pino ist zurück. Gehen Sie mal wieder zu Ihren Prostituierten!«

Granata grinste schief. »Nichts lieber als das.«

11

»Also hat unsere werte Duchessa die ganzen Jahre an der Ehe festgehalten, und jetzt wollte dieser Klavierspieler sich trotzdem von ihr scheiden lassen? Selten so schnell einen Mord aufgeklärt«, sagte Del Pino und biss so beherzt in sein *cornetto*, dass die Marmelade an den Seiten herausquoll.

Di Bernardo angelte in seiner Sakkotasche nach einem Papiertaschentuch und reichte es ihm. Ein wenig fühlte er sich an die Zeit erinnert, als Alberto klein gewesen war und andauernd gekleckert hatte.

Del Pino wischte sich den Mund ab und fegte die Krümel von seinem Jackett in den Fußraum von Di Bernardos Alfa Romeo. Nach Borgheses Vortrag waren sie rasch bei ihm in der Via Magna Greci vorbeigefahren, wobei in Anbetracht des chaotischen Verkehrs in Rom das Wort »rasch« immer relativ zu sehen war.

»Lassen Sie uns unvoreingenommen an die Sache herangehen«, sagte Di Bernardo jetzt, denn nach seiner Erfahrung waren die einfachen Lösungen selten die richtigen.

Von der Piazza Buenos Aires bog er in die Via Tagliamento ein und suchte nach der kleinen Seitenstraße, in der das Stadthaus der Gallois' gelegen war.

Del Pino spähte rechter Hand aus dem Seitenfenster. »Hier muss doch irgendwo der Fröschebrunnen sein«, sagte er.

»Fröschebrunnen?«

»Ja, die Fontana delle Rane, wo die Beatles nach einem Konzert baden gegangen sind.«

Di Bernardo lachte. »Sie sind mit dem Konzert baden gegangen oder danach?«

»Danach, in ihren Klamotten! Im Brunnen! Das muss 1965 oder so gewesen sein, mein Großvater war damals dabei gewesen und hat ständig davon erzählt. Er hat mir mal ein Autogramm gezeigt, von Ringo Starr. Üble Frisur!« Lachend schlug er sich auf die Schenkel. »Und dazu dieser Zinken …« Robertos eigene Nase war ebenfalls recht ausgeprägt, doch die Parallele schien ihm nicht mal bewusst zu sein. »Wenn ich bei meinem *nonno* war, liefen die ganze Zeit Beatles-Schallplatten, da hatte ich jedes Mal einen Ohrwurm.« Er lehnte sich zurück und summte eine schiefe Version von »Hey Jude«.

Di Bernardo steuerte den Wagen in eine Parklücke unweit ihres Ziels. Er blickte auf die Uhr. Zwanzig vor zehn, für zehn Uhr fünfzehn waren sie bei Signora Gallois angemeldet.

»Wir haben noch Zeit. Lassen Sie uns ein bisschen durch die Straßen laufen«, schlug er vor. »Nach Coppedè kommt man nicht oft.«

»Alles klar, *capo«,* meinte Del Pino und schwang die langen Beine aus dem Wagen. Nicht nur sein Fußraum war voller Krümel, sondern auch der Sitz. Di Bernardo verkniff sich eine unwirsche Bemerkung, denn noch überwog die Erleichterung, dass sein Ispettore relativ unversehrt wieder mit von der Partie war. Sergio Granata hätte das Anwesen der Gallois' vermutlich gleich nach irgendwelchen Stricherjungen durchsuchen lassen.

Der Maimorgen empfing sie mit strahlendem Sonnenschein, als wollte er den tristen Tatbestand des Mordes und der Trauer verhöhnen. Di Bernardo blickte sich um. Das Quartiere Coppedè, das man schwerlich als solches bezeichnen konnte, bestand aus gerade mal siebzehn Villen und gut zwei Dutzend Häusern, die in ihrer illustren Mischung aus Jugendstil, Liberty Style, barocken Elementen und Anklängen an das antike Rom wie

Traumgebilde wirkten. Mystische Tierwesen und mythische Figuren schienen ihn von den Fassaden anspringen zu wollen, als er mit Del Pino im Gefolge in Richtung Piazza Mincio spazierte. Und da war er auch schon, der Brunnen mit seinen dicken, Wasser speienden Fröschen, umrahmt von märchenhaften Gebäuden, die schon oft als Filmkulisse hergehalten hatten. Ganz besonders beliebt war dabei der Villino delle Fate – die Feenvilla. Mit ihrem Mix aus Säulen, Türmen, Erkern und Bögen war sie ein surreales Stück Architektur, dessen Anblick Di Bernardo vollkommen gefangen nahm. Ordnung und Struktur suchte er vergebens in diesem Potpourri aus Marmor, Ziegeln, Sandstein und manchem mehr. Mosaiken, Fresken, Löwenköpfe und mythologische Figuren waren wild über die Fassaden gestreut. Di Bernardo legte den Kopf in den Nacken und lachte unwillkürlich auf. Das war kein Haus, das war ein Stein gewordenes Gespinst aus Shakespeares »Sommernachtstraum«. Und zur Krönung des Ganzen thronte oben auf dem Dach ein riesiger Wetterhahn!

Der Commissario ertappte sich dabei, wie der Anblick ihn erfreute: Er sprengte die Grenzen des Gewohnten, stachelte die Fantasie an, die Macht des Unbewussten. Kein Wunder, dass Dario Argento hier einige seiner Horrorfilme gedreht hatte!

Di Bernardos Haus in Monteverde Vecchio war im neoklassizistischen Stil erbaut, und er liebte den schlichten Grundriss, die klar gegliederte Bauweise. Wenn er nach Hause kam, genoss er die unaufgeregte Ordnung, die seine Gedanken besänftigte wie ein Glas des purpurroten Patrigliones aus Apulien. Nun ja, mit der Ordnung war es so eine Sache, seit Alberto eingezogen war, doch zumindest verbarg sie sich irgendwo unter den Kleiderhaufen und leeren Pizzakartons. Anders als es hier der Fall zu sein schien. Sein Blick verfing sich in einem Wandgemälde – war das nicht Dante? Sein Großvater hatte den Dichter und Philosophen verehrt. Und so trafen sie sich hier, Del Pinos und sein eigener *nonno,* zwischen Beatles und Dante, »Hey Jude« und »Göttlicher Komödie«, während ihre Enkel gemeinsam einen Mörder jagten …

»Hier, schauen Sie mal!«, rief Del Pino in seine Überlegungen hinein. Di Bernardo wandte sich um. Sein Ispettore war ein Stück weiterspaziert, zum Palazzo del Ragno, und deutete auf das Portal. Darüber prangte eine riesige goldfarbene Spinne in ihrem Netz.

Wie bedeutungsschwanger, dachte Di Bernardo, und fragte sich, wann ihnen in diesem Fall wohl der Mörder ins Netz ging. Dann sah er auf die Uhr und gab Del Pino ein Zeichen.

»Was sagt Ihnen das über das Opfer, wenn es in einem Viertel wie diesem wohnte?«, fragte er, als sie sich auf den Rückweg machten.

Del Pino zuckte die Schultern. »Vor allem, dass der Ermordete Geld hatte. Eine Menge. Die Immobilienpreise hier sind astronomisch.«

Di Bernardo nickte. »Geld, ja. Aber auch Fantasie, Detailverliebtheit, Spaß am Ungewöhnlichen, Wirklichkeitsfernen … Ein Domizil hier ist anders als eines in Prati mit seiner Nähe zum Vatikan, so wie man es von einer Duchessa Pantaleoni vermutet hätte.«

»Prati, wohnt da nicht der Taktstockschwinger?«

»Genau.« Di Bernardo dachte zurück an seinen spätabendlichen Besuch in dem chaotisch-luxuriösen Zuhause des Dirigenten. Es unterschied sich so sehr von dem verspielt-exzentrischen Coppedè, das Freiheit und Nonkonformismus zu atmen schien. Und irgendwo zwischen diesen Polen hatte Emile sich befunden. Ob seine Ehe, wenn es denn stimmte, von Anfang an Makulatur gewesen war? Ein Luftschloss und das andere die Realität? War Coppedè nicht erbaut worden, um den Traum in die Wirklichkeit zu holen?

Das konnte ihm nur die Duchessa verraten. Wenn sie kooperativ war.

Zehn Minuten später standen sie vor einem mit Türmchen bewehrten Villino in einer baumbestandenen Seitenstraße der Via Tagliamento. Eine hohe Pinie ragte im Innenhof auf und spannte sich über die Ziegeldächer wie der Sonnenschirm eines Riesen. Das Erdgeschoss war zur Straße hin mit Sandstein verputzt, die Fenster mit reichen Fresken und Tiergestalten verziert. Die Fassade strahlte in einem warmen Gelb mit der Sonne um die Wette. Das Haus wirkte einladend, ein verwunschenes Zauberschloss, doch die Rollläden waren heruntergelassen, um Licht und Wärme auszusperren an diesem Tag der Trauer.

Das schmiedeeiserne Tor war nur angelehnt. Di Bernardo und Del Pino liefen über Kieswege zu einer niedrigen, von marmornen Widdern flankierten Treppe, die zum Eingangsportal führte. Rechterhand erstreckte sich der üppige Vorgarten, der zu dieser Jahreszeit in voller Blüte stand.

Di Bernardo drückte auf die Klingel und wartete. Eine Weile blieb es still. Er wollte schon ein zweites Mal klingeln, als er Schritte herbeieilen hörte und eine junge Frau ihnen öffnete. Sie trug ein schlichtes schwarzes Kleid, das ihre Knie bedeckte.

»Commissario Di Bernardo aus der Questura«, sagte er. »Ich würde gern mit Signora Gallois sprechen.«

»Buongiorno, bitte treten Sie doch ein. Die Duchessa erwartet Sie.«

Di Bernardo folgte der Aufforderung und gelangte in eine hohe, sechseckige Eingangshalle. Unwillkürlich hob er den Blick. Über ihm spannte sich die Decke, die über und über mit Jugendstilmotiven bedeckt war. Verschlungene Zweige in sanften Brauntönen mündeten in ein Meer aus stilisierten beigefarbenen Blüten. Der Hintergrund, der durch das Blattwerk schimmerte, war in einem strahlenden Himmelblau gehalten. Der Commissario spürte eine Berührung an seinem Bein und sah hinunter. Ein Golden Retriever beschnüffelte ihn neugierig. Er beugte sich hinab und streichelte den Kopf des Hundes, das hellgoldene Fell fühlte sich unter seinen Fingern an wie Samt. Als er erneut Schritte hörte, richtete er sich auf.

Cristina Gallois trug ein langes schwarzes Kleid; ihre roten Haare, die offen herabhingen, wirkten wie Feuerzungen vor dem dunklen Hintergrund. Mit ihren hohen Wangenknochen und den leicht eingefallenen Wangen erinnerte sie ihn ein wenig an die Schauspielerin Julianne Moore.

»Buongiorno, Signora Gallois«, begrüßte er sie.

»Ich erinnere mich an Sie, Commissario ... Sie waren doch gestern auch da.« Cristina Gallois' Stimme klang leicht verwaschen. Di Bernardo verengte kaum merklich die Nasenflügel, atmete ein und roch ihre Alkoholfahne. War sie am Abend zuvor nicht auch betrunken gewesen?

Kurz stellte er seinen Ispettore vor, dann folgten sie der Duchessa in einen großen Salon. Die Türen zum Garten hin standen weit offen. Schlanke Zypressen rahmten die Terrasse ein und spendeten Schatten. Di Bernardo blickte zwischen ihnen hindurch. Ein langer, marmorgefasster Swimmingpool war zu sehen, an dessen Stirnseite ein Springbrunnen im Art-Nouveau-Stil aufragte. Kalkzapfen tropften an den Bassins hinab wie Zuckerguss.

Signora Gallois trat zu einem Getränkewagen und schenkte sich einen doppelten Scotch ein.

»Amelia«, rief sie, »bring den Herren etwas zu trinken.«

Die junge Frau, die ihnen geöffnet hatte, huschte durch einen langen Korridor und kehrte kurz darauf mit einer Kristallkaraffe

Wasser zurück, in der ein Rosmarinzweig schwamm. Di Bernardo bemerkte, wie Del Pino die Lippen schürzte.

Cristina Gallois deutete auf eine helle Sitzgruppe. »Nehmen Sie doch Platz, bedienen Sie sich.«

Sie trank einen gierigen Schluck aus ihrem Glas und schenkte sich nach, bevor sie sich auf einen zierlichen Stuhl ihnen gegenüber sinken ließ.

»Ich begreife es einfach nicht«, sagte sie kopfschüttelnd. »Wer tut so etwas? Sagen Sie es mir, Commissario.«

»Das werden wir herausfinden, Duchessa. Mein aufrichtiges Beileid. Das muss sehr schwer für Sie sein«, sagte er und fragte sich im nächsten Moment, wie oft in seinem Leben er diese Worte schon ausgesprochen hatte … so oft, dass sie ihm leer erschienen, auch wenn er sie genau so empfand. Ein Mord in seiner Plötzlichkeit und Rohheit, die Unumkehrbarkeit der tödlichen Gewalt – all das bereitete den Hinterbliebenen immensen Schmerz.

»Signora Gallois, wir sind hier, weil wir einige Fragen an Sie haben. Ich möchte Sie nicht zusätzlich belasten, doch wir haben es mit einem Verbrechen zu tun, und Ihre Hilfe …«

»Ich weiß«, unterbrach sie ihn und wedelte mit der Hand. »Hier, kühles Gewürzwasser, oder wollen Sie auch etwas Stärkeres?« Ohne eine Antwort abzuwarten, trank sie ihr Glas in einem Zug leer, stand auf und schenkte sich erneut nach. Di Bernardo legte seine Hand unwillkürlich auf seine Rippen, als müsste er seine eigene Leber schützen.

»Also, was wollen Sie wissen?«, fragte sie, nachdem sie wieder Platz genommen hatte. Unter ihren geröteten Augen lagen dunkle Schatten.

»Wir wüssten gern, was Sie uns über Ihren verstorbenen Mann erzählen können … Wie haben Sie sich eigentlich kennengelernt?«

Cristina Gallois' Blick verschwamm. Sie schien durch den Commissario hindurchzusehen und ganz in die Vergangenheit abzutauchen. »Das war vor sechzehn Jahren. In Lausanne. Emile ist dort geboren.« Fahrig wischte sie sich mit der freien Hand über die Stirn. »Ein Jahr später haben wir geheiratet.« Sie schnaubte leise.

Di Bernardo sah sie fragend an.

»Meine Familie war dagegen. Sie haben versucht, uns auseinanderzubringen. Haben gedroht, mich zu enterben. Pah.« Sie lachte abfällig und nippte erneut an ihrem Scotch. Di Bernardo widerstand nur mit Mühe dem Impuls, ihr das Glas aus der Hand zu nehmen.

»Warum war Ihre Familie dagegen?«, fragte er, bevor sie gar nicht mehr in der Lage wäre, eine vernünftige Antwort zu geben.

»Alle haben gesagt …« Sie rülpste leise und fuhr sich über den Mund.

»Was haben alle gesagt?«

Cristina Gallois sah ihn an, als hätte er sie aus einem Traum aufgeweckt. Sie lehnte sich vor. Ein Lichtstrahl fiel auf ihr Gesicht, er ließ die Falten um ihren Mund und auf der Stirn stärker hervortreten. Di Bernardo schätzte, dass sie zehn Jahre älter war als ihr Mann, vielleicht auch mehr.

»Ich sei jung und naiv. Das haben alle gesagt.«

»Bei allem Respekt«, meinte Del Pino, und Di Bernardo riss sich zusammen, um ihm nicht dezent auf den Fuß zu treten. Er war ja selbst über das Wort »jung« gestolpert, aber sie war nun mal eine Frau, da würde er sich hüten, in diesem Stadium der Befragung darauf einzugehen.

Er schoss einen Blick in Richtung seines Ispettore, der ihn zu ignorieren schien.

»Also, mit allem Respekt, Duchessa, aber naiv kann man Sie doch bestimmt nicht nennen«, sagte er unbeirrt. Di Bernardo ließ den angehaltenen Atem möglichst unauffällig entweichen.

Cristina Gallois legte den Kopf schief. »Meine Familie hat meine Entscheidungen noch nie gutgeheißen. Kennen Sie das, wenn andere der Ansicht sind, alles besser zu wissen als Sie? Vor allem, was Sie selbst angeht?«

»Oh ja, das kenne ich, sehr gut sogar«, erwiderte Del Pino missmutig und brummte etwas in sich hinein.

Cristina Gallois strahlte ihn an. »Sehen Sie, Sie verstehen mich.« Sie hob ihr Glas und nahm erneut einen Schluck. »Wissen Sie … Ich habe Emile nicht aus Trotz geheiratet oder um die Familie zu brüskieren. Emile und ich, wir hatten eine Vision.«

Di Bernardo überschlug im Kopf, was er am Morgen über Emile Gallois gelesen hatte. Allein aus Geldgründen war er die Liaison mit der Duchessa wohl nicht eingegangen, er stammte selbst aus vermögenden Verhältnissen.

Fragend sah er sie an.

»Liebe«, sagte sie und zuckte sie Achseln. »Wir beide haben an die Liebe geglaubt. Daran, dass sie unser Leben und sein Spiel … erhöhen würde? Wenn das Sinn macht.«

Di Bernardo wusste durchaus, wovon sie sprach. Er und Camilla hatten ebenfalls eine Vision geteilt: Gerechtigkeit. Auch sie war ermordet worden. Um der Gerechtigkeit einen herben Schlag zu verpassen. Und Emile? Hatte er der Liebe wegen sterben müssen? Weil er schlussendlich einem anderen Menschen sein Herz, seinen Körper geschenkt hatte und nicht ihr? War ihm deshalb mitten in die Brust geschossen worden?

Sie schien von seinen Gedankengängen nichts zu ahnen. »Emile hat für seinen Erfolg hart gearbeitet, von klein auf. Er musste sich ständig beweisen. Es ist nicht einfach, als Pianist Karriere zu machen, wissen Sie? Also hat er bei einem Wettbewerb nach dem anderen gespielt, in seiner Jugend, dann während des Studiums und auch später noch, als er selbst schon Konzerte gab. Er hat geübt und geübt und geübt. Ihm ist nichts in den Schoß gefallen.« Erneut führte sie das Glas an ihre Lippen und ließ die bronzefarbene Flüssigkeit ihre Kehle hinabrinnen. »Einer seiner Klavierlehrer pflegte zu sagen: ›Um in der Musikwelt zu überleben, muss man ein Kämpfer sein.‹ Und das war Emile. Ein Kämpfer. Ein echter Kämpfer in einer Welt, die kalt und berechnend ist. Kalt, jawohl.« Für einen Moment schien sie abzudriften in ihre alkoholgeschwängerten Gedankenströme, dann riss sie sich zusammen und fokussierte den Blick auf Di Bernardo. Unwillkürlich rieb er sich die Stirn. »Es gab immer Leute … gewisse Leute, die an seinem Spiel etwas auszusetzen hatten. Es war ihnen zu virtuos, zu … technisch. Bis er mich kennenlernte.« Ihr Gesicht bekam einen weicheren Ausdruck, der harte Zug um den Mund verschwand. Sie musste eine schöne Frau gewesen sein, vor dem Alkohol, vor den Verlusten, auf die ihr behütetes Leben sie nicht hatte vorbereiten können. »Bis wir unsere Vision lebten und seine Seele zu singen begann.« Sie summte ein paar Takte vor sich hin, doch Di Bernardo erkannte die Melodie nicht. »Wenn er Kreisler für mich gespielt hat …«, fuhr sie versonnen fort, »dann war das Magie, er erschuf eine Welt voller Leichtigkeit …« Ihre Verehrung für Emile schien grenzenlos. Oder war es Verblendung?

Unwillkürlich dachte Di Bernardo an seinen ersten Fall in der Musikwelt, an die eigenwillige Konzertgeigerin Arabella Giordano. Ihre Musik hatte ihn eingewoben, einen Kokon aus Melodien und Harmonien um ihn gesponnen, in dem er sich für Momente verloren hatte. Doch der Weg an die Spitze war alles andere als ein Spaziergang und die Welt der Musiker voller Intrigen, wie er bald begriffen hatte.

»Hatte Ihr Mann Feinde?«

Sie lachte tonlos auf. »Feinde? So weit würde ich nicht gehen. Neider. Natürlich hatte er Neider. Jede Menge sogar.«

»Kommt Ihnen jemand in den Sinn, dessen Neid so groß gewesen sein könnte, dass er auch vor einem Mord nicht zurückschreckte?«

Cristina blähte die Nasenflügel, ihre Augen weiteten sich. Dann schüttelte sie den Kopf.

»Ich weiß es nicht«, sagte sie gequält.

»Haben Sie in dem Verhalten Ihres Mannes in den vergangenen Wochen vielleicht eine Veränderung bemerkt?«, hakte er nach. »Irgendein Anzeichen, dass jemand ihn bedroht haben könnte ... dass er in Schwierigkeiten steckte ...«

Sie umfasste ihr Glas mit beiden Händen und schüttelte unschlüssig den Kopf.

»Gab es vielleicht einen Streit oder eine Auseinandersetzung?«

»Nicht, dass ich davon gewusst hätte.«

»Und Sie? Hatten Sie vielleicht einen Streit oder eine Meinungsverschiedenheit?«, warf Del Pino ein.

»Emile und ich haben nicht gestritten. Dafür gab es keinen Grund.«

Del Pino räusperte sich kaum hörbar, aber Di Bernardo hatte noch nicht vor, Azzaria ins Spiel zu bringen.

»Was haben Sie gestern denn gemacht?«, fragte er stattdessen.

»Gestern ... gestern ...« Sie trank das Glas leer, stand auf und angelte nach der Flasche Scotch, um sich nachzuschenken. Di Bernardo fragte sich, ob ihr immenser Alkoholkonsum allein dem Tod ihres Mannes geschuldet war. Er würde Amelia dazu befragen.

Signora Gallois erhob sich und wanderte mit dem Glas in der Hand in Richtung der Terrassentür. Ihre dunkle, schmale Silhouette schien sich in die Reihe der Zypressen einzugliedern. Ein Kreis aus Wächtern, die allen Außenstehenden den Zugang verwehrten, so kam es ihm vor. Den Zugang zu ihr und Emile. Zur Wahrheit.

Abrupt drehte sie sich um, kam wieder näher. »Als ich aufgestanden bin, übte Emile Klavier, so wie jeden Morgen. Mittags aß er drüben in der Bar, danach ging er in der Villa Ada spazieren und ist anschließend zur Generalprobe gefahren.«

»Wann haben Sie ihn zuletzt gesehen?«

Sie presste die Lippen zusammen. »Das war, bevor er spazieren ging. Er fragte noch, ob ich mitwollte, aber … es war so schwül, und ich hatte Kopfschmerzen … und …« Sie ließ sich wieder auf den Stuhl sinken und fiel in sich zusammen. »Wenn ich nur gewusst hätte, was passiert, dann wäre ich doch mitgekommen … dann hätte ich ihn nie allein gelassen.« Sie begann zu schluchzen. Di Bernardo stand auf, wollte ihr eine Hand auf die Schulter legen und ihr das Glas wegnehmen, doch sie kam ihm zuvor und nahm einen weiteren Schluck. Viel Zeit blieb ihm nicht mehr, bald würde der Nebel des Alkohols ihre Gedanken umhüllen, ihre Zunge noch schwerer und die Befragung unmöglich machen. Doch er hatte einen Mord aufzuklären. Also blieb er dicht vor ihr stehen.

»Signora Gallois … mit wem war Ihr Mann befreundet? Und wie sieht es mit seinen sonstigen Angelegenheiten aus … Finanzen, Konzerte, Tourneen … Wer kann uns da Auskunft geben?«

»Da fragen Sie einfach Amelia.«

»Ihr Dienstmädchen?«

Sie lachte herb. »Das Dienstmädchen habe ich vor zwei Wochen entlassen. Sie roch irgendwie streng. Amelia ist meine Assistentin.« Sie hustete, wohl um einen weiteren Rülpser zu kaschieren. »Amelia!«, rief sie übertrieben laut und schwenkte dabei ihr Scotchglas. Di Bernardo trat zurück und nahm wieder Platz. »Wo steckst du denn?«

Die junge Frau kam aus dem Salon herbeigeeilt.

»Hör zu, wenn diese beiden Herren hier Fragen haben, dann antworte ihnen. Sie brauchen außerdem die Adresse von unserem Notar, dem Anwalt, dem Agenten und Andrea.« An Di Bernardo gewandt, erklärte sie: »Andrea ist Emiles bester Freund. Wir haben gestern noch telefoniert.«

Amelia nickte und verschwand direkt wieder im Innern des Hauses.

»Du kannst dann gehen, ich brauch dich heute nicht mehr«, rief Cristina ihr hinterher. »Ich glaube, ich muss mich hinlegen, Commissario«, sagte sie und erhob sich schwankend.

»Signora Gallois, bitte verzeihen Sie, aber ich habe noch eine letzte wichtige Frage.«

»Na, dann schießen Sie schon los«, lallte sie. Im nächsten Moment schien sie über ihre eigenen Worte zu erschrecken und schlug sich keuchend die Hand vor den Mund. Beinahe wäre sie auch noch gestolpert. Di Bernardo trat vor, um sie zu stützen. Dann hatte sie sich wieder gefangen. »Also, fragen Sie schon«, stieß sie hervor.

»Ich habe gestern Abend den Dirigenten aufgesucht, Maestro Azzaria …«

Er legte eine Pause ein und konzentrierte sich ganz auf die Duchessa. Sie senkte den Blick auf ihr Glas, sah wieder auf zu Di Bernardo und zog eine Augenbraue hoch.

»Und? Was ist mit ihm«, fragte sie geradezu gelangweilt.

Di Bernardo wand sich innerlich. Das Thema war heikel, zugleich hing so viel von ihrer Antwort ab. Nicht zuletzt, ob sie tatsächlich in den Rang der Verdächtigen aufsteigen würde oder nicht.

»Nun«, begann er, »der Maestro war sehr bestürzt. Er sagte … er habe Emile Gallois geliebt.«

Sie neigte den Kopf zur Seite. »Alle haben Emile geliebt«, sagte sie; es klang unverbindlich.

»Soweit ich es verstanden habe, spielte er auf eine Beziehung zu Ihrem Mann an …«

»Ach ja?« Sie nippte an ihrem Scotch und sah Di Bernardo aus ihren grünen Augen über den Rand des Glases hinweg an. Er fühlte sich wie das Kaninchen vor der Schlange.

Es war an der Zeit, die Rollen zu tauschen.

»Nun, er erzählte mir, er habe schon seit vielen Jahren eine enge Beziehung zu Ihrem Mann. Er meinte, Sie wüssten davon …«

Cristina Gallois blinzelte, schwieg aber weiterhin beherrscht.

Also legte er nach, legte den Finger in die Wunde.

»Er meinte, er hätte Emile Gallois eineinhalb Jahre nach Ihrer Hochzeit kennen- und lieben gelernt.«

Cristina Gallois ließ das Glas sinken. Ihre Mundwinkel begannen zu beben, und sie verengte die Augen. Noch immer sprach sie kein Wort. Di Bernardo ließ das Schweigen zwischen ihnen wachsen, bis die Luft so dünn wurde, dass man kaum mehr atmen konnte. Zeit, die Bombe zu zünden, dachte er.

»Er erzählte mir auch, dass Emile nach all den Jahren bereit gewesen sei, ihre Beziehung öffentlich zu machen. Er und Ihr verstorbener Mann hätten geplant zu heiraten.«

Im nächsten Moment geschahen mehrere Dinge gleichzeitig.

Im Nebenzimmer fiel ein schwerer Gegenstand zu Boden, Stein polterte auf Stein, gefolgt von einem leisen Aufschrei. Der Hund, offensichtlich aufgeschreckt, rannte laut bellend herbei und tanzte um sie herum. Und über allem lag das dröhnende Gelächter von Cristina Gallois.

Irritiert sah Di Bernardo von der Signora zu Del Pino, der die Stirn runzelte und kaum merklich die Schultern hob.

»Signora Gallois«, begann Di Bernardo, doch sie unterbrach ihn mit einer knappen Geste.

»Der gute Ephraim«, begann sie und japste nach Luft. »Er

konnte es noch nie leiden, abgewiesen zu werden.« Sie wischte sich die Lachtränen fort und meinte dann, ernster jetzt: »Sie sollten nicht alles glauben, was er Ihnen auftischt, Commissario.«

Di Bernardo war nicht gewillt, so schnell klein beizugeben, und fixierte sie anstelle einer Antwort nur mit seinem Blick.

»Nun gut«, sagte sie schließlich und zuckte betont gleichmütig mit den Schultern. »Sie werden es ja sowieso herausfinden. Emile hatte ab und an eine Affäre. Welcher Mann hat das nicht?«

»Also wussten Sie darüber Bescheid?«

Sie nickte und ließ sich wieder auf den Stuhl sinken. Die Sonne war weitergewandert, ein Strahl verirrte sich und brach sich im Kristall ihres Whiskyglases. Als sie es schwenkte, tanzte ein kleiner Regenbogen über die Wände. Sie sah auf.

»Emile und ich … wir hatten all seinen Abenteuern zum Trotz eine sehr enge Verbindung. Wir waren Seelenverwandte. Wir liebten den Geruch von Regen auf Asphalt. Den Duft von Winterjasmin. Das Schimmern des Mondlichts auf dem Wasser des Pools. In Sommernächten, da ließen wir uns im Wasser treiben, tauchten unter, bis unsere Lungen zu platzen drohten … so lange, bis die nackte Gier zu atmen uns an die Oberfläche und einander in die Arme trieb. So war es zwischen Emile und mir.« Ihr Mund verzog sich, als hätte sie etwas Bitteres gegessen. »Immer wieder versuchten Männer wie Azzaria sich zwischen uns zu drängen, sein Herz in Besitz zu nehmen. Aber Emile hat das nicht zugelassen. Das hätte er nicht gewagt. Nicht nach allem, was war.«

»Was meinen Sie damit – nach allem, was war?«

Sie zuckte erneut die Achseln. Dann sah sie auf. »Ich bitte Sie jetzt zu gehen, ich bin sehr erschöpft. Amelia? Bist du noch da?« Ihre Assistentin kam direkt herbeigeeilt. »Begleite die Herren hinaus, und geh dann auch, ich will für den Rest des Tages allein sein. Und nimm den Hund mit.«

Mit diesen Worten waren sie entlassen. Di Bernardo wandte sich um und folgte Amelia und Del Pino. Bevor er den Salon verließ, warf er einen letzten Blick zurück. Cristina Gallois saß wie versteinert auf ihrem Stuhl, die Finger hart an das Glas gepresst.

Als er die Eingangshalle erreichte, fragte er leise, an Amelia gewandt: »Meinen Sie, sie kann wirklich allein bleiben?«

Die junge Frau nickte und fuhr sich mit der Hand über die halblangen braunen Haare. »Cristina ist stark, sie wird darüber hinwegkommen. Es wird dauern, aber sie wird es schaffen.« Sie hielt ihm ein Blatt entgegen. »Hier habe ich die Adressen für Sie notiert, meine ist auch darunter. Bitte melden Sie sich jederzeit, wenn Sie Fragen haben. Ich hoffe, dass dieser schreckliche Mord schnell aufgeklärt wird.«

»Das hoffen wir auch, Signora.« Di Bernardo nahm das Blatt und wandte sich mit Del Pino zum Gehen.

Die Tür war noch nicht ins Schloss gefallen, als sie einen Aufschrei hörten und kurz danach das Splittern von Glas, so als hätte die Duchessa im letzten Moment doch noch die Fassung verloren. Oder als hätte die Wut sie übermannt?

Dann schloss sich die Tür energisch hinter ihnen und sperrte sie aus Cristina Gallois' Welt aus.

12

»Der Maestro gehört jedenfalls nicht zu den Lieblingsmenschen der Duchessa«, sagte Del Pino, als sie wieder auf der Straße waren.

»Was man ja auch verstehen kann«, meinte Di Bernardo.

Del Pino kaute auf seiner Unterlippe. »Hat er jetzt gelogen oder sie?«

»Wenn ich nach meinem Instinkt gehe, dann sie«, meinte Di Bernardo. »Sie waren gestern Abend nicht dabei, Roberto. Der Mann wirkte tief betroffen.«

»Oder er hat so getan, weil in Wirklichkeit er der Schuldige ist«, entgegnete Del Pino.

»Wir sollten uns Azzaria noch einmal gemeinsam vorknöpfen.«

»Nichts lieber als das«, sagte Del Pino und rieb sich die Hände.

»Gut, dann auf nach Prati.«

Di Bernardo war drauf und dran, Del Pino den Schlüssel seines Wagens zuzuwerfen, um ihn fahren zu lassen. Dann aber holten die Erinnerungen vom Vortag ihn ein, und er hielt den Schlüssel noch fester. Wäre Del Pino nicht gefahren, hätte er jetzt auch keinen Riss im Trommelfell. Und er, Di Bernardo, wäre auch nie so gerast. Und er hätte auch nicht das Fenster heruntergelassen, um einer Joggerin eine launige Bemerkung hinterherzurufen. Dennoch fühlte er sich in gewisser Weise verantwortlich. Das mochte nicht logisch sein, aber so wie es genügend Leute gab, die Verantwortung immer gern von sich schoben, gab es eben andere, wie ihn, die nur allzu bereit waren, alle

Schuld auf sich zu nehmen. Ein Thema, das Alberto bestimmt interessieren würde.

»Was macht Ihr Ohr, Roberto?«, erkundigte er sich.

»*Tutto a posto.* Nur die Antibiotika schlagen mir offenbar auf den Magen. Hatte nicht mal Lust auf das Rosmarinwasser«, sagte er grinsend.

Di Bernardo wollte gerade die Wagentür öffnen, als plötzlich ein ungutes Gefühl in seinem Nacken zu brennen schien. Als hätte jemand eine Zielscheibe darauf projiziert. Er fuhr herum.

Das gelbe Haus auf der anderen Straßenseite wirkte so abweisend wie zuvor, die Rollläden zur Straße hin waren noch immer geschlossen. Er hätte schwören können, dass Cristina Gallois ihn beobachtete. Aber von wo aus?

Konzentriert ließ er den Blick schweifen. Eine Gruppe asiatischer Touristen stand vor der Nachbarvilla und machte Fotos. Eine junge Frau umfasste das glatte, schwarze Haar im Nacken, warf es sich über eine Schulter und posierte albern vor dem eindrucksvollen Portal, in dessen steinerne Umrandung altrömische Theatermasken gehauen worden waren. Neben ihr, auf einem sonnenbeschienenen antiken Säulenrest, hatte sich ein Kater mit dichtem, beigefarbenem Fell ausgestreckt und wärmte sich genüsslich den Rücken. Di Bernardo ließ den Blick über die Gruppe zurück zu Gallois' Haus wandern. Irgendetwas irritierte ihn, aber er kam nicht drauf. Ein Déjà-vu vielleicht, oder …

»Katze müsste man sein«, sagte Del Pino und riss den Commissario aus seinen Gedanken. Nach einem letzten Blick auf den Palazzo der Gallois' stieg er ins Auto und reichte Del Pino sein Handy.

»Rufen Sie Campresi an, er soll Termine mit dem Freund und dem Agenten von Emile Gallois für uns ausmachen. Und er selbst soll zum Notar und Anwalt fahren und die finanzielle Lage sondieren, das wird er schon schaffen.«

In Gedanken verloren lenkte er den Wagen durch die Via Doria und das Tor zu Coppedè. Steinerne Theatermasken prangten grimmig über dem hohen, pseudoantiken Bogen. Fast zweitausend Jahre waren vergangen, seit die *ludi graeci,* die römischen Tragödien nach griechischem Stil, aufgrund ihrer Schwere und ihres Anspruchs von den Bühnen verdrängt worden waren. Und doch, so schien es ihm, lebten sie in den Menschen weiter. Hass, Neid, Eifersucht, Geltungssucht, Lüge, Verblendung … wann war die Menschheit je ohne diesen Virus ausgekommen? Und der hatte wohl auch ihren derzeitigen Fall infiziert. Aber wer war es nun, der log? Der hasste?

Di Bernardo warf einen Seitenblick auf seinen Ispettore, der soeben sein Telefonat beendet hatte.

»Was glauben Sie, Roberto … könnte die Duchessa ihren Mann genug gehasst haben, um ihn zu töten?«

Del Pino rieb sich das Kinn. »Na ja … Vielleicht hat sie ihn ja auch genug geliebt, um ihn zu töten.«

Di Bernardo legte den Kopf schief. »Sie meinen, sie liebte ihn zu sehr, um ihn teilen zu wollen?«

»*Ma no!* Gehen wir mal davon aus, dass Azzaria die Wahrheit gesagt hat und Emile sich wirklich scheiden lassen wollte … Na, dann würde ich sagen, sie liebte ihn zu sehr, um zu akzeptieren, dass er ihr das antat. Eins ist nach unserer Befragung doch klar, finde ich. Cristina hat ihn aus Liebe geheiratet und vielleicht auch ein bisschen, um ihre Familie zu ärgern. Und sie hat weiter an der Ehe festgehalten.«

Das Gefühl hatte Di Bernardo auch gehabt. Die Art, wie sie über den Ermordeten gesprochen hatte, über sie beide als Paar … etwas theatralisch, aber doch voller Verbundenheit und Verehrung.

»Verletzt haben seine Affären sie aber schon«, meinte er. Ihr Ringen um Beherrschung, dann das schrille, vom Alkohol entfesselte Lachen, nachdem er Azzarias Worte wiedergegeben hatte …

»*Certo!* Aber sie hat die ganzen Jahre über mitgespielt. Weil sie es wollte.«

»Es musste?«

»Auch, ja. Aber ich meine … sie hätten sich ja aus dem Weg gehen können. Die Pantaleoni haben im gesamten Latium irgendwelche Güter. Da muss man ja nicht so aufeinander hocken.«

»Das ist wahr«, meinte Di Bernardo. »Aber sie wirkte auf mich nicht unbedingt wie eine Frau, die ihre Ehe satthat.«

»Sag ich doch. Überlegen Sie mal, Commissario. So viele Jahre hat sie mitgespielt, anderen und bestimmt auch sich selbst was vorgemacht. Und jetzt? Lässt er sie fallen wie eine heiße Kartoffel? Falls wirklich stimmt, was Azzaria behauptet. Das hätte sie nie akzeptiert. Eine Scheidung ist in einer derart katholischen Familie Roms echt noch ein Unding.«

»Borghese meinte, sie hätte die Ehe annullieren lassen können«, gab Di Bernardo zu bedenken. »Bei den Beziehungen zum Vatikan.«

»Das schon. Aber der Skandal wäre der gleiche gewesen.«

»Obwohl ihre Familie von Anfang an sowieso gegen die Ehe gewesen ist? Sollen sie doch froh sein, wenn es vorbei ist.«

»*Ma no!* Überlegen Sie mal: Emile war ein Bürgerlicher, nicht mal ein Italiener, dazu ein Künstler … Das gilt im römischen Hochadel schon als ziemlich exzentrisch. Und wenn's dann auch noch in die Brüche geht, und ausgerechnet wegen eines Mannes … das ist der Super-GAU. Die wären schwer über sie hergezogen. Mehr über sie als über ihn. Genauso wie die Presse.«

»Wie sieht es denn mit Geschwistern aus, wo steht sie in der Erbfolge?«

»Sekunde, ich mach mich mal schlau ...« Del Pino beugte sich über sein Handy, während Di Bernardo den nördlichen Teil der Villa Borghese umfuhr. Eine verwaschen grüne Straßenbahn zuckelte vor ihm her. Er setzte an, sie rechts zu überholen, doch da hielt sie und spuckte eine Traube von Menschen mit Kinderwagen, Rucksäcken und Picknickkörben aus, die lachend und lärmend die Straße überquerten. Di Bernardo sah nach rechts, hier ging es zum Bioparco, dem Zoologischen Garten Roms. Er erinnerte sich, wie er vor vielen Jahren mit Alberto hier gewesen war, damals noch als Tourist. Die Tiere in den kleinen Gehegen hatten ihn deprimiert. Alberto aber hatte sich nicht sattsehen können an den Wölfen. Der größte unter ihnen hatte dann tatsächlich den Kopf nach oben gestreckt, den Hals lang gemacht und laut geheult, ein archaischer Ruf, der Di Bernardo durch Mark und Bein gegangen war. Das Tier mit seiner Kraft hatte in seinem kargen umzäunten Gefängnis so verloren und deplatziert gewirkt. Monica war dabei gewesen, Albertos Mutter. Auch sie hatten jahrelang in ihrer Ehe ausgeharrt. Die meiste Zeit des Tages hatten sie sich nicht gesehen, waren ihrer Arbeit nachgegangen, und an den wenigen dienstfreien Wochenenden hatte er sich auf Alberto konzentriert. Er versuchte sich vorzustellen, wie Cristina Gallois gelebt hatte all die Jahre über. Kurzlebige Affären mochten für viele Menschen zu ertragen sein. Aber wenn Gefühle im Spiel waren, Liebe ...

»Der Vater ist achtundsiebzig und hat sich schon vor Jahren aus den Geschäften zurückgezogen. Sie selbst wird im Juli fünfzig. Es gibt zwei ältere Brüder, die beide standesgemäß geheiratet und einen Stall voll Kinder haben«, berichtete Del Pino. »Beide sitzen im Aufsichtsrat der Vatikanbank ... Dann ist da noch ein zwei Jahre jüngerer Bruder, der Priester geworden ist. Er ist im Vatikan und gilt als einer der Kritiker des Papstes. Also ganz die traditionelle Schule …« Del Pino brummte etwas in sich hinein. »Wegen der Mutter … warten Sie, da war 1998 wohl irgendein Skandal … Aha, sie war offenbar in einer psychiatrischen Klinik … Ich suche noch … hm, hm … da!« Del Pino hielt dem Commissario das Display vors Gesicht. DUCHESSA CAECILIA PANTALEONI IN ENTZUGSKLINIK?, überflog er die fett gedruckte Headline.

Di Bernardo schob das Handy beiseite, ein metallicgrauer Jaguar hatte ihn in halsbrecherischem Tempo geschnitten, ausgerechnet in der engen Kurve vor der Galleria Arte Moderna. Er erhaschte noch einen Blick auf das Schweizer Kennzeichen, dann war der Raser verschwunden.

»Also, was ist mit der Duchessa?«, fragte er. Sein Blick streifte das Caffè delle Arti zu seiner Rechten, und er spürte einen kleinen Stich. Hier hatte er Arabella mehrmals getroffen, die Geigerin. Aber das war ein anderer Fall gewesen …

»Anscheinend hat sie wirklich einen Entzug gemacht. Alkohol. In einem anderen Artikel steht, ein Hausmädchen hätte ausgeplaudert, sie sei depressiv gewesen.«

»Dann lebt sie nicht mehr?«

»Moment … hm … ›2001 nach langem Leiden verstorben‹, heißt es hier.«

Di Bernardo rieb sich den Hals. »Mir ist nicht wohl dabei, dass Cristina Gallois allein ist. Vielleicht sollten wir Dall'Ongaro unter einem Vorwand vorbeischicken.«

»Den rechthaberischen Psycho?«

Di Bernardo schüttelte den Kopf. »Er ist der Einzige mit einer psychologischen Zusatzausbildung, den wir in unserem Team haben.«

»Seit Giorgia weg ist«, stellte Del Pino fest.

Bildete Di Bernardo es sich nur ein, oder schwang da ein Vorwurf in der Stimme des Ispettore mit? Es war ein offenes Geheimnis, dass Giorgia ihn um eine zweite Chance gebeten hatte. Er zerrte an seinem Hemdkragen, die Krawatte war ihm mit einem Mal zu eng. Zweite Chance, lustig. Dritte oder vierte traf es wohl eher. Wenn er seinem Gefühl folgen und sich allem zum Trotz wieder auf sie einlassen würde, wäre er wohl besser damit bedient, ihr blind ein ganzes Abonnement an weiteren Chancen zu gewähren. Was ihn am meisten ärgerte, war, dass ein Teil von ihm nur allzu bereit dazu wäre.

»Was ist denn mit Gálinka?«, fragte er leicht bissig.

Del Pino atmete seufzend aus. Di Bernardo schaute kurz zu ihm rüber. »Es tut mir leid, ich hätte nicht davon anfangen sollen«, meinte er.

»Frauen, wie sollte man sie je verstehen. Vor allem auf nüchternen Magen«, sagte Del Pino nur und vertiefte sich wieder in das Handy. »Offenbar hat das abtrünnige Hausmädchen behauptet, die Duchessa habe sich zu Tode getrunken und sei aus dem Fenster des Palazzos gesprungen. Das ist natürlich ein starkes Stück.«

»Wir sollten später vorsichtshalber noch mal bei Signora Gallois vorbeifahren, um die Lage einzuschätzen. Wie sehen denn unsere Termine aus? Können wir Amelia heute noch befragen? Sie wird mehr über die Signora und ihre häusliche Situation wissen. Falls sie bereit ist zu reden.«

»Das wird eng. Um eins sollen wir beim Agenten sein, schreibt Campresi. Womit wir dann die Obduktion verpassen. Und das Mittagessen, leider. Heute ist Pasta-Tag in der Kantine.«

»Quengeln Sie nicht rum, Roberto«, sagte Di Bernardo. »Wir holen uns was Knuspriges im Panino Divino, die Panini mit Schinken und Porchetta sind göttlich dort. Und am Abend lade ich Sie zum Essen ein, das hatten wir doch gestern schon vor. Worauf haben Sie Lust?«

»Hauptsache kein Kohl«, sagte Del Pino und lachte laut.

»Der Borschtsch hat das Zeitliche gesegnet, hm?«, hakte Di Bernardo vorsichtig nach.

»Ja, das hat er, und ich weine ihm keine Träne nach. Dem nicht.«

Wenig später parkten sie in einer Seitenstraße der Via Crescenzio. Der Vorgarten, der zu dem Haus Nummer 10b führte, entpuppte sich im Tageslicht als kleine Oase in der geschäftigen Stadt. Dicke Hummeln summten, Helikoptern gleich, um pinkfarbene Hortensien herum. Di Bernardo erspähte einen eisernen Gartenpavillon im Art-déco-Stil, der über und über mit Clematis berankt war. Unwillkürlich dachte er an Emile Gallois, rief sich sein Porträt vor Augen, den melancholischen Blick. Er versuchte sich vorzustellen, wie Emile denselben Weg nahm wie er, über die Marmorplatten, die von roséfarbenen Polstern aus Sand-Thymian gesäumt wurden, dem Domizil seines Geliebten entgegen.

Ein Vorhang im Erdgeschoss bewegte sich leicht. Man hatte sie bemerkt. Wer immer es war, musste auch Emile gesehen haben.

Di Bernardo wartete, bis Del Pino zu ihm aufschloss.

»Wir konfrontieren Azzaria mit Cristina Gallois' Worten. Dass Emile wohl öfter Affären gehabt habe. Dass sie beide niemals vorgehabt hätten, sich scheiden zu lassen.«

»Dass Emile es nicht gewagt hätte – das waren ihre Worte«, gab Del Pino zu bedenken.

»Nun gut. Finden wir heraus, was wirklich los war.«

Auf sein Läuten hin rührte sich nichts. Del Pino drängte sich an Di Bernardo vorbei, legte den Finger energisch auf die Klingel und hörte nicht auf zu drücken. Sekunden vergingen, doch nichts rührte sich.

»Ob er ausgeflogen ist?«

Di Bernardo nickte zur Erdgeschosswohnung hin. »Versuchen wir es dort.«

Als hätte sie nur darauf gewartet, öffnete eine zierliche Signora in einem hochgeschlossenen schwarzen Kleid ihnen die Tür. Die Neugier war ihr deutlich in das runzlige Gesicht geschrieben.

»Wir möchten gern zu Signor Azzaria«, sagte Di Bernardo, doch die alte Dame stellte sich ihm in den Weg. Für ihr hohes Alter und ihre fragile Statur wirkte sie erstaunlich energisch.

»Ja, aber wer sind Sie denn? Ich kann Sie doch nicht einfach so ins Haus lassen«, sagte sie und musterte sie unverhohlen. »Sind Sie vom Baureferat? Da hinten auf dem Weg ist eine Platte lose, das habe ich schon vor Wochen gemeldet. Da kann man sich ja den Hals brechen! Der Hausverwalter hat mir gesagt, ich soll mich an Sie wenden, wegen Denkmalschutz seien ihm die Hände gebunden. Warum kommen Sie denn erst jetzt?«

»Ich bin Commissario Di Bernardo von der Questura«, sagte er und zog seinen Ausweis. »Und das ist mein Ispettore Del Pino.«

Der Signora schienen die Augen fast aus dem Kopf zu springen.

»Hat der Maestro was verbrochen?«, fragte sie in verschwörerischem Ton.

»Nein, nein, wir müssen ihn nur um Auskunft zu einem Fall bitten. Streng vertraulich.«

»Sie können auch gern mich fragen«, sagte sie hoffnungsvoll. »Ich sehe nämlich alles, seit der Doktor mich am grauen Star operiert hat. Ich habe Sie ja auch bemerkt, vorhin, wie Sie auf den Weg gestarrt haben. Deswegen dachte ich ja auch, Sie kommen wegen der losen Platte. Sind Sie ganz sicher nicht vom Baureferat?«

»Wenn Sie schon so eine ausgezeichnete Beobachtungsgabe haben, Signora …« Del Pino trat neben Di Bernardo und zeigte der alten Dame sein Handy, auf dem er ein Foto von Emile Gallois aufgerufen hatte. »Haben Sie diesen Mann schon mal hier gesehen?«

Sie neigte den Kopf ein Stück weit zurück und zog die Brauen zusammen. Der Ausdruck auf ihrem faltigen Gesicht mäanderte von Konzentration über Zweifel hin zu Wiedererkennen.

»Das ist doch der nette Kollege vom Maestro«, sagte sie. »Ja, natürlich habe ich den schon gesehen, die haben oft zusammen geprobt. Bis tief in die Nacht hinein! Aber jetzt war er schon länger nicht mehr hier, was ist denn mit ihm?«

»Erinnern Sie sich noch, wann Sie ihn das letzte Mal gesehen haben?«

Nachdenklich schürzte sie die Lippen. »Also, das letzte Mal, das muss gewesen sein, als mein Nico noch lebte.«

»Ihr Gatte? Das tut mir leid.«

»Ach wo, der ist schon lange unter der Erde. Nico war unser Hund. Ein gutes Tier, ein Corgi. Der Kollege vom Maestro … wie hieß er denn noch … irgendwas Ausländisches … Wieso fällt mir das denn jetzt nicht ein … Egal, also der hat ihn sehr gemocht und ihm immer den Kopf gestreichelt, wenn er im Garten lag. Der konnte gut mit Tieren. Ein feiner Mann. Man erkennt den Charakter der Menschen immer daran, wie sie mit Tieren umgehen. Unser Briefträger, der Signor Magnaguagno …«

Di Bernardo warf Del Pino einen flehenden Blick zu. Der führte die Signora am Arm geduldig ein Stück zur Seite.

»Hunde sind etwas Wunderbares. Viel treuer als Frauen«, sagte er. »Wie alt ist Ihr Nico denn geworden?«

Di Bernardo hielt vergeblich Ausschau nach einem Aufzug, während Del Pino sanft auf die Signora einredete. Eine seltsame

Unruhe hatte ihn erfasst, und er stahl sich an den beiden vorbei in das Hausinnere in Richtung der Treppe. Als er das oberste Stockwerk erreichte, fiel sein Blick auf die Tür zur Wohnung des Dirigenten. Sie war nur angelehnt. Sein Puls schoss in die Höhe. Er blickte über das Treppengeländer nach unten, Del Pino mit seinen langen Beinen war zwei Etagen tiefer. Als er in Sichtweite kam, hielt Di Bernardo einen Finger vor die Lippen und deutete auf die Tür. Plötzlich ertönte ein Scheppern aus dem Innern der Wohnung.

Del Pino sprang an Di Bernardo vorbei und stieß die Tür auf.

In der Diele stand Azzaria und wirkte völlig überrumpelt. Ein Hartschalenkoffer lag zu seinen Füßen und war aufgesprungen. Aus dem Innern quoll ein Haufen Wäsche. Eine Reisetasche und ein weiterer Koffer standen daneben.

Der Maestro machte sich offensichtlich zur Abreise bereit.

13

»Es ist nicht so, wie Sie denken, Commissario.« Azzaria wirkte gehetzt.

»Was denke ich denn?«, gab Di Bernardo zurück.

»Na, dass ich …« Er hielt inne und fuhr sich durch das Haar. »Dass ich mich auf und davon machen will?«

»Hätten Sie denn Grund zu fliehen?«

»Fliehen?« Schweißtropfen bildeten sich auf Azzarias Stirn. Di Bernardo sah die tiefen Falten, die ihm bei ihrer ersten Begegnung so nicht aufgefallen waren.

»Dürfen wir hereinkommen? Darf ich vorstellen: mein Ispettore, Signor Del Pino. Wir führen zusammen die Ermittlungen.«

»Ja, sicher«, meinte Azzaria, schickte ein angedeutetes Nicken in Richtung Wohnzimmer und schloss die Eingangstür hinter ihnen.

Die Brokatvorhänge waren noch zugezogen, das einzige Licht im Raum wurde von einer zierlichen Leuchte gespendet, die am Notenpultbrett des Flügels klemmte. Di Bernardo trat näher. Die Tasten glänzten im Schein der Glühbirne wie poliertes Elfenbein. Eine Partitur stand auf dem Notenbrett. Di Bernardo trat unwillkürlich näher und warf einen Blick auf das Deckblatt:

ALBAN BERG
KONZERT FÜR VIOLINE UND ORCHESTER
DEM ANDENKEN EINES ENGELS

Schräg darunter, in einer ausladenden Handschrift, standen die Worte:

Es ist genug!
Herr, wenn es Dir gefällt, so spanne mich doch aus.
Nun gute Nacht, o Welt.

Stirnrunzelnd sah er den Maestro an. Musste er sich Sorgen machen?

»Ich habe nach einem Werk gesucht, das ich zu Emiles Ehren aufführen kann. Dabei bin ich hierauf gestoßen«, sagte Azzaria. »Wir haben dieses Stück geliebt! Der asymmetrische Melodienbau … die Verwendung von Elementen in der Zwölftonkomposition … Und dann die drei Ganztonschritte des Chorals …«

Di Bernardo verstand kein Wort, was ihm herzlich egal war. Etwas anderes beschäftigte ihn viel mehr. »Was hat denn die Widmung zu bedeuten?«

»›Dem Andenken eines Engels‹?« Ein melancholischer Zug legte sich um Azzarias Mund. »Alban Berg hatte es für die kleine Manon geschrieben, die Tochter von Walter Gropius und Alma Mahler-Werfel. Das Mädchen war an Kinderlähmung gestorben. Er hatte es sehr ins Herz geschlossen und war mit der Mutter eng befreundet. Tragischerweise ist Berg bald nach der Vollendung selbst gestorben.« Er sah auf. »Die ätherischen Momente in dem Stück würden Emile nur zu gerecht werden. Er war auch ein Engel, wenn er gespielt hat. Er hat den Menschen Zugang zu anderen Sphären eröffnet. Was meinen Sie? Es ist doch das Richtige, oder? Ein Andenken, ein Requiem …«

Di Bernardo kannte Alban Berg nicht, auch wenn ihn die Geschichte der Entstehung des Violinkonzerts nicht kaltließ. Ob Arabella es gespielt hatte?

»Für mich klingt es nach einer sehr … gedankenvollen Wahl«, meinte er. »Was ist denn mit den Worten darunter? Wer hat sie geschrieben?«

Azzaria blickte nach unten und strich mit der Fußspitze die Fransen des Seidenteppichs glatt. »Ich. Sie stammen aus einem Choral von Johann Sebastian Bach, Berg hat ihn in das Stück verwoben.« Er begann eine aufsteigende Melodie zu summen, brach dann ab und schien sich in seiner Welt zu verlieren.

Di Bernardo musterte den Maestro. An diesem Vormittag trug er ein weißes Poloshirt zu einer legeren Hose. Um den Hals lag eine Goldkette, der Anhänger hatte die Form einer stilisierten Sonne, die in der Mitte geteilt war.

Als er Di Bernardos Blick bemerkte, fasste Azzaria unwillkürlich an seine Kette.

»Emile trug die andere Hälfte.«

Das Bild des Toten stieg in Di Bernardos Erinnerung auf, die goldene Panzerkette. Den Anhänger einer halben Sonne hätte er bemerkt.

»Ich habe die ganze Nacht kein Auge zugetan. Wissen Sie schon mehr, Commissario?«

»Wir warten noch auf die Ergebnisse der Obduktion.«

»Obduktion«, wiederholte der Maestro tonlos. »Es ist so schrecklich. Sie sagten gestern, er wurde erschossen. Ich … ich will lieber gar nicht wissen, wie.« Tränen traten in seine Augen. Di Bernardo kannte keinen anderen Mann, der seine wechselhaften Emotionen so zur Schau stellte. Vielleicht musste er als Dirigent so durchschaubar sein? Wie ein offenes Buch? Oder spielte er hier gerade seine Rolle in einem altrömischen Drama?

»Erzählen Sie doch mal genau, wie Sie Emile Gallois kennengelernt haben«, sagte Del Pino und ließ sich auf einen der kostbaren Louis-quatorze-Stühle fallen, dessen zierliche Beine gefährlich wackelten.

»Nehmen Sie lieber das Sofa«, sagte Azzaria. »Ich bin noch nicht dazu gekommen, die Stühle reparieren zu lassen.«

Di Bernardo warf einen Blick auf den rot-gold gemusterten Satinstoff und musste an Robertos Eigenart denken, sich nach fettigem Essen die Hände an den Hosen oder sonst wo abzuwischen. Wenn man ihn zu sich nach Hause bat, waren Schonbezüge nicht die schlechteste Idee.

Del Pino wechselte zum Sofa und schlug ein Bein über das andere. »Also, wo sind Sie sich begegnet?«

Azzaria deutete auf einen Sessel, und Di Bernardo nahm ebenfalls Platz. Erschöpft ließ der Dirigent sich auf dem Rand seines Fauteuils nieder und verschränkte die Hände in seinem Schoß. »Das war am 25. November 2004. Ich habe damals in Tel Aviv gastiert, beim Philharmonischen Orchester. Der Pianist war ausgefallen, also haben sie kurzerhand Emile verpflichtet. Er hatte damals schon große Erfolge mit Rachmaninow gefeiert und den begehrten Schweizer Grand Prix Musik gewonnen, aber ich hatte ihn noch nie live gehört.«

»War er denn Ihre Wahl?«, fragte Del Pino.

»Ach, ich wurde damals gar nicht gefragt, nur pro forma, als er schon zugesagt hatte. Ich … nun ja, ich war etwas in Sorge, denn Rachmaninow mit seinem kraftvollen Pathos, den perlenden Passagen und elegischen Klängen ist doch etwas ganz anderes als Brahms, verstehen Sie?«

»Klar«, sagte Del Pino und zeigte sein Pokerface. »Und dann?«

»Emile galt als technisch virtuos, aber Brahms braucht ein Gefühl für das Zauberische, für Poesie …«

»Also haben Sie an ihm gezweifelt, aber er hat's dann doch irgendwie gebracht?«

Azzaria sah Del Pino irritiert an, als wäre der Ispettore ein Wesen aus einer fremden Welt. Dann fing er sich wieder.

»Ich war ein Narr, an ihm zu zweifeln. Aber dadurch war die Überraschung umso größer …« Wieder rannen ihm Tränen über die Wangen. »Emile war grandios! Ich werde nie vergessen, wie er da zu meiner Linken am Flügel saß … und auf mein Zeichen hin so … so unglaublich beseelt zu spielen begann.«

»Was genau war denn so besonders an seinem Spiel?«

»Ach, wissen Sie, Emile … er wollte nicht bloß glänzen. Es war, als öffnete er all seine Sinne, um eine unglaubliche Einheit mit dem Orchester zu schaffen. Allein schon die Takte gemeinsam mit der Klarinette …« Wieder summte er etwas, verlor sich darin. Sekunden zogen sich dahin, Azzaria schien die Schwere der Erinnerung aus all seinen Poren zu atmen.

Mit geschlossenen Augen bewegte er seine Hände im Takt. Er schien vollkommen in seiner Welt zu versinken.

Del Pino räusperte sich.

Der Maestro sah auf. »Entschuldigen Sie, aber die Erinnerung ist sehr … emotional für mich.«

»Klar. Und danach wurden Sie also ein Paar, oder wie?«, fragte Del Pino ungerührt.

Azzaria schüttelte sanft den Kopf und lächelte schmerzlich. »Das geschah erst später. Emile hatte mich mit seinem Spiel, seiner Art, wie in Geiselhaft genommen. Ich war gefangen und bekam ihn nicht aus dem Kopf. Also lud ich ihn ein, in Washington zu spielen. Wieder Brahms. Diesmal reiste er ohne seine Frau an. Und dann war es, als hätten wir den Bann gebrochen.«

»Darf ich fragen, was Sie damit meinen?«, mischte sich nun Di Bernardo ein.

Azzaria wandte sich ganz ihm zu, als wollte er Del Pino ausschließen. »Was ich damit meine? In Brahms Musik spiegelt sich die unerfüllte Liebe zu Clara Schumann wider, einer Pianistin, die mit dem Komponisten Robert Schumann verheiratet war. Er kannte die Liebe, aber nicht deren Erfüllung … Er fand sich damit ab … Aber ich wollte mich nicht damit abfinden, dass Emile verheiratet war, und er ebenso wenig. Dazu verband uns zu viel …«

»Ich verstehe«, sagte Di Bernardo und betrachtete den Maestro. Auf eigentümliche Weise waren Azzaria und Cristina sich in ihrer kaum verhohlenen Theatralik ziemlich ähnlich. Als würde in ihnen beiden das Bedürfnis brennen, jemand Außergewöhnliches, vielleicht auch Außerordentliches zu sein, und als hätten sie diesen Drang in ihrer Beziehung mit ein und demselben Mann ausgelebt. Und Emile?

»Wie Sie sich denken können, haben wir mit Signora Gallois auch über Sie gesprochen«, sagte er nun.

Azzaria versteifte sich, und auf seiner Stirn trat eine Ader hervor. »Cristina! Sie hockte wie eine schwarze Spinne in ihrem Netz. Über Jahre hinweg hat er versucht, sich daraus zu lösen, aber sie hat ihn festgehalten, ihm gedroht, sie würde ihn fertigmachen …«

»Wie hätte das denn ausgesehen, ihn fertigzumachen?«, hakte Di Bernardo nach. »Er war doch inzwischen ein erfolgreicher Musiker. Und was das Finanzielle angeht …«

Azzaria stand abrupt auf, trat zu den Vorhängen und zog sie auf. Staubflocken tanzten in dem hereinfallenden Sonnenlicht. Dann öffnete er die Tür zur Dachterrasse. Laue Frühlingsluft drang herein und mit ihr das ungeduldige Hupen eines Autos von der Straße weit unter ihnen. Der Maestro wandte sich um, nicht mehr als eine dunkle Silhouette im Gegenlicht.

»Emile war sehr ehrgeizig. Dass er in den italienischen Hochadel eingeheiratet hat, war ein kluger Schachzug. Fragen Sie mal Davide, seinen Agenten. In den Monaten nach seiner

Hochzeit hat er auf so vielen Wohltätigkeitskonzerten gespielt, dass die Musikwelt gar nicht an ihm vorbeigekommen wäre. Auf Geld war er nicht angewiesen, sein Vater besitzt mehrere Bauunternehmen in der Schweiz. Wofür er brannte, das war der Erfolg. Und Emile wurde populär, er spielte vor dem Papst, man kannte seinen Namen, den guten Ruf – und den langen Arm der Pantaleoni. Hätte er sich scheiden lassen und noch dazu für einen Mann, hätte ihn das hier in Italien ruinieren können.«

»Na ja, aber er hatte doch auch Sie«, warf Del Pino ein.

Azzarias Augen blitzten zornig auf. »Was wollen Sie damit andeuten?«, fauchte er.

Del Pino zog die Schultern hoch und hob beide Hände. »Nichts, gar nichts. Ich meinte ja nur …«

Der Maestro ging ein paar Schritte zu einer angelehnten Tür. »Möchten Sie auch einen Espresso? Ich brauche dringend Koffein.«

»Gern«, sagte Di Bernardo.

»Hoffentlich tut er kein Gift in meinen«, flüsterte Del Pino. »Was hat er denn auf einmal?«

Di Bernardo zuckte die Achseln. »Künstler …«

»Denkt er vielleicht, ich wollte andeuten, sein grandioser Emile sei nur scharf auf seine Beziehungen gewesen?«

»Und wenn es so war? Wohltätigkeitsveranstaltungen sind schließlich nicht alles.«

Del Pino zog die Brauen hoch. »Wo lungert der Maestro sonst so rum? Washington? Das kümmert da doch keinen, was für Skandale wir hier haben.«

Wenige Minuten später kehrte Azzaria mit einem Tablett und drei Espressotassen zurück. Di Bernardo griff nach seiner und leerte sie in einem Zug. Der Kaffee war stark, doch er hinterließ einen bitteren Geschmack auf seiner Zunge. So wie diese ganze

Befragung. Er fühlte, wie er unruhig wurde und Tempo in das Gespräch bringen wollte.

»Signor Azzaria«, sagte er. »Ich würde gern auf den Punkt kommen. Die Duchessa behauptet, Emile wäre niemals bereit gewesen, sich von ihr zu trennen. Er hätte zwar Affären gehabt ...«

»Affären!«, donnerte Azzaria. »Was Emile und mich verband, war doch keine Affäre.« Krachend stellte er seine Tasse auf dem Intarsientisch ab. Di Bernardo ließ sich nicht beirren.

»Gibt es denn jemanden, der bezeugen kann, dass Sie und Emile über längere Zeit ein Paar waren?«

»Bezeugen!«, stieß Azzaria aus. Erneut stand er auf, ging in einen angrenzenden Raum und kehrte mit einer großen, mit schwarzer Seide bezogenen Schachtel zurück. Als er sie öffnete, sah Di Bernardo, dass sie bis zum Rand mit Fotos gefüllt war. Azzaria breitete sie auf dem Tisch aus wie einen Fächer. Es waren überwiegend private Momentaufnahmen, Schnappschüsse eines glücklichen, verliebten Paares. Die zunehmenden Grauschattierungen im Haar des Dirigenten zeigten ohne jeden Zweifel, dass die Beziehung mehrere Jahre angedauert haben musste. Di Bernardo konzentrierte den Blick auf ein Bild von Emile – es musste hier auf der Dachterrasse aufgenommen worden sein. Die obersten Knöpfe seines weißen Leinenhemdes standen offen. Um den Hals hing die Kette mit der halben Sonne. Er lachte befreit und prostete der Kamera mit einer Champagnerflöte zu. Im Hintergrund war die Engelsburg zu sehen. Die Äste der Zitronenbäumchen bogen sich tief unter der Last der prallen Früchte. »Wann war das?«

Azzaria nahm das Foto beinahe zärtlich vom Tisch und wog es in den Händen. »Im letzten Herbst.«

»Wann haben Sie denn beschlossen zu heiraten? Könnte es sein, dass Emile es der Signora noch gar nicht gesagt hat?«, überlegte Di Bernardo.

»Oh doch, das weiß sie nur zu genau.«

»Nun, dann sollten wir sie beide vielleicht gemeinsam befragen?«

Azzaria lachte humorlos auf. »Großartig! Ich habe der Dame nämlich so einiges zu sagen. Und Fragen hätte ich auch. Eine ganze Menge sogar. Unter anderem, wo *sie* gestern Abend war!« Er atmete heftig, seine schmalen Nasenflügel bebten.

»Verstehe ich das richtig? Sie beschuldigen Signora Gallois des Mordes an Emile?«

Azzaria legte das Foto auf den Tisch zu den anderen. Seine Finger fuhren sanft über Emiles Gesicht, dann sah er auf. »Ganz ehrlich? Ich kann mir nicht vorstellen, dass ein Mensch überhaupt so etwas tut. Wie viel Hass muss jemand empfinden, dass er einem anderen das Leben raubt?«

»Glauben Sie denn, dass sie ihn gehasst hat?«

Er schüttelte den Kopf. »Nicht offen, und wohl nicht, solange er noch unter einem Dach mit ihr zu leben bereit war.«

»Also würde Emiles Entschluss, sich offiziell von ihr zu trennen und die Scheidung zu beantragen, in Ihren Augen seiner Frau ein klares Motiv geben?«

»Mein Gott!« Azzaria riss die Augen auf. »Das heißt ja, wenn Emile sich nicht hätte scheiden lassen wollen … wenn er weitergemacht hätte wie in all den Jahren zuvor … dann wäre er jetzt noch am Leben?«

»Bitte beantworten Sie meine Frage.«

»Das ist nicht leicht, Commissario … einen Menschen des Mordes zu beschuldigen. Aber mir fällt niemand anderes ein, der es sonst getan haben könnte. Emile hatte keine Feinde. Neider vielleicht, aber Feinde? Nein.«

»Wie war das denn gestern bei der Probe, wieso sind Sie eigentlich nicht bis zum Ende geblieben?«, hakte Del Pino nach.

»Die Probe, *oddio!* Ein Desaster. Es ist ja wohl nicht meine Aufgabe, irgendwelchen talentfreien Musikern ihre Stimme beizubringen. Die Holzbläser waren eine Katastrophe! Aber wen kümmert das noch.«

»Wohin sind Sie denn gegangen?«

»Sie meinen, nach der Probe? Nach Hause natürlich.«

»Ich meine, als Sie den Saal zusammen mit Emile Gallois verlassen haben. Haben Sie nicht mehr miteinander geredet?«

Azzaria runzelte die Stirn. »Wir sind nicht zusammen gegangen. Ich hatte noch eine Auseinandersetzung mit einem dieser Idioten … wer war das noch gleich … ah, der Hornist! Rachmaninow darf schmerzlich klingen, aber er soll doch nicht in den Ohren wehtun, verdammt!«

Auf Bernardo wirkte der Maestro mit seinen Stimmungsschwankungen zunehmend wie ein Springteufel, der nur mühsam unter Verschluss gehalten werden konnte.

Del Pino kicherte, er schien sich bestens zu amüsieren.

»Na schön, und dann?«

»Emile lief wortlos an mir vorbei, er mochte solche Szenen nicht. Ich ging danach kurz in meine Garderobe, um meine Jacke zu holen, steckte die Partitur ein und machte mich auf den Weg nach Hause.«

»Kein Wort zu Emile? Kein Abschied? Sie sind nicht in seine Garderobe gegangen?«

»Bei Gott, ich wünschte, ich wäre es.«

»Und dann?«

»Ich wollte nur nach Hause. Es gibt solche Proben. Besser, man schläft drüber, und dann ist ein neuer Tag.« Er sah von Del Pino zu Di Bernardo. »Wie hätte ich auch ahnen sollen, was passiert?! Emile hatte ja recht, manchmal habe ich mich einfach nicht unter Kontrolle. Vielleicht hätte ich mich nicht so echauffieren müssen … Dann wäre womöglich alles anders gekommen.« Der Maestro barg das Gesicht in den Händen, seine gemurmelten Worte waren nur undeutlich zu verstehen. »Wie kann man die letzten Stunden mit dem Menschen, den man liebt, nur so enden lassen … Letzte Möglichkeiten, verloren, für immer …«

»Wo wollten Sie eigentlich hin?«, fragte Del Pino.

»Wie bitte?« Azzaria sah auf.

»Na, als wir kamen, wollten Sie doch gerade aufbrechen …«

»Ach so. Sie meinen, vorhin. Ich wollte nach Hause, nach Washington. Ich ertrage Rom nicht mehr, nicht ohne Emile.«

»Das sah aber schon ein bisschen überstürzt aus, oder?«

Azzaria starrte den Mann stirnrunzelnd an. Dann dämmerte ihm, worauf der Ispettore offenbar hinauswollte.

»Sie verdächtigen doch wohl nicht etwa mich?«, fragte er und sah den Commissario mit geweiteten Augen an. »Ich … ich habe Emile doch nicht getötet! Niemals hätte ich auch nur die Hand gegen ihn erheben können.«

Di Bernardo deutete ein Kopfschütteln an, das alles heißen konnte. In diesem Moment wirkte Azzaria auf ihn wie ein großes Kind, das verwirrt war von den Wendungen, die das reale Leben nahm. Ein Kind, das gewohnt war, durch Trotz zu bekommen, was es wollte. Und das mit einem Mal begriff, dass es sein liebstes Spielzeug verloren hatte.

War Emile das für Azzaria gewesen? Ein Spielzeug? Was war es, fragte sich Di Bernardo, das ihn nicht an die ganz große Liebe zwischen den beiden Männern glauben ließ? Das ihm das Gefühl gab, neben Gefühlen sei vielleicht auch Macht im Spiel gewesen, Besitzanspruch …

»Wir befinden uns noch ganz am Anfang der Ermittlungen«, sagte er. »Es wäre aber wichtig, dass Sie zur Verfügung stehen, sollten wir weitere Fragen haben.«

»Nun gut.«

»Ihnen ist doch sicher daran gelegen, dass der Mörder Ihres Mannes gefunden wird?«

Azzaria drehte sich ruckartig zu ihm um. Erneut zeichneten sich auf seinem Gesicht die unterschiedlichsten Gefühle ab: Anerkennung war darunter, Respekt und Dankbarkeit. Und ein Hauch von Triumph.

14

»Jetzt weiß ich, woran er mich erinnert«, sagte Del Pino und biss genüsslich in sein Porchetta-Schinken-Panini. Wie abgesprochen gönnten sie sich im Panino Divino eine Pause, und in der Tat waren die Brötchen dort genau das: göttlich! Fett und Bratensaft liefen aus dem krossen Weißbrot über seine Hände.

Di Bernardo schob ihm den Serviettenspender hin.

»Geht schon«, sagte Del Pino. Er setzte dazu an, sich die Hände an der Hose abzuwischen. »Das gibt so eine schöne Patina.« Als er Di Bernardos entsetzten Gesichtsausdruck sah, lachte er laut.

»Kleiner Scherz. Aber im Ernst, Commissario. Wir sollten beim nächsten Drogeriemarkt haltmachen, damit Sie Feuchttücher für mich kaufen können.«

Di Bernardo hob ertappt beide Hände. »Ich denke nur an mein Auto, das ist alles. Oder wollen Sie lieber nebenherlaufen?«

»Aber nicht doch, da verbrenne ich zu viele Kalorien.« Del Pino griff zu den Servietten und wischte sich die Hände damit ab.

»Das war göttlich. Bloß ein bisschen klein, die Portion.«

»Wenn man weniger schlingen würde, hätte man länger was davon«, brummelte Di Bernardo. »Aber jetzt sagen Sie schon, woran er Sie erinnert.«

»Wer? Ach so, unser Maestro. Haha. Kennen Sie die alten Stummfilme … Rudolph Valentino in älter! Er hat so eine sprechende Mimik. Und so was Schmachtendes.«

Di Bernardo musste grinsen. Das hatte was! Ein gewisses schauspielerisches Talent war Azzaria nicht abzusprechen. Aber war er deswegen auch ein Mörder?

Del Pino schien seine Gedanken zu erraten. »Was meinen Sie, könnte er Emile umgebracht haben?«

Di Bernardo wog den Kopf. Impulsiv war der Mann, ohne Zweifel. »Kontrolle über seine Gefühle scheint er jedenfalls keine zu haben. Und was, wenn er lügt und Gallois sich in Wahrheit nicht trennen wollte?«

»Ist schon verdächtig, dass angeblich keiner was von ihrer geplanten Hochzeit wusste. Aber wenn es eine Tat im Affekt war, dann hätte jemand sie doch streiten hören müssen … Davon stand nichts in dem Bericht, den ich heute früh von Campresi bekommen habe.«

»Ja, und der Saalwart hat auch nichts gehört. Und ich glaube ihm. Aber wissen Sie, Roberto, was für mich dabei gar nicht ins Bild passt?« Di Bernardo beugte sich ein Stück vor und suchte nach Worten. »Azzaria hat Emile als Pianist in den Himmel gehoben. Aber der Mörder hat seine Hand zerschmettert. Er hat damit ein Zeichen gesetzt. Hätte Azzaria so etwas fertiggebracht?«

»Na, haha, vielleicht hat Emile in Wahrheit ja so schlecht gespielt wie dieser Hornist. Das würde alles erklären.« Del Pino schlug sich lachend auf die Schenkel.

Di Bernardo verdrehte die Augen. Roberto gehörte zu den Frohnaturen, die über ihre eigenen Witze am lautesten lachten.

»*Ehi,* Commissario, der war lustig! Aber jetzt mal im Ernst. Wenn das stimmt mit der Hand … dann klingt das für mich so, als hätte der Mörder das Opfer von Grund auf zerstören wollen. Die ultimative Vernichtung. So … so wie wenn man einen Fußballer nicht bloß erschießt, sondern ihm auch noch den Fuß zerschmettert.«

»Passt das in Ihren Augen zur Duchessa oder Azzaria?«

»Nun, beide hatten ein persönliches Interesse an ihm, aber sie haben ihn beruflich auch gefördert. Ihm Vorteile verschafft. Vielleicht hat er sie ja ganz einfach benutzt? Und einer von den beiden hat's kapiert?«

»Hm. Da könnte etwas dran sein. Wir sollten herausfinden, wie seine Karriere vor und nach der Hochzeit verlaufen ist. Und welchen Einfluss die Beziehung mit dem Maestro auf seine internationalen Konzerte hatte.« Di Bernardo blickte auf sein Handy, der Bericht der Obduktion war noch nicht eingegangen. »Ach, und das, was Sie vorhin gesagt haben … warum sein Ruf in Italien angeblich so wichtig war. Lassen Sie uns dem Agenten einen Besuch abstatten«, sagte er. »Wo müssen wir hin?«

»Parioli.«

Der Commisario sah auf. »Parioli, wie bei unserem letzten Musikerfall?! Ausgerechnet.«

15

Der nördliche Teil des Quartiere Parioli schmiegte sich dicht an den Tiber, dessen Verlauf hier eine enge Schleife beschrieb. Südlich des Flussufers fanden sich Tennis- und Reitvereine für das gehobene Bürgertum, das in den Palazzini der 1930er-Jahre residierte. Die Piazza delle Muse selbst war eine übersichtliche Grünanlage aus zu dieser Zeit verdorrten Rasenflächen, Rosenbeeten und Lavendelstauden. Einige magere Kiefern streckten sich, von Spalieren gestützt, zaudernd in die Höhe. Sie sahen aus, als hätten sie sich bereits selbst aufgegeben.

»Na, ich weiß nicht …«, sagte Del Pino und blickte sich um, als er aus dem Wagen stieg. »Irgendwie so gar nicht meine Gegend.«

»Zu ordentlich?«, fragte Di Bernardo. »Zu wenig Imbissbuden?«

»Irgendwie zu künstlich. Waren Sie mal in dem berüchtigten Parco Mario Riva? Der ist ganz in der Nähe.«

Di Bernardo kannte den Ort nur vom Hörensagen. Müll, eine miserable Beleuchtung und allerlei zwielichtige Gestalten hatten den Park zu einer Gegend gemacht, die wenn überhaupt nur noch von der Polizei aufgesucht wurde. Es war immer wieder erschreckend, wie schnell ein Stadtgebiet kippen konnte: Eben noch war es Teil eines angesehenen Quartiers, dann verwahrloste es durch die Rohheit einiger weniger und verkam schließlich zu einem sozialen Brennpunkt, für den keiner sich verantwortlich fühlte. Hunderte von Beschwerden waren eingegangen, bis die Anwohner sich zu einer Gruppe von Freiwilligen namens

»*Solidarietà Romana sul Territorio*« zusammengetan hatten und seither eigenhändig für Sauberkeit auf den Grünflächen sorgten. Vielleicht war dies ja ein Weg hinaus aus der Krise: dass die Menschen nicht länger darauf warteten, bis der zähe Regierungsapparat aus seiner Starre erwachte, sondern selbst Verantwortung übernahmen. Allerdings gab es auch hier unrühmliche Beispiele. Di Bernardo schauderte, als ihm die neuesten Meldungen über Bürgerwehren in den Sinn kamen, die insbesondere schwarze Menschen drangsalierten. Es würde ihn nicht wundern, wenn Granata in diesen Kreisen die Mörder der beiden Afrikaner fände. Was war es nur in der Natur des Menschen, dass er immer ausgrenzen musste, sich auf das Trennende stürzte, statt sich auf das zu konzentrieren, was alle Wesen verband? Den Wunsch, in Frieden und Gemeinschaft zu leben; nicht mehr, nicht weniger.

Seufzend drückte er die Klingel neben dem glänzenden Namensschild von *Davide Bianchi Artists* an der Piazza delle Muse. Ein Türsummer ertönte, und das Portal sprang auf. Der hohe Eingangsbereich und das helle Treppenhaus waren mit silbrig grauem Travertin ausgelegt. Von der Decke hing ein verspielter Kronleuchter, der einen willkommenen Kontrast zu der Strenge des edlen Steins bildete.

Die Agentur befand sich im ersten Stock. Gefolgt von Del Pino, nahm Di Bernardo die Treppe. Eine junge Frau mit kurzem dunklem Haar und Stupsnase empfing sie an der breiten Eingangstür zu Davide Bianchi.

»Sie wünschen?«

»Commissario Di Bernardo aus der Questura«, erwiderte er. »Und das ist mein Ispettore Roberto Del Pino.«

»*Buona sera!* Ich bin Signor Bianchis Sekretärin.« Sie senkte die Stimme. »Sie sind bestimmt wegen Emile Gallois hier, nicht wahr?«

Di Bernardo nickte. »Wir würden gerne mit Signor Bianchi sprechen.«

»Natürlich, kommen Sie doch bitte herein.«

Sie führte die beiden durch einen breiten Flur, von dem rechts und links jeweils eine Tür abging. An den hohen Wänden hingen große Künstlerporträts in schnörkellosen Silberrahmen, unter ihnen auch eine Aufnahme von Emile Gallois während des Spiels. Er war zweifellos ein charismatischer Mann gewesen, attraktiv, mit einem hingebungsvollen Zug. Und doch fiel es Di Bernardo schwer, in seinem Gesicht zu lesen.

Die Sekretärin klopfte an die Tür zu ihrer Linken. Dahinter ertönte ein leises *avanti*.

»Commissario Di Bernardo und sein Ispettore aus der Questura«, sagte sie.

Davide Bianchi erhob sich hinter seinem ausladenden Schreibtisch. Er war ein durchschnittlich großer, grauhaariger Mann mit ebenmäßigem Gesicht und römischer Nase, auf deren Spitze eine kleine runde Brille saß. Di Bernardo schätzte ihn auf Ende fünfzig.

Sein Händedruck war zögerlich und fühlte sich etwas schwitzig an. Del Pino griff umso beherzter zu. Bianchi schien es kaum abwarten zu können, ihm die Rechte wieder zu entziehen.

»Bitte, nehmen Sie doch Platz«, sagte Bianchi und deutete zu der Sitzgruppe.

Di Bernardo trat zu den beiden cremefarbenen Sofas, die den Raum dominierten, und wartete, bis Davide Bianchi hinter seinem Schreibtisch hervorkam. Die Haltung des Mannes war leicht gebeugt, ob von der Arbeit am Schreibtisch oder dem Kummer, vermochte er noch nicht zu sagen. Als Bianchi sich setzte, ließ der Commissario sich auf den Platz neben Del Pino sinken, der sich soeben eines der großen, barolofarbenen Samtkissen in den Rücken stopfte.

Ein kurzer Blick verriet Di Bernardo, dass die Geschäfte der Agentur gut laufen mussten. Der Raum war geschmackvoll eingerichtet. Das helle, warme Rot der Kissen fand sich in den persischen Ornamenten den Seidenteppichs wieder, der den Steinboden bedeckte. Neben dem Fenster stand eine üppige Palme in einem Topf aus geschlagenem Metall. Ein modernes Gemälde hinter dem Schreibtisch zeigte ein Symphonieorchester, das von einem Dirigenten im schwarzen Frack mit einem abstrakt gezeichneten Taktstock geführt wurde. Der Dirigent sah aus, als würde er gleich vom Podest abheben. Irgendwo summte dezent eine Klimaanlage.

»Sie haben sicher bereits von Signor Gallois' Tod erfahren ...«, begann Di Bernardo.

Der Agent seufzte leise. »Cristina hat mich gestern Abend angerufen. Es ist eine Tragödie.« Er nahm die Brille ab und rieb sich die geröteten Augen.

»Seit wann haben Sie Signor Gallois als Pianist vertreten?«

»Inzwischen sind es fast vierzehn Jahre«, antwortete Bianchi. »Er war unser Star schlechthin, und der Pianistenhimmel ist groß und weit, glauben Sie mir. Viel größer als zum Beispiel bei den Geigern.«

»Vertreten Sie viele internationale Stars in Ihrer Agentur?«

Davide Bianchi schüttelte den Kopf. »Nein, dies ist eine kleine Agentur, aber wir haben ausgezeichnete Kontakte. Mein Großvater war bereits Konzertagent, mein Vater ebenfalls. Über die Jahrzehnte hinweg sind enge Verbindungen entstanden, die uns erlauben, wenige Künstler optimal zu betreuen.«

»Das Geschäft ist sicher nicht leicht«, sagte der Commissario.

»Definitiv nicht.« Der Agent blickte auf. »Warten Sie ... Ihr Name kommt mir irgendwie bekannt vor. Di Bernardo ... Ah, kann es sein, dass Sie derjenige waren, der den Mord an Cornelia Giordano aufgeklärt hat?«

Di Bernardo schmunzelte leicht. »Mein erster Ausflug in die Welt der Musik, und er war anders als erwartet.« Im Zuge seiner Ermittlungen war er auf Intrigen und Korruption gestoßen, die der Unbarmherzigkeit der normalen Geschäftswelt in nichts nachstanden.

»Ich hoffe, es hat Ihnen die Freude an der Musik nicht verdorben. Signora Giordano ... nun, sie war sehr speziell. Sie ist über uns kleinere Agenturen hinweggewalzt, und einige haben das nicht überlebt. Aber man soll ja nicht schlecht von den Toten reden.«

»Hatte sie kein Interesse an Emile Gallois?«

»Oh, natürlich hatte sie das. Sie hat ihn umgarnt, umworben, in ihr Netz zu ziehen versucht, aber er blieb uns treu. Er wusste, dass er mir vertrauen konnte, von Anfang an.« Bianchi ließ die Schultern sacken.

»Vierzehn Jahre sind eine lange Zeit ...«

»Das sind sie. Vierzehn lange Jahre, in denen man zusammenwächst und so manches Auf und Ab erlebt ...«

»Was waren denn die Abs?«, grätschte Del Pino dazwischen. Di Bernardo ließ ihn gewähren. Sein Ispettore hatte seit ihrem letzten Fall kein allzu gutes Bild von Konzertagenten. Außerdem hatte er die Angewohnheit, zu Beginn der Ermittlungen ausnahmslos jeden für schuldig zu halten.

»Ach, wissen Sie, reibungslos verläuft eine so enge Zusammenarbeit wohl nie. Ein guter Agent unterstützt seine Künstler, fördert sie. Er ist nicht auf den schnellen Erfolg aus, sondern denkt und handelt langfristig. Emile war ehrgeizig, er brannte für sein Spiel. Wenn wir imstande waren, ihm zwanzig Konzerte im Jahr zu vermitteln, hat er sich fünfzig gewünscht. Und wenn es fünfzig gewesen wären, nun, dann hätte er achtzig gewollt.«

»Das heißt also, er war unzufrieden? Wollte er vielleicht die Agentur wechseln?«

Davide Bianchi runzelte die Stirn. »Davon hat er nie geredet. Und er war auch nicht unzufrieden, in seiner Karriere war es mit uns kontinuierlich aufwärts gegangen. Ich hatte eher das Gefühl, ihn bremsen zu müssen. Die vielen Tourneen, der Druck der Konkurrenz ... Und all die gesellschaftlichen Verpflichtungen wie die Galakonzerte kamen in seinem Fall ja noch dazu. Ich hatte Sorge, er könne ausbrennen. Er wäre nicht der erste Star gewesen, der zusammenbricht.«

»Aber das hat ihm nicht gefallen, dass Sie ihn bremsen wollten, richtig?«

»Nicht immer.«

»Aha. Also kam es zu Auseinandersetzungen?«

Davide Bianchi wand sich. »Nun ja, wir hatten kürzlich einen Streit. Er hatte sich in den Kopf gesetzt, in der Barbican Hall in London Chopin zu spielen, aber dort wollte man ihn nicht. Sie hatten gerade erst eine Starpianistin mit nahezu dem gleichen Programm eingeladen.«

»Und warum wollte er nicht was anderes spielen? Gibt doch noch mehr Stückeschreiber.«

Bianchi musterte Del Pino vom Kopf bis zu den Sneakers, deren Profil einen erdigen Abdruck auf dem Seidenteppich hinterlassen hatte. Dann seufzte er. »Es lag ja nicht an der Auswahl der Werke. Die Wahrheit ist, dass die Veranstalter davor zurückschrecken, gleich zwei Konzerte mit Piano solo in ihr Jahresprogramm aufzunehmen.«

»Das wundert mich jetzt aber. Ich dachte, Sie haben so tolle Verbindungen.«

»Das hat Emile auch gesagt!«, erwiderte Bianchi zunehmend ungehalten. »Genau darum ging ja der Streit! Er wollte es partout nicht verstehen. Aber es ist nun mal so, dass die Leute immer weniger bereit sind, ihr Geld für Konzertkarten auszugeben, wenn sie im Internet einen Mitschnitt umsonst hören können.

Es sind schwere Zeiten, für uns alle.« Er zerrte an seiner Krawatte, als drückte ihm etwas die Luft ab.

»Aber das hat Emile Gallois nicht eingesehen?«, fuhr Del Pino hartnäckig fort.

»Emile war besessen von der Idee, Großbritannien im Sturm zu erobern. Ich weiß auch nicht, warum er sich darauf versteift hat. Man wollte ihn in Japan, in Sydney, aber er ließ nicht locker. Italiener und England, das geht schon seit dem Römischen Reich nur selten gut.«

»Jetzt lassen wir mal die geschichtliche Lektion beiseite, und Sie sagen mir lieber, was Sie denn am Sonntag gegen neunzehn Uhr gemacht haben.«

Ungläubig sah der Agent ihn an. Sein Blick huschte von Del Pino zum Commissario und wieder zurück. »Wie soll ich denn das verstehen? Sie verdächtigen mich? Ausgerechnet mich? Das ist ja lächerlich.«

Del Pino richtete sich zu seiner vollen Größe auf. »Finden Sie? Vielleicht wollte Emile Gallois doch nicht bei Ihnen bleiben? Weil er andere Pläne hatte? Weil er wegwollte – aus Italien, wie Sie selbst gesagt haben? Von der Duchessa? Von Ihnen?«

16

Davide Bianchi war fassungslos. Er war aufgestanden, hatte die Sekretärin um Kaffee gebeten, das Sakko ausgezogen und über den Stuhl gehängt. Unter seinen Achseln waren Schweißflecken zu sehen.

Del Pino machte ein Gesicht wie eine Katze, die gespannt vor dem Mauseloch auf ihre Beute wartete. Di Bernardo sog das Aroma des dampfenden Kaffees tief ein und riss ein zweites Päckchen Zucker auf. Kurz war er versucht gewesen, Del Pino zu stoppen. Aber dann war ihm klar geworden, welchen Zweck sein Ispettore verfolgte.

Bianchi nahm einen Schluck und verzog das Gesicht, offenbar hatte er sich verbrannt. Dann stellte er die Tasse ab, strich mit beiden Händen das Haar zurück und richtete den Blick auf einen unsichtbaren Punkt auf dem Boden.

»Meine Frau und ich waren über das Wochenende in Perugia, ihr ältester Neffe hat geheiratet. Wir haben in der historischen Residenz nördlich der Stadt übernachtet, wo auch die Hochzeitsfeierlichkeiten stattfanden.«

»Und wann sind Sie zurückgefahren?«

»Meine Frau hat noch Golf gespielt, daher wurde es etwas später. Das muss kurz nach achtzehn Uhr gewesen sein. Ich saß mit dem jungen Quartett, das zur Hochzeit gespielt hatte, im Innenhof. Wir fachsimpelten ein bisschen über die ›Preußischen Quartette‹ von Haydn, als sie zu uns an den Tisch kam. Ich hatte etwas zu viel vom Patriglione getrunken, also fuhr meine Frau.« Seine Kehle schien eng zu werden, er räusperte sich. »Cristina rief mich an, als wir auf der Via Salaria waren. Ich … ich dachte erst, sie macht einen schlechten Scherz.«

Del Pino ließ sich zurück in die Kissen sinken. »War sie denn so drauf?«

»Bitte?«

»Mich würde auch interessieren, wie Sie darauf kommen, es könnte ein Scherz gewesen sein«, warf Di Bernardo ein.

Bianchi fuhr sich über die Stirn, er schwitzte noch immer. »Hören Sie, ich möchte wirklich nicht schlecht über die Duchessa reden. Sie ist nur manchmal etwas …«

»Betrunken?«, half Del Pino aus.

»… etwas exzentrisch.« Bianchi schüttelte den Kopf. »Aber ich muss doch noch mal nachhaken, wegen Ihrer Anschuldigung …«

»Das war keine Anschuldigung«, sagte Del Pino und zuckte die Schultern.

»Es klang aber ganz so. Wissen Sie, es ist schon hart genug, Emiles plötzlichen Tod zu verkraften. Einen Mord noch dazu. Aber dann auch noch beschuldigt zu werden …« Er atmete schneller.

»Signor Bianchi, beruhigen Sie sich. Wir ermitteln. Und deswegen versuchen wir uns ein Bild zu machen. Von dem Toten und den Menschen um ihn herum.«

»Ich verstehe … Aber wissen Sie, Emiles Tod ist ein immenser Verlust, auf vielen Ebenen. Ich war für ihn so etwas wie ein Vater. Sein eigener Vater hat ihm nie die Wertschätzung entgegengebracht, die er verdiente. Er wollte, dass sein Sohn in das Unternehmen einstieg, damit alles in der Familie bleibt. Aber Emile kam mehr nach der Mutter. Eine verbitterte Frau, die leider sehr früh dement wurde und vergangenes Jahr verstorben ist. Er hatte zu Hause immer zu kämpfen, stand zwischen den Fronten. Wobei ich denke, dass die Herablassung des Vaters seinen Ehrgeiz nur angestachelt hat …« Er holte tief Luft und fuhr dann fort: »Und da Sie mich schon verdächtigen, sollten Sie vielleicht wissen, dass meine Agentur ohne Emile vor dem Ruin steht. Mein Vater würde sich im Grabe herumdrehen, wenn er wüsste, dass ich mich nicht frühzeitig breiter aufgestellt habe.«

»Das tut uns leid zu hören«, sagte Di Bernardo. »Gab es einen speziellen Grund dafür, dass Sie sich so auf Emile konzentriert haben? Gerade wenn die Konkurrenz nicht schlief, ihn abwerben wollte …«

Bianchi sog die Unterlippe zwischen die Zähne, er schien einen Kampf mit sich auszufechten.

»Also gut. Es war Cristina Gallois, die darauf bestand, dass Emile in der Agentur keinerlei Konkurrenz hatte. Sie war geradezu besessen von seiner Karriere.«

»Noch mehr als er selbst? Wie erklären Sie sich das?«, wollte Di Bernardo wissen, auch wenn er bereits ahnte, welchem Umstand dieser Ehrgeiz geschuldet war.

»Da gab es sicher verschiedene Gründe. Ich würde sagen, zum einen lag es daran, dass sie selbst mit all den Dingen, die sie begonnen hatte, nicht wirklich erfolgreich war und sich voll und ganz auf ihren Mann konzentrierte. Sie kam mir manchmal so vor wie eine dieser Glucken. Sie kreiste ständig um ihn, immer darauf bedacht, dass er in den Genuss aller erdenklichen Vorteile kam. Das war für die Agentur recht … arbeitsintensiv.«

»Sie selbst arbeitet vermutlich nicht?«

»Ein bisschen Innenarchitektur, aber eher im Bekanntenkreis. Wirklich Geld verdient sie damit meines Wissens nicht. In ihrer Jugend hatte sie Gesangsstunden und wollte unbedingt Sängerin werden.«

»Cool, und welche Richtung?«, fragte Del Pino interessiert. »Eher Pop oder Rock? Canzone italiana?«

Bianchi hüstelte. »Koloratursopran. Sie träumte davon, die ›Königin der Nacht‹ in der Scala zu singen. In ihrer Fantasie war sie bereits auf dem Weg nach Mailand, aber in Wahrheit war ihre Stimme viel zu dünn. Es gab ein paar … nun ja, Versuche … kleine Soireen, die aber keinen Anklang fanden. Dann lernte sie Emile kennen.«

Di Bernardo spürte, wie sich das Bild, das er von der Duchessa hatte, ein Stück weit vervollständigte. Trotz oder vielleicht auch wegen des familiären Hintergrundes hatte sie es nicht leicht im Leben. Und dann die Ehe mit einem Mann, der offenbar nicht besonders an ihr als Frau interessiert war …

»Die Pantaleoni genießen ja einigen Einfluss. Wie wirkte sich das denn auf Emile Gallois' Karriere aus?«

Bianchi blickte auf. »Ausgesprochen positiv. Sie sahen in ihm eine hervorragende Möglichkeit, sich auch kulturell Einfluss zu verschaffen. Er spielte auf Benefizveranstaltungen für ihre Stiftungen, was ihm großes Wohlwollen entgegenbrachte. Und mit dem Einfluss des Vatikans noch dazu … Er hätte es kaum besser treffen können.«

»Glauben Sie, dass seine Entscheidung, die Duchessa zu heiraten, etwas mit ihrer Familie zu tun hatte?«

»Ich verstehe nicht ganz?«

»Ich wüsste gern, ob er aus Kalkül geheiratet hat.«

»Ich auch«, brummte Del Pino.

Davide Bianchis Miene wurde von einem Moment auf den anderen völlig ausdruckslos. Sieh an, dachte Di Bernardo, der Mann mauert.

»Das kann ich nicht bestätigen«, sagte Bianchi dann auch nur knapp.

»Na gut«, erwiderte Del Pino. »Aber wie war das denn mit dieser anderen Sache, mit seinem Freund. Der hat ihm doch bestimmt auch eine Menge Auftritte verschafft, oder?«

»Von wem sprechen Sie, bitte?«

»Na, von Azzaria. Washington, Philadelphia …«

»Der Maestro hat ihn sehr geschätzt.« Bianchi gab sich nun aalglatt.

»Und wie er das hat«, meinte Del Pino und lachte.

Davide Bianchi lief rot an. »Hören Sie, das Privatleben meiner Schützlinge geht mich wirklich nichts an. Privates sollte privat bleiben dürfen, auch bei Personen, die in der Öffentlichkeit stehen.«

»Das ist wohl eher eine Illusion, leider«, warf Di Bernardo ein.

»Commissario«, sagte Bianchi eindringlich und neigte sich vor. »Ich möchte Emiles Andenken schützen, wenn ich schon sonst nichts tun kann, um diese schreckliche Tat ungeschehen zu machen. Er wird weiterleben durch seine Aufnahmen, seine Musik. Aber leider hat sich das Klima in Europa gewandelt, was Homosexualität betrifft. Man muss wieder aufpassen, was über einen Künstler publik wird. Sein Glaube, seine sexuelle Orientierung können ihm sonst womöglich zum Verhängnis werden. Gerade wenn er international Konzerte gibt, in Ländern, die sich inzwischen offen gegen Homosexualität stellen und am liebsten einen Kreuzzug gegen alle führen würden, die anders veranlagt sind. Das passiert erschreckenderweise ja auch hierzulande wieder. Wer weiß, wo das noch alles hinführt.«

Di Bernardo wog den Kopf. Es war frustrierend, dass der Fortschritt der Menschheit sich nicht linear entwickelte, sondern bestenfalls in Spiralen. Immer wieder kochten die gleichen Themen hoch. Immer wieder dachte man, man hätte ein Stück Rückständigkeit hinter sich gelassen, und dann krochen sie wieder aus ihren Löchern, die Ausländerfeindlichen, die Schwulenhasser.

»Hören Sie, Signor Bianchi, wir haben keinesfalls vor, private Details auszuschlachten, und ich teile Ihre Ansicht. Aber wir ermitteln in einem Mordfall. Emile Gallois wurde gewaltsam getötet, wir sind es, die nun gewissermaßen seine Interessen vertreten. Und es ist nicht hilfreich, wenn Sie uns gegenüber Dinge verschweigen, während der Mörder weiter da draußen herumläuft.«

Bianchi nickte. »Sie haben ja recht, Commissario. Fragen Sie, und ich werde antworten. Ich verlasse mich darauf, dass nichts an die Presse dringt, was niemanden etwas angeht.«

Na endlich. Di Bernardo setzte sich aufrecht hin, das weiche Sofa, der Agent mit seinem Beschützerinstinkt, all das drohte ihn einzulullen. Es war Zeit, sich auf die Fakten zu konzentrieren.

»Können Sie bestätigen, dass Signor Gallois mit Maestro Azzaria eine ernsthafte Beziehung führte? Oder war das eher eine Affäre?«

»Das war durchaus ernst, über viele Jahre hinweg.«

»Und Signora Gallois wusste davon?«

»Natürlich. Vielleicht nicht von Anfang an, aber doch bald. Es mag sein, dass bei der Entscheidung, sie zu heiraten, auch ein bisschen Kalkül dabei war. Ich glaube aber vielmehr, dass sie ihn auf eine unbestimmte Weise an seine Mutter erinnerte. Madame Gallois hatte sich nie gegen Emiles Vater durchsetzen können, die Duchessa aber nahm es seinetwegen mit allen auf. Er mochte sie, das war unübersehbar. Es berührte ihn, dass sie sich so für ihn einsetzte. Anfangs zumindest.«

»Und später?«

»Später war er in der Schlinge gefangen, die sie ihm umgelegt hatte und die ihm dann die Luft zum Atmen nahm. Sie übte eine fast totale Kontrolle über sein künstlerisches Leben aus.«

»Und dafür hasste er sie?«

»Nein, hassen ginge definitiv zu weit.«

»Hatte er je vor, sich von ihr zu trennen? Hat er mit Ihnen darüber geredet?«

»Nun ja … Es gab noch zu Beginn ihrer Ehe einen Zeitpunkt, als die Familie Druck machte. Von einer Duchessa erwartet man einen Erben, selbst wenn er einen Künstler zum Vater hat. Wie auch immer die Ehe vor der Beziehung mit Azzaria aussah – seit dem Moment, da die beiden sich kennenlernten, war das für Emile undenkbar.«

»Liebte er ihn so sehr?«

»Ich glaube, ja. Aber das war sicher nicht das Einzige. Ich vermute, dass es für ihn eine große Erleichterung, ja, Befreiung war, zu wissen, dass er homosexuell war. Und das leben zu können.«

»Gab es nur Azzaria?«

»Commissario, bitte, inwieweit ist das denn von Belang …«

»Kennen Sie die Statistiken der häufigsten Mordmotive? Eifersucht steht an oberster Stelle, sie bringt Gefühle der Demütigung hervor, der Erniedrigung, der Scham. Der Wut, des Hasses. Also?«

»Ich weiß nur, dass es vor einigen Jahren mal jemanden gab, einen Oboisten, glaube ich. Signor Azzaria hatte das damals mitbekommen und war sehr … erbost. Aber ich glaube, das ging schnell vorbei.«

»Und seither war wieder alles im Lot?«

»Im Großen und Ganzen, ja. Letzten Winter hatte er wohl eine Beziehungspause mit Azzaria … oder war das Herbst? Ja, ich bin mir sicher, das begann im Herbst. Ich hakte nicht weiter nach, denn Emile wirkte überraschenderweise recht ausgeglichen und glücklich. Und als wir die Aids-Gala planten, war die Wahl des Dirigenten keine Frage. Außerdem hat er noch nie so schön gespielt. Als hätte etwas in ihm zur Ruhe gefunden.«

Di Bernardo hob die Brauen. »Spielte er denn vorher etwa nicht gut, oder war er jetzt besonders herausragend?«

»Ach Commissario … wann ist ein Künstler gut? Wenn er die technisch anspruchsvollsten Stücke spielen kann? Wenn sein Ton, sein Anschlag göttlich ist? Seine Interpretation meisterhaft?«

»Sagen Sie es mir«, bat Di Bernardo.

»Ich denke, das ist immer auch subjektiv. Wissen Sie, er brachte mich zum Staunen, berührte mit seiner Musik, erreichte Sphären, die mich mit Ehrfurcht erfüllten …«

Davide Bianchi legte eine Hand an seine Wange und schwieg.

Del Pino räusperte sich, doch Di Bernardo gab ihm ein Zeichen, dem Mann eine Pause zu gönnen. Sie hatten ihn hart rangenommen, und die Tatsache, dass sie ihn angeblich verdächtigten, hatte ihn erschüttert und seine Schale aufgebrochen. Del Pino hatte richtig spekuliert. Menschen, die einen Gerechtigkeitssinn hatten, eine Art Redlichkeit, konnten es schlecht ertragen, fälschlich beschuldigt zu werden. Sie wollten sich reinwaschen, als hätte der Verdacht sie in den Schmutz gezogen. Und dann begannen sie zu reden. Bianchi hatte ihnen ein großes Stück weitergeholfen, auch wenn er nicht bestätigen konnte, dass die beiden Männer sich zueinander bekennen wollten. Wobei es angesichts der Veränderung in Emiles Stimmung sehr danach klang. Ob er ihn als Pianisten wirklich verehrt hatte oder nicht, war Di Bernardo letztlich einerlei. Er konnte ihm dieses kleine Geheimnis lassen. Ein anderes jedoch wog schwerer.

»Bei aller Beliebtheit, bei allem Erfolg hatte Signor Gallois sicher auch Neider. Haben Sie irgendeine Vermutung, wer ihn so sehr gehasst haben könnte, um ihn zu ermorden?«

Bianchi zog die Brauen zusammen, auf seiner Stirn bildete sich eine tiefe Falte.

»Das wäre ein schwerer Vorwurf, Commissario.«

»Vielleicht sagen Sie uns einfach, wer ihn gehasst haben könnte …«

»Ich weiß nicht … Emile wurde regelrecht angehimmelt. Junge Frauen, stellen Sie sich vor …« Er hob beide Hände und ließ sie wieder fallen. »Und wo die Popularität so groß ist, da gehen die Meinungen nun mal auseinander. Niemand kann es allen recht machen, sonst wird es beliebig.«

»Und das war er nicht? Beliebig?«

»Definitiv nicht. Anfangs spielte er eher traditionell, der jeweiligen Epoche des Komponisten verpflichtet. Das lag wohl an seinem früheren Lehrer, dem großen Esposito. Aber nach und nach spielte er sich frei. Er konnte exzentrisch sein, manieriert, mitreißend … Mal nahm er sich selbst zurück, bei Bach, bei Scarlatti, um die großen Komponisten strahlen zu lassen. Dann wieder spielte er ganz für Cristina, warf ihr einen langen Blick zu, schloss die Augen, versank in Brahms … Und dann, bei Ravel, bei Chopin, spürte man seine Liebe, seine Leidenschaft. Und sie galt nicht ihr.« Er rieb sich die Stirn. »Entschuldigen Sie, Commissario, Sie wollten ja keine Namen von Komponisten, sondern von Neidern. Also gut.« Er atmete durch. »Da gab es jemanden.«

Di Bernardo schwieg abwartend.

»Es ist noch gar nicht so lange her. Es ging um die Ausstrahlung des Neujahrkonzerts, bei dem Emile schon seit über zehn Jahren regelmäßig dabei ist. Dieses Jahr wünschte sich der neue Intendant frischen Wind. Ich weiß nicht, ob Sie von der jungen Pianistin gehört haben, die bei ›Sottovoce‹ auf RAI aufgetreten ist …«

Di Bernardo warf Del Pino einen Blick zu. Der zog die Mundwinkel nach unten und schüttelte den Kopf.

»Leider nicht.«

»Nun, sie wurde offiziell vom Sender angefragt, sogar angekündigt, was musikalisch gesehen einem Ritterschlag gleichkommt … und dann musste die Pianistin plötzlich absagen. Ein Unfall.«

»Ein Unfall?«

Bianchi räusperte sich. »Der Tastendeckel war ihr auf die Finger gefallen.«

Di Bernardo runzelte die Stirn. Er hatte eine dumpfe Ahnung. »Sabotage?«

Bianchi zuckte mit den Schultern. »Das Pikante war zumindest, dass dieser Flügel nicht dem Sender gehörte, sondern Emile. Er spielte am liebsten auf seinem eigenen Instrument.« Der Agent machte eine Pause. »Und es stellte sich im Nachhinein heraus, dass die Halterungen des Deckels gelöst waren.«

Del Pino pfiff durch die Zähne. »Ein Schelm, wer Böses dabei denkt. Und, lassen Sie mich raten, Emile war schließlich der Nutznießer?«

»Ja, das war er. Aber wissen Sie, ich bin mir sicher, wenn jemand dahintersteckte, dann Cristina. Ich kann mir einfach nicht vorstellen, dass er so weit gegangen wäre.«

»Aber die junge Dame hat das vermutlich anders gesehen und Emile die Schuld daran gegeben. Wie heißt sie denn?«

»Shu Xin Rampini.«

»Wie?«

Bianchi stand auf, ging zu seinem Schreibtisch und kramte in einem Stapel Zeitungsausschnitte.

»Hier, sehen Sie.«

Di Bernardos Blick fiel auf eine junge, schlanke Asiatin mit langem schwarzem Haar. Etwas regte sich in ihm … Hatte er die Sendung doch gesehen? Oder vielleicht Alberto? Unwillkürlich fuhr seine Hand in den Nacken.

17

Eine halbe Stunde später traten Di Bernardo und Del Pino in das Caffè delle Arti. Die weißen Wände und die betont schlicht gehaltenen Tische und Stühle verliehen dem Caffè, das sich an die Galerie der Modernen Künste anschloss, den Charakter einer weiten Halle – bis man den Blick hob zu den freskenartigen Gemälden der Engel, die sich wie ein breites Band unter der Decke entlangzogen. Immer wieder aufs Neue war Di Bernardo fasziniert von den Details. Jedes Bild zeigte die himmlischen Boten bei einer anderen Beschäftigung – bei der Druckkunst, dem Musizieren, der Erforschung der Erde, der sportlichen Ertüchtigung. Man war schnell geneigt, die Existenz von Engeln als Kinderglaube abzutun, und doch gab es sie in allen Kulturen in unterschiedlicher Gestalt. Wenn auch nur als Sehnsucht, dass es mehr gab als das, was man sah. Als Hoffnung, hinter all dem Wahnsinn auf der Welt könnte ein übergeordneter Sinn stecken.

»Ermittler-Engel haben sie keine«, sagte Del Pino neben ihm. »Keine Spurensucherin, kein grübelnder Commissario, kein hungriger Ispettore.«

Di Bernardo grinste in sich hinein. »Nun gehen Sie schon und bestellen sich was. Ach, und bringen Sie mir doch einen normalen Kaffee und ein Wasser mit, ja?«

Das ließ sich Del Pino nicht zweimal sagen und ging zur Theke, während Di Bernardo einen Tisch am Fenster suchte. Er musste für das Gespräch mit Andrea Rossi, Emiles Freund, einen klaren Kopf bekommen. Noch vor dem Treffen mit Bianchi hatten sie den Psychiater kontaktiert und ihren Besuch bei ihm angekündigt. Auf der Fahrt hierher hatten Del Pino und er die Unterredung mit Bianchi Revue passieren lassen. Er hatte das ungute Gefühl, dass ihm während der Begegnung mit Bianchi etwas entgangen war. Eine Andeutung. Eine Fährte. Etwas, das von Bedeutung war. Coppedè. Das Haus. Cristina. Verdammt, er kam nicht darauf.

Dieses Caffè war einer der Orte, an denen er zur Ruhe fand. Das klare neoklassizistische Ambiente besänftigte sein aufgewühltes Gemüt. Und es war ein Ort mit Geschichte für ihn. Unwillkürlich sah er die Frau vor sich, die er hier im Zuge seiner Ermittlungen zu dem ersten Mordfall im Musikermilieu getroffen und die ihn mit ihrer Widersprüchlichkeit fasziniert hatte. Die Stärke, die Zerbrechlichkeit … Wer weiß, was geworden wäre, wenn sie ihre Chance bekommen hätten … Aber war es so nicht immer mit ihm und den Frauen, dass der Zeitpunkt nie stimmte?

»Schick hier, aber die Portionen sind winzig«, sagte Del Pino in seine Gedanken hinein und schob ihm die Getränke hin. Dann ließ er sich auf den Stuhl ihm gegenüber sinken.

Konzentriert versenkte er eine zierliche Gabel in dem Stück Mandeltorte auf seinem Teller. Puderzucker stob in alle Richtungen.

Di Bernardo nahm sein Telefon zur Hand, pustete über das Display und warf Del Pino einen tadelnden Blick zu.

»*Scusi,* Dionisio. Das winzige Stück hier mit seinem harten Boden ist aber auch tückisch zu essen. In Testaccio haben sie eine Torta di Mandorla mit drei Finger breit Amaretto-Mascarpone-Creme drauf und Schokoflocken, ahhhh …«

Di Bernardo wunderte sich im Stillen, dass Del Pino nicht nach Testaccio gezogen war. Mit seinen trendigen Märkten, bodenständigen Restaurants und köstlichen Konditoreien wurde es auch »der Bauch Roms« genannt. Es war ein eher unbekanntes Viertel rund um einen künstlichen Hügel, der in der Antike im wahrsten Sinne aus einem Scherbenhaufen entstanden war. Unzählige Amphoren voller Oliven, Wein und anderer Abgaben, die die Provinzen an die Hauptstadt des Römischen Reiches entrichteten, waren per Schiff nach Rom gebracht, dort entleert und danach auf dem stetig wachsenden Hügel entsorgt worden.

»Wenn wir den Fall geklärt haben, lade ich Sie auf ein Tramezzino ein«, meinte Del Pino. »Und danach ein echtes Stück Mandeltorte, nicht so ein klägliches Häppchen.«

Di Bernardo hatte den Auslagen in dem Tresen widerstanden, aber Del Pinos ewiger Hunger war ansteckend. Er stand auf. »Soll ich Ihnen noch so ein klägliches Häppchen mitbringen?«

»Ich komm lieber selbst mit, vielleicht habe ich was übersehen, und die haben noch was Anständiges hier.«

Auf dem Weg zur Bar kamen sie an einigen Statuen vorbei, und Di Bernardo musste grinsen. Als er vor ein paar Monaten mit seinem Sohn in Parioli gewesen war und ihn auf ein Mittagessen im Delle Arti eingeladen hatte, da hatte er ihn auf die Gemälde aufmerksam machen wollen. Alberto aber war von den Engeln wenig beeindruckt gewesen. Seine Begeisterung galt eher den eleganten Skulpturen nackter Frauen, die die Besucher von verschiedenen Seiten anblickten.

Aus der Theke lachten sie köstliche Torten und Süßspeisen an. Di Bernardo deutete auf eine Crème Caramel mit Tangerinen und krossen Waffelröllchen. »Wie wäre es damit?«

Del Pino schüttelte den Kopf. »*Oddio*, da ist ja Obst drauf. Das tut mir nicht gut, das wühlt all die Schadstoffe in meinem Körper auf.«

Der Satz hätte auch von Alberto stammen können, dachte Di Bernardo.

»Ich probiere eins«, sagte er, während Del Pino sich für ein Stück Schokoladenkuchen entschied.

Zurück am Platz warf Di Bernardo einen Blick auf sein Handy.

»Bianchi hat uns eine Liste geschickt«, sagte er und öffnete das Dokument. Neben den Namen und der Webseite von Rampini hatte er fein säuberlich das Hotel in Perugia, den Namen und die Telefonnummer seines Neffen, einen Kontakt zum Golfplatz sowie eine ganze Reihe von Gästen aufgelistet, zusammen mit den Zeiten, zu denen er mit ihnen Kontakt hatte. Di Bernardo scrollte sich durch, und am Ende zählte er sage und schreibe sechsundzwanzig Personen inklusive der Kontaktdaten. Del Pino beugte sich über den Tisch und warf einen Blick darauf.

»Sie haben mächtig Eindruck bei ihm hinterlassen«, meinte Di Bernardo und schmunzelte.

»Haha, ich hätte größte Lust, bei jedem Einzelnen anzurufen und nach dem Alibi von Bianchi zu fragen«, sagte Del Pino gut gelaunt.

»Sie haben ihn aber nicht wirklich verdächtigt, oder?«, meinte Di Bernardo und probierte einen Löffel der Creme, die seinen Zuckerbedarf eines gesamten Monats deckte, aber einfach göttlich schmeckte.

»Wer schlachtet schon die Kuh, die er melken will«, gab Del Pino zurück. »Manchmal fehlt mir die Geduld, dann muss ich jemanden mit dem Brecheisen knacken. Dann bin ich halt der böse Bulle.«

»Böse würde ich das nicht nennen, eher listig. Bianchi hätte niemals die Details aus Emiles Privatleben preisgegeben, wenn Sie ihn nicht geknackt hätten«, sagte Di Bernardo. »Ich schlage vor, Sie verfolgen die Rampini-Spur, und ich rufe mal Campresi an.«

Del Pino nickte, schob sich den Rest seiner Torte in den Mund und zog sein Telefon aus der Tasche. »Schicken Sie mir die Liste rüber?«

Di Bernardo nickte zerstreut. »Ich sehe, er hat noch weitere Namen aufgelistet … Andrea Rossi, den wir ja gleich beehren, und dann einen Thor Bjøranger, Oboist … Ah, das muss wohl die Affäre gewesen sein, ein seltsamer Name.«

»Thor, haha, da gibt's doch dieses Computerspiel. Thor – Gott des Donners.«

Di Bernardo warf Del Pino einen strengen Blick zu, leitete die Liste an ihn weiter und wandte sich zum Fenster, während er Campresi anrief.

»Ah, Commissario, wir dachten, wir sehen Sie heute Mittag … Wie ist es denn bisher gelaufen?«, schnarrte Campresis Stimme aus dem Hörer.

»Wir kommen im Anschluss an das Gespräch bei Rossi in die Questura, das Treffen mit dem Agenten hat länger gedauert«, sagte er. »Was haben Sie für mich?«

»Moment … also, das Obduktionsergebnis ist reingekommen. Emile Gallois starb um 18.50 Uhr plus/minus fünfzehn Minuten. Eine Kugel hat das Herz und die Hauptschlagader zerfetzt, die zweite vom selben Kaliber hat das rechte Auge getroffen, durchschlug den Gyrus frontalis und steckte in der Schädeldecke. Der Tod trat quasi sofort ein. Der Einschusswinkel deutet darauf hin, dass der Täter etwas kleiner ist oder aus gebückter Position geschossen hat, schreibt Ricci. Der Schuss wurde aus allernächster Nähe abgegeben.«

»Gut, danke. Schon was von der Spurensicherung?«

»Die Garderobe wurde am Sonntagmorgen geputzt. Die Fingerabdrücke müssten also vom Tag der Tat stammen. Neben Emiles finden sich noch einige weitere, die aber nicht in unseren Datenbanken sind.«

»Ah, das bringt mich wieder zu der Hand des Opfers …«

»Die Hand, warten Sie … ›wurde mithilfe eines hölzernen Gegenstandes von rund vier Zentimeter Breite zerschmettert‹, steht hier. Offenbar direkt von oben, während das Opfer bereits am Boden lag.«

»Lässt sich feststellen, ob er da schon tot war?«

»Negativ. Aber Federica konnte nachvollziehen, wie das Opfer zu Boden gegangen ist. Aufgrund der Position der Beine sieht es so aus, als wäre er plötzlich gefallen, vermutlich als Reaktion auf den Schuss.«

So wie ich es mir gedacht habe, sagte sich Di Bernardo im Stillen. Jemand hatte noch eine Rechnung mit Emile offen gehabt. Er geriet ins Grübeln. Wenn man an einer Leiche Spuren von posthumer Misshandlung fand, war eine tiefe Kränkung häufig das Motiv des Täters. Giorgia hatte es ihm erklärt; er erinnerte sich an den Abend, als sie darüber gesprochen hatten. Es war bei ihm zu Hause gewesen, in Monteverde Vecchio. Im Fernsehen lief ein Bericht über Nato-Soldaten, die auf Leichen uriniert hatten, was weitere brutale Eskalationen seitens der Familie der Toten zur Folge gehabt hatte. Wenn man den Menschen die Würde nahm, waren Reaktionen voller Gewalt bis hin zu Terror vorprogrammiert.

Wen also hatte Emile so sehr gedemütigt? Cristina, weil er sich zu Azzaria bekannte? Azzaria, weil er womöglich doch nicht zu ihm stand? Ein Kollege, dessen Karriere er zerstört hatte? Konnte ein Mensch so weit gehen, für den Erfolg? Gab es womöglich noch krassere Fälle, die Bianchi verschwiegen hatte? Oder solche, von denen nur Cristina wusste? Er würde sie morgen fragen, und diesmal würde er weniger Rücksicht auf ihren Zustand nehmen.

»Commissario? Sind Sie noch da?«

»Ja, natürlich.«

»Wir haben noch eine Cellistin ausfindig gemacht. Der Dirigent hatte sie zusammengestaucht und rausgeworfen, sie hatte vorzeitig die Probe verlassen. Ihren Angaben nach ist sie noch am selben Abend zurück nach Neapel gefahren. Einer der Portiers erinnert sich daran, wie sie mit verweintem Gesicht an ihm vorbeigelaufen ist. Das war gut eine Stunde vor der Tat. Ich habe sie für morgen Nachmittag einbestellt. Dann müssten wir alle Musiker und auch die Besucher des Parco ein zweites Mal verhört haben. Bisher gibt es leider keine weiteren Hinweise.«

»Nun gut, und die Konten?«

Er hörte Campresi ächzen. »Ich bin dran, Commissario. Ich war bei dem Steuerberater, dem Anwalt und dem Notar. Keine Schulden, eindeutiger Ehevertrag, das Haus gehört der Frau, er hat eigenes Vermögen. Die genauen Einlagen bei den verschiedenen Banken und so weiter habe ich heute Abend oder morgen Vormittag für Sie.«

»Gute Arbeit«, sagte er. »Richten Sie bitte Borghese aus, dass wir nach der Befragung von Rossi in die Questura kommen. Was ist mit Amelia, der Assistentin von Cristina Gallois?«

»Sie kommt morgen früh, acht Uhr. Sie ist heute, nachdem die Duchessa ihr frei gegeben hat, zu ihrer Tante nach Ostia gefahren. Wenn Sie sie aber heute noch sprechen wollen ...«

»Belassen wir es dabei, vielen Dank!«

Das *A dopo!* von Campresi hörte er kaum mehr.

Del Pino sah ihn an, als er sich wieder dem Tisch zuwandte und den Rest seiner Crème Caramel aß. Er nickte seinem Ispettore auffordernd zu.

»Also, der Donnergott, mit dem Emile ein Techtelmechtel hatte, lebt in Dänemark und ist inzwischen verheiratet. Er und sein Mann haben im Dezember ein kleines Mädchen adoptiert. Sieht mir nicht nach schwelender Eifersucht aus.« Del Pino zeigte ihm ein Instagramfoto der Familie am Strand, das Kind war nur von hinten zu sehen. Der Größe nach zu urteilen, war es ein gutes Jahr alt.

»Da stimme ich Ihnen zu. Behalten wir es im Hinterkopf, falls wir nicht weiterkommen. Wenn Rossi sein bester Freund war, weiß er vielleicht mehr als der Agent.«

»Gut, dann weiter, bevor mein Magen sich erneut meldet«, sagte Del Pino und googelte schon nach der jungen Musikerin.

»Rampini …«, sagte er mehr zu sich selbst. »Sie gastiert derzeit in Europa.«

»Immerhin nicht Peking … Machen Sie ausfindig, wann sie wo welche Konzerte hat und ob sie zur Tatzeit hier gewesen sein könnte.«

»Wird gemacht. Und was gibt's Neues von den Jungs in der staubigen Questura?«

Di Bernardo erzählte ihm in knappen Worten das Ergebnis der Obduktion. »Er oder sie hat ihm buchstäblich die Pistole auf die Brust gesetzt«, endete er nachdenklich.

»Was meinen Sie? Ob der Täter ihm ein Ultimatum gestellt hat?«

»Möglich wäre es. Das würde auf Cristina hindeuten.«

»Oder diese Shu Xin Rampini. Azzaria ist auch etwas kleiner, oder?«

»Ja, das ist er«, sagte der Commissario seufzend.

»Die Möglichkeit, Emile zu töten, hätte Azzaria definitiv gehabt, nachdem beide früher mit der Probe fertig waren«, ergänzte Del Pino.

»Vermutlich ja«, sagte Di Bernardo. »Allerdings muss er sehr schnell gehandelt haben, um das Gebäude noch verlassen zu können. Und noch fehlt das Motiv.«

»Wir sollten ihn trotzdem im Fokus behalten.«

»In Ordnung. Wir wollten ja auch noch mal Ottobre, den Saalwart, befragen. Da fällt mir ein, es gibt wohl noch eine Cellistin, die früher gegangen ist. Azzaria hat sie rausgeworfen.«

»Na, da war er an dem Tag aber richtig gut drauf. Ich recherchier mal, ob das normal bei dem ist oder doch auf Stress mit Emile hindeutet.«

»Gern, aber bitte unterwegs.« Di Bernardo überlegte; etwas hatte er noch sagen wollen. »Ah, ja ... Mit der Hand hatte ich übrigens recht. Der Position der Leiche nach zu urteilen wurde Gallois die Verletzung post mortem zugefügt.«

»Da hat aber einer noch eine Rechnung mit ihm offen gehabt«, sagte Del Pino.

»Ja, das ist auch mein Gefühl. Das dürfen wir nicht außer Acht lassen bei unseren Ermittlungen.« Di Bernardo sah auf die Uhr. »Wir müssen los.«

Im nächsten Moment klingelte sein Telefon. An dem eingestellten Ton erkannten beide, dass es Giorgia war. Ausgerechnet! Del Pino verschluckte sich fast an seinem Kaffee vor Lachen.

Einem inneren Gefühl folgend, drückte Di Bernardo das Gespräch weg. Del Pino schlug ihm auf die Schulter.

»Mal was richtig gemacht, Commissario. Hätte ich auch weggedrückt. Bestimmt hätte sie gemerkt, dass wir hier in diesem Caffè sitzen. Das hätte ihr gar nicht gefallen.«

»Nein, das hätte es nicht. Wobei ich mich ernsthaft frage, warum sie eifersüchtig auf eine Frau war, der ich gerade mal einen schüchternen Wangenkuss gegeben habe, während sie zur selben Zeit mit Campresi zusammenwohnte und vermutlich in seinem Bett schlief.«

»Frauen«, sagte Del Pino kopfschüttelnd.

»Man müsste sie per Gesetz dazu anhalten können, logisch zu denken und zu handeln«, brummte Di Bernardo.

»Haha, ja, und Strafzettel verteilen dürfen, wenn sie dagegen verstoßen«, schlug Del Pino vor. »Was sagte unser guter Sokrates? ›Eine Frau, gleichgestellt, wird überlegen.‹«

Di Bernardo sah ihn ratlos an. »Aber weiter unterdrücken ist auch keine Lösung.«

18

Der Weg zur psychiatrischen Privatklinik, in der Dottor Andrea Rossi praktizierte, führte an der Villa Giulia vorbei Richtung Tiber ins nördliche Quartiere Prati. Di Bernardo wäre die zwei Kilometer gern zu Fuß gegangen, doch sie mussten anschließend in die Questura zum Rapport bei Borghese. Also glitt er hinter das Steuer, kontrollierte den Sitz seiner Krawatte und lenkte den Wagen aus der Parklücke an der Galleria Nazionale.

Del Pino neben ihm hatte die langen Beine angezogen und blickte konzentriert auf sein Display.

»Ephraim Azza–r–i–a …« Er gähnte herzhaft, ohne die Hand vor den Mund zu halten. »›Einer der größten Dirigenten unserer Zeit‹, blabla, ›großartige musikalische Qualitäten‹ und so weiter und so weiter … Ich wusste ja gar nicht, dass der so berühmt ist.«

»Was suchen Sie denn genau?«

»Ich will rausfinden, ob das stimmt mit seinen Ausfällen. So wie es sich anhört, nennt man das doch mangelnde Impulskontrolle. Gibt's übrigens auch bei Hunden.«

»Und inwiefern hilft uns mangelnde Impulskontrolle bei Hunden in dem Fall weiter?«

»Ich sag ja nur …«

Di Bernardo bog auf den Viale delle Belle Arti ein und fluchte. Der Verkehr staute sich, es ging weder vor noch zurück. Die Fahrer hinter ihm hupten, er konnte sie nur zu gut verstehen. Es war frustrierend. Nicht zum ersten Mal fragte er sich, warum seine Ermittlungen immer und immer wieder vom stockenden Verkehr Roms blockiert wurden.

»Haha, ein Forum«, sagte Del Pino, der sich offenbar bestens amüsierte. »Wohl so eine Antimobbing-Liga. Musiker gegen Azzaria, ups. Hm … oha. Na, der ist ja drauf. Vergleicht die Blechbläser mit bellenden Hunden, haha, da muss man erst mal drauf kommen.«

Di Bernardo seufzte vernehmlich. Del Pinos bruchstückhafte und überaus einseitige Unterhaltung ging ihm mindestens ebenso auf die Nerven wie der Stau.

»Worum geht's da?«

Del Pino reichte ihm sein Telefon. In dem Preview für das Forum waren nur die ersten vier Zeilen zu sehen. Offenbar sammelten die Musiker die ätzenden Beleidigungen, die Azzaria auf sie herabregnen ließ. Di Bernardo tippte auf den Teaser, und eine Seite öffnete sich.

»Da muss man sich anmelden, um mehr zu sehen, schade«, sagte er und gab Del Pino das Telefon zurück. Hinter ihm erklang erneut energisches Hupen. Er warf einen Blick in den Rückspiegel. Der Fahrer des Lancia fuchtelte wild und deutete mit großen Gesten voraus. Di Bernardo sah nach vorn, die Wagenkolonne hatte sich tatsächlich einen ganzen Meter vorangeschoben, und er hatte das große Ereignis verpasst. Seufzend trat er aufs Gaspedal, der Lancia folgte ihm bis an die Stoßstange.

»Name – Roberto Del Pino. Instrument, Instrument … haha, Hornist. Orchester …«

»Was machen Sie da?«, fragte Di Bernardo und warf einen Blick zur Seite. Sein Ispettore steckte vor Konzentration tatsächlich die Zungenspitze raus.

»Was ich mache? Ich melde mich in dem Forum an, was denn sonst. Also, wo war ich … Name, passt, Hornist, passt. Orchester … puh, was nehm ich da. Orchester – Juventus Turin, hahaha, ich lach mich kaputt. Email … rdelpiii@yahoo.com.« Del Pino hielt einen Moment still, dann schlug er sich auf die Schenkel. »Ich bin drin!«

Di Bernardo schüttelte belustigt den Kopf. Sein Ispettore konnte ein unglaublicher Kindskopf sein.

Der Commissario überholte eine verwaschen grüne Straßenbahn, die den Verkehr aufgehalten hatte. Kaum hatte er den prächtigen Renaissancepalast von Papst Julius III., in dem das Etruskische Museum untergebracht war, passiert, staute der Verkehr sich erneut. Klassische Musik erklang aus Robertos Handy, unterbrochen von erbostem Geschrei.

»Unser Maestro in Höchstform!«, rief Del Pino begeistert. »Mann, das ist ja besser als eine Sitcom. Ah … nein … nein … nicht … tu's nicht! Autsch!«

»Zeigen Sie schon her«, sagte Di Bernardo und warf einen kurzen Blick auf die Straße. Noch immer standen sie.

»Moment, ich spul zurück.«

Di Bernardo sah Azzaria in legerer Kleidung am Pult stehen. Offenbar handelte es sich um eine Probe. Wie zuvor erklangen die Takte Musik. Dann schrie der Maestro los. Das Video zoomte auf sein Gesicht. Eine Zornesader auf seiner Stirn war angeschwollen, die Miene drohend. Wie mit einem Florett fuchtelte er mit dem Taktstock in Richtung des Cellisten. Der wollte etwas sagen, woraufhin der Maestro völlig aus der Fassung geriet und auf den Mann zustürmte. Ein harscher Wortwechsel folgte, dann zerschmetterte Azzaria seinen Taktstock auf dem Notenpult des Cellisten.

»Ich dachte, der sticht den ab!«, jubelte Del Pino und spulte noch einmal zurück, um sich das Ganze von vorn anzusehen.

»Wann wurde das Video aufgenommen?«

»Moment … da steht was. Dezember letzten Jahres. Hatten er und Emile da nicht gerade Funkstille? Scheint dem Maestro ja nicht gut bekommen zu sein … Warten Sie, hier ist noch eins …«

Wieder ertönte Musik, dieses Mal gefolgt von Stampfen.

»Haha, ich glaub's nicht. Jetzt tritt er gegen sein eigenes Pult und schmeißt seine Noten durch die Gegend. Ich sag's ja, Impulskontrollstörung.«

»Irgendwie beunruhigend«, meinte Di Bernardo. »Wenn die eigenen Gefühlen einen dermaßen übermannen … normal ist das nicht.«

»Soll ich mal unseren Psychologen anrufen, was er dazu meint?«, schlug Del Pino vor, um sich im nächsten Moment zu korrigieren. »Ach, die Knalltüte hat doch sowieso keine Ahnung. Was ist mit Giorgia, ist sie nicht auch mal wieder im Lande?«

Bildete er es sich nur ein, oder musterte Roberto ihn verstohlen?

Betont gleichmütig zuckte Di Bernardo die Achseln. »Sie wollte wohl nächstes Wochenende kommen. Aber vielleicht bitten Sie sie so oder so um eine Einschätzung. Können Sie das Video sichern? Oder Screenshots machen? Falls man Ihren Account überprüft und zu dem Schluss kommt, dass Ihr Orchester sich disqualifiziert hat …«

»Das wär' aber schade, haha. Ich bearbeite mal meine Angaben und lege mir einen Nickname zu«, sagte Del Pino mit breitem Grinsen und tauchte in sein Fakeprofil ab.

Di Bernardo erreichte die Brücke über den Tiber. Unwillkürlich dachte er an den vergangenen Abend, als er vom Parco della Musica zu Azzaria über ebendiese Brücke gefahren war.

Im sanften Licht des frühen Abends schimmerte der Tiber flaschengrün. Wolken schoben sich vor die Sonne, und das Grün bekam einen tristen Grauschleier. Wasser änderte seine Farbe so schnell wie Azzaria seine Stimmungen. Er vermochte nicht zu sagen, ob der Mann psychische Probleme hatte oder ob Musiker generell etwas ungebremst waren, ekstatisch, besessen. Vielleicht war es ja auch der Erfolg, der aus dem Maestro eine männliche Diva machte.

Di Bernardo versuchte sich vorzustellen, wie es wäre, ein Orchester zu dirigieren … Was mochte das für ein Gefühl sein? Pathos? Leidenschaft? Macht?

Dreizehn Jahre hatte Azzaria es ertragen, dass Emile die Beziehung in der Öffentlichkeit verleugnete. Dreizehn Jahre hatte er Versteck gespielt. Auf dem Höhepunkt seines Schaffens, seines Erfolges, hatte er in seinem Privatleben eine ganze Reihe von Demütigungen ertragen. Di Bernardo sah im Geiste glanzvolle Aufführungen im Parco della Musica vor sich, Azzaria und Gallois, beide die gefeierten Stars eines unvergesslichen Abends. Er meinte den tosenden Applaus des Publikums zu hören, sah Cristina in der ersten Reihe sitzen und in die Hände klatschen …

Nicht nur für sie musste es schwer gewesen sein, auch der mächtige, impulsive Azzaria hatte zweifellos unter der Situation gelitten. Wie war es wohl zugegangen auf den Empfängen, den Festen nach dem Konzert … Er dachte an Bianchis Worte, die Schlinge, die Cristina Emile umgelegt hatte … Wenn in Rom niemand etwas von der Beziehung der beiden Männer hatte wissen dürfen, dann war sie es wohl gewesen, die sich voller Stolz nach dem Konzert bei Emile unterhakte, während er die Glückwünsche der Gäste entgegennahm. Hatte sie die Momente genossen, in denen Azzaria allein im Schatten zurückblieb? Sich an ihren Mann geschmiegt in dem Wissen, vom Maestro bei jedem ihrer Schritte beobachtet zu werden?

»Wir sollten Azzaria und Cristina gegenüberstellen«, sagte Di Bernardo mehr zu sich selbst als zu Del Pino.

Ein Bild drängte sich ihm auf, wie Azzaria und Cristina beide an Emile rissen, er selbst in der Mitte, ausgestattet mit der

Macht, eine Entscheidung zu treffen. Für die Liebe, gegen den Ruhm. Für Azzaria, gegen seine Frau.

Es fühlte sich nach einer unheilvollen Dynamik an, die dieses Dreiergespann über all die Jahre entwickelt hatte. Vom Typus her war Azzaria eher ein Mord zuzutrauen, impulsiv, wie er war. Doch da sich die private Situation zu seinen Gunsten geändert hatte, besaß er kein Motiv. Und Cristina, die fragile, dramatische Duchessa? Wäre sie wirklich in der Lage gewesen, ihren Mann zu töten?

Er schüttelte den Kopf, hielt dann aber inne. Er wusste ja nicht, in welcher Verfassung sie vor Emiles Tod gewesen war. Die Befragung ihrer Assistentin würde hoffentlich etwas Licht ins Dunkel bringen.

Di Bernardo fuhr auf den Parkplatz der psychiatrischen Klinik am Lungotevere delle Armi, stellte den Wagen ab und blickte auf die Uhr. Gerade noch pünktlich.

Hoffentlich erwies sich Dottor Rossi als ausreichend kooperativ.

»Tun Sie mir einen Gefallen, Roberto, und verdächtigen Sie nicht auch noch den Psychiater«, sagte er.

Del Pino blickte auf. »Ich dachte eher, ich reiße ein paar Witze. Kennen Sie den? 'Kommt ein Mann zum Psychiater …«

Di Bernardo floh aus dem Wagen. Das konnte ja heiter werden!

19

Der Weg zum Eingang der gediegenen Privatklinik war von weiß gestrichenen, mit Buchsbaum bepflanzten Amphoren gesäumt. Hohe Palmen spendeten Schatten, irgendwo in den sich im Abendwind wiegenden Palmwedeln zirpte ein kleiner grüner Papagei. Das Portal selbst ließ sich nicht anders als pompös bezeichnen. Links und rechts der nach hinten versetzten Tür standen mannshohe weiße Statuen auf Sockeln im griechischen Stil. Eine geöffnete Muschel, die Di Bernardo an Botticellis »Geburt der Venus« denken ließ, thronte über der Tür; ihre andere Hälfte war aus Glas gefertigt und beschirmte den Eingang von Regen, wenn denn welcher fiel.

Alles in allem hatte Di Bernardo eher das Gefühl, in eine romantische Villa zu treten denn in eine Klinik. Einzig die diskret vergitterten Fenster waren ein Anzeichen dafür, was sich hinter der Fassade verbarg.

Eine ältere Empfangsdame führte den Commissario und seinen Ispettore über weitläufige Korridore zu Andrea Rossis Station. Di Bernardo spähte im Vorbeigehen durch eine halb offen stehende Tür in eines der Krankenzimmer; der Boden und die untere Hälfte der Wände waren mit stumpfen blau-weißen Kacheln gefliest. Das Metallbett war mit frischen Laken bezogen; der Patient saß reglos auf einem Stuhl neben dem Bett und stierte zu Boden. Was er wohl sehen mochte?

Die Empfangsdame blieb vor einer großen zweiflügeligen Tür stehen und klopfte an.

»Ja, bitte«, ertönte eine Stimme. Die Frau öffnete und bat

sie einzutreten, bevor sie nahezu lautlos die Tür hinter ihnen schloss.

Dottor Andrea Rossi erhob sich hinter seinem schweren Mahagoni-Schreibtisch. Mit den Fingerspitzen stützte er sich ab, richtete sich sodann auf und kam zur Begrüßung auf sie zu. Rossi gehörte zu jenen Männern, die größer wirkten, als sie waren. Seine Präsenz füllte den Raum geradezu aus, sodass Di Bernardo sich direkt ein wenig erdrückt fühlte.

»Bitte, nehmen Sie doch Platz«, sagte Rossi und rückte zwei Stühle vor den Schreibtisch. Mit dem weißen Kittel blieb er an einer der Kanten hängen und befreite sich mit einer manierierten Geste, während er über das kleine Missgeschick hinweglächelte.

»Bitte, entschuldigen Sie mich für eine Sekunde, ich muss noch schnell einen dringenden Anruf tätigen«, sagte er und trat hinaus auf den schmalen Balkon.

Während Di Bernardo auf dem Stuhl Platz nahm, musterte er den in sein Gespräch vertieften Psychiater. Es wusste nicht, was es war, aber der Mann hatte etwas Unsympathisches an sich. Oder war es einfach nur dieses unangenehme Gefühl, der Dottore könnte ihn bis in die tiefsten Tiefen seiner Psyche durchleuchten? Dasselbe Gefühl, das andere Leute in seiner Gegenwart befiel, wenn sie von seinem Beruf als Commissario erfuhren und im Kopf in Windeseile ihre eigenen kleinen Missetaten durchgingen, so als rasselte er hinterrücks schon mit den Handschellen.

»Der sieht aus wie dieser Immobilienmakler aus dem Fernsehen … Wie heißt der noch gleich …«, sagte Del Pino. »So eine amerikanische Serie …«

Im nächsten Moment beendete der Dottore sein Telefonat und kam in den Raum zurück.

Andrea Rossi hatte in der Tat etwas von einem Immobilienmakler an sich, etwas Glattes, Unverbindliches. Er war in Emiles

Alter, durchaus attraktiv, mit vollem schwarzem Haar, das erste Sprenkel von Grau zeigte und in breiten Wellen aus der Stirn nach hinten gekämmt war. Die Augen waren dunkel, fast schwarz, die Nase eher kurz, die Kinnpartie dafür umso länger. Auch wenn er den Menschen, die zu ihm kamen, im echten Leben keine überteuerten Wohnungen andrehte, hatte Di Bernardo keine Schwierigkeiten, sich vorzustellen, wie er seinen Patienten versicherte, dass das Leben gut war und das Beste noch auf sie wartete. Vielleicht gab er ja auch Seminare für positives Denken …

»Unfassbar, was geschehen ist«, sagte Rossi in den Raum hinein und nahm wieder hinter seinem Schreibtisch Platz.

Di Bernardo nickte kurz. »Signora Gallois erzählte, Sie seien mit ihrem Mann befreundet gewesen?«

»Fast mein ganzes Leben lang.«

»Der Verlust tut mir sehr leid für Sie. Wie Sie sich vorstellen können, sind gerade die Aussagen von Freunden und Verwandten von unschätzbarem Wert für unsere Ermittlungen. Daher wäre ich Ihnen sehr verbunden, wenn Sie uns möglichst viel über Ihren verstorbenen Freund erzählen könnten.«

»Selbstverständlich. Auch wenn wir alle uns noch in dem Stadium der Trauer befinden, in dem man negiert und nicht wahrhaben will, was geschehen ist.«

»Ich verstehe. Sie sagten, fast Ihr ganzes Leben lang … Wann genau haben Sie sich kennengelernt?«

»Vor einunddreißig Jahren, das war in Arezzo. Meine Mutter und ich zogen nach der Scheidung meiner Eltern dorthin. Emiles Vater hatte damals in Arezzo eine Bauniederlassung gegründet und wollte in den ersten Jahren vor Ort sein. Die Familie nahm er mit.«

Di Bernardo holte sein kleines ledergebundenes Notizbuch hervor, der Umschlag glänzte speckig. Die Gewohnheit, einige Fakten handschriftlich festzuhalten, hatte er sich bewahrt, auch wenn die Questura längst auf Tablets setzte. Er benutzte es seltener als in seiner Anfangszeit als Commissario, doch als er jetzt seinen Stift in der Hand hielt und Notizen machte, merkte er, wie es ihm half, die Mosaiksteinchen von Emile Gallois' Leben zusammenzutragen, um sie in den kommenden Tagen und Nächten zu einem Bild zusammenzusetzen.

»Emile und ich waren beide gewissermaßen entwurzelt worden. Wir lernten uns in der Schule kennen und wurden schnell beste Freunde«, sagte Rossi. »Es prägt eine Freundschaft, wenn man ähnliche Prozesse durchläuft, besonders in der sensiblen Phase der Einschulung, wenn man sich plötzlich der Konkurrenz von Gleichaltrigen gegenübersieht. Im Grunde waren wir wie Brüder, auch wenn Emile mehr um die Anerkennung seines Vaters kämpfte, als ich das musste.« Rossi strich sich eine Strähne seines vollen Haars zurück, es sah ein wenig so aus, als hätte er die Geste oft vor dem Spiegel geübt.

Di Bernardo hob fragend die Brauen und erntete dafür von Rossi ein nachsichtiges Lächeln. »Die Beziehung zu meinem Vater war durch die Trennung meiner Eltern natürlich problembehaftet«, erklärte er. »Aber ich musste nie an seiner Liebe zu mir zweifeln. Emile hingegen erfuhr keinerlei Wertschätzung seitens seines Vaters. Im Gegenteil: Signor Gallois drängte ihn, seine künstlerischen Anteile zu leugnen. Natürlich tat Emile das nicht. Dafür waren sein Wille und sein Talent viel zu mächtig. Aber trotzdem blieb das nicht ohne Folgen für Emiles Entwicklungsprozess, und das zog durchaus Probleme für die Menschen nach sich, die ihm nahe waren.«

»Was genau meinen Sie?«, hakte Di Bernardo nach.

»Nun, Emile verehrte seine Mutter, und wenn man so will, nahm er nach der Trennung gewissermaßen den Platz des Vaters ein. Dadurch konnte er jedoch seine Kastrationsangst nicht auflösen.« Rossi stand auf und trat zu einer Anrichte hinter ihm, auf der sich eine Wasserkaraffe und Gläser befanden. Während er das Wasser einschenkte, brummte Del Pino etwas in Di Bernardos Richtung, das verdächtig nach »Was für ein Psycho-Schwafler« klang.

Der Commissario glaubte auch nicht so recht daran, dass ihn die möglichen oder eingebildeten Kastrationsängste des siebenjährigen Emile in dem Mordfall weiterbringen würden. Viel mehr interessierte ihn, ob erstens Emile bedroht worden war oder es entsprechende Zeichen dafür gegeben hatte, zweitens, wie sich die Beziehung zu Cristina aus Emiles Sicht gestaltete, drittens, welche Auswirkungen eine mögliche Scheidung wegen Azzaria auf das Verhältnis zu seiner Frau gehabt hatte, und viertens, ob es weitere Beziehungen oder Affären gegeben hatte.

Rossi legte silberne Untersetzer auf den Schreibtisch und stellte sodann die Gläser ab. »Natürlich …«, sagte er, indem er die Fingerspitzen seiner Hände vor der Brust gegeneinanderlegte und wieder auf seinem Bürosessel Platz nahm, »natürlich deutet eine so enge Mutterbindung im eher späten Alter von sieben Jahren darauf hin, dass die Entwicklung retardiert verlief, was allerdings damit zusammenhängen mag, dass der mentale Prozess des Kindes …«

»Das ist wirklich höchst interessant, Dottor Rossi«, unterbrach Di Bernardo. »Aber ich würde mich vorerst gern auf die Gegenwart konzentrieren. Dürfte ich Ihnen ein paar konkrete Fragen stellen?«

Di Rossi verzog verärgert das Gesicht. »Nun, mir persönlich wäre eine Vorgehensweise, in der die Gegenwart die dominierende Zeitperspektive darstellt, zu eindimensional. Aber es ist Ihre Untersuchung.«

»Genau, super, dass Sie das auch so sehen, Dottor Rossi«, mischte sich Del Pino ein. »Dann wollen wir mal. Was war Emile Gallois denn so für ein Mensch?«

»Genau das habe ich Ihnen gerade zu erklären versucht.«

»Bei dieser Sache mit der Kastration oder wie?«

»Exakt.« Rossi legte den Kopf schief und schien Del Pino zum ersten Mal bewusst wahrzunehmen. Aber der war gewappnet.

»Keine Sorge, bei mir ist noch alles dran und funktioniert bestens, Dottore. Also nun zu Emile Gallois ...«

Rossi schüttelte den Kopf, brummte nun seinerseits etwas, das sich wie »Einfaltspinsel« anhörte, gab dann aber Antwort.

»Emile konnte ein großzügiger Mensch sein. Er hätte viel für mich und für unsere Freundschaft getan.«

Eine interessante Wortwahl, dachte Di Bernardo im Stillen. Im Grunde besagte sie, dass Emile nicht großzügig gewesen war, es sei denn, er wollte es. Und er hätte nicht alles für seinen Freund getan, sondern nur viel. Und überhaupt: hätte ... hatte er denn nicht?

»Er spielte also schon Klavier, als Sie sich kennenlernten?«, erkundigte er sich.

»Natürlich, und zwar überdurchschnittlich gut. Er wusste, dass er Talent hatte, und war dementsprechend ehrgeizig.«

»Weil Sie von Ehrgeiz sprechen ... Gibt es aus Ihrer Sicht jemanden, dessen Karriere Emiles wegen massiv ins Stocken geriet? Der vielleicht einen Grund gehabt hätte, ihn zu hassen?«

Rossi zog die Schultern hoch und hob beide Hände. »Jeder große Geist hat Neider oder Menschen, die ihn hassen, Commissario. Das ist nun mal so. Auch ich muss mich ständig gegen Kollegen wehren, die mir meine Position streitig machen wollen. Ich habe beispielweise schon früh mit meiner Dozententätigkeit begonnen und bin nun seit vergangenem Herbst als Lehranalytiker tätig. Sie glauben ja nicht, mit welchen Mitteln die lieben Kollegen gegen einen agieren. Nun, an der Spitze des Erfolgs wird die Luft dünn. Nicht jeder kann da mithalten, und ...« Di Bernardo räusperte sich diskret. Rossi zog irritiert eine Braue hoch. »Nun gut, Sie sind wegen Emile hier. Verzeihen Sie, ich wollte nur anhand meines Beispiels erklären, wie ich die Angelegenheit betrachte, auf die Sie hinauswollen. Dafür muss ich allerdings etwas ausholen.«

»Bitte …«, sagte Di Bernardo. Der Mann war anstrengend. Dozententätigkeit, ha, das konnte er sich gut vorstellen.

»Also, was mich und Emile angeht – wir zogen beide mit achtzehn nach Rom. Ich begann mein Medizinstudium, Emile studierte an der Accademia di Santa Cecilia. Bald nach Abschluss seiner Meisterklasse heiratete er Cristina, und seine Glückssträhne begann.« Rossi lehnte sich ein Stück zurück und musterte den Commissario. »Es ist vermutlich kein Geheimnis für Sie, dass die Familie Pantaleoni einigen Einfluss hat.« Di Bernardo nickte bejahend. »Nun, nach der Hochzeit standen Emile jedenfalls alle Türen offen. Er hatte jede Menge Beziehungen, fand eine gute Agentur und das richtige Plattenlabel gleich dazu. Dann regnete es Preise, Fernsehauftritte, Live-Mitschnitte …«

»Die meisten Musiker müssen sich so etwas mühsam erkämpfen«, bemerkte der Commissario.

»So ist es.«

»Und Ihnen kommt wirklich niemand in den Sinn, der sich durch Emile gewissermaßen bedroht fühlte und daher ihm zur Bedrohung wurde?«

»Nun, man sagt, ein Talent, das nicht gefördert wird, ist ein vergeudetes«, meinte Rossi. Er griff nach seinem Wasserglas und ließ es kreisen. »Theoretisch könnte der Neid auf Emiles Erfolg Gefühle der Minderwertigkeit oder des Zorns aufgrund ungerechter Behandlung hervorrufen. Sollte die entsprechende Person in ihrer Kindheit hier traumatische Erfahrungen gemacht haben, läge es im Bereich des Denkbaren, dass eine erneute Evozierung dieser Erfahrung zu einer Gefahr werden könnte. Ich …«

»Sie sagten, es läge im Bereich des Denkbaren. Also auch des Möglichen?«

»Denkbar ja, möglich theoretisch auch, doch ich sagte nicht im Bereich des Wahrscheinlichen. Ich kenne viele Musiker aus Emiles Umfeld und würde spontan keinen von ihnen verdächtigen, auch wenn er der Stern am Himmel war und sie auf immer in seiner Umlaufbahn kreisten, unfähig, ihn zu erreichen.«

»Sagt Ihnen der Name Rampini etwas?«

Rossi zuckte die Achseln. »Ich bin ihr nicht persönlich begegnet. Emile jedenfalls hat sich nicht von ihr bedroht gefühlt. Er hatte definitiv Spaß am Wettbewerb. Zumindest, solange er gewann.«

»Nun gut. Ich würde Sie allerdings bitten, noch mal in Ruhe darüber nachzudenken. Falls Ihnen dazu noch etwas einfällt … ein Name, eine Bemerkung, die er gemacht hat …, dann melden Sie sich bitte bei mir.«

Di Bernardo zog seine Karte aus dem Notizbuch und schob sie über den Schreibtisch. Rossi griff danach, ohne draufzusehen, und ließ sie durch seine langen Finger gleiten.

»Wir haben übrigens mit Signor Azzaria gesprochen, der mir von seiner Beziehung zu Gallois erzählt hat«, sagte Di Bernardo und fixierte den Psychiater. »Ich nehme an, Sie waren eingeweiht?«

Rossi nickte und verschränkte die Arme vor der Brust. »Ich wusste von Anfang an über die Beziehung Bescheid. Dreizehn Jahre lang.«

»Wie kam Signora Gallois Ihrer Meinung nach mit der Situation zurecht?«, wollte Di Bernardo wissen.

»Cristina … sie hat Emile aus Liebe geheiratet. Nun, zumindest überwiegend. Natürlich war da auch eine Spur Rebellion gegen die Familie dabei. Aber die Hintergründe für dieses Aufbegehren interessieren Sie ja nicht sonderlich, da sie nicht in der Gegenwart begründet liegen«, fügte er schnippisch hinzu.

Di Bernardo ließ sich nicht darauf ein.

»Und Emile? Was empfand er für seine Frau?«

»Oh, er mochte sie. Ihre Herkunft faszinierte ihn, der Stammbaum, und auch ihre Persönlichkeit. Sie setzte sich gegen den Vater zur Wehr, etwas, das Emile von seiner Mutter so nie erfahren hatte.«

Bianchi hatte Ähnliches gesagt, erinnerte sich Di Bernardo.

»Sie meinen, sie war mehr wie eine Mutter für ihn?«, fragte Del Pino.

»Wir alle neigen dazu, frühkindliche Szenarien zu reinszenieren …«

»Treffend gesagt«, meinte Del Pino und zeigte mal wieder sein Pokerface.

Di Bernardo verkniff sich ein Schmunzeln, während Rossi seinem Ispettore einen verhalten anerkennenden Blick zuwarf.

»Ist Ihnen sonst noch etwas an der Beziehung der beiden aufgefallen? Hat sie sich durch Azzaria verändert?«, versuchte es Di Bernardo aufs Neue.

Rossi seufzte. »Cristina hatte sich entschlossen, darüber hinwegzusehen. Ein kindliches Verhalten. Was ich nicht sehe, das muss mir keine Angst machen. Ich habe ihr immer wieder angeboten, darüber zu reden, um aus dem Stadium der Verleugnung in die Bewältigung zu kommen und eigenständige Entscheidungen für ihre Zukunft zu treffen. Aber sie wollte es einfach nicht wahrhaben, dass … nun ja, dass ihre Ehe, für die sie anfangs so gekämpft hatte, gescheitert war. Sie hat nicht mal jetzt darüber sprechen wollen, wo die Scheidung im Raum stand.«

Also doch! Di Bernardo spürte, wie sein Puls sich beschleunigte.

»Die Scheidung – sind Sie sicher?«

Rossi seufzte. »Emiles Entschluss stand fest, mit allen Konsequenzen, die das mit sich bringen würde. Als sein Freund konnte ich ihn einerseits nur darin unterstützen, zu sich und seiner Veranlagung zu stehen. Andererseits …« Er hob die Hände. »Andererseits hat es mir natürlich leidgetan für Cristina. Vor allem aber auch für Ephraim, der all die Jahre gewartet und wirklich viel für Emile getan hatte.«

Di Bernardo runzelte die Stirn. »Wie meinen Sie das? Warum hat ausgerechnet Signor Azzaria Ihnen leidgetan?«

Rossi verschränkte die Hände und legte sie auf den Schreibtisch. Er beugte sich ein Stück weit vor, so als redete er mit einem begriffsstutzigen Kind.

»Aber das ist doch klar. Ephraim hat auf Emile gewartet. Darauf, dass er sich zu ihm bekannte. Für seine Liebe einstand. Und nun hatte er ihn endgültig verloren.«

»Ich verstehe nicht«, sagte Di Bernardo verwirrt. »Emile Gallois wollte doch Azzaria heiraten.«

Rossi blickte Di Bernardo verdutzt an. »Wie kommen Sie denn darauf?«

Di Bernardo setzte dazu an, sich zu erklären, doch Rossi unterbrach ihn gleich wieder.

»Ich verstehe. Das hat Ephraim Ihnen gegenüber behauptet, richtig? Er hat Ihnen die Geschichte aufgetischt, Emile habe Cristina verlassen wollen, um ihn zu heiraten, nicht wahr?«

Di Bernardo nickte, er war sprachlos.

»Nun, das entspricht definitiv nicht der Wahrheit.«

»Azzaria meinte, er und Emile hätten es gerade erst entschieden, niemand wüsste davon.«

»Unsinn. Emile hat mich gestern kurz vor der Probe angerufen und gefragt, ob Timothy und er Anfang Juni für eine Woche in meiner Ferienwohnung in Mezzomonte unterkommen könnten. Natürlich hatte ich nichts dagegen, ich freute mich darauf, ihn endlich kennenzulernen.«

»Timothy?«

»Emiles Freund – Timothy Gambill. Ein Filmproduzent aus London.«

Di Bernardo konnte es kaum fassen. »Und seine Frau? Wusste sie davon?«

»Ja, er hat sie vergangenen Monat vor vollendete Tatsachen gestellt.«

»Und wie hat sie darauf reagiert?«

Di Rossi zuckte die Schultern. »Wie immer. Sie tat, als wäre nichts geschehen, und weigerte sich, darüber zu sprechen.«

»Aber hätte Signor Gallois denn wirklich seine Karriere in Italien aufs Spiel gesetzt? Jetzt auf einmal?«, warf Del Pino ein.

»Ganz offensichtlich. Für Timothy schon. Doch nicht für Ephraim.«

Di Bernardo lief ein Schauer über den Rücken. Mit einem Mal hatte er es eilig, von hier wegzukommen. Er spürte, wie das Adrenalin seinen Körper flutete. Er würde sich Azzaria vorknöpfen, und zwar sofort!

20

»Wer sitzt an der Handyauswertung?«, rief Di Bernardo, während er zum Wagen rannte. Es war bereits nach einundzwanzig Uhr, und die Dunkelheit senkte sich über die Stadt herab.

»Riccardo Magno.«

»Rufen Sie ihn an. Ich will wissen, ob Emile gestern vor der Probe mit Rossi telefoniert hat.«

Sie saßen noch nicht richtig im Wagen, da fuhr er auch schon los. Während sie am Tiber entlang Richtung Engelsburg rasten, hörte er Del Pino mit der Questura telefonieren. Ein magerer Hund lief auf die Fahrbahn, Di Bernardo machte eine Vollbremsung und scherte aus. Da hatte der Hund gerade noch mal Glück gehabt, armer Kerl. Wenig später parkte Di Bernardo bereits vor Azzarias Wohnhaus, halb auf dem Gehweg, und sprang, gefolgt von Del Pino, aus dem Wagen. Mit einem Griff durch die Streben des schmiedeeisernen Tors öffnete er es von innen. Zwei Atemzüge später hatte er die Tür erreicht und drückte energisch auf die Klingel.

»Sì?«, drang es aus der Sprechanlange.

»Polizei. Machen Sie auf!«

Tatsächlich summte gleich darauf der Türöffner.

Di Bernardo nahm die Treppen mit Tempo. Del Pino war ihm auf den Fersen.

»Anruf Rossi passt«, rief er. »15:58, vier Minuten Dauer. 16:02 folgte ein kurzes Telefonat mit einer britischen Nummer, abgespeichert unter Timothy.«

»Sehr gut. Dann sehen wir doch mal, was der werte Maestro dazu zu sagen hat.«

Oben angekommen, war die Tür noch verschlossen. Di Bernardo hieb dagegen.

Sichtlich verstört öffnete Azzaria sie einen Spalt breit und spähte in den Hausflur. »Sie schon wieder?«

»Ja, Maestro. Ich hätte es mir auch anders gewünscht. Aber Signor Azzaria, würden Sie mir vielleicht erklären, warum Sie versuchen, uns an der Nase herumzuführen?«, fragte Di Bernardo ohne Umschweife.

Der Maestro wurde weiß wie die Wand.

»Können wir vielleicht reinkommen, oder sollen wir die Unterredung hier im Treppenhaus weiterführen?« Di Bernardo hatte die Stimme erhoben. Im Stockwerk unter ihnen hörte er, wie eine Tür sich öffnete.

»Natürlich. Kommen Sie herein, bitte«, sagte Azzaria.

Das Chaos im Flur war nur unwesentlich besser geworden; jemand, vermutlich Azzaria, hatte die Koffer beiseitegeschoben, sodass sich ein schmaler freier Gang auftat. Der Maestro ging voran. Im Wohnzimmer waren die schweren Gardinen wieder zugezogen, es roch muffig. Auf dem Tisch lagen noch immer die Fotos von Azzaria und Emile.

Der Maestro deutete vage auf das Sofa, doch Di Bernardo zog es vor zu stehen.

»Also? Sie schulden mir eine Antwort. Ihnen ist doch klar, dass ich Sie wegen Falschaussage belangen kann.«

Azzaria schien mit sich zu ringen. Dann hob er kämpferisch den Kopf. »Von was für einer Falschaussage reden Sie überhaupt? Sie stürmen hier in meine Wohnung, während ich in Trauer bin und …«

»Ich rede von Ihrer angeblichen Hochzeit mit Emile Gallois, dem Mordopfer.«

Azzarias Blick huschte nervös hin und her. »Emile … ich … Wir hatten uns versöhnt, wir wollten es …«

»Schluss jetzt mit dem Schmierentheater!«, rief Di Bernardo.

Azzaria schluckte, noch hielt er dem Blick des Commissarios stand. »Wie kommen Sie dazu, so mit mir zu reden!«

»Wie ich dazu komme? Wir hatten gerade eine höchst interessante Unterhaltung mit Dottor Andrea Rossi.«

»Andrea …« Azzaria schnaubte. »Andrea … er … er kennt nicht die ganze Geschichte.«

»Es ist vorbei, Maestro«, sagte Di Bernardo bestimmt, und dann, leiser: »Es ist vorbei.«

Azzaria ließ sich auf einen Stuhl hinter ihm sinken.

»Ich … Sie haben recht. Ich habe gelogen. Ich weiß auch nicht, was in mich gefahren ist an dem Abend, als Sie hier aufkreuzten. Emiles Tod … das war zu viel für mich.« Seine Stimme klang gebrochen, er selbst wirkte gebrochen.

»Ich nehme an, die Sache mit Mr Timothy Gambill war bereits zu viel für Sie.«

Azzaria verzog schmerzlich das Gesicht. »Es tut weh, allein schon diesen Namen zu hören.«

»Das kann ich mir vorstellen«, sagte Di Bernardo eindringlich. »Nach all den Jahren, die Sie gewartet haben, muss es Sie verletzt haben …«

»Furchtbar verletzt …«

»So furchtbar verletzt, dass Sie es kaum ertragen konnten …«

»Ja, das ist wahr …« Azzaria hatte die Stimme gesenkt, er flüsterte beinahe. »Es tat so irrsinnig weh …«

»Es tat so irrsinnig weh, dass Sie dem Schmerz irgendwie ein Ende setzen mussten …«

»Ich wollte es … wollte, dass er aufhört. Wollte einfach nicht mehr leben.«

»Aber dann haben Sie an all das gedacht, was Sie die vielen Jahre für ihn getan haben …«

Azzaria sah auf, der Blick gequält. »Ich habe wirklich alles für ihn getan. Dreizehn Jahre lang.«

»Dreizehn Jahre lang haben Sie alles getan, haben gewartet, dass er einen Schlussstrich zieht, sich von seiner Frau trennt, für Sie …«

»Für uns.«

»Für Sie beide … und dann war er endlich bereit, doch nicht für Sie, sondern für einen anderen Mann …«

»Dass er so etwas tun würde …«

»… das hätten Sie nicht von ihm gedacht …«

»Niemals.« Azzaria suchte Di Bernardos Blick, heischte um Verständnis. »Er hatte doch nur eine Pause gewollt … und dann hat er mich angerufen, mich gebeten, bei der Gala zu dirigieren, seinetwegen …«

»Da dachten Sie, alles wird wieder gut …«

»Ja, das dachte ich … dass alles wieder gut wird … So wie früher.«

»So wie früher. Und dann hat er Ihnen eröffnet, dass er sich von Ihnen trennen will …«

Azzaria nickte mit leeren Blick, Di Bernardo fuhr unbarmherzig fort.

»… von Ihnen und auch von Cristina …«

»Von mir und auch von ihr.«

»Sie waren verzweifelt …«

Azzaria nickte. »Ja, das war ich …«

»Und dann kam auf einmal diese Wut.«

Di Bernardo spürte, wie Del Pino Azzaria nicht aus den Augen ließ und den Körper anspannte.

»Und nach der Probe, als er einfach ging, da waren Sie auch wütend.«

»Ja, die Probe … die hat mich fürchterlich wütend gemacht. Ich hätte diesen Typen umbringen können.«

»Und dann sind Sie in seine Garderobe gegangen und haben es getan. Sie haben auf sein Herz gezielt, nachdem er Ihnen das Ihre gebrochen hatte. Und danach ins Gesicht. Weil Sie seinen Anblick nicht mehr ertragen konnten. Nicht nach diesem Verrat.«

Azzaria sah verwirrt auf. »Wie bitte?«

Das ehrliche Unverständnis brachte Di Bernardo aus dem Konzept.

»Sie sagten, die Probe hätte Sie fürchterlich wütend gemacht. ›Ich hätte ihn umbringen können‹ – das waren Ihre Worte«, warf Del Pino ein.

»Ja, schon. Aber natürlich sind das bloß Worte.«

»Hören Sie, Azzaria, wenn das angeblich bloß Worte sind, und kurz darauf ist der Betreffende tot …«

»Wieso tot … Ist der Hornist etwa auch gestorben?«

Del Pino fiel die Kinnlade herunter. Di Bernardo griff sich an den Kopf.

»Hören Sie, Signor Azzaria, es ist nicht der rechte Zeitpunkt, sich über uns lustig zu machen.«

Der Maestro blitzte ihn an. »In der Tat! Wovon haben Sie denn eben geredet?«

»Von Ihnen und Emile … Wie verzweifelt Sie waren und wie wütend …«

»Ich war verzweifelt, ich bin es, und wie! Aber ich bin doch nicht wütend auf Emile!«, schrie Azzaria. »Ich war wütend auf diesen Hornochsen mit seinem fürchterlichen Horn. Aber doch nicht … Ich … ich …«

Weinend sackte er in sich zusammen. Del Pino griff nach einer Karaffe mit einer durchsichtigen Flüssigkeit, schnupperte kurz daran und goss eines der schmutzigen Gläser voll, die auf dem Tisch herumstanden.

»Hier, trinken Sie einen Schluck Wasser, Maestro«, sagte er.

Geistesabwesend griff Azzaria nach dem Glas, ohne davon zu trinken. Tränen rannen ihm über die Wangen.

»Ich verstehe einfach nicht, was Sie von mir wollen.«

»Was ich will?« Di Bernardo suchte seinen Blick. »Ich will ein Geständnis.«

»Aber … Sie denken doch nicht etwa schon wieder, ich hätte Emile getötet? Commissario … Wie kommen Sie darauf?« Er wirkte völlig fassungslos, Di Bernardo spürte, wie ihm die Felle davonschwammen. Es wäre ja auch zu schön gewesen, um wahr zu sein, wenn sie den Mörder so schnell gefasst hätten. Er warf Del Pino einen Blick zu, der zuckte kaum merklich die Schultern.

»Dürfen wir uns setzen?«, fragte er jetzt.

Azzaria deutete Richtung Sofa.

»Hören Sie. Ich kann aufbrausend sein, ich kann Menschen mit Worten verletzen. Aber … Wenn ich einen Menschen töten würde, dann mich selbst. Und ja, ich habe daran gedacht letzte Nacht, nachdem Sie hier waren. Aber dann habe ich mir gesagt, dass Emile mich nicht mehr wollte, dass es keinen Sinn hat, ihm zu folgen, wo er auch sein mag … er, seine Seele, was immer von ihm geblieben ist. Ich bin ihm lange genug nachgelaufen.«

Di Bernardo beugte sich vor. »Erzählen Sie mir, was wirklich passiert ist, nachdem Sie die Probe verlassen haben.«

Azzaria runzelte die Stirn.

»Da war diese Sache mit dem Hornisten«, warf Del Pino eifrig ein.

»Genau. Er kämpfte mit der Höhe, es war zum Gotterbarmen. Das habe ich ihm auch gesagt. Emile ließ mich damit allein, einfach so. Ich hatte genug von allem, ich war müde, erschöpft. Wir hatten in der Nacht zuvor geredet, da hat er mir von … von diesem Gambill erzählt. Von seinen Plänen mit ihm.«

»Sie wussten erst seit vorgestern davon?«

Azzaria nickte. »Ich dachte, wir kämen wieder zusammen … dachte, die bevorstehende Gala zugunsten der Aids-Kranken sei ein Zeichen. Aber er brauchte bloß einen großen Dirigenten, der umsonst das Konzert leitete.«

Di Bernardo sah betreten zu Boden.

»Sie glauben, er hat Sie nur ausgenutzt?«, fragte Del Pino neugierig.

Azzaria seufzte. »Ich weiß es nicht … nein … vielleicht. Ach, ich weiß gar nichts mehr. Haben Sie mich das nicht sowieso schon gefragt? Oder war ich das selbst?« Er rieb sich mit beiden Händen über das Gesicht, dann sah er auf. »Die Wahrheit ist: Ich hatte eine Beziehung mit einem verheirateten Mann, der nie vorhatte, sich für mich zu entscheiden. Ich habe wie in einer … einer Zeitschleife ausgeharrt, habe gehofft, habe nach Signalen Ausschau gehalten, die nie kamen. Ich habe versucht, ihm zu gefallen, habe Konflikte gescheut, es ihm in allem recht gemacht, ihm Konzerte verschafft. Und als er um eine Pause bat, da dachte ich, dass er endlich eine Entscheidung fällen wollte und Zeit brauchte, um alles in die Wege zu leiten. Ich hatte Angst, Cristina könnte ihm drohen, aber ich sorgte mich nicht um seine und meine Liebe. Es war ja auch nicht so, dass wir keinen Kontakt gehabt hätten. Er hat mich mehrmals besucht, in Washington, und ich dachte, ich muss nur noch ein bisschen länger ausharren, bis er bereit für den großen Schritt ist. Und dann … dann war er bereit, doch nicht für mich.« Azzaria sah auf. »Es war niederschmetternd. Aber wissen Sie, was … Das Niederschmetterndste ist, dass Emile tot ist. Dass sein Leben auf diese Weise enden musste.«

Di Bernardo ahnte, wie der Mann sich gefühlt hatte. Doch er

brauchte mehr Informationen, und die bekam er von Azzaria nicht über Empathie. »Was haben Sie getan, nachdem Sie den Konzertsaal verlassen haben?«

»Ich bin nach Hause gefahren. Ich war noch kurz in der Garderobe, habe meine Sachen geholt, das war's.«

»Sie waren nicht vielleicht doch noch an Emiles Garderobe und haben irgendetwas bemerkt? Bitte überlegen Sie …«

Azzaria schüttelte den Kopf. »Emile und ich hatten uns in der Nacht zuvor alles gesagt. Ich … ich wollte das Konzert abwarten, sehen, wie sich alles entwickelt – und dann noch mal mit ihm reden. Ich wusste, dass Gambill nicht zu der Gala kommen würde. Also hatte ich noch einen Funken Hoffnung. Das Konzert, all die damit verbundenen Gefühle … ja, ich hoffte, dass ich ihm noch etwas bedeutete. Auch wenn das erbärmlich klingt.«

»Das tut es nicht, Signor Azzaria. Es ist nur menschlich. Wenn man liebt, macht man sich verletzlich. Man erniedrigt sich zuweilen. Mehr noch, man verlässt sich selbst.«

»Ja, das tut man.«

Das tat man wirklich – und verlor immer. »Hat Sie irgendjemand gesehen? Die aufmerksame Dame im Erdgeschoss vielleicht?«

Azzaria zog die Brauen zusammen. »Lassen Sie mich überlegen … Da war doch der Briefträger mit seinem Hund, der Signore mit diesem unaussprechlichen Namen. Der Hund muss uralt sein, er geht immer um die gleiche Zeit mit ihm raus, man kann die Uhr danach stellen.«

»Meinen Sie, Ihnen fällt der Name noch ein? Damit wir das überprüfen können?«

»Einen Moment … Signor Ma … Magna … Jetzt habe ich es, Magnaguagno. Eher der Name eines Würdenträgers in der Provinz als der eines Briefträgers auf Roms Straßen.«

Di Bernardo notierte den Namen. »Er wohnt hier in der Nähe?«

»In irgendeinem Hinterhaus in einer der Seitenstraßen … Ich weiß leider nicht, wo.«

»Fällt Ihnen sonst noch etwas zu dem Abend ein?«

Azzaria rieb sich die Stirn. »Nur, dass Sie dann vorbeikamen. Dass Sie mir all meine Hoffnung nahmen. Und dass ich es nicht ertragen konnte, Emile gleich doppelt zu verlieren. An diesen Gambill und, schlimmer noch, an den Tod. Deshalb habe ich gelogen.«

»Dann frage ich Sie noch einmal: Fällt Ihnen jemand ein, der ein Motiv gehabt haben könnte, Emile zu töten?«

Azzaria schüttelte den Kopf. »Ihrer Frage entnehme ich, dass Sie mir glauben?«

Di Bernardo zog die Schultern hoch. »Ich werde Signor Magnaguagno befragen.«

Azzaria seufzte auf. »Ich habe keine Energie mehr für Rache. Deshalb werde ich Cristina nicht offen beschuldigen.«

»Wäre sie denn Ihrer Ansicht nach in der Lage zu solch einer Tat?«

»Das herauszufinden ist Ihre Aufgabe, Commissario.«

21

Als der Commissario auf die Via San Vitale einbog, lag die schmale Straße nahezu verlassen da. Das blecherne Geflecht aus ineinander verzahnt parkenden Motorrädern, das tagsüber den Gehsteig vor der Questura und oft genug die Hälfte der Fahrbahn blockierte, war entwirrt, die meisten Kollegen längst nach Hause gefahren.

»Vielleicht ist er ja schon weg«, brummte Del Pino hoffnungsvoll.

»Keine Chance«, sagte Di Bernardo und deutete auf den schwarzen Mercedes-Minivan neben dem Eingang, der Borghese gehörte.

»O-oh«, machte Del Pino und beugte sich vor, um einen Blick auf die Fenster ihrer Abteilung zu erhaschen. »In seinem Büro ist noch Licht. Der Rest der Truppe ist offenbar ausgeflogen, geflüchtet, hat sich versteckt. Oder genießt gerade das Abendessen.« Wie aufs Stichwort knurrte Del Pinos Magen.

»Die Einladung heute Abend steht noch«, sagte Di Bernardo und klopfte Del Pino auf die Schulter. »Wenn wir hier lebend rauskommen?«

Er parkte den Wagen im Hof, stieg aus und griff nach seinem Telefon. Vier Anrufe in Abwesenheit. Alle von Borghese. Alle einfach weggedrückt. Di Bernardo hatte nachdenken müssen. War mit Del Pino ihre neuesten Erkenntnisse durchgegangen. Hatte den Briefträger Magnaguagno ausfindig gemacht, der Azzarias Alibi bestätigt hatte. Nicht, dass er den Maestro noch für schuldig befunden hätte. Sein Instinkt hatte eine deutliche

Sprache gesprochen. Aber den einen auszuschließen hieß nicht, bei der Suche nach dem wahren Schuldigen wirklich weiterzukommen. Und woher rührte nur dieses bohrende Gefühl, etwas übersehen zu haben?

»Sofort in mein Büro!«, rief Borghese, als der Commisssario und sein Ispettore die Treppe hinaufkamen und den Korridor betraten.

»Der muss Überwachungskameras haben«, flüsterte Del Pino.

»Scheint so. Lassen Sie mich das allein machen. Wie wäre es, wenn Sie schnell einkaufen gehen? Für heute Abend? Parmesan-Huhn?« Ohne eine Antwort abzuwarten, griff er in sein Jackett, drückte Del Pino einen Fünfzigeuroschein in die Hand und scheuchte ihn davon, aus Borgheses Sichtfeld. Roberto stand noch am Anfang seiner Karriere, es war besser für ihn, wenn er unter dem Radar blieb. Der Questore war kein schlechter Chef, doch seit einigen Wochen trug er die üble Laune vor sich her wie ein Banner, fühlte sich ständig missachtet, übergangen. Die Konsequenz war, dass man ihn tatsächlich überging. Der Job war so schon stressig genug.

»Was fällt Ihnen eigentlich ein!«, fauchte Borghese ihn an, sobald er das Büro betreten hatte. »Viermal habe ich Sie angerufen. Vier. Mal. Campresi sagte, Sie wären gegen neunzehn Uhr hier. Und jetzt, drei Stunden später, schlendern Sie gemütlich hier herein? Und das bei einem Fall von dieser Brisanz? Es war abgemacht, dass Sie …«

Di Bernardo stellte seine Ohren auf Durchzug, während Borghese über die Pantaleoni dozierte. Er betrachtete seinen Questore, dessen Gesicht bis zum Ansatz seines Hemdkragens ein flammendes Rot angenommen hatte. Die Haut am Hals erinnerte ihn an das Huhn, das er heute für ein spätes Abendessen mit gequirltem Ei bestreichen, anschließend in der Parmesan-Knoblauch-Mischung wenden und mit etwas Cayenne nachwürzen würde. Dazu ein erdiger Lacryma Christi aus Kampanien … oder vielleicht doch nur eine Diät-Cola. Keinesfalls aber einer dieser grässlichen Energy-Drinks, die Alberto in sich hineinkippte, als würde er dafür bezahlt.

Der Gedanke an Alberto heiterte ihn auf, sein Gesicht verzog sich unwillkürlich zu einem Lächeln, was allerdings fatal war, extrem fatal, wie ihm in der nächsten Sekunde bewusst wurde.

»Sie besitzen die Unverschämtheit, auch noch zu lachen?«

Feine und gleichermaßen unappetitliche Speicheltröpfchen flogen von Borgheses fleischigen Lippen in seine Richtung und ließen ihn zurückweichen.

Wie er seinen Vorgesetzten so ansah, brach mit einem Mal Müdigkeit über ihn herein. Es war ein langer Tag gewesen.

»Hören Sie, *capo,* es tut mir wirklich leid, dass ich Sie habe warten lassen … Aber in unserem Fall kam es zu unerwarteten Wendungen, und ich war bis eben in einem Einsatz, der schnell hätte gefährlich werden können.«

Das Auffinden des Briefträgers in dem gemütlichen Hinterhaus der Via Germanico war zwar alles andere als spektakulär gewesen. Der Mann hatte für einen Briefträger erschreckend gehumpelt, der Hund, auf einem Auge blind, war noch langsamer, und das Gefahrenpotenzial, das von Azzarias Zeugen ausging, gleich null. Aber wenn er eines von seinem Sohn gelernt hatte, dann, dass man die Wahrheit ab und an ein wenig … biegen musste, insbesondere erbosten Vätern oder eben Vorgesetzten gegenüber.

Borghese wies huldvoll auf den Stuhl gegenüber seinem Schreibtisch und ließ sich in seinen Ledersessel sinken. Schweiß stand ihm auf der Stirn; er zog ein kariertes Taschentuch aus seiner Schublade, es war gebügelt. Systematisch entfaltete er es und fuhr sich damit über die Stirn.

Irgendetwas rührte Di Bernardo an der kleinen Szene; er dachte an seinen Großvater, der auch immer diese karierten Taschentücher bei sich gehabt hatte, Relikte einer Zeit, als man noch keine Artikel produziert hatte, um sie wegzuwerfen, sondern zu erhalten.

»Und was sind das für unerwartete Wendungen?«, fragte Borghese und klang so erschöpft, wie Di Bernardo sich fühlte. »Ich rate Ihnen, machen Sie den Fall nicht wieder künstlich kompliziert. Nicht diesen.«

»Es hat sich herausgestellt, dass Emile Gallois sich tatsächlich scheiden lassen wollte.«

»Scheidung. Also doch. Um Himmels willen«, brauste Borghese auf. »Sagen Sie mir wenigstens, dass es nicht dieser Dirigent war, sondern doch eine Frau.«

Di Bernardo zog eine Braue hoch. »Nein, nicht der Dirigent … aber auch keine Frau. Es handelt sich um einen Engländer namens Timothy Gambill. Ich habe ihn überprüft, er ist derzeit in London.« Er hatte nur kurz mit dem Mann telefoniert, er würde zur Beerdigung hier sein und für Fragen zur Verfügung stehen. Seine Stimme hatte müde geklungen, kraftlos, als wäre etwas in ihm zerbrochen.

Das Rot auf Borgheses Gesicht hatte inzwischen auch seine Ohren erfasst.

»Eine Katastrophe. Das ist eine Katastrophe! Was, wenn die Familie in den Mord verstrickt ist? Der Bruder des alten Pantaleoni, der sitzt doch im Vatikan. Der würde eine Scheidung niemals dulden.«

»Aber Sie meinen doch nicht im Ernst, dass Emile von dem Kardinal …«

Borghese schüttelte den Kopf. »Ich hatte von Anfang an kein gutes Gefühl bei dem Fall. Wenn Politik mit hineinspielt, oder die Kirche …, na, Sie wissen es ja selbst. Eine Katastrophe.«

Noch einmal wischte er sich über die Stirn, dann legte er das Taschentuch akribisch zusammen und strich die Kanten glatt. Er sah auf. »Was haben Sie noch?«

Di Bernardo berichtete der Reihe nach.

»Und es gibt keinen Zweifel wegen dieses … Gambill?«, fragte Borghese, als er geendet hatte.

»Riccardo Magnos Auswertung hat bestätigt, dass Gallois kurz vor der Probe per Handy Kontakt mit ihm hatte.«

»Müssen die Engländer denn immer Ärger machen?«, brummte Borghese. »Nun gut, ich schlage vor, Sie sehen sich gleich die gesamten Ergebnisse der Handyauswertung an. Magno hat sie abgeschlossen und Ihnen die Dateien gesendet.«

Di Bernardo legte die Stirn in Falten. Jetzt noch die Handyauswertung ansehen? Er war seit vierzehn Stunden auf den Beinen und nicht länger aufnahmefähig. Außerdem gab es womöglich Wichtigeres zu tun, zumindest für den Moment.

»Vielleicht sollten wir Dall'Ongaro bei der Duchessa vorbeischicken? Nur zur Sicherheit?«, schlug er vor.

»Warum? Wovor soll er sie beschützen? Vor ihrem untreuen Ehemann? Der ist tot.«

Di Bernardo zog die Schultern hoch. »Sie war stark betrunken, als wir gingen.«

Borghese verdrehte die Augen. »Wer ist nicht betrunken in dieser Stadt, in der alles drunter und drüber geht«, murmelte er. »Oder wäre es gern.«

»Bitte?«

»Nichts. Hören Sie, Di Bernardo, dieser Fall ist wichtig. Für mich. Auch für Sie, wenn Sie eines Tages in meine Fußstapfen treten wollen.«

Bloß das nicht, dachte der Commissario. Er hatte schon genug Papierkram. Der Posten eines Questore war in seinen

Augen für ihn in etwa so attraktiv wie die Lateinlektüre vom *Secundum Bellum Punicum* für Alberto gewesen war.

»Mir ist klar, wie wichtig und wie heikel der Fall ist und wie weit der Arm der Pantaleoni reicht«, sagte er. »Aber …«

»Nein«, unterbrach ihn Borghese unwirsch. »Das ist der Fehler, den Sie machen. Es darf kein Aber geben. Sehen Sie zu, dass Sie den Mörder finden.«

Als wenn das so leicht wäre.

»Ich erwarte höchste Diskretion. Enttäuschen Sie mein Vertrauen in Sie nicht.« Mit diesen Worten erhob sich Borghese.

Di Bernardos Stuhl quietschte auf dem Linoleum, als auch er aufstand. Mit einem Nicken verabschiedete er sich und trat auf den Gang.

»Die Handyauswertung, sehen Sie sich die an. Und befragen Sie die Musiker noch mal selbst. Jemand muss etwas bemerkt haben«, sagte Borghese in seinem Rücken.

»Heute Abend?«, fragte Di Bernardo über die Schulter.

»Ja, wann denn sonst? Wenn die Leute in alle Winde verstreut sind vielleicht?«

»Aber … wir wollten heute Abend noch Azzaria beschatten.«

Das war glatt gelogen. Doch Di Bernardo befand sich bereits jenseits der Schamgrenze. Es war keine Gefahr in Verzug. Er würde zuerst mit Campresi reden und nicht wie ein Irrer von Musiker zu Musiker laufen. Die Erfahrung zeigte ihm, dass die Leute sich meist ein, zwei Tage nach einer Befragung an weitere Details erinnerten, dann, wenn der erste Schock abgeklungen war, und nicht, wenn man sie bedrängte.

»Und wie lange wollten Sie den Maestro beschatten? Haben Sie danach noch Zeit für die Handyauswertung?«

»Wir werden sicher bis tief in die Nacht beschäftigt sein«, schwindelte er. »Sie wissen doch, wie Musiker sind. Die sind wach bis in die Puppen.«

»In Ordnung. Guter Plan.« Borghese klopfte ihm auf die Schulter.

Im nächsten Moment bog Del Pino um die Ecke, er schwenkte zwei volle Einkaufstaschen.

»Ein Prachtexemplar von einem Huhn! Eine Flasche Vermentino hab ich …« Er brach ab, sein Blick ging zu Borghese. Der machte auf dem Absatz kehrt und schlug die Tür seines Büros lautstark hinter sich zu.

»Was hat er denn?«

Di Bernardo verdrehte die Augen. »Ich hatte ihm gerade weisgemacht, dass wir heute Nacht Azzaria beschatten.«

»Ah«, machte Del Pino. »Das war dann wohl ein Beispiel für schlechtes Timing.«

»Kann man so sagen.«

***

Das Huhn war im Ofen, die Parmesankruste extradick. Er hatte etwas Gruyère daruntergemogelt, weil der so schön zerlief, und einen Hauch Muskat darübergestäubt. Der Duft zog durch die Küche Richtung Wohnzimmer, wo Del Pino und Alberto sich in irgendein SF-Videospiel hineinsteigerten.

Di Bernardo ging die unschöne Szene in der Questura nicht aus dem Kopf. Was war es nur an Borghese, dass er sich in seiner Gegenwart immer so unzulänglich fühlte wie ein Schüler, der aufgerufen wurde und plötzlich seine Lateinvokabeln nicht mehr aufsagen konnte?

In den vergangenen Monaten hatten sie sich angenähert, sich manchmal nach Feierabend über Wein unterhalten, was immerhin dazu geführt hatte, dass Borghese ihn einen Schluck, definitiv nur einen Schluck, des seltenen Sassicaia von einem toskanischen Gut in Bolgheri hatte kosten lassen. Ab hundertfünfzig Euro aufwärts kostete die Flasche. Di Bernardo fand das beinahe schon obszön. Im Grunde aber kannte er seinen Questore nicht. Wenn er also nicht den Fehler machen und die Auseinandersetzungen auf sich beziehen wollte, was war dann los mit seinem Chef? Hatte er Sorgen? War er krank? Gesund hatte die Farbe seines Halses jedenfalls nicht ausgesehen. Und warum verhielt er sich so unterwürfig einer adligen Familie gegenüber? Auch die Pantaleoni kochten schließlich nur mit Wasser.

Kochen war sein Stichwort. Er rührte die Polenta in das blubbernde Salzwasser und rührte um. Die Farbe erinnerte ihn an das sonnengelbe Haus in Coppedè. Er sah die heruntergelassenen Rollläden vor seinem geistigen Auge, und mit einem Mal spürte er, wie sein Nacken sich verkrampfte. Dort war es gewesen, dort hatte er etwas gespürt.

Sein Puls beschleunigte sich … Wieso nur kam er nicht drauf?

Die gelbe Fassade. Das schmiedeeiserne Tor geschlossen. Dahinter der Kiesweg. Die große Pinie, deren Äste bis zum Nachbarhaus reichten. Die Villa nebenan. Der Kater in der Sonne. Die Gruppe Asiatinnen, die …

»Verdammt!«, rief er aus und ließ den Kochlöffel fallen. Asiatinnen? Rampini. Shu Xin Rampini.

Es war lächerlich. Es gab Millionen, ach was, Milliarden Asiaten. Die Chance, dass es sich um Rampini handelte, die vor dem Haus des Opfers quasi posiert hatte, war verschwindend gering.

Aber da war sein Instinkt. Dieses bohrende Gefühl im Nacken, als stünde er mitten im Fadenkreuz.

Was, wenn doch. Was, wenn sie nicht nur Emile, sondern auch Cristina, die Drahtzieherin der Intrige um das sabotierte Klavier, im Visier hatte?

Di Bernardo griff nach seinen Autoschlüsseln und rannte los.

»Ich muss noch mal weg«, rief er. »Kümmert euch um das Essen, und fangt ohne mich an!«

Dann war er auch schon aus der Haustür raus.

22

Das messingfarbene Licht, das aus den geschwungenen Straßenlaternen in Coppedè fiel, unterstrich den märchenhaften Charakter von Gallois' Villino. Es verwusch die harten Konturen der Simse, die Ecken und Kanten der Türmchen und ließ die Fresken golden schimmern.

Di Bernardo stand unschlüssig vor dem nur angelehnten schmiedeeisernen Tor. Was um Himmels willen tat er hier?

Seinem Bauchgefühl zu folgen brachte einen in merkwürdige Situationen. Dass er hergefahren war, schien plötzlich so unwirklich wie die Gebäude um ihn herum, die ihn an Szenen aus einem fantastischen Film erinnerten.

Er zog seine Krawatte straff und drückte auf die Klingel. Ihm würde schon noch ein Grund einfallen, um seine späte Störung zu rechtfertigen.

Allerdings hatte er nicht damit gerechnet, dass keiner ihm aufmachte. Aus einem geöffneten Fenster weiter hinten im Gebäude fiel Licht. Niemand ging aus dem Haus und ließ das Fenster offen stehen, nicht im Erdgeschoss, nicht in Rom, wo die Einbrüche so häufig waren, dass sie nicht mal mehr eine zweizeilige Notiz in der Zeitung hergaben.

Di Bernardo stieß das Tor auf und trat auf den gekiesten Weg. In der herrschenden Stille klangen seine Schritte unnatürlich laut. Der würzige Geruch von Geranien drang in seine Nase, fast musste er niesen. Und noch immer stand das erleuchtete Fenster offen. Plötzlich erstarrte er, meinte, eine winzige Bewegung wahrgenommen zu haben.

»Signora Gallois?«, rief er und näherte sich dem Fenster. Eine dünne weiße Gardine bewegte sich sacht. Er atmete aus.

Dann spähte er in den Raum hinein. Das Licht hatte einen großen Nachtfalter hineingelotst, der die Deckenleuchte umtanzte. Es schien sich um ein wenig genutztes Büro zu handeln, mit Stilmöbeln spärlich eingerichtet. Zwei Skulpturen von Apollo und Dioniso standen auf dem Sekretär. Er konnte sich nicht vorstellen, dass es sich um Repliken handelte. Doch niemand würde solche Sammlerstücke unbewacht lassen, quasi in Reichweite vorbeischlendernder Ganoven.

»Signora Gallois?«, rief er wieder.

War sie im Garten auf der anderen Seite des Hauses? Mit dem Hund draußen?

Noch einmal ging er zur Straße, blickte nach rechts und links. Ein Pärchen trat untergehakt aus dem Hauseingang schräg gegenüber. Ein Stück weiter ging eine alte Frau mit ihrem Dackel spazieren, der Rücken so gebeugt, dass er für einen Moment den Wunsch verspürte, ihr eine Hand darauf zu legen, ihr die Last abzunehmen, die sie hinunterdrückte.

Von der Signora aber war keine Spur.

Ihn überkam ein ungutes Gefühl. Er wählte ihre Nummer, und als die Voicemail ansprang, läutete er erneut. Kurz dachte er an Borghese, fragte sich, wie er wohl reagieren würde, wenn die Signora sich beschwerte, dass er, Commissario Di Bernardo, in ihren Garten und ihr Haus gedrungen sei. Es war ihm egal.

Mit weit ausholenden Schritten ging er die Treppen zur Eingangstür hinauf und schlug gegen das Holz.

Nichts.

Also beschloss er, den Weg zu nehmen, der in einem Bogen um das Haus herumzuführen schien. Mit etwas Glück gelangte er auf diese Weise in den Garten, wo sie mit ihrer Flasche Whisky oder was auch immer saß, und konnte sie überreden, sich hinzulegen, aber das Fenster vorher zu schließen. Und mit einem Quäntchen mehr Glück würde es ihm vorher noch gelingen, etwas über Rampini herauszufinden, das es ihm ermöglichte, nach der Frau zu fahnden.

An der mächtigen Pinie vorbei kam er zu einem weiteren schmiedeeisernen Tor. Ein Bewegungsmelder sprang an, doch nirgends schrillte eine Alarmanlage los. Zu allem Überfluss war auch dieses Tor nicht verschlossen. Das war fahrlässig, höchst fahrlässig.

Nach einigen Metern hatte er die relativ unspektakuläre Rückseite des Hauses umrundet. Nichts regte sich, nur das Huschen eines Igels, der an der Hauswand entlangtrappelte und unter einer der Hecken verschwand.

Di Bernardo ging weiter. Der Mond verbarg sich hinter federgleichen Wolken, im Haus selbst war alles dunkel. Mit der Taschenlampe seines Handys leuchtete er sich einen Weg über den Rasen. Die Zypressen wirkten gespenstisch, es musste das Licht des Pools sein, das sie in ein kaltes Blau tauchte. Zögernd näherte er sich dem Ring der Wächter.

»Signora Gallois?«, rief er wieder. Ein Vogel flatterte aufgeschreckt davon, dem Rauschen des Flügelschlags nach eine Wildtaube. Dann hatte er die erste Zypresse erreicht. Ihr holziger Waldgeruch zog ihm in die Nase. Er sah zum Haus, die Terrassentür stand halb offen. Wie der Nachtfalter folgte er dem Licht und näherte sich dem Pool. Langsam streifte sein Blick über das Wasser, und sein Herz setzte seinen Schlag aus. Er ließ sein Handy fallen. Mit drei Schritten war er am Beckenrand. Am Boden des Pools lag leblos eine Gestalt in einem schwarzen Gewand. Das lange Haar umwogte wie ein Trauerschleier den Kopf.

Ohne nachzudenken sprang Di Bernardo ins kalte Nass. Seine Kleider zogen ihn in die Tiefe, und mit kräftigen Armstößen ruderte er an die Oberfläche. Prustend holte er Luft, um dann bewusst hinabzutauchen. Er umfasste den Körper von hinten unter den Achseln und stieß sich am Boden ab, um wieder nach oben zu gelangen. Rückwärts schwamm er zu der gemauerten Treppe, die aus dem Wasser führte. Seine Hände umfassten das Kinn der Ertrunkenen, um ihren Kopf über Wasser zu halten. Sie rührte sich nicht, der Körper hing schlaff in seinen Armen. Wie lange mochte sie wohl im Wasser gelegen haben?

Am Fuß der Treppe richtete sich Di Bernardo auf und zog die leblose Frau aus dem Pool und weiter ins Gras.

Es war Christina Gallois. Die nassen roten Haare umgaben ihr Gesicht wie blutige Algen. Widerwillig musste er an Millais' »Ophelia« denken. Das Gemälde hatte ihm immer Unbehagen bereitet.

»Cristina?«, rief er.

Sie reagierte nicht, atmete nicht. Er legte zwei Finger an ihre Halsschlagader, fühlte jedoch keinen Puls.

Nass, wie er war, kniete er sich neben sie, presste den Handballen auf die Mitte ihrer Brust, legte die andere Hand darüber und begann mit der Herzdruckmassage. Seine Finger verkrampften sich ineinander, und er drückte und drückte, während es in ihm tobte. Warum war er erst jetzt gekommen? Warum hatte er nicht darauf bestanden, Dall'Ongaro, diesen Psychologen, vorbeizuschicken? Warum?

Er riss die Hände von ihrem Herzen, überstreckte ihren Kopf und versuchte sie zu beatmen. Von dem Druck auf ihre Brust war Wasser über ihre Lippen gequollen. War das gut?

Ihre Haut war bläulich, die Lippen hart und kalt, als er seinen Mund auf sie legte und seine Atemluft in Cristinas Lungen presste, einmal, zweimal. Dann drückte er erneut die Hände auf ihre Brust und fuhr mit seinen Wiederbelebungsversuchen fort.

Etwas in ihm weigerte sich aufzugeben. Wenn der Körper unterkühlt war, hatte der Ertrunkene doch noch eine Chance, nicht wahr?

Seinen Gedanken kreisten. Er musste den Rettungsdienst alarmieren, wo war sein Handy? Er hatte es fallen lassen, bevor er in den Pool gesprungen war. Während er den Handballen auf Cristinas Brust presste, blickte er sich suchend um. Zwei Schritte entfernt entdeckte er es im Gras.

Er presste energischer, schneller, dann robbte er los, bekam sein Handy zu fassen und war sofort wieder bei Cristina. Mit einer Hand drückte er weiter auf ihren Brustkorb, fest, fest, während er mit der anderen den Notruf wählte.

Sein Anzug troff, die Kälte kroch in seine Glieder. Erschöpfung machte sich in seinen Armen breit. Doch er drückte und drückte und fand einen Rhythmus. Einen entsetzlichen Moment lang meinte er etwas unter seinen Händen brechen zu fühlen, eine Rippe vielleicht, dann machte er weiter und kämpfte gegen das Gefühl der Sinnlosigkeit an.

Minuten später, die sich anfühlten wie Stunden, spürte er, wie zwei starke Arme ihn von dem leblosen Körper wegzogen.

»Wir übernehmen jetzt, Commissario«, sagte eine Stimme. Er sah auf, rutschte zur Seite. Ein Notarzt und ein Sanitäter beugten sich über Cristina.

»Hier, damit Sie nicht auskühlen«, sagte eine junge Frau und legte ihm eine Wärmedecke um.

Langsam beruhigte sich seine Atmung. Die Anstrengung hatte ihm den Schweiß auf die Stirn getrieben, er rann ihm zusammen mit dem Wasser über die Wangen.

Vielleicht waren es auch Tränen.

23

Verloren ... das war das Wort, nach dem er gesucht hatte. Selten hatte er sich während seiner Arbeit so verloren gefühlt. Privat, ja, und nicht zu knapp. Aber bei einem Fall? Wenn ihn nichts weiter mit dem Menschen verband, der gestorben war, außer einem universellen Mitgefühl, das man jedem sterbenden Wesen entgegenbrachte? Wenn ihm, und er zögerte, es zu denken ... wenn ihm das Opfer nicht mal sympathisch gewesen war?

Di Bernardo fröstelte. Er wickelte sich fester in die Wärmedecke, doch es half wenig.

Schuldig ... das war das andere Wort, nach dem er jedoch nicht lange hatte suchen müssen. Es hatte ihn angesprungen in dem Moment, als er den Körper unter Wasser entdeckt hatte, und sich seither in ihm festgebissen. Er hätte es besser wissen müssen, hätte Borghese widersprechen, Dall'Ongaro eigenmächtig herschicken sollen. Es war doch schon am Morgen augenfällig gewesen, wie alkoholisiert sie war, wie fragil ihr Zustand. Ob Selbstmord, ob Unfall – sie hätten es verhindern können. Ach was. *Er* hätte es verhindern können!

Wut war das dritte Wort, aber das dazugehörige Gefühl hatte sich noch nicht eingestellt. Es war die Wut darüber, dass sie den Mord an Emile womöglich nicht aufklären könnten. Nicht, wenn Cristina ihn getötet und mit der Schuld oder der Sinnlosigkeit ihres Daseins nicht hatte weiterleben wollen.

Vielleicht eine Stunde nach seinem Eindringen in den Garten saß er hier, auf dem hohen Sockel eines tanzenden Fauns. Seine nasse Hose hatte einen Abdruck auf dem hellen Naturstein hinterlassen, er rutschte ein Stück zur Seite und blickte auf das Geschehen vor ihm.

Scheinwerferlicht flutete den Bereich um den Pool. Die Leute von der Spurensicherung in ihren weißen Anzügen sahen aus wie Gespenster. Er hielt Ausschau nach Federica, sah sie aber nirgends.

Sein Blick streifte das Stück Wiese, auf die er Cristina geschleift hatte, um sie ins Leben zurückzuholen. Plastikfolie, medizinischer Verpackungsmüll, die dunkle Grassnarbe, wo die Trage der Sanitäter den Rasen aufgerissen hatten … Das war alles, was übrig geblieben war. Unwillkürlich sah er sie vor sich. Die bläulich blasse Haut, die blutleeren Lippen. Kalt waren sie gewesen, unheimlich, dazu ein säuerlicher Geruch, vermischt mit Chlor.

Er schüttelte sich unwillkürlich.

Dann trieb ihm die Erinnerung das Bild ihres leblosen Körpers erneut ins Gedächtnis. Er sah wieder, wie ihre menschliche Hülle sich unter dem Defibrillator aufbäumte und dann in sich zusammensackte, schlaff wie eine Marionette, deren Fäden gekappt worden waren. Einmal, zweimal, dreimal … Der fahle nackte Arm, ein Zugang, der gelegt wurde, irgendwelche Medikamente, die gespritzt wurden. Hektik, dann das Kopfschütteln des Arztes. Borghese, der plötzlich im Garten auftauchte, auf den Arzt einredete, woraufhin dieser wild gestikulierte, dann die Schultern zuckte und die Herzdruckmassage fortsetzte, während die Sanitäter Cristina hinausschoben, zum Rettungswagen. Der Körper war unterkühlt gewesen, vielleicht hatte eine winzige, eine infinitesimale Chance bestanden, sie zurückzuholen. Solche Fälle gab es, und nicht alle waren ein Segen.

Eine Hand legte sich auf seine Schulter.

»Hier, trink einen Schluck.«

Er blickte zur Seite hoch, es war Federica. Sie hielt eine Flasche Brunello di Montalcino, um die hundert Euro im Restaurant, in der Hand.

Er schüttelte den Kopf. »Ich bin im Dienst.«

»Wann bist du das mal nicht«, sagte sie schmunzelnd und stieß ihn leicht in die Seite.

»Bist du hier der Caterer, oder was wird das?«, gab er zurück und bemühte sich um ein Lächeln.

»Ich war fein essen. In der Trattoria Agape … Ort der Liebe, ein Date.« Sie klimperte mit den Augen, bestimmt wollte sie ihn aufmuntern. Er ging nur zu gern darauf ein.

»Deshalb diese mörderischen Schuhe.« Er verdrehte die Augen und nickte in Richtung ihrer High Heels.

»*Esattamente.* Und deshalb der Wein. Den habe ich nun wirklich nicht stehen lassen wollen. Glatte hundert Euro, die sollte man doch nicht einfach wegschütten.«

Federica war pragmatisch, das gefiel ihm an ihr. »Und wer ist die Glückliche?«

»Ich bin die Glückliche. Und Gaia Cabiz«, sagte sie.

»Gaia Cabiz? Die Kriminalassistentin im Einbruchsdezernat?«

»Genau die.« Federica strahlte ihn an. »Das könnte was werden mit uns.«

Di Bernardo hatte die junge Frau genau vor Augen, mit ihren langen blonden Haaren. Del Pino hatte sich jedes Mal fast den Hals verrenkt, wenn er sie in der Cafeteria gesehen hatte, das war nicht nur ihm aufgefallen. Dann aber war Gálinka in sein Leben getreten. Doch so stoisch, wie Roberto den ganzen Tag seinen beharrlichen Fragen ausgewichen war, mochte die Beziehung zu der Russin bereits Geschichte sein. Er sollte ihn wohl besser warnen, dass er bei Gaia keine Chance hätte, und ihm damit eine peinliche Situation ersparen. Roberto und er, sie waren schon zwei Ritter von der traurigen Gestalt.

»Immerhin war sie nicht sauer, als Borghese mich herzitiert hat«, erzählte Federica im Plauderton. »Hat schon Vorteile, wenn jemand die Arbeit kennt und man sich nicht tausendfach erklären muss …« Sie hielt inne, zog einen Zipfel der Wärmedecke in seinem Nacken hoch. »Wegen Borghese. Er sagte, du hättest ihn darauf angesprochen, wie labil sie am Morgen war. Er übernimmt die volle Verantwortung, soll ich dir ausrichten.«

Di Bernardo schnaubte.

»Ich weiß, Dionisio … das hilft dir gerade auch nicht weiter. Verantwortung hin oder her, damit leben musst du.«

»Hast du schon was für mich? Was meinst du … Ist es ein Selbstmord? Ein Unfall?«

Sie legte die Hand wieder auf seine Schulter, tätschelte ihn leicht.

»Das Krankenhaus hat angerufen. Sie haben die Wiederbelebungsversuche eingestellt, kurz nachdem sie eingeliefert wurde. Die Leiche wird in die Gerichtsmedizin überstellt. Ricci wird sie sich gleich am Morgen vornehmen.«

Di Bernardo ließ den Kopf sinken. Cristinas Tod kam nicht überraschend. Er hatte ihn längst gespürt, schon als er ihren Puls gesucht hatte. Aber spüren und wahrhaben wollen waren zwei verschiedene Dinge.

»Und sonst?«, fragte er schließlich.

Federica seufzte. »Im Wasser ist es ja immer schwierig, Spuren zu finden. Wir werden die Siebe des Pools untersuchen. Campresi und Davide Alogna sind gerade drinnen im Haus. Sieht nicht nach einem Einbruch aus, keine Anzeichen von gewaltsamem Eindringen. Auf dem Tisch standen eine leere Flasche Whisky und eine angebrochene Flasche Gin. Ein Glas. Es war noch ein winziger Rest drin. Draußen haben wir kein weiteres Glas gefunden, keine Scherben, keine Jacke, kein Schwimmzeug. Wenn du mich fragst, sieht es ganz nach einer

Frau aus, die sich betrunken hat und dann hinaus in den Garten gegangen ist. Warum? Vielleicht hat sie etwas gehört, ein Tier?«

»Hier gibt es Igel«, sagte Di Bernardo. »Sie hat auch einen Hund …« Der offensichtlich nicht da war, sonst hätte er doch gebellt. Er versuchte sich zu erinnern. »Heute Morgen, als wir hier waren, hat sie zu ihrer Assistentin etwas gesagt … Genau. Sie meinte, sie solle ihn mitnehmen.«

»Seltsam«, erwiderte Federica. »Normalerweise würde man doch denken, ein Mensch, der gerade einen Verlust erlitten hat, will sein Tier bei sich haben, zum Trost. Ich hatte früher einen kleinen Spaniel. Mein Tröster in den Wirren der Pubertät.« Sie seufzte leise. »Was meinst du, wie oft ich ihm was vorgeheult habe. Der ganze Liebeskummer, auweia. Niemals hätte ich ihn weggegeben, wenn ich traurig war, nicht mal für eine Stunde. Meinst du denn, es war wirklich ihr Hund?«

»Ich denke schon.«

»Dann sollten wir in Erfahrung bringen, ob sie das öfter getan hat. Ansonsten …« Sie suchte seinen Blick.

»Ansonsten hört es sich so an, als hätte sie vielleicht schon geplant, sich umzubringen?«

Di Bernardo sah zur Seite.

»Cristina hat heute etwas Seltsames gesagt … Emile und sie waren wohl oft hier beim Pool.«

Federica deutete auf den Faun hinter sich. »Netter Platz für ein Stelldichein. Sehr inspirierend. Da hinten im Gebüsch ist noch so ein lüsternes Wesen, mit einer Panflöte.« Dann runzelte sie die Stirn. »Moment, er war doch schwul … Oder bi?«

»Wenn ich das wüsste. Es ging aber nicht um ein Stelldichein, sondern um das Wasser … wie das Mondlicht auf der Oberfläche schimmerte … ›Untertauchen, bis man keine Luft mehr bekam … und noch ein bisschen länger …‹« Er schlug sich gegen die Stirn. »Verdammt. Ich hätte wissen müssen, wie labil sie war.«

Federica legte einen Arm um ihn und drückte ihn. »Konntest du nicht. Vielleicht war es ja ein Unfall. Außerdem hatte sie doch diesen Freund, diesen Psychiater.«

»Rossi. Der Schwätzer.«

»Wenn, dann sollte der sich wohl fragen, warum er sich nicht um sie gekümmert hat. Wir haben schließlich einen Mord aufzuklären. Apropos …«

»Apropos was?«

»Was, wenn sie sich nicht aus Trauer umgebracht hat, sondern wegen ihrer Schuld? Weil sie Emile getötet hat?«

»Das ist die dritte Möglichkeit. Unfall, Suizid oder Suizid wegen des Mordes an ihrem Mann.«

Federica seufzte und nahm einen Schluck aus der Flasche. »Finden wir es raus.« Sie löste sich von ihm und stand auf. Sofort fehlte ihm ihre Nähe. Er griff nach der Flasche, trank einen Schluck und dann noch einen, bis der Geschmack des Todes in seinem Mund weggespült und von einer angenehmen Wärme ersetzt wurde.

»Na, da hat aber jemand Durst«, ertönte Del Pinos Stimme.

Roberto kam auf sie zu, er trug einen Kleiderstapel zwischen den Händen. »Hier ist was Warmes zum Anziehen, Commissario. Lag im Flur, ich hab's mir einfach geschnappt, Alberto meinte, es ist Ihres. Krawatte war keine dabei.« Er hielt ihm die nagelneue enge Laufhose und einen schwarzen Kapuzenpullover hin. Plötzlich war Di Bernardo sein teures Sportoutfit peinlich.

»Sieh mal, wie wir dich bemuttern«, sagte Federica grinsend und nahm ihm die Flasche ab. »Zieh dich besser um, damit du nicht krank wirst.«

Di Bernardo sah dankbar von ihr zu Roberto. Obwohl er fror, spürte er ein wohliges Gefühl. Im Hintergrund bemerkte er Borghese, der ihn beobachtet hatte und sich nun schnell abwandte. Der Questore wich ihm aus.

»Wo kann ich mich denn umziehen?«, fragte er Federica. »Gibt es irgendwo einen Raum, mit dem ihr schon durch seid?«

»Meine Leute sind noch im Haus zugange und anschließend wieder am Pool. Am besten gleich hier?«

Del Pino klopfte auf die Statue. »Was ist denn das für ein Monstrum?«, fragte er.

»Ein Faun. Sinnbild eurer verirrten Männlichkeit.« Lachend ging sie davon.

»Wie hat sie denn das gemeint?«, fragte Del Pino.

»Fragen Sie mal Gaia Cabiz nach einer Verabredung, dann werden Sie es wissen«, sagte Di Bernardo und verzog sich hinter die Statue.

Sein Hemd und die Hose klebten nass am Körper, ein Handtuch wäre gut gewesen. Als er sich in die enge Sporthose arbeitete, fiel ihm auf, was sonst noch fehlte.

»Schuhe?«, fragte er.

»Negativ«, sagte Del Pino zerknirscht. »Tut mir echt leid. Wollen Sie meine anziehen?«

»Geht schon«, murmelte er. Zu seinen nassen Lederschuhen sah die enge Laufhose noch alberner aus. Aber er war dankbar, dass die beiden ihn aus seinem Loch geholt hatten. Später, wenn er allein zu Hause wäre, würde er sich nach diesem Moment zurücksehnen …

»Federica«, rief er plötzlich. Sie stand am Pool und hatte die hohen Schuhe abgestreift. Ihre Füße steckten in Überziehern.

»Was ist?«

Barfuß lief er zu ihr, Del Pino im Gefolge.

»Das Tor … es war nur angelehnt. Und das hintere Tor, wodurch man in den Garten gelangt, war auch nicht verschlossen.«

»Welches hintere Tor?«, fragte sie. »Wir sind da vorne reingekommen, neben der Garage. Dort war nicht abgeschlossen.«

Di Bernardo runzelte die Stirn, den Weg in den Garten hatte er nicht gesehen.

»Hast du Überzieher für mich? Dann zeige ich es dir. Roberto, kommen Sie!«

Eine Minute später waren sie an dem Törchen an der Rückseite des Hauses angelangt. Der Bewegungsmelder sprang an, doch sein Licht reichte nicht aus, um viel zu erkennen.

Federica richtete ihre Taschenlampe auf das Schloss des Tores.

»Seltsam, dass es nicht verschlossen war. Da kann ja jeder rein«, murmelte sie.

Del Pino beugte sich hinunter und besah das Tor. »Edelstahlschloss, mechanisch. Die Schrauben sind angezogen. Paar Kratzer, ist aber Dreck drauf. Nichts Wildes.«

»Der Gegenkasten sieht auch nicht so aus, als hätte jemand hier etwas manipuliert«, meinte Federica nachdenklich.

Di Bernardo gefiel das nicht. »Wir müssen Cristinas Assistentin danach befragen. Könnt ihr das Schloss ausbauen und untersuchen?«

»Warum nicht«, sagte Federica und sah ihn stirnrunzelnd an. »Eines deiner berühmt-berüchtigten Bauchgefühle?«

Di Bernardo schüttelte den Kopf. »Reine Logik. Wenn ich die Terrassentür offen lasse, schließe ich abends wenigstens das Gartentor ab. Ich schließe es eigentlich immer ab.«

Del Pino suchte in seinem Handy. »Hier«, sagte er. »Ende März wurde in der Straße eingebrochen, nur drei Häuser weiter. Letzten Monat vorne an der Piazza Mincio, die Straße rein …« Er sah auf. »Wir könnten ja mal das Einbruchsdezernat hinzuziehen …«

Federica lachte auf. »Klar doch.«

»Die haben gute Leute«, beharrte Del Pino.

»In der Tat.« Sie schlug Del Pino auf die Schulter. »Fragen Sie doch mal Gaia. Sie ist ein hilfsbereiter Mensch.«

Del Pinos Miene hellte sich auf. Er setzte an, etwas zu sagen, aber Federica hatte sich bereits umgewandt. »Verirrte Männlichkeit, ich sag's ja«, murmelte sie fröhlich vor sich hin und rief dann einen Kollegen mit Werkzeug herbei.

»Was meint sie denn dauernd damit?«

Di Bernardo schüttelte den Kopf. »Später. Jetzt suchen wir erst mal nach Rampini.«

»Der Pianistin? Die eine offene Rechnung mit Emile hatte?«

»Genau der.«

Del Pino sah ihn an. »Eigentlich hatte sie doch eine offene Rechnung mit Cristina, oder? Sie meinen …«

Di Bernardo verengte die Augen. »Möglicherweise.«

24

Es war zwei Uhr nachts, als Di Bernardo die Tür zu seinem Haus in Monteverde Vecchio aufschloss. Dunkelheit empfing ihn. Ob Alberto schon schlief?

Leise trat er in die Diele und machte das Licht an. Die Tür zur Küche stand offen, Essensgeruch wehte ihm entgegen. Di Bernardo hängte seinen nassen Anzug auf, das Hemd, die Seidenkrawatte, die vermutlich ruiniert war, und folgte dem Duft. Er ahnte, was ihn erwartete. Angebackene Reste der Polenta im Topf, die Kruste vom Parmesanhuhn weggefuttert …

Als er das Licht anmachte, fiel sein Blick in die Spüle, sie war leer. Stirnrunzelnd drehte er sich um. Der Herd war sauber, Alberto hatte aufgeräumt? Auf dem Tisch stand ein Teller mit Huhn, *inklusive* Kruste, säuberlich abgedeckt mit Folie. Daneben lagen eine Serviette und ein Zettel: *Ciao, Papà. Wir haben dir was übrig gelassen, war voll lecker! Bin zu Freunden gefahren, wir wollten noch *lernen*. Bis morgen!*

Gerührt sank er auf den Küchenstuhl. Alberto konnte ein Kindskopf sein, voller jugendlicher Egozentrik. Aber dann … das hier. Er schmunzelte über die Sternchen, die das Wort »lernen« rahmten. Als wollte sein Sohn ihn und seine Nerven schonen.

Vieles war falsch gelaufen in seinem Leben. Aber das mit Alberto, das hatte er hingekriegt.

Nachdem er gegessen und geduscht hatte, legte sich Di Bernardo auf sein Bett, die Arme hinter dem Kopf verschränkt. Rampini befand sich auf einer Europatournee. Sie war in Kopenhagen, nicht mal zwei Flugstunden von Rom entfernt. Roberto und er hatten ihren Tourneeplan durchgeackert. Am Samstag hatte sie im Koncerthuset zusammen mit dem Dänischen Rundfunkorchester gespielt, morgen stand das zweite Konzert am selben Ort an. Schlecht lief es nicht mit ihrer Karriere!

Aus einem Anflug von Paranoia heraus hatte er Timothy Gambill aus dem Schlaf aufgeweckt und ihn gebeten, wachsam zu sein. Er konnte nicht noch ein Risiko eingehen. Wer wusste schon, wozu diese Frau in der Lage war?

Wenn sie überhaupt etwas mit dem Ganzen zu tun hatte …

Rampini selbst hatte er bewusst nicht kontaktiert, er wollte ihr einen Schritt voraus sein, den Überraschungsmoment für sich verbuchen. Dazu musste er als Erstes ihr Hotel in Kopenhagen ausfindig machen.

Del Pino hatte versucht ihren Agenten zu finden und ihren Instagram-Account durchforstet. Der Story zufolge hatte sie einen Tempel mit Pagodendach besucht. Ob sie meditierte? Oder war es bloß dieser Vergnügungspark, Tivoli? Er war nie dort gewesen, er hatte immer nur gearbeitet.

Der nächste Schritt war, die Fluggastdaten anzufordern.

Er rieb sich den Nacken. Das ungute Gefühl war geblieben.

Jagte er Schimären? Hatte er eine Spur? Verrannte er sich in Aktionismus, um die Schuld nicht spüren zu müssen, die ihn bedrückte?

Als ob er jemals frei davon würde! Camilla, Giovanni. Sie schienen bereits auf ihn zu warten, im Reich seiner immer wiederkehrenden Albträume. Dort, wo sie auf Cristina Pantaleoni-Gallois treffen würden, die Duchessa, die nass und schwer am Grund des Pools lag. Er sprang, er packte sie, er zerrte sie aus dem Wasser, drehte sie um, suchte nach Leben … Und ihr Gesicht verwandelte sich in eine Fratze, und sie lachte ihn aus.

Schreiend fuhr er hoch.

Brauchte einen Atemzug, um sich zu orientieren und dann noch einen. Er musste eingeschlafen und geradewegs in seinen Albtraum gedriftet sein.

Di Bernardo schwang die Beine aus dem Bett, setzte sich auf den Rand und barg den Kopf in den Händen.

Eine ganze Weile saß er so da, zu aufgewühlt, zu verspannt, um den Schlaf zu suchen, zu müde, um irgendetwas anderes zu tun. Der Raum schien in ein bläuliches Licht getaucht, die Farbe von Cristinas Haut. Er rieb sich die Augen, das Licht verschwand nicht.

»Jetzt werde ich auch noch verrückt«, murmelte er. Dann sah er sein Handy leuchten, jemand hatte ihm geschrieben. Erleichtert griff er danach und warf einen Blick auf die Nachricht. Sie war von Giorgia. *Noch wach?*

Gedankenleserin, schrieb er zurück. Dann fiel ihm ein, dass er sie früher immer so genannt hatte, zärtlich, in ihrer gemeinsamen Zeit. Das war vermutlich unpassend. Er schickte sich an, etwas zu schreiben, das den romantischen Touch abschwächte, als sein Telefon vibrierte.

»Ciao, Dionisio«, sagte sie mit ihrer warmen Stimme.

»Ciao! Warum schläfst du denn nicht?«

»Federica hat mir geschrieben, was los ist. Dieser Idiot von Borghese, er hätte auf dich hören sollen.«

Das ging ihm runter wie Öl. Er streckte sich wieder auf seinem Bett aus, stellte den Lautsprecher an. Wenn er die Augen schloss, konnte er sich vorstellen, sie wäre hier bei ihm im Raum.

»Weißt du«, sagte sie, leiser nun. »Wenn es ein Selbstmord war, gleich aus welchem Grund, hätte ein Besuch von dir oder Dall'Ongaro ihn vielleicht nur aufgeschoben.«

»Trotzdem«, beharrte er. »Wir hätten ihn womöglich verhindern können.«

»Das weißt du nicht. Es ist ganz natürlich, dass du dich schuldig fühlst. Das tun wir alle, wenn ein Mensch, den wir kennen, diesen Schritt macht. Borghese, du, Del Pino … ihre Verwandten, die Freunde, ihr alle fragt euch, was ihr hättet anders machen müssen.«

»Das ist wahr«, sagte er zögerlich.

Bevor er etwas entgegnen konnte, fuhr sie fort. »Weißt du … Angenommen, sie hat Emile wirklich getötet, und ihr Gefühl von Schuld war übermächtig, dann wäre es das auch morgen noch gewesen. Die meisten Menschen stecken einen Mord, den sie begehen, nicht einfach weg, eine Gewalttat treibt sie über eine Grenze. Lässt etwas in ihnen zerbrechen … Viele finden nicht zu ihrem früheren Ich zurück. Nie! Du hättest sie nicht ihr Leben lang aufhalten können.«

»Meinst du?«

Er hörte ihr warmes Lächeln, auch wenn er es nicht sah. Es war lange her, dass sie gelächelt hatte in seiner Gegenwart. Er versuchte sich zu erinnern. An den weichen Zug um ihren Mund, das Grübchen, links, nicht rechts, ihr Lächeln war immer ein bisschen schief. Warum eigentlich?

»Dionisio? Bist du eingeschlafen?«

»Mhmh«, murmelte er. »Ich habe nur nachgedacht.«

»Und worüber? Möchtest du den Fall gern durchsprechen?«

Er seufzte hörbar, sie lachte zur Antwort.

»In Ordnung, dann machen wir das doch einfach morgen.«

»Warte«, sagte er schnell, denn er wollte nicht, dass sie schon auflegte. »Ich hatte an etwas anderes gedacht …«

»Ah … und woran?«, neckte sie ihn.

»Ich … ich habe mich gefragt, wann du das letzte Mal in meiner Gegenwart gelächelt hast.«

Einen Moment lang war es still. »Vor etwa zwanzig Sekunden«, gab sie zur Antwort. »Du hast es gespürt.«

Diesmal war er es, der schwieg. Er war dankbar, dass sie ihn angerufen hatte. Er hätte viel dafür gegeben, sie im Arm zu halten, die Nase in ihrem Haar zu vergraben …

»Ich wäre jetzt gern bei dir«, sagte sie in das Schweigen hinein.

»Ja«, sagte er, in seinem Hals bildete sich ein Kloß. Mehr brachte er nicht hervor.

»Ich freue mich schon sehr aufs Wochenende«, meinte sie und erzählte, was sie alles vorhatte mit ihm … weckte Erinnerungen, trug ihn fort mit ihrer Lebendigkeit, fort von seinem Kummer.

»… und dann gehen wir ins Caffè Sant'Eustachio«, plauderte sie einfach weiter. »Weißt du noch, dieser Espresso mit der riesigen Sahnehaube und dieser leckeren flüssigen Schokolade, den wir beide da immer getrunken haben? Wie hieß der noch gleich?«

»Romeo e Giulia«, hörte er sich antworten.

»Romeo e Giulia«, wiederholte sie leise. Dann sprach sie weiter, und ihre Worte hüllten ihn ein.

Was wird das hier?, meldete sich eine Stimme in seinem Innern, während ein anderer Teil von ihm den Hörer enger an sein Ohr presste, um kein Wort, keinen Atemzug von ihr zu verpassen. Dann aber musste er unwillkürlich an Kaa, die Schlange, denken, er wusste auch nicht, warum, wehrte sich dagegen, aber schon sah er die Filmsequenz vor sich. Alberto hatte das *Dschungelbuch* geliebt, aber wenn Kaa, die Schlange, kam und den kleinen Mogli hypnotisierte, um ihn zu verspeisen, hatte er die Augen zusammengekniffen und sich die Ohren zugehalten. Und abends, da hatte er, sein Papà, unter das Bett, hinter den Schrank und die Gardinen sehen müssen, ob sie sich auch nirgends verbarg …

»Woran denkst du?«, flüsterte Giorgia an seinem Ohr.

Schlagartig war er hellwach. Was sollte er bloß darauf antworten? Ich denke gerade an Kaa, die Schlange? Giorgia drang immer auf Ehrlichkeit. Die Monate mit ihr hatten ihm allerdings gezeigt, dass sie beide eine völlig andere Definition von Ehrlichkeit hatten.

»Hm, Dionisio? Sag schon …«

Ihm wurde heiß und kalt zugleich. »Ich …« *An Kaa* wäre fatal. Nur wenig besser wäre: *Dass es schön ist, dass du angerufen hast* – in ihrer Welt hieß das, er reagiere zu rational, und das artete letztlich in Vorwürfe aus. *Du solltest jetzt besser schlafen* wäre grundfalsch, sie würde es als Zurückweisung deuten. *Sicher musst du morgen früh raus* ebenso. *Ich wünschte, du hättest mich das nicht gefragt?* Übel, ganz übel, das würde lange Diskussionen nach sich ziehen. *An den Duft deiner Haare?* Puh, das könnte eine Richtung nehmen, von der er nicht wusste, ob er bereit dazu war. »Ich …«, sagte er wieder und kam sich plötzlich vor, als steckte er in einem dieser Kreuzverhöre, durch die er seine Verdächtigen so gerne jagte.

»Du musst jetzt nichts sagen«, flüsterte sie, schickte ein »Baci« hinterher, das er erwiderte, so erleichtert war er, nichts falsch gemacht zu haben. Als sie aufgelegt hatte, schloss er die Augen und erlaubte sich endlich einzuschlafen.

25

Aspromonte, September 1975

»Wohin fahren wir denn, Papà?«, fragte Salvatore und öffnete eine Coladose; es zischte. Sein Vater brummte etwas, stieg aus dem Wagen, wahrscheinlich hatte er mal wieder irgendetwas vergessen. Hoffentlich wurde er selbst nicht genauso, wenn er alt war.

Mit der linken Hand drehte er am Knopf des Autoradios. Samstags zwischen elf und zwölf liefen immer die Top-Ten-Hits, die wollte er nicht verpassen, wenn er schon so früh aus dem Bett musste. Am Wochenende! Dabei hatte er die halbe Nacht gelernt, für sein Studium. Wirtschaftswissenschaften und Deutsch, *aha.* Sein Vater wollte, dass er nach Deutschland ging, die Drogentransporte und sonstige Rauschgiftgeschäfte dort kontrollieren. Deutsche Mädchen wären hübsch, man müsste ihnen nicht gleich die Ehe versprechen, hatte Pasquale, sein Schwager, behauptet. Mädchen … Irgendwie hatte Salvatore nie die Richtige getroffen, hier in San Luca nicht und auch nicht in der Università. Wenn es Abend wurde und seine Kommilitonen mit den Mädels aus der Fakultät für Literatur loszogen, in die Bars im nahen Cosenza, begann für ihn das wahre Leben. Dann hatte er den Campus fast für sich allein, bis auf die Streber von der Medizin, die immer nur lernten. Allein in seiner Studentenbude, setzte er die Kopfhörer auf und machte Musik auf dem gebrauchten Keyboard, das er auf einem Flohmarkt erstanden hatte.

Es knisterte im Radio, dann ertönte eine tiefe Soulstimme. Barry White, keine Frage. »*You're the first, the last, my everything … and the answer to all my dreams …*« Salvatore sang mit und klopfte den Rhythmus des Liedes auf seine Coladose. Musik war seine Welt. Pop, Soul *americano,* Klassik … Er liebte es, wenn seine Mutter Klavier spielte, auch wenn es oft traurig klang. Chopin, immer wieder Chopin, die vier Balladen, das Prélude in e-Moll, das mochte er. Vielleicht war es ja deshalb so schön, weil es so traurig war.

»Stell den amerikanischen Quatsch aus«, befahl sein Vater streng und stieg ein.

»Aber das ist Ba…« Salvatore verstummte, als sein Vater ihn mit diesem Blick fixierte. Es war der Blick, der ihn, seit er denken konnte, in lähmende Angst versetzte. Folgsam machte er das Radio aus. Vaters Wort war Gesetz.

»Wir fahren nach Santo Stefano. Unterwegs müssen wir etwas erledigen.«

Salvatore fragte nicht nach, worum es sich handelte. Sein Vater war kein guter Mensch. Er liebte ihn, ja, klar, aber was seine Geschäfte anging …

Salvatore hatte versucht, mit seiner Mutter darüber zu sprechen, vor Jahren schon, als er schlimme Dinge durch den Spalt am Kellerfenster mit angesehen hatte. Dinge, die er nur aus Brutalo-Filmen kannte, von denen er gedacht hatte, jemand mit einer kranken Fantasie hätte sie erfunden. Aber es gab diese Dinge auch in echt, und zwar in dem Haus, in dem er schlief.

»Tu Gutes, wo du kannst, aber gehorche deinem Vater. Immer, ohne Ausnahme«, hatte seine Mutter gesagt und ihn mit flackerndem Blick angesehen. »Das musst du mir versprechen.« Und als er stumm genickt hatte, hatte sie nachgesetzt: »Schwöre es!«

Was war er froh, dass er die meiste Zeit in Cosenza lebte. Er nahm einen Schluck Cola und rülpste leise.

»Früher hast du hier immer gekotzt«, sagte sein Vater, als die Straße sich in Serpentinen den Berg hinaufwand. Vor jeder Kurve hupte er, sicherheitshalber.

»Das war früher«, sagte Salvatore. Zum Glück hatte er die Reisekrankheit überwunden, denn es hatte jedes Mal Schläge gesetzt, wenn er sich übergeben musste.

»Wann fängt dein Semester an?«

»In zwei Wochen.«

»Gut. Hör zu. Ich will, dass du heute Abend schon zurückfährst.«

»Schon? Aber ich …«

»Ich habe gesagt, ich will, dass du heute Abend fährst.«

Salvatore zuckte die Achseln. *»Bene.«* Er dachte daran, dass er seine Mutter hatte überraschen wollen. Dass er Klavierunterricht nahm, wusste nämlich keiner. Und er hatte extra eine kleine Mazurka für sie einstudiert. Von Chopin.

Die nächste halbe Stunde verlief schweigend. In Situationen wie dieser war sich Salvatore nie ganz sicher, ob sein Vater erwartete, dass er widersprach, um nur zum nächsten Vernichtungsschlag gegen ihn anzusetzen. Vielleicht war er ihm ja zu schwach. Zu wenig Herausforderung.

Sie näherten sich San Giorgio, und Papà bog auf einen Waldweg ein.

»Hier waren wir schon mal«, sagte er, parkte den Wagen und bedeutete Salvatore auszusteigen.

Ja, hier waren sie schon mal gewesen. Wie hätte er das vergessen können! Sein Vater hatte ihn damals zum Jagen mitgenommen, da war er zehn gewesen. Hier im Aspromonte kümmerte es keinen, ob man einen Jagdschein hatte, ob die Tiere Schonzeit hatten oder unter Artenschutz standen.

Salvatore sah die Szene erneut vor sich … Das Reh äste auf

der Lichtung ein Stück voraus, eine schöne Ricke mit großen dunklen Augen, das Fell braun wie eine Haselnuss. Ein Kitz hoppelte um sie herum wie ein zu groß geratener Hase, mit weißen Tupfen auf dem Rücken. Er hätte das Tier so gern gestreichelt, damals.

Papà hatte das Kitz mit einem Lasso eingefangen und es an einen Baum angebunden. Die Ricke lief aufgeregt in das Dickicht hinter der Lichtung, sie hatte Papà und ihn gewittert. Dann aber kam sie heraus, flitzte zu ihrem Jungen, stupste es an, immer wieder, aber es konnte ja nicht weg. Salvatore überlegte, ob sein Papà ihm das Kitz vielleicht schenken wollte, weil er Tiere so lieb hatte. Mamma las ihm abends immer noch aus dem großen Buch der Tiermärchen und Fabeln vor, auch wenn Papà fand, dass er mit zehn zu groß dafür sei. Aber wenn er ihm das Kitz schenken wollte, dann würde er Nein sagen müssen. Salvatore wollte nicht, dass es der Mutter weggenommen wurde, da hätte er keine Freude daran.

Doch sein Vater drückte ihm das Gewehr in die Hand, mit dem er im Garten auf Zielscheiben schoss.

»Schieß«, sagte Papà nur. »Erschieß das Reh.«

Er weinte, er bettelte, und all das machte die Ricke nur noch nervöser. Aber sie ließ ihr Junges nicht im Stich.

»Ich … ich kann doch noch gar nicht gut schießen«, sagte er, während ihm die Tränen über die Wangen liefen, Tränen und Rotz. »Bitte, Papà, lass mich erst noch mehr üben. Ich versprech dir, dass ich ganz viel übe, jeden Tag. Und dann schieße ich auch, dann ist das Tier beim ersten Schuss tot, und …«

Sein Vater holte aus und schlug ihm ins Gesicht, dass er das Gleichgewicht verlor und zu Boden fiel. Er schmeckte Blut und schluckte es runter. Zitternd stand er auf, das Gewehr war ihm entglitten.

»Heb es auf.«

Er tat es und versuchte sein Schluchzen zu unterdrücken.

»Schieß!«

»Aber …«

Als sein Vater zum zweiten Schlag ausholte … da drückte er den Abzug und traf die Ricke in die Seite. Sie verdrehte die Augen, schrie, blutete, er bekam fast keine Luft mehr.

»Noch einmal.«

Beim vierten Schuss erst ging das Tier zu Boden, mit Schaum vor dem Mund. Und das Kitz fiepte und rief nach der Mutter. Es war noch angebunden, als sein Vater ihn ins Auto bugsierte und mit ihm davonfuhr.

Salvatore spürte Übelkeit in sich aufsteigen, als er sich an damals erinnerte.

Dann sah er das Seil. Für einen Moment spielten seine Gedanken verrückt. Es konnte doch nicht dasselbe Seil sein wie an jenem Tag …

Nicht wieder ein Reh, betete er im Stillen. Bitte. Nicht wieder ein Reh.

Zögernd schloss er zu seinem Vater auf. Dann sah er es. Sein Gebet war erhört worden. Aber nicht so, wie er gedacht hatte. Er wünschte, er hätte um etwas anderes gebetet. Oder noch besser, er hätte gar nicht gebetet. Denn wenn es einen Gott gab, dann hatte er einen grausamen Sinn für Humor.

Dort, an den Baum gebunden, lag ein Mann, er war geknebelt und offenbar bewusstlos. Die Arme waren ihm auf den Rücken gefesselt, die Beine zusammengeschnürt. Eine blutige Wunde prangte an seinem Kopf. Dicke Fliegen umsummten ihn, doch er konnte sie nicht verscheuchen.

Sein Vater hielt ihm eine Pistole hin und nickte in Richtung des Mannes.

Salvatore wich zurück. Sein Herz begann zu rasen.

»Nein«, sagte er. Seine Stimme bebte. »Nein, Vater.«

In Giuseppes Augen blitzte es gefährlich auf.

»Nein«, sagte Salvatore erneut, fester diesmal. Er hob das Kinn, auch wenn er schlucken musste.

Der Schlag kam so plötzlich, dass Salvatore aufschrie und strauchelte. Sein Kiefer schien vor Schmerz zu explodieren. Er hasste sich für die Tränen, die ihm in die Augen stiegen. Salvatore betastete seine Wange, fühlte den Riss, den der Ring seines Vaters hinterlassen hatte. Mühsam richtete er sich auf.

Wieder hielt ihm sein Vater die Pistole hin.

Salvatores Blick flog von seinem Vater zu dem gefesselten Mann.

»Was hat er getan?«, fragte er nuschelnd. Sein Kiefer schwoll bereits an, und der Schmerz lähmte ihn. Gleichzeitig bereute er die Frage. Sie klang, als hätte er schon nachgegeben! Als suchte er bloß eine jämmerliche Rechtfertigung.

»Willst du mit mir diskutieren?«, zischte sein Vater.

»Nein«, sagte er und riss all seinen Mut zusammen. »Das kannst du nicht tun. Was immer er gemacht hat, es gibt Gesetze.«

»Ich bin das Gesetz. Hast du das noch immer nicht begriffen?« Eine Zornesader trat auf der Stirn seines Vaters hervor.

»Vater …« Alles spannte sich in Erwartung einen neuerlichen Schlags in Salvatore an, er wartete, wollte ihn hinter sich bringen, das alles hier hinter sich bringen. Egal wie.

Sein Vater entsicherte die Pistole. Kalter Schweiß bildete sich in Salvatores Nacken.

»Willst du mich erschießen, oder was? Was wird das hier?«

»Zeig mir deine Hände.«

Irritiert streckte Salvatore seinem Vater die Hände hin. Er nahm das Bedauern im Gesicht seines Vaters wahr, ein Hauch nur, aber Salvatore hatte es genau gesehen. Es gab ihm Hoffnung.

»Du spielst gerne Klavier?«

Salvatore spürte, wie ihm der Atem stockte. Das war geheim, er hatte niemandem, *niemandem* davon erzählt. »Woher weißt du das?«

Sein Vater trat näher, und Salvatore sah die Ringe unter seinen Augen, die Augäpfel, leicht gelblich. Die Pupillen groß – gab es dahinter überhaupt eine Seele? Magensäure stieg ihm die Kehle hoch, er schluckte vergeblich dagegen an.

»Du bist mein Sohn«, sagte sein Vater leise. »Mein Nachfolger. Ich habe dich genau im Auge. Das hatte ich immer, denn du bist auch meine Hoffnung. Meine Liebe. Meine Zukunft.«

Mein Nachfolger. Salvatore wurde schwindlig. Von der Nähe seines Vaters. Den Worten.

»Schieß«, sagte sein Vater und hielt ihm erneut die Pistole hin.

»Nein!«, brach es aus ihm hervor.

»Überleg es dir gut, denn sonst tue ich es. Aber nicht auf den Mann dort.«

»Dann tu's doch«, schrie Salvatore. »Schieß halt!« *Gehorche deinem Vater. Immer, ohne Ausnahme. Das musst du mir versprechen. Schwöre es!* Verzeih mir, Mutter, dachte Salvatore noch, bevor ein neuerlicher Schmerz seine Gedanken durchbrach. Seine Beine sackten unter dem Körper zusammen.

Salvatore wälzte sich auf dem Waldboden, wimmernd, hielt seine durchschossene linke Hand, eine blutige Masse. Panisch blickte er sich nach seinem Vater um. Wo war er? Ließ er ihn hier verbluten?

Da sah er ihn durch die Bäume wiederkommen, Verbandszeug in der Hand.

»Zeig her«, sagte er nur.

Salvatore streckte ihm die zitternde Hand hin, das Blut tropfte auf den Boden, dunkel, fast schwarz.

Sein Vater wischte es fort und besah sich die Hand. »Glatter Durchschuss«, murmelte er. Dann goss er Jod darüber. Es brannte so heftig, dass Salvatores Herz sich zusammenzog. Als sein Vater ihm den Druckverband angelegt hatte, zog er ihn auf die Füße.

Wieder hielt er ihm die Pistole hin. »Schieß.«

Salvatore schnappte sich die Waffe, es war ein Reflex. Im nächsten Moment zielte er auf seinen Vater. Seine rechte Hand zitterte, sein Herzschlag pulsierte im Takt mit dem Schmerz.

Sie standen sich gegenüber, keinen Meter entfernt. Seelenruhig wartete sein Vater ab, schlug ihm nicht die Waffe aus der Hand, wehrte sich nicht. Er sah ihn nur an. Und Salvatore spürte, wie er mit sich kämpfte. *Du bist mein Sohn. Mein Nachfolger.* Eine Woge aus Hass brandete in ihm auf, stieg höher, erfasste ihn und brach sich in einem gequälten Schrei.

Dann entsicherte er, und er schoss. Schoss auf den am Boden liegenden gefesselten Mann. Schoss ihm den halben Kopf weg und hoffte, dass er sofort tot war.

»Ich bin stolz auf dich«, sagte sein Vater. »Lass uns fahren. Ein Arzt sollte sich deine Hand ansehen.« Er ging voraus, zum Wagen.

Und Salvatore folgte ihm, betäubt von dem Schmerz in seiner Hand, in seiner Seele, und er spürte, wie etwas in ihm unwiderruflich zerbrach.

26

Als der Wecker klingelte und Di Bernardo die Augen öffnete, fühlten sie sich an, als hätte der Scirocco feine Sandkörner hineingeweht. Er kämpfte gegen den Impuls an, die Lider gleich wieder zu schließen. Um nicht wegzudämmern nach der kurzen Nacht, griff er nach seinem Handy.

Giorgia hatte ihm ein *Schlaf gut* geschickt, vergangene Nacht, das hatte er gar nicht mehr mitbekommen.

Ehe er sichs versah, tippte er eine Nachricht an sie.

Dass du mich angerufen hast, bedeutet mir … Er stockte, ihm fiel nichts ein. Was bedeutete es ihm? *… sehr viel.*

Bevor er es sich anders überlegen konnte, drückte er auf Senden, stand auf und ging hinunter in die Küche, um die Mokkakanne auf den Herd zu stellen. Als pfeifend Dampf durch die Ritze des Deckels drang, sog er den Duft tief in sich auf, und langsam klärten seine Gedanken sich. Er würde Amelia Capponi befragen, die hoffentlich schon vom Tod ihrer Chefin erfahren hatte, und Del Pino weiter auf Rampini ansetzen. Del Pino … er hatte tapfer durchgehalten gestern, auch wenn der Schock der Explosion ihm gewiss noch in den Knochen steckte.

Eine Viertelstunde später stand Di Bernardo vor seinem Kleiderschrank und suchte nach der rostroten Krawatte zu dem granitfarbenen Anzug und dem weißen Hemd. Giorgia hatte sie ihm geschenkt, in ihrem letzten gemeinsamen Sommer. Nach der Trennung hatte er die Krawatte nie wieder getragen.

Er fand sie in einer Schachtel ganz hinten im Schrank. Einen Atemzug lang stand er einfach nur da, überwältigt von dem Gefühl, das ihn überkam. Das war es doch, was sie alle verband … Ob Federica und Gaia, Cristina, Emile, Azzaria, Gambill … Dieses Gefühl, das es einem unmöglich machte, einander auszuweichen, das einen verletzlich machte, gegen jede Vernunft handeln ließ … Auch Giorgia und ihn … Er schüttelte den Kopf und verscheuchte diese Gedanken. Er interpretierte mal wieder viel zu viel in alles hinein. Die Krawatte passte einfach zu der Farbe seines Anzugs, frischte das ewige Grau auf.

Er richtete den Knoten vor dem Spiegel, und bevor er einen klaren Gedanken fassen konnte, knipste er ein Foto, auf dem weder sein übermüdetes Gesicht mit den geröteten Augen noch sein Bauchansatz zu sehen waren, dafür aber die Krawatte, und schickte es Giorgia.

Kaum hatte er es abgesendet, griff er sich an den Kopf. Das war peinlich!

Das Herzchen, das Giorgia zurückschickte, machte es nicht wirklich besser. Er führte sich auf wie Alberto mit zwölf, als er in dieses Mädchen aus seiner Klasse verschossen gewesen war, das durch seine feste Zahnspange hatte pfeifen können.

Verschossen, war er denn verschossen? Himmel, er sah sein naiv grinsendes Gesicht im Rückspiegel, als er den Wagen aus der Parklücke steuerte, und konnte nur hoffen, dass er nicht wieder in irgendetwas Dummes hineinschlitterte. Letztlich verstand er die Frauen nicht. Oder war der Frau noch nicht begegnet, die er verstand. Camilla, vielleicht, dachte er und spürte die vertraute Last der Traurigkeit, die ihn viel zuverlässiger begleitete als das flüchtige Glück.

Auf dem Ponte Garibaldi staute sich der Verkehr, wie jeden Morgen. Zu seiner Rechten kam die Tiberinsel in Sicht. Sein

Blick fiel auf die beiden Brücken, die von den Ufern aus die Flussinsel im Klammergriff hielten, als wollten sie verhindern, dass sie sich befreite und davondriftete.

Auch Emile hatte sich befreit, aus dem zweifachen Klammergriff Cristinas und Azzarias. Er war den beiden entglitten, um sein Glück woanders zu suchen. Was Amelia wohl davon wusste? Er konnte nur hoffen, dass sie bereit war zu reden.

Als er sich um zwanzig vor acht seinem Büro näherte, war die Tür einen Spalt weit geöffnet. Im Besucherstuhl saß Amelia und weinte, Del Pino hatte sich mit der Taschentuchbox neben sie gekniet und redete beruhigend auf sie ein.

Di Bernardo trat ein und reichte der jungen Frau die Hand.

»Guten Morgen und danke, dass Sie gekommen sind.« Er machte eine kurze Pause. »Dann wissen Sie inzwischen Bescheid?«

Amelia sah ihn an und nickte dann bloß.

»Es tut mir sehr leid«, meinte di Bernardo.

»Ich ... ich bin schuld, dass sie tot ist«, sagte Amelia schluchzend.

»Nein, das sind Sie nicht«, versuchte Del Pino die junge Frau zu beruhigen. Und an den Commissario gewandt fuhr er fort: »Sie fühlt sich schuldig, weil sie am Abend nicht noch mal hingegangen ist.«

Di Bernardo nahm hinter seinem Schreibtisch Platz und gab Del Pino mit einer Geste zu verstehen, sich auf den Stuhl neben Amelia zu setzen.

»Wir alle fühlen uns schuldig, Signora«, sagte er dann. »Wir alle hatten das Gefühl, dass Signora Gallois labil war und in keinem guten Zustand ...«

Amelia sah auf, ein fragender Ausdruck auf dem schmalen Gesicht. »Denken Sie etwa auch, sie hat sich etwas angetan?«

Di Bernardo hob beide Hände. »Lassen Sie uns von vorn beginnen, bitte. Seit wann waren Sie Signora Gallois' Assistentin?«

Amelia putzte sich die Nase. »Ich habe nach meinem Abitur bei ihr angefangen. Eigentlich wollte ich nur mein Studium finanzieren …«

»Was wollten Sie denn studieren?«

Sie seufzte. »Innenarchitektur. Cristina fand jedoch, dass das ohne Beziehungen wenig Sinn machen würde. Eine brotlose Kunst, hatte sie gesagt … Ich weiß auch nicht … Vielleicht hätte ich mich mehr dahinterklemmen sollen, dann stünde ich jetzt nicht ohne alles da.« Sie ließ die Schultern sinken.

»Das heißt, Sie haben die Pläne zu studieren aufgegeben und stattdessen ausschließlich als Assistentin bei der Duchessa gearbeitet? Wie lange war das?«

»Im Juli wären es fünf Jahre.«

Di Bernardo überschlug ihre Angaben. Dann mochte Amelia um die vierundzwanzig sein, auch wenn sie älter auf ihn wirkte. Er hätte sie mindestens auf Ende zwanzig geschätzt. Fünf Jahre bedeuteten auch, dass sie die Geschichte mit Azzaria mitbekommen hatte. Sie war eine wichtige Zeugin, er musste behutsam vorgehen.

»Das ist eine lange Zeit, da lernt man einander schon kennen«, fuhr er fort. »Wie war denn das Arbeiten im Hause Gallois?«

Amelias Miene war schwer zu deuten. »Manchmal ganz toll«, sagte sie. »Besonders, wenn es um die Neuausstattung der Landsitze ging. Dafür war ich ja eigentlich angestellt worden. Um zu assistieren. Wir waren auf den Gütern der Familie Pantaleoni unterwegs, haben das Inventar gesichtet, Stoffe für Möbel und Vorhänge ausgesucht, die Palazzi eingerichtet …« Sie lächelte traurig aus ihren großen braunen Augen.

»Und wenn es nicht toll war?«, fragte Del Pino, um ihr auf die Sprünge zu helfen.

Amelia sah zur Seite, sie zuckte die Achseln. »Na ja, dann war ich mehr so ihr Dienstmädchen. Sie …« Amelia brach ab.

Di Bernardo lehnte sich vor und suchte ihren Blick.

»Bitte, erzählen Sie einfach frei heraus. Wir müssen verstehen, wie die Signora war. Wir sind auf Sie angewiesen.«

»Aber ich will nicht schlecht über die Duchessa reden …«

»Wir waren gestern dabei. Erinnern Sie sich nicht? Sie hat Sie von hier nach da zitiert, und auch wir dachten einen Moment, Sie wären das Dienstmädchen und nicht die Assistentin. Wenngleich man auch mit einem Dienstmädchen nicht so umspringen sollte, das kann man ganz offen sagen.«

Amelia lächelte traurig. »Sie war eben eine Duchessa und von früher noch ein völlig anderes Leben gewohnt. Ich bin keine adlige Hofdame, sondern ein ganz normaler Mensch, halt eine Stufe unter ihr, wenn Sie verstehen, was ich meine.«

»In etwa«, sagte Di Bernardo. »Und wie war das für Sie?« Für einen irrwitzigen Moment kam ihm der Gedanke, diese junge Frau könnte Cristina in den Pool befördert haben. Er bemerkte, dass Del Pino ihn genau beobachtete.

»Anfangs war es ziemlich ätzend. Aber in letzter Zeit war sie oft anders, so als würde sie in mir eine … na ja, nicht Freundin, aber vielleicht doch eine Vertraute sehen.«

»Mochten Sie sie?«

Amelia rieb sich die Stirn. »Schon, ja, wirklich. Aber … ich weiß nicht, ob ich das sagen darf …« Di Bernardo nickte, und sie fuhr fort. »Eigentlich tat sie mir leid. Sie kam mir vor wie einer dieser armen Vögel, die in einen winzigen Käfig gesperrt werden, der den Sommer über draußen hängt. Sie singen, aber sie dürfen nie fliegen. Ich werde ihr nie vergessen, wie sie zu mir gehalten hat, als … Ach, egal, das ist nicht wichtig.«

»Als was?«

Amelia wand sich.

»Signora ...«

»Ich hatte Probleme mit meinem Freund. Also, meinem Exfreund. Er ... er hat mich geschlagen.« Sie sah verschämt zu Boden. Di Bernardo merkte, wie Del Pino sich unwillkürlich breiter machte, als wollte er die junge Frau beschützen.

»Und die Duchessa?«

Amelia ließ die Hände müde in den Schoß sinken. Mit einem Mal verstand Di Bernardo, warum sie älter wirkte und nicht so unbekümmert, wie man sich das für eine junge Frau wünschte.

»Cristina hat ihren Anwalt beauftragt, damit mein Ex sich mir nicht mehr nähern darf. Und sie hat einfach die Kaution für mein neues Apartment bezahlt, damit ich ausziehen konnte. Wir haben damals viel gesprochen, wie das ist mit Gewalt in Beziehungen ...«

»Wie heißt der Kerl?«, fragte Del Pino. »Ich ...«

Di Bernardo brachte ihn mit einem Blick zum Schweigen. Das hätte ihm noch gefehlt, dass sein Ispettore ritterliche Gefühle für eine Zeugin entwickelte.

»Hat sie mit Ihnen auch über ihre eigene Beziehung geredet?«, fragte er.

»Wie soll ich sagen ... Sie hat mich schon manchmal behandelt wie eine Vertraute.«

»Eine Vertraute, die sie für Sie aber nicht war?«

»Na ja, manchmal schon. Aber wenn sie getrunken hat, dann ... dann hatte sie sich nicht mehr im Griff, dann wurde sie ausfallend.«

»Und das konnten Sie nicht leiden.«

Amelia schüttelte den Kopf. »Überhaupt nicht.«

»Und was haben Sie getan, wenn sie ausfallend wurde?«, drängte er.

»Ich bin dann einkaufen gegangen oder mit dem Hund raus. Wenn ich zurückkam, hatte sie sich meist beruhigt oder geschlafen.«

»Sie sollten gestern den Hund mitnehmen – passierte das häufig?«

»Ja, fast jeden Abend, seit ich alleine wohne. Die Kleine ist zwar kein Wachhund, aber ein ziemlicher Kläffer.«

Di Bernardo ließ die Schultern sinken und spürte, wie seine Anspannung sich ein klein wenig löste. Der Gedanke, dass Cristina in seinem Beisein den Hund wegorganisiert haben könnte, weil sie bereits ihren Suizid plante, war ihm unerträglich gewesen. Der Antwort auf die Frage aber, ob es denn ein Suizid oder ein Unfall gewesen war, war er noch nicht nähergekommen. Dass Amelia etwas mit ihrem Tod zu tun haben könnte, hatte er fürs Erste wieder verworfen. Er würde die Geschichte mit dem Freund dennoch überprüfen.

»Gut«, sagte er, eine Spur energischer. »Ich möchte gern, dass Sie uns alles erzählen, was Sie über die Beziehung des Ehepaars wissen. Keine Sorge, einiges wissen wir bereits, und natürlich bleibt das alles unter uns. Aber tun Sie mir und vielleicht auch Cristina den Gefallen, und reden Sie ganz offen.«

Amelia nickte. »Dann wissen Sie, dass Emile sich von Cristina trennen wollte?«

Di Bernardo nickte nur und bedeutete ihr mit einer Geste weiterzusprechen.

»Cristina hatte eigentlich gehofft, es würde zwischen ihr und Emile einen Neuanfang geben, denn mit seinem früheren … äh, Freund, also, diesem Dirigenten, lief es offenbar nicht mehr so toll. Aber dann war er plötzlich dauernd mit einem Engländer unterwegs, und das schien eine wirklich ernste Sache zu sein.«

»War Emile denn oft zu Hause, wenn auch Sie da waren? Was war er für ein Mensch?«

»Wenn er da war, dann meist oben, in seinem Stockwerk, und hat geübt. Er konnte wunderschön spielen.« Ihre Augen bekamen einen schwärmerischen Glanz. Das war wohl die Macht der

Musik, dachte Di Bernardo. »Wenn er spielte, dann standen wir oft unten an der Treppe und haben einfach zugehört. Es war so irreal, wenn er dann runterkam und irgendwelche ganz alltäglichen Dinge besprochen hat. Dass das Auto zur Inspektion muss und so … Das habe ich nie zusammengekriegt. Dass jemand, der so spielt, auch ein ganz normaler Mensch ist.«

Di Bernardo konnte sie nur zu gut verstehen. So war es ihm selbst mit Arabella ergangen, der Geigerin. Wenn diese Menschen in ihrem Spiel versanken, waren sie ganz in ihrer Welt. Und sie nahmen einen mit dorthin, und wenn das Spiel endete, wünschte man sich, man hätte auf immer dort bleiben können, in diesem Zauberland …

»Und Cristina?«, fragte er.

Amelia lachte. »Sie war genauso. Wenn Sie mich fragen, war sie von Anfang an in sein Spiel verliebt. Von dem Menschen hat sie ja nicht viel gehabt. Als ich bei ihr anfing, wohnten sie schon seit vielen Jahren auf getrennten Etagen. Sie … sie hat sich was vorgemacht, was ihn anging.«

Diesen Eindruck hatte auch Di Bernardo. Er dachte an sie, ihre kaum verhohlene Theatralik. Sie hatte in Fantasiewelten gelebt.

»Hatte sie denn damals, als Emile mit Azzaria zusammen war, Angst, er könnte sich von ihr trennen?«

»Nein, die hatte sie bis zum Schluss nicht.«

Di Bernardo runzelte die Stirn. »Aber nach allem, was wir wissen, hatte er vor, sich scheiden zu lassen, und hat ihr das auch klar gesagt.«

»Das hatte er, ja. Und das hätte er auch nur zu gern getan.«

»Aber Cristina weigerte sich, das zu glauben?«

»Sie weigerte sich nicht, sie wusste, dass er es nicht tun würde.«

»Was macht Sie da so sicher?«

Amelia knetete die Hände.

»Sagen Sie es uns. Das ist wichtig.«

Amelia holte tief Luft. »Ich habe einen Streit mit angehört, das war letzte Woche Donnerstag oder Freitag. Ich war im Büro, und die beiden standen im Flur.«

Di Bernardo zog die Brauen zusammen. »Und?«

»Es ging um die Scheidung, er hatte davon angefangen. Cristina sagte so etwas wie: ›Das werden wir noch sehen.‹ Und er darauf: ›Vergiss es. Das zieht nicht mehr bei mir.‹ Dann hat sie irgendwas geflüstert, und er ist aus dem Haus gerannt, hat die Tür zugeschlagen. Sie kam seelenruhig ins Büro und hatte dieses typische Siegerlächeln im Gesicht.«

»Und wie ging es dann weiter?«

Amelia zog die Stirn kraus. »Er kam nach so etwa zwei Stunden wieder, ist hoch und hat Rachmaninow geübt. Und sie stand da, im Flur, und sagte: ›Er wird es nie tun, mich verlassen.‹«

Di Bernardo strich sich über den Kopf. So ganz schlau wurde er daraus nicht.

»Was könnte sie denn auf den Gedanken gebracht haben? Dass er sie noch liebte?«

»Sie war doch nicht dumm, Commissario. Wenn ein Partner sich nicht wirklich für einen entscheiden kann – ich meine, wenn es ewig hin und her geht, erst die eine Affäre, dann die nächste, dazwischen mal wieder ein bisschen nett sein, nur um sich im nächsten Moment wieder zurückzuziehen … dann wird das nichts mehr. Das war auch Cristina klar.«

»Das kann man doch nie wissen«, entgegnete Di Bernardo etwas heftiger als gewollt. Hin und her und Affären und nicht entscheiden können und dann ein bisschen Süßholz, das erinnerte ihn eindeutig an Giorgia. »Warum soll das nichts mehr werden?«

Amelia sah ihn bedauernd an. »Wenn jemand nicht zu einem steht, dann fehlt die Liebe. Und Emile hat Cristina gewiss nicht geliebt, dafür lege ich meine Hand ins Feuer. Er hat auf seinem Flügel zärtlicher Staub gewischt, als er sie jemals angeschaut hat. Außer, sie waren in Gesellschaft, dann spielte er allen was vor.«

Di Bernardo erinnerte sich an die Fotos, die liebevollen Gesten. Alles nur Show?

»Sie war wie eine Mutter für ihn. Er mochte sie, aber die meiste Zeit war er für sich. Und wenn sie unangenehm wurde oder selbst Anstalten machte, sich von ihm zu befreien, dann war er plötzlich nett, hörte ihr zu, interessierte sich für sie, schrieb ihr eine Nachricht von der Probe, und schwupp, hatte er sie wieder am Haken.«

Di Bernardo mahlte unwillkürlich mit den Zähnen.

»Und dann hat er sich doch wieder mit seinen Jungs getroffen, oder wie?«, fragte Del Pino.

Amelia lachte leise. »So war's, ja.«

»Aber dann bleibt doch erst recht die Frage, Signora, was Cristina denn so sicher machte, dass er bei ihr bleiben würde?«

Amelia sah ihn an, als wäre er begriffsstutzig. »Na, weil sie ihn erpresst hat.«

27

Di Bernardo lief hinter Federica die Treppe der Questura hinunter zum Parkplatz.

»Ich habe Gaia Bescheid gesagt, sie kommt mit«, rief Federica über die Schulter. »Falls wir den Tresor öffnen müssen.«

Del Pino hinter ihm beschleunigte seine Schritte und überholte ihn.

Gaia Cabiz wartete bereits beim Fahrzeug der Spurensicherung, einen schweren Werkzeugkoffer zu ihren Füßen. Sie war eine auffallend hübsche Frau, mit schulterlangem naturblonden Haar und weit auseinanderstehenden grünen Augen.

»*Ciao* zusammen«, sagte sie. »Warum habt ihr es eigentlich so eilig?«

»Weil wir vielleicht eine Spur haben«, meinte Di Bernardo. »Wir wollen herausfinden, was Cristina Gallois in ihrem Tresor aufbewahrt hat. Um Emile zu erpressen.«

»Ich dachte, die beiden wären tot?«, meinte Gaia fragend.

»Genau. Zwei Tote und keine Spur. Bleibt zu hoffen, dass das, was wir finden, ein neues Licht auf Emiles Tod wirft.«

»Vielleicht auch auf Azzaria«, warf Del Pino ein.

»Azzaria?« Gaia sah irritiert in die Runde.

»Ich könnte mit den beiden Damen fahren und Signorina Capponi über alles in Kenntnis setzen«, bot Del Pino an.

»Ach, Roberto, das ist lieb, aber das übernehme ich«, sagte Federica und gab Gaia einen Kuss. »Außerdem, wenn Borghese erfährt, dass La Principessa eine gemeine Erpresserin ist, was meint ihr, was dann passiert? Der macht sich ins Hemd und verbietet uns glatt, weiter zu ermitteln.« Sie rieb sich die Hände. »Ach, herrlich, dieser Promitratsch. Abends mit einem Glas Bellini und einem Klatschblatt in der Badewanne, was gibt es Besseres?«

Di Bernardo musste unwillkürlich lachen. Die stilsicher gekleidete Federica mit der strengen Kurzhaarfrisur, dem wachen Blick und dem vorwitzigen Zug um den Mund sah eher aus, als würde sie das *Wall Street Journal* rauf und runter lesen und in ihrer Freizeit auf hochspekulative Termingeschäfte an der Börse setzen.

»Wir hatten es doch eilig«, sagte Del Pino und zog Di Bernardo mit sich zum Wagen. Kaum saßen sie drinnen, meinte er: »Puh, die beiden sind zusammen? Und ich wollte Gaia zum Essen einladen.«

»So wie ich Federica«, gab Di Bernardo zurück und zog die Schultern hoch. Beide brachen in Lachen aus.

»Der Commissario, sein Ispettore und die Frauen – eine Geschichte des Untergangs«, sagte Del Pino prustend.

Di Bernardo dachte für einen winzigen Moment an Giorgia. Amelias Worte hatten ein schales Gefühl in ihm hinterlassen. Vielleicht war wirklich nicht genug Liebe im Spiel. Von ihrer Seite nicht – und von seiner? Da war immer noch der Gedanke an Camilla.

»Was ist denn jetzt mit Gálinka?«, wollte er wissen.

»Ausgezogen, mit Sack und Pack und meinem neuen Flatscreen. Die Sache mit der Explosion hat sie komplett aus der Spur gebracht. ›Brauch ich nix Terroristen, kann ich gleich gehen Tschetschenien‹, so was in der Art hat sie am Telefon gesagt, als ich in der Notaufnahme lag.«

Di Bernardo schüttelte den Kopf. »Statt Sie zu unterstützen …«

»›Suchen andere Mann das besser.‹ Pfff. Sie war schon weg, als ich aus dem Krankenhaus kam. Sie hat mich nicht mal besucht.

Alberto war da. Sie haben mir geschrieben und gefragt, wie es mir geht.«

»Und wie geht es Ihnen jetzt, heute?«

»Jetzt hab ich Hunger«, sagte Del Pino und grinste. »Das Ohr wird schon heilen.«

»Und wegen Gálinka?«

Del Pino zog die Schultern hoch. »Nie wieder Borschtsch. Das steht auf der Habenseite.«

»Und auf der Sollseite?«

Del Pino sah angestrengt geradeaus. »Biegen Sie an der Piazza della Repubblica rechts ab, in die Via Cernaia. Das geht schneller.«

Di Bernardo setzte den Blinker und fuhr an den Thermen des Diokletian vorbei. Die Sollseite musste offenbar warten. Minuten später hatte er die Ausläufer des eleganten Quartiere Salario erreicht. Auch hier flog ihn überall die Geschichte der Stadt an. Aber heute war er nicht in Stimmung, sich in die Vergangenheit zu träumen. Seine Gedanken kreisten um Cristina, als wäre sie allein der Schlüssel zu Emiles Tod. Wer war sie wirklich gewesen? Nichts als eine Marionette ihrer Familie und Emiles? Die Marionette, zu der sie andere versucht hatte zu machen?

»Ich wollte Sie heute eigentlich auf Rampini ansetzen«, sagte Di Bernardo zu Del Pino, als sie die Villa Albani, mit der Torlonia-Sammlung eine wahre Schatztruhe der Geschichte, hinter sich ließen und sich Coppedè näherten.

»Ich war von mir aus schon mal so frei … Für die Fluggastdaten brauchen wir Borgheses Zustimmung, also bin ich auf Instagram gegangen. Sie hat heute Morgen Fotos gepostet und dazu den Text *Farvel, København,* das heißt irgendwas wie *arrivederci.* Es war eine ganze Serie mit Fotos, ich habe Riccardo gebeten, dass er sich die mal ansieht, wegen Datum und so. Auf einem Foto schien die Sonne, das gibt's da oben doch sicher nicht oft. Vielleicht kann er auf diese Weise herausfinden, ob sie durchgängig in Kopenhagen war.«

»Ausgezeichnete Idee«, sagte Di Bernardo. Del Pino war vertrauter mit den sozialen Medien, vermutlich hatte er das Flirten über den Chat viel besser drauf als er. Sein albernes Krawattenfoto fiel ihm ein. Was für Fotos Roberto an seine Gálinka geschickt hatte, wollte er lieber nicht wissen.

»Da ist schon unser Fröschebrunnen«, sagte Del Pino und deutete voraus.

Das Haus mit der gelben Fassade wirkte in dem diffusen Licht, das durch die sich zusammenballenden Wolken fiel, wie ein Fremdkörper. Am Absperrband wartete Amelia Capponi.

»Ich wusste nicht, ob ich einfach so reingehen darf«, sagte sie und blickte fragend vom Commissario zu Del Pino.

»Warten wir auf die Spurensicherung«, meinte Di Bernardo. »Sie sagten, dass quasi alle persönlichen Dinge auch durch Ihre Hände gingen. Sicher aber nicht das, was Cristina Gallois in ihrem Safe aufbewahrte.«

»Genau. Sie hatte ja nicht gerade viel Privatleben. Wenn Briefe kamen, wollte sie immer, dass ich sie ihr vorlese. Nur der Tresor war *privatissimo*. Einmal bin ich in ihr Arbeitszimmer gegangen, ohne anzuklopfen. Sie kniete vor dem großen Schrank, die Tresortür stand offen. Da ist sie fuchsteufelswild geworden.«

»Haben Sie etwas sehen können?«

»Nein, ich stand ja in der Tür. Danach hat sie den Schrank, in dem sich der Tresor befindet, immer abgeschlossen.«

»Und wo bewahrte sie den Schlüssel auf?«

»Ich schätze, in ihrem Schmuckkasten. Der war tabu, das hatte sie mir gleich am ersten Tag gesagt.«

»Und war er das auch? Tabu?«

»Absolut. So bin ich nicht. Es gab nicht viele Regeln, aber an die wenigen habe ich mich immer gehalten.«

»Also gut.«

Er warf einen Blick auf das Nachbarhaus. Das rote Licht einer Sicherheitskamera blinkte, immerhin mal keine Attrappe.

»Wenn wir hier fertig sind, sollten wir bei den Nachbarhäusern die Aufnahmen von gestern Abend anfordern«, sagte er leise zu Del Pino.

»Soll ich gleich rübergehen?«

Di Bernardo nickte in Richtung Straße. »Da kommt Federica. Der Tresor hat Priorität.«

Kaum dass sie geparkt hatte, verteilte Federica Handschuhe und Überzieher für die Schuhe, und sie betraten das Haus.

Die Stille, die ihnen entgegenschlug, war erdrückend. Binnen weniger als vierundzwanzig Stunden war dieses Heim zu einem Totenhaus geworden. Ohne jegliche Hinterbliebene wirkte das fantasievolle Innere so grau wie ein gestorbener Traum.

»Zeigen Sie uns das Schmuckkästchen und den Schrank«, bat Di Bernardo Amelia.

»Im ersten Stock, da waren ihre Räume.«

Sie folgten Amelia die gewundene Treppe hinauf. Die erste Etage war Cristinas Reich. Das Arbeitszimmer musste in einem der Türmchen liegen, es hatte zu drei Seiten hin Fenster. Ein riesiger Mahagonitisch stand in der Mitte, beladen mit Designzeitschriften und Katalogen, einem Klemmbrett voller Notizen und einem Packen Stoffmuster. Auf dem Sekretär bemerkte Di Bernardo ein Adressbuch und ein großformatiges ledergebundenes Notizbuch; es war aufgeschlagen. Als er näher trat, sah er die Skizze eines Raumes voll mit an den Rand gekritzelten Anmerkungen.

»Das sollte ihr nächstes Projekt werden«, sagte Amelia. »Ein Arbeitszimmer für ihren Onkel.«

»Den Priester?«

»Ja, die beiden standen sich ziemlich nahe in letzter Zeit.«

Di Bernardo nickte. »Und wo ist das Schmuckkästchen?«

»Im Sekretär. Da sind ihre persönlichen Sachen.«

Federica trat zu ihnen und öffnete den Sekretär. Der Schmuckkasten war weniger bombastisch, als Di Bernardo es für eine Duchessa erwartet hätte. Amelia deutete auf das Fach mit den Ringen. Darunter verbarg sich der messingfarbene Schlüssel.

Federica nahm ihn an sich und wandte sich dem Schrank zu, einem Monstrum aus Mahagoni mit aufwendigen floralen Schnitzereien. Mit einem Dreh hatte Federica ihn geöffnet. »Na, den hätten wir auch einfach wegrücken können«, sagte Del Pino und deutete auf die fehlende Rückwand. Der Schrank hatte den in die Wand eingelassenen Tresor verdecken sollen; er selbst war leer bis auf ein Tagebuch. Di Bernardo warf einen Blick hinein, es datierte auf das Jahr 2004. Da musste sie Emile kennengelernt haben.

Gaia kniete bereits neben dem Safe. »Ein Doppelbartschloss.« Triumphierend sah sie in die Runde. »Die liebe ich zu knacken.«

»Haben Sie irgendeine Ahnung, wo sich die Schlüssel befinden könnten?«, fragte Di Bernardo, an Amelia gewandt.

Sie schüttelte den Kopf. »Ich denke schon die ganze Zeit drüber nach. Vielleicht in ihrem Schließfach in der Bank.«

»Der Vatikanbank?«

Amelia nickte.

Di Bernardo überschlug ihre Möglichkeiten. »Und Sie kriegen das Ding auf?«, versicherte er sich bei Gaia.

»Klar doch. Fünf Minuten, maximal zehn.«

»Perfekt«, sagte Del Pino und reichte ihr den Werkzeugkasten. »Ein Dietrich?«

»Nein, der würde höchstens bei einem Zylinderschloss funktionieren. Damit halten wir uns nicht auf.« Sie griff nach ihrer Schutzbrille. »Bohrmaschine, Teleskopkamera, Winkelschleifer.« Suchend sah sie sich um. »Steckdose?«

Del Pino griff nach dem Kabel der Bohrmaschine. »Da drüben, hinter dem Vorhang.«

»Gut, dann mal los.« Sie warf einen Blick auf Amelia, Di Bernardo nickte kaum merklich. Diese Art der Polizeiarbeit brauchte keine zivilen Zeugen.

»Würden Sie mir die anderen Räume der Duchessa zeigen?«

Etwas widerwillig wandte sich Amelia von dem Geschehen am Tresor ab.

»Gleich gegenüber ist der Salon.«

Di Bernardo durchquerte den Flur und hatte das Gefühl, in ein Museum zu treten, so kostbar, so harmonisch und dabei so unpersönlich war das Wohnzimmer mit seinen Barockmöbeln. Einzig ein Barschrank mit zierlichen Beinen und einer Patina aus Blattgold fiel aus dem Rahmen.

Unterhalb des Fensters stand ein ebenfalls barocker Bibliothekstisch. Darauf lag eine ledergebundene Bibel.

»War sie gläubig?«, fragte er und strich über den Einband.

»Erst in letzter Zeit. Ein-, zweimal die Woche kam der Onkel vorbei, dann saßen sie hier bei einem Glas Portwein und unterhielten sich. Danach wirkte sie immer ziemlich gelassen, fuhr an den Tiber, um mit dem Hund spazieren zu gehen. Oder sie trafen sich in der Vatikanstadt im Französischen Garten. Sie besuchte gern die Andacht im Kloster Mater Ecclesiae.«

Di Bernardo konnte sich Cristina bildhaft vorstellen, wie sie mit ihrem Onkel durch die vatikanischen Gärten spazierte, vorbei an den Überresten der mittelalterlichen Befestigungsmauer und der Fontana dell'Aquilone, dem mächtigen Brunnen mit der künstlichen Grotte, die von einem Adler gekrönt wurde.

»Dionisio?«, rief Federica vom Flur aus in seine Gedanken hinein. »Kommst du mal kurz?«

»Bitte warten Sie hier«, sagte er zu Amelia, die ihm augenscheinlich am liebsten gefolgt wäre.

Gaia hantierte mit einem Teleskop, das sie durch ein Bohrloch ins Innere des Tresors eingeführt hatte.

»Viel ist nicht drin«, sagte sie und hielt ihm die Kamera hin. Di Bernardo erkannte eine große Schatulle und darunter eine Mappe oder ein Buch.

Gaia griff nach dem Winkelschleifer. »Zweitausendsechshundert Watt, in drei Minuten bin ich durch«, sagte sie grinsend. »Fedi, reich mir mal die feuerfeste Matte, wir wollen den hübschen Teppich doch nicht verkokeln.«

»Das Innere des Tresors möglichst auch nicht«, brummte Di Bernardo. Die unbekümmerte junge Frau mit dem Aussehen einer Elfe und dem Gehabe eines Einbrechers mit schwerem Gerät war ihm ein wenig suspekt. Anders als Del Pino, der vor Bewunderung glühte und nur zu gern das Kabel hielt.

Ein ohrenbetäubendes Kreischen ertönte, und Di Bernardo flüchtete in den Salon.

Amelia hatte indessen die Tür zum Schlafzimmer geöffnet, aus dem ihnen stickige Luft entgegenschlug. Di Bernardos Blick fiel auf das antike Bett. Der flaschengrüne Gobelin mit den goldenen Ornamenten fiel so schwer vom Baldachin hinab, dass er selbst niemals auch nur eine Nacht freiwillig darin verbracht hätte. Ein Bett zum Sterben und nicht zum Lieben, dachte er und ließ den Blick schweifen.

Der gruftartige Charakter des Raumes wurde noch verstärkt durch die unzähligen Bilder von Emile, der einen von jeder Wand tausendfach zu beobachten schien. Ihn schauderte.

»Kannst kommen«, drang Federicas helle Stimme erneut durch die Schwere, und er atmete unwillkürlich auf. Kurz nickte er Amelia zu. »Es tut mir leid, die Ermittlungen sind vertraulich.«

»Ja, natürlich. Wenn Sie mich brauchen … Ich warte dann im Wohnzimmer.«

Im Arbeitszimmer stand eine strahlende Gaia und hielt den Winkelschleifer wie eine Trophäe in der Hand. Del Pinos Shirt hatte Schweißflecken – was an der Arbeit mit der Brechstange liegen musste –, während Federica in den aufgebrochenen Tresor langte, um die Beute herauszuholen. Sie legte die Holzschatulle mit den Intarsien und die schwarze Mappe auf eine Schutzfolie auf dem Arbeitstisch.

»Die Schatulle zuerst?« fragte sie, und der Commissario nickte. »Sie ist verschlossen. Gaia?«

Ein kleiner Handgriff mit einem Stück Draht, und schon sprang das Kästchen auf. »Oh«, entfuhr es den beiden Frauen beim Anblick des Diadems und der Colliers auf dem roten Samt.

»Die Kronjuwelen«, sagte Del Pino.

Federica fingerte die einzelnen Teile heraus und hob das samtbezogene Kissen hoch. »Hier ist sonst nichts.«

Behutsam legte sie den Schmuck wieder an Ort und Stelle.

»Also die Mappe«, sagte Di Bernardo und konnte seine Neugier kaum zügeln.

Federica, die als Einzige die verteilten Schutzhandschuhe trug, platzierte sie mitten auf der Folie. »Fasst sie wenn möglich nicht an, ich will erst Fingerabdrücke nehmen. So finden wir immerhin heraus, ob Emile sie in den Händen hatte.«

Di Bernardo beugte sich über den Tisch, als Federica die Mappe vorsichtig aufschlug.

Zuoberst lag in der Größe der Mappe ein Foto im Querformat. Es war eine Schwarz-Weiß-Aufnahme und zeigte drei Jungen um die zwölf, höchstens vierzehn, in einem Garten. Im Hintergrund war ein terrakottafarben verputztes Landhaus zu sehen. Zwei der Jungen standen dicht beieinander, in Jeans und T-Shirt, mit gerecktem Kinn. Sie strotzten geradezu vor Selbstbewusstsein. Di Bernardo sah genauer hin, der Junge rechts mochte Emile sein, er glaubte den inzwischen vertrauten Zug um den Mund wiederzuerkennen. Noch weiter rechts hinten im Bild stand der dritte Junge in weißem Hemd und grauer Hose, mit ausdrucksvollen dunklen Augen.

»Der da links hält Noten in der Hand«, meinte Del Pino.

Di Bernardo beugte sich vor, doch er konnte nichts entziffern. »Lassen wir es vergrößern, vielleicht erkennen wir dann mehr.«

Wenn Cristina das Foto im Safe aufbewahrt hatte und nicht in ihrem mausoleumsgleichen Schlafzimmer, musste sie ihre Gründe dafür gehabt haben. Ob sie ihn wegen einer Jugendliebe erpressen wollte?

»Wer sind die beiden anderen?«, fragte Gaia.

»Steht vielleicht etwas auf der Rückseite?«, wollte Di Bernardo wissen. Federica hob das Foto an den Kanten an und drehte es um. »Nichts.«

»Dann sehen wir uns mal den Rest an.«

Unter dem Foto lag ein augenscheinlich älteres Heft. Das hellblaue Deckblatt trug eine Widmung in geschwungener Schrift.

8. Februar 1994

Per aspera ad astra!

An den zukünftigen Weltpianisten.

»Ein großer Komponist durchlebt eine schwere Krise mit Selbstzweifeln bis hin zur Depression. Dennoch gelingt es ihm, mit der Hilfe eines Freundes und dem Glauben an sich selbst das vielleicht schönste Klavierkonzert aller Zeiten zu komponieren.«

Ich wünsche Dir, dass auch Du über die rauen Pfade Deines Lebens zu den Sternen gelangst. Vertraue Deinem Talent, und verfolge Deinen Traum. Bringe Deine Gefühle und Empfindungen durch das Klavierspiel zum Ausdruck, und gib sie an Deine Zuhörer weiter. Lass Deine Seele durch die Musik sprechen. Dann erfüllst Du, was ich in Dir sehe und woran ich glaube.

Dein Lehrer
Marco Esposito

Darunter standen noch einige Worte in einer anderen Handschrift, grob und schwungvoll.

Und sollte ich es nicht erfüllen, werde ich zum Verlierer: als Pianist, als Musiker und als Mensch.

Was mochte das bedeuten?

»Soll ich umblättern?«, fragte Federica.

Di Bernardo nickte.

Unter dem Deckblatt befanden sich Noten, sie waren vergilbt. Er las die Überschrift.

Sergej Rachmaninow
Zweites Klavierkonzert op. 18 in c-Moll

»Das Stück, das Emile Gallois kurz vor seiner Ermordung gespielt hat«, sagte Di Bernardo und spürte, wie sich die feinen Härchen in seinem Nacken aufstellten.

Das konnte doch kein Zufall sein!

28

»Die Noten und das Foto sagen mir nichts. Das da muss der Schmuck der Mutter sein«, meinte Amelia und deutete auf die Schatulle. »Cristina hatte ihn geerbt, aber ich dachte, der läge in einem Tresor in der Bank.« Ihre Augen hatten sich gerötet, sie strich sanft über das Diadem. »Ich weiß nicht, ob sie es je getragen hat, sie hätte wunderschön damit ausgesehen …«

»Wissen Sie, wann und wie die Mutter gestorben ist?«

»Das war lange vor meiner Zeit hier. Auch vor ihrer Heirat. Das genaue Jahr weiß ich nicht auswendig, tut mir leid.«

»Und die Todesursache?«

Amelia seufzte. »Sie hatte immer depressive Episoden. Sie … sie hat sich vermutlich aus dem Fenster gestürzt.«

Sie saßen in dem kleinen Büro, das abends zuvor hell erleuchtet gewesen war. Draußen hatte es angefangen zu regnen. Dicke Tropfen prasselten gegen die Scheibe.

»Was ist denn Ihre Einschätzung? Meinen Sie, Cristina könnte ebenfalls den Tod gesucht haben?«

Amelia verschränkte die Hände ineinander. »Ganz sicher war sie phasenweise depressiv. Und sie nahm keine Medikamente. Sie sagte immer, sie wolle nicht so enden wie ihre Mutter, tablettensüchtig und alkoholkrank. Aber Selbstmord …«

»Sie haben Cristina erlebt, wenn sie betrunken war.«

»Oh ja.«

»Gestern Abend … halten Sie es für möglich, dass sie in betrunkenem Zustand hinaus in den Garten ging, einsam, niedergedrückt, und plötzlich das Gefühl hatte, alles nicht mehr ertragen zu können?«

Amelia schüttelte beinahe trotzig den Kopf, in diesem Augenblick wirkte sie so jung, wie sie mit ihren vierundzwanzig Jahren war. »Ich kann mir eher vorstellen, dass sie gefallen ist. Vielleicht hat sie sich ja den Kopf gestoßen und wurde bewusstlos …«

Di Bernardo nickte, er teilte ihre Ansicht, auch wenn es diesmal kein inneres Gefühl war, das ihm das einflüsterte, sondern reine Vernunft. Allein schon der Gedanke an die Gespräche mit dem strenggläubigen Onkel …

»Ich muss Sie abschließend noch etwas fragen. Können Sie sich vorstellen, dass Cristina Emile getötet hat?«

Die junge Frau sah ihn mit großen Augen an, machte den Mund auf, schloss ihn dann aber wieder. Abrupt stand sie auf und trat zum Fenster. Sie strich die Gardine zurück und öffnete einen der beiden Flügel. Das Prasseln der dicken Tropfen wurde lauter, der Duft von Regen drang herein. Sie wandte sich um.

»Commissario … Ganz ehrlich? Ich kann mir vorstellen, dass sie ihn auch gehasst hat. Aber wenn er ernst gemacht hätte, trotz der Sache, die sie gegen ihn in der Hand hatte und die ich nicht kenne … Ich glaube, sie hätte ihm eher gedroht, sich selbst umzubringen. Aber *ihn* töten?«

Di Bernardo dachte an die zertrümmerte Hand. Nach allem, was er von Amelia gehört hatte, hätte Cristina das nicht fertiggebracht. Sie hatte seine Musik und die Illusion, an der sie sich festhielt, viel zu sehr geliebt.

»Ich danke Ihnen, Signorina Capponi, Sie haben uns sehr geholfen. Hier ist meine Karte, falls Ihnen noch etwas einfallen sollte, melden Sie sich bitte …« Er nickte Del Pino zu und stand auf.

»Da ist noch eine Sache, dir mir gerade einfällt, Commissario …«

Di Bernardo hielt inne und sah sich zu ihr um.

»Cristina … sie war trotz aller Fantasiegespinste auch irgendwie pragmatisch. Sehr sogar. Sie hatte in den letzten Monaten diese Aids-Gala organisiert. Wir haben so viel Zeit und Mühe in die Sache gesteckt, in die ganze Planung und Organisation … und es haben sich ziemlich wichtige und auch berühmte Leute angekündigt. Das wäre ein Riesenerfolg für sie geworden. Wenn sie ihn … na ja, also, wenn sie ihn hätte umbringen wollen, dann hätte sie bis nach der Gala gewartet. Das konnte sie ja, warten. Da bin ich mir total sicher.«

»Das ist ein sehr wertvoller Hinweis«, sagte Di Bernardo und nickte. Unter dem Aspekt hatte er Cristina noch nicht gesehen, aber er vervollständigte das Bild, das er von ihr hatte.

Nachdem er sich von Amelia verabschiedet hatte, ging Di Bernardo allein die Treppen hinauf in das zweite Stockwerk. Das Musikzimmer erstreckte sich über zwei Räume und wurde von einem schwarzen Flügel dominiert. Di Bernardo trat näher heran. Der schwarz lackierte Korpus glänzte, es war kein Staubkorn darauf zu sehen. Ehrfürchtig betrachtete er die geschwungene Form des Flügels, sah auf die Tasten. Dass Menschen fähig waren, einem Instrument, gleich ob Geige, Klavier oder was auch immer, solche Klänge zu entlocken und Stimmungen zu erzeugen, die einen sanft davontrugen … das faszinierte ihn. Sein Finger schwebte über einer Taste, und in diesem Moment wünschte er sich, er hätte damals, in Lecce, ein Instrument gelernt, statt mit den Jungs auf dem Bolzplatz herumzuhängen oder bis tief in die Nacht hinein zu lesen, mit der Taschenlampe unter der Bettdecke. Eine verpasste Gelegenheit, die sich zu all den anderen in seinem Leben gesellte.

Er blickte sich um. Auf drei Chromregalen stapelten sich Noten und die Böden bogen sich förmlich unter ihrer Last. Auf einem Hochglanz-Sideboard gegenüber standen einige gerahmte Fotos. Di Bernardo trat näher. Cristina und Emile an ihrem Hochzeitstag, ein Foto, das er bereits in einer Zeitschrift gesehen hatte. Dann eines von Azzaria und Emile, beide im Frack, mit einem Orchester im Hintergrund. Ein weiteres privates Foto von Azzaria, auf einem Bootssteg, im Hintergrund das weite Meer … Und noch eines von den beiden als Paar, Di Bernardo erkannte Azzarias Terrasse mit der Engelsburg im Hintergrund … So viel hatte der Maestro ihm noch immer bedeutet?

Di Bernardo fotografierte es mit dem Handy ab, er würde es Azzaria zeigen. Er sollte wissen, dass er zumindest auf diese Weise Eingang in Emiles Reich gefunden hatte. Eine Aufnahme des Engländers suchte er vergebens – bis er die Wendeltreppe entdeckte, die in das Schlafzimmer unter dem Dach führte. Was für ein Kontrast zu den schweren Möbeln in Cristinas Gemach! Trotz der schrägen Wände war der Raum licht, mit dem schimmernden weißen Marmorboden und den weiß verputzten Wänden. Neben dem breiten, hellgrau bezogenen Bett stand ein gläserner Nachttisch, darauf ein silbergerahmtes Bild, nicht größer als zehn mal dreizehn Zentimeter. Di Bernardo nahm es in die Hand. Zwei Männer, Emile und Gambill, standen dicht nebeneinander an der Themse, im Hintergrund die Tower Bridge. Ein attraktives Paar. Gambill sah man durchaus an, dass er über zehn Jahre älter war; er wirkte sportlich, wenn auch etwas verknittert, und erinnerte mit den lachenden blauen Augen und dem braunen Haar an Hugh Grant. Dieses Bild war die einzige Dekoration in dem Raum, und das machte es so intim. Ob die beiden Männer glücklich miteinander geworden wären? Und was hatte es bloß mit dem anderen Foto auf sich, das Cristina im Safe verwahrt hatte?

Er ging wieder nach unten, trat ein letztes Mal zu dem Flügel. Die Partitur von Rachmaninow stand auf dem Notenbrett, er nahm sie in die Hand. Als er darin blätterte, fiel ein Notizzettel hinaus. Wenn er sich nicht täuschte, handelte es sich um Emiles Schrift, raumgreifend, schwer zu entziffern …

Wenn du zwei Menschen gleichzeitig liebst, wähle den zweiten, denn wenn du den ersten richtig lieben würdest, gäbe es den zweiten nicht. – Johnny Depp, las er. Über die gesamte Länge des Zitats prangte am Rand ein großes dickes Fragezeichen.

Ratlos drehte er den Zettel um, es war eine Schwarz-Weiß-Kopie des Plakates der Aids-Gala. Zwei Zeilen sprangen ihm ins Auge.

Emile Gallois – Ephraim Azzaria
Sergej Rachmaninow: Zweites Klavierkonzert op. 18 in c-Moll

Wieder Rachmaninow. Die Gala, die Cristina geplant hatte. Emile, der Azzaria dazugeholt hatte. Ein Werk, dessen Noten unten im Safe gelegen hatten, eine Drohung, ein Unterpfand Cristinas. Wo verdammt noch mal war die Verbindung? Emile – Cristina – Azzaria. Zwei waren tot. Wie sicher war das Alibi des alten Briefträgers?

Er legte die Noten beiseite und nahm den Notizzettel an sich, dann lief er die Treppe hinunter. Unten angekommen, hörte er, wie Federica mit Amelia redete, es ging um den Hund.

»Das ist prima, wenn Sie die Kleine behalten. Dann hat sie wenigstens noch eine Bezugsperson.«

Aus dem Augenwinkel sah er, wie Del Pino Amelia noch schnell seine Karte zusteckte. Er wirkte ertappt, als er den Blick des Commissarios bemerkte, und kam auf ihn zu.

»Was steht an?«, fragte er.

»Die Überwachungskameras der Nachbarhäuser. Können Sie das übernehmen und mit Federica und Gaia zurückfahren? Ich muss etwas erledigen. Wir sollten allerdings unter Borgheses Radar bleiben …«

»Also lieber Plauderton mit den Nachbarn statt strenger Cop.«

»Sie haben's erfasst.«

Sein Telefon klingelte, es war Fabio Ricci. Di Bernardo spürte einen Funken Hoffnung. Vielleicht hatte der Pathologe noch etwas Wichtiges gefunden. Er gab Del Pino ein Zeichen und machte sich auf den Weg zu seinem Wagen.

»Dionisio?«

»Ja?«

»Kommen Sie einen Sprung vorbei? Ich habe hier etwas, das wir besprechen sollten.«

***

Das Fünfzigerjahre-Gebäude des Istituto Medicina legale befand sich in dem Komplex der Università la Sapienza nahe der Via Tiburtina, einer der alten Römerstraßen, die in das antike Tibur geführt hatte. Es war ein quirliges Viertel nahe dem Bahnhof, mit zwielichtigen Ecken, doch jeder Menge Parks und einem botanischen Garten.

Die Pathologie war ganz so, wie Di Bernardo sie sich immer schon vorgestellt hatte, kühl, weiß gefliest und voll Übelkeit erregender Gerüche.

Ricci sprach gerade in sein Diktiergerät, als der Commissario den Untersuchungsraum betrat. Auf dem Tisch lag Cristina Gallois' Leiche. Er konnte sich gegen die unterschiedlichen Gefühle nicht wehren, die ihn bei diesem trostlosen Anblick übermannten: Schuld war dabei, Mitleid und auch Ekel angesichts des obduzierten Körpers.

»Gut, dass Sie da sind«, sagte Ricci und bedeckte den Leichnam vom Hals abwärts mit einem blauen Tuch, wofür Di Bernardo ihm dankbar war. Der Dottore war keiner der Pathologen, die neben einer Leiche standen, Witze rissen und ihr Salamibrot aßen. Auch dafür war er ihm dankbar.

»Sehen Sie«, sagte Ricci, und Di Bernardo folgte seiner Aufforderung. »Die linke Seite des Kopfes weist starke Schädelprellungen auf. Nebenbei, solche Verletzungen allein bewirken in der Regel noch keine Bewusstlosigkeit. Aufgrund der Art der Hämatome habe ich den Schädelknochen untersucht und mehrere Risse im Schädeldach gefunden. Hier.«

Wie Di Bernardo befürchtet hatte, hob der Arzt einen Teil der Kopf- und Gesichtshaut an, sodass der seitliche Schädelknochen zum Vorschein kam. Di Bernardo beugte sich widerstrebend vor, um sehen zu können, wovon Ricci sprach.

»Hier, hier und hier«, sagte der Arzt und deutete auf die entsprechenden Stellen.

Di Bernardo konnte in dem Gemenge aus geronnenem Blut, Geweberesten und Knochen nicht wirklich etwas erkennen, aber er nickte. Nicht, dass er noch näher herangemusst hätte.

Ricci klappte die Kopfhaut zurück, zog die Handschuhe aus und griff nach einem Röntgenbild.

»Darauf sehen Sie es noch besser.«

»Ahh, warum denn nicht gleich so, Dottore …«, ächzte Di Bernardo, dem vom flachen Atmen schwindlig geworden war.

»Ah, *scusi*«, sagte Ricci, dann deutete er mit einem Stift auf die Verletzungen des Schädels. Nun sah Di Bernardo auch, was er meinte.

»Kann sie gefallen sein? Oder sich den Kopf am Grund aufgeschlagen haben?«

»Na ja, dem Blutalkohol nach zu urteilen kann sie durchaus gefallen sein und es nicht wirklich mitbekommen haben. Sie könnte sich orientierungslos bewegt und dann aus Versehen ins

Wasser geglitten sein. Im Bericht steht, Sie hätten sie auf dem zwei Meter fünfzig tiefen Grund des Pools gefunden, parallel zum Beckenrand. Ich weiß nicht, wie man es fertigbringt, dort dermaßen fest mit dem Hinterkopf aufzuschlagen und dann mit dem Gesicht nach unten zu ertrinken. Aber möglich ist vieles.«

»Worauf wollen Sie hinaus?«, fragte Di Bernardo stirnrunzelnd.

»Worauf ich hinauswill, sind die multiplen Risse. Das war nicht ein Sturz oder Schlag, sondern mehrere.«

»Wie meinen Sie das?«

Ricci sah ihn ratlos an, dann erhellte sich seine Miene.

»Haben Sie schon mal versucht, etwas kaputtzuschlagen, und es klappte nicht? Sodass Sie es zwei-, dreimal gegen die Wand donnern mussten?«

Einen Moment war Di Bernardo sprachlos.

»Sie wollen sagen, Cristina Gallois wurde ermordet?«, fragte er dann.

»Ich würde sagen, es liegt im Bereich des Möglichen.«

29

Kaum hatte Di Bernardo das Gebäude der Gerichtsmedizin verlassen, rief er Del Pino an.

»Ich habe schon dreimal versucht, Sie zu erreichen, Commissario, Bor…«

»Hören Sie, Roberto«, unterbrach er seinen Ispettore. »Ich komme gerade von Ricci. Es gibt Neuigkeiten. Ich möchte Sie dabeihaben, wenn wir Magnaguagno ausquetschen.«

»Den Briefträger? Warum? Ist unser feuriger Maestro wieder im Spiel?«

»Möglicherweise. Ricci meint, Cristina könnte ermordet worden sein.«

Del Pino pfiff durch die Zähne.

»Es gibt da nur ein kleines Problem, Commissario.«

Di Bernardo runzelte die Stirn. »Risotto-Tag in der Kantine?«

»Nein, nein, das schmeckt hier sowieso nicht. Obwohl ich nichts gegen eine warme Mahlzeit einzuwenden hätte.«

»Himmel, Roberto, jetzt setzen Sie sich schon in Bewegung.«

»Liebend gern, Commissario, aber Borghese erwartet uns alle um dreizehn Uhr im Besprechungsraum. Sämtliche Ermittlungen am Fall ruhen bis dahin, es gibt neue …«

»Natürlich gibt es neue Hinweise. Von Ricci.«

»Ich glaube, es ist besser, Sie kommen her.«

Als Di Bernardo um zehn vor eins in sein Büro in der Questura trat, war Del Pino dabei, ihre bisherigen Ermittlungsergebnisse auszudrucken und die wichtigsten Punkte zu markieren.

»Haben Sie mitbekommen, was der Questore von uns will?«

»Ich habe nicht die geringste Ahnung. Aber er klang sehr bestimmt.«

Federica tauchte grinsend im Türrahmen auf. »Kommt ihr mit zu Borgheses Rede zur Lage der Nation? Ich hab Snacks dabei.«

Del Pino schnappte sich die Unterlagen. »Bin bereit.«

Der Besprechungsraum lag am Ende des Flurs und hatte die Atmosphäre eines Klassenzimmers, mit dem Stehpult vorne links vom Eingang und den Reihen mit abgenutzten hölzernen Tischen und Stühlen. Ganz vorne saß Campresi und hielt die Hände schützend über einem Packen Protokolle.

»Sichern wir uns Plätze in der letzten Reihe«, flüsterte Federica. »Vorn sitzen die Streber.«

Riccardo Magno kam herein und hielt direkt auf sie zu, kaum dass sie Platz genommen hatten.

»Commissario, ich habe da was, bei der Handyauswertung«, sagte er.

Di Bernardo sah auf. »Und?«

»Emile Gallois hat kurz vor seinem Tod eine Nachricht an Azzaria geschrieben, aber nicht mehr weggeschickt.«

»Was?«

Di Bernardo spürte, wie das Adrenalin seinen Körper flutete. Seine Muskeln spannten sich an.

»Gallois hat normalerweise WhatsApp genutzt, wie die meisten Italiener. Aber in der Konversation waren Lücken. Mir ist eingefallen, dass Azzaria ja teilweise in den USA lebt, dort chattet man hauptsächlich über den Facebook Messenger.«

»Sehr gut. Und weiter?«

»Nach allen uns bekannten Angaben muss er gleich nach

der Ankunft in seiner Garderobe sein Handy gezückt haben.« Riccardo holte einen Ausdruck aus seiner Mappe. »Er schrieb: ›Bitte, lass uns reden, wir …‹ Dann brach die Konversation ab. Er hat nicht mehr auf Senden gedrückt.«

»Weil Azzaria vor ihm stand«, sagte Del Pino.

»Weil sein Mörder vor ihm stand«, berichtigte ihn Di Bernardo. »Wir sollten sofort …«

»Sind wir vollzählig?«, ertönte Borgheses raumfüllende Stimme.

Federica klopfte auf den Platz neben sich. »Setz dich zu uns, Riccardo.«

Di Bernardo rutschte ein Stück, um dem Kollegen Platz zu machen. Dann sah er sich in den Reihen um. Vorne rechts neben Campresi erkannte er Salvatore Ciampi; die beiden hatten unermüdlich die Musiker, Besucher und das Saalpersonal befragt.

Die Tür ging auf, und da tauchten auch Franco und Ciccio auf, das Komikerduo. Der höchstens einen Meter sechzig große Franco hielt auf Borghese zu und schüttelte ihm kräftig die Hand, als sähe er einen lange verschollenen Freund endlich wieder. »Questore!«

Sein Partner, der hochgewachsene Cesare, genannt Ciccio, räusperte sich indigniert. Franco drehte sich zu ihm um, ohne Borghese aus seinem Klammergriff zu entlassen.

Federica grinste, holte eine Tüte mit bunt verpackten Schokoladentrüffeln hervor und hielt sie Dionisio, Roberto und Riccardo hin.

»Ah«, sagte Franco, der sie jetzt auch bemerkt hatte, und grinste über sein breites Gesicht. »Die verehrten Kollegen sind ja schon da.«

Borghese entzog ihm mit einem Ruck seine Hand, was den kleinen Mann zum Wanken brachte. Ciccio fing ihn ab und sagte: »Sie haben uns herbestellt. Wir haben tatsächlich etwas sehr Eigentümliches herausgefunden.«

»Jetzt bin ich aber mal gespannt«, flüsterte Del Pino und griff ein zweites Mal in die Tüte mit den Tartufi.

»Wir haben uns doch diese Kameraaufzeichnungen angesehen«, warf Franco ein. »Aus dem Parco della Musica.«

»Wie wir allerdings feststellen mussten«, fuhr Ciccio fort, »sind die meisten Sicherheitskameras Attrappen!«

»Ach ne«, sagte Riccardo trocken.

»Ach doch«, erwiderte Franco energisch in seine Richtung.

Ein Knall ertönte. Borghese hatte seine Notizen so heftig auf sein Stehpult niedersauen lassen, dass Franco nach hinten wich und in Cicccio hineinstolperte.

»Hinsetzen«, sagte Borghese.

»Ja, aber wir haben wirklich etwas Ei…«

Franco hielt inne, als Ciccio ihn vorne auf den Platz neben sich zog. Campresi schien wenig Freude an der Nähe zu haben und rückte ein Stück zur Seite.

»Wie in der Schule«, sagte Di Bernardo kopfschüttelnd.

Borghese räusperte sich. »Es gibt neue Entwicklungen in den Todesfällen des Ehepaars Gallois. Der Fall ist hiermit abgeschlossen. Aus dem Grunde werde ich die weiteren Aufgaben wie folgt verteilen …« Er blickte auf seine Notizen, während ein verständnisloses Raunen durch die Reihen ging.

»Hä?«, machte Del Pino und wischte sich das Kakaopulver aus dem Mundwinkel. Di Bernardo war ebenso perplex.

»Bei allem Respekt«, ertönte Campresis schnarrende Stimme. »Aber es gibt Neuig…«, fiel ihm Franco ins Wort.

»Ich sagte, der Fall ist abgeschlossen. Die Familie Pantaleoni bedankt sich bei Ihnen allen für die erstklassige Ermittlungsarbeit.«

»Entschuldigen Sie, Questore, aber da war doch vorhin dieser Kirchenmann bei Ihnen«, sagte Campresi.

»Ausgerechnet die Streber leisten Widerstand«, flüsterte Federica.

»Lassen Sie ihn doch einfach einmal glänzen«, sagte Di Bernardo. »Nur weil er einen Priester gesehen hat …«

»Scheint aber nicht so zu klappen, wie er sich das ausgemalt hat«, meinte Del Pino und klang durchaus schadenfroh.

Borghese war rot angelaufen. »Das war kein Kirchenmann, sondern Seine Hochwürdige Eminenz …«

»Monsignore Pantaleoni«, ergänzte Di Bernardo. »Daher weht also der Wind.«

Borghese ließ sich nicht beirren. »Campresi, Sie übernehmen den neuen Fall in Trastevere. Eine alte Dame, die auf dem Weg zum Altglascontainer überfallen wurde und im Krankenhaus verstarb. Ciampi, Sie assistieren. Anna schickt Ihnen die Einzelheiten von der Streife. Franco und Cesare, Sie kümmern sich um den Mord an dem Obdachlosen in der Stazione Termini und berichten an Granata.«

»Ja, aber wir haben doch …«

»Ich sagte, Sie untersuchen den Fall am Bahnhof. Di Bernardo und Del Pino, Sie kehren an die Spanische Treppe zurück. Zwei Tote und seit Wochen kein Fortschritt in den Ermittlungen. Magno, unterstützen Sie die beiden.« Er sah in die Runde, sein Blick blieb an Di Bernardo hängen. »Dionisio, in mein Büro.« Damit wandte er sich zum Gehen.

Di Bernardo stand auf und holte Borghese mit wenigen Schritten ein.

»Questore … was soll das Ganze?«

»Nicht hier«, zischte Borghese und wies auf die Tür seines Büros.

»Sie haben uns nicht mal angehört, keinen von uns«, fuhr Di Bernardo fort, kaum dass Borghese die Bürotür hinter sich geschlossen hatte. »Ich komme gerade von Ricci, es …«

»Hören Sie«, unterbrach ihn Borghese. »Uns sind die Hände gebunden. Anordnung von ganz oben.«

Er deutete auf den Stuhl gegenüber von seinem Schreibtisch und ließ sich seinerseits auf den Bürosessel sinken. Er wirkte ausgelaugt.

»Aber warum? Warum lässt man uns nicht ermitteln?«

»Das ist streng vertraulich, hören Sie? Kein Wort zu irgendjemandem. Die Familie der Duchessa geht davon aus, dass Cristina Selbstmord begangen hat. Das ist angesichts der Verbindungen zum Vatikan nicht das, was man gerne hört.«

»Nicht das, was man gerne hört ... ich fasse es nicht«, sagte Di Bernardo und schüttelte den Kopf.

»Es gab schon mal so einen Fall ... die Mutter der Toten. Man befürchtet wohl, dass die Geschichte von damals wieder ausgegraben und in der Presse breitgetreten werden würde.«

»Hat Ricci schon mit Ihnen gesprochen?«

Borghese verneinte knapp.

»Er sagt, es könnte ein gewaltsamer Tod sein.«

»Könnte, könnte ... Kommen Sie mir nicht mit Konjunktiven. Sie hatten zwei Tage, um zu ermitteln, und haben nichts anderes vorzuweisen?!«

Di Bernardo schoss das Blut in den Kopf. »Ich möchte doch sehr bitten.«

Borghese hob die Hände. »*Scusi.* Das war unangebracht. Aber hören Sie, die wollen die Familie schützen, und sie haben genug Einfluss, das durchzusetzen. Meinen Sie, für mich ist das angenehm, wenn das Innenministerium über meinen Kopf hinweg entscheidet?«

Wie Borghese sich fühlte, war Di Bernardo im Augenblick ziemlich egal. »Was ist mit Emile Gallois? Hat da niemand ein Recht zu erfahren, wer ihn getötet hat?«

Borghese hob die Hände.

»Jetzt kommen Sie schon, Questore …«

Borghese wand sich. »Man möchte nicht, dass Einzelheiten über Gallois' … nun ja, sexuelle Orientierung an die Presse gelangen. Außerdem befürchten sie wohl, dass Cristina etwas mit seinem Tod zu tun haben könnte. Das wäre fatal.«

»Sein Tod ist fatal!«, ereiferte sich Di Bernardo. »Das kann man denen doch nicht durchgehen lassen.«

Borghese atmete hörbar aus. »Sie wissen so gut wie ich, dass es doch so ist.«

Di Bernardo überlegte. »Was, wenn sich neue Entwicklungen ergeben?«

»Für heute zeigen Sie Präsenz an der Spanischen Treppe. Lassen Sie uns morgen noch mal sprechen. Aber halten Sie sich den Kollegen gegenüber bedeckt. Keine offenen Ermittlungen in dem Fall Gallois.«

»Ich soll mir also mal wieder die Beine in den Bauch stehen?«

»Gehen Sie auf Staatskosten mit Del Pino Kaffee trinken«, sagte Borghese und erhob sich.

»Den zahle ich selbst«, erwiderte Di Bernardo, stand auf und verließ grußlos das Büro.

Del Pino, Federica und Magno warteten bereits auf ihn.

»Und?«, fragte Federica. »Offener Widerstand oder geheime Revolte?«

»Für heute halten wir still. Roberto und ich sollen an der Spanischen Treppe Präsenz zeigen.«

»Ich könnte mich mal bei Campresi, Franco und Ciccio umhören, so ganz unter Kollegen«, sagte Riccardo Magno. »Wer weiß, was sie eben sagen wollten und nicht konnten.«

»Sehr gut. Aber nichts Schriftliches, keine Memos.«

»Alles klar. Schicken Sie mir die Details zu den Afrikanermorden? Dann lese ich mal quer und stöbere ansonsten in Gallois' Handy.«

»Sehr gut. Vielleicht können Sie mir das Chatprotokoll mit Azzaria schicken. Und mit Gambill. Und was Ihnen sonst noch auffällt.«

»*Va bene.*«

»Was ist mit den laufenden Untersuchungen der Spurensicherung? Muss ich die stoppen?«, fragte Federica, nachdem Riccardo gegangen war. Di Bernardo überlegte.

»Mach weiter, und wenn es Ärger gibt, sag, ich hätte wohl vergessen, die Untersuchungen abzusagen. Bitte schick mir alle Ergebnisse direkt an meine Adresse, bloß nicht zum Questore.« Er rieb sich den Nacken.

»Perfekt«, meinte Federica. »Also ab in den Untergrund.« Sie steckte Del Pino noch einen Tartufo zu und wandte sich dann zum Gehen.

»Ach, Dionisio, noch eine Frage – oder vielmehr eine Bitte …« Federica lächelte ihn so offen an, dass er schon jetzt wusste, er würde sie ihr gewähren.

»Gaia konnte ihre Wochenendschicht tauschen, und … na ja, es wäre unser erstes gemeinsames Wochenende.«

Di Bernardo verstand nicht, worauf sie hinauswollte. »Du fragst mich jetzt aber nicht, ob ich mit Roberto vorbeikomme und Händchen halte?«

Sie grinste. »Äh, nein. Also, Giorgia wollte am Wochenende eigentlich bei mir übernachten. Aber jetzt, na ja … Hättest du vielleicht Platz in deinem Haus? Ihr wolltet doch sowieso etwas zusammen unternehmen.«

So unschuldig, wie sie ihn ansah, hätte er schwören können, da steckte irgendein Plan dahinter.

Del Pino, der konzentriert gelauscht hatte, trat näher. »Da hat doch so ein nettes kleines Hotel aufgemacht, drei Straßen weiter. Warum übernachtet Giorgia denn nicht …«, begann er und verzog dann schmerzverzerrt das Gesicht.

Di Bernardo hätte schwören können, dass Federicas schmaler Absatz sich in Robertas Fuß gebohrt hatte. Aber da wandte sie sich schon zum Gehen. Über die Schulter rief sie noch:

»Sagst du ihr Bescheid, dass es klappt, oder ich?«

30

Müde streifte sich Di Bernardo die durchnässten Schuhe von den Füßen. Hätte er doch nur gewusst, dass er den heutigen Nachmittag an der Spanischen Treppe zubringen musste – ergebnislos und vermutlich nur, um den Pantaleoni den lebenden Beweis zu liefern, dass der mit dem Fall Gallois beauftragte Commissario die Ermittlungen eingestellt hatte und sich etwas anderem zuwandte.

Er hörte, wie Alberto die Treppe heruntergaloppierte. Schlitternd kam er vor ihm zu stehen.

»Papà, du bist ja schon zu Hause?!«

»Sieht ganz so aus, hm?« Di Bernardo lächelte und streckte sich. »Pasta?«

»Ich … äh … ich bin heute Abend zum Lernen verabredet.« Täuschte er sich, oder hatten sich Albertos Wangen gerade gerötet? »Aber es gibt Kekse«, fuhr sein Sohn fort, »guck mal in der Küche.«

»Kekse?«

»Citronelli. Hab sie gestern mit Laura gebacken.«

Laura?!

Di Bernardo lag ein »Ich dachte, du wolltest lernen« auf der Zunge, aber er verkniff es sich gerade noch. Coole Väter wussten, wann sie zu schweigen hatten.

Alberto drängte sich an ihm vorbei in die Küche. »Hier, koste mal.«

Di Bernardo biss in den Zitronentaler mit der cremigen Füllung. »Hm, lecker!« Das waren sie wirklich. »Und gelernt habt ihr auch?«, rutschte es Di Bernardo raus. Im nächsten Moment verfluchte er sich für den dummen Spruch. Zumal Albertos Miene leicht säuerlich wurde, und es lag nicht an den Keksen. »Ich meine, weil ihr ja gebacken habt«, schob er hinterher und griff sich an den Kopf. »Entschuldige. Dein Vater hatte keinen guten Tag.«

»Der Pianist? Macht er Ärger?« Alberto trat zwei Schritte näher und wischte ihm sanft über die Stirn. »Da klebte Puderzucker.«

Di Bernardo sog die Luft ein. Täuschte er sich, oder hatte Alberto etwas von seinem Rasierwasser benutzt? Er beschloss, darüber hinwegzugehen. Das Thema Rasur inklusive Rasierwasser war in dem Alter ein Minenfeld, so viel war klar. Da konnte er so viel falsch machen, dass Schweigen vermutlich die beste Lösung war.

»Inzwischen bin ich wieder bei den Afrikanermorden«, sagte er stattdessen. »Den Pianisten hat Borghese übernommen.« Er verzog gequält den Mund.

»Aber das ist gut, Papà, das ist richtig gut. Die Polizei sollte sich nicht nur um die reichen, einflussreichen Fuzzis kümmern, sondern auch um diejenigen, die keine Stimme haben. Sagt Laura auch.«

»Wie ist sie denn so, deine Laura?« Fehler, Fehler, rief es in ihm, du klingst wie deine eigene Mutter früher.

»Sie ist nicht *meine* Laura.«

Di Bernardo seufzte im Stillen. Genau das hatte er auch immer gesagt, wenn es um ein Mädchen ging.

»Ist sie in deiner Klasse?«

»Wir haben zusammen Mathe. Sie ist voll gut. Sei froh, dass sie jetzt mit mir Stochastik lernt. Dank ihr bist du gerade noch mal drum herumgekommen.«

»Und ich kriege Kekse«, sagte er und griff grinsend nach einem zweiten.

»Du kannst sie aufessen«, sagte Alberto großmütig. »Ich muss dann mal los. Äh, kann spät werden.«

»Klar. Wir sehen uns dann … hm … morgen.«

Im nächsten Moment hatte Alberto seine Tasche geschnappt, fuhr sich vor dem Spiegel noch mal durchs Haar und war auf und davon.

Mach keine Dummheiten, sagte Di Bernardo im Stillen. Nach seinen Beobachtungen hatte es bereits früher ein Mädchen gegeben, bevor Alberto endgültig zu ihm gezogen war. Glücklich verliebt hatte er nicht gewirkt, aber damals hatte er sich ihm noch nicht geöffnet. Es war ein sensibles Thema. Warum mussten sich Eltern immer einmischen? Vielleicht, weil sie wussten, wie weh die erste Liebe tun konnte …

Di Bernardo griff nach dem Teller mit Keksen, goss sich einen Orangensaft ein und setzte sich an seinen Laptop. Es war ungewohnt, allein im Haus zu sein. Alberto wollte über Pfingsten nach Lecce zu seinem Großvater, um mit ihm Latein für das Abitur zu lernen. Zum Glück blieb ihm das erspart, das und die Stochastik. Und jetzt würde ausgerechnet Giorgia bei ihm übernachten. Er war sich nicht sicher, ob das eine gute Idee war. Die emotionale Talfahrt, auf die ihn der abgebrochene Fall Gallois geschickt hatte, war schon aufreibend genug. Der Gedanke an Giorgias Nähe brachte ihn durcheinander. Ihre Handlungen folgten keiner Logik und waren schwer vorauszusehen. Gut möglich, dass sie ihm ihre neu erwachten Gefühle demonstrierte, nur um am nächsten Morgen – was? Ihm zu erzählen, dass sie eine Festanstellung in Mailand angenommen hatte? Nach Amerika auswanderte? Oder gleich nach Sibirien?

Er starte seinen Laptop und suchte nach Gallois+Azzaria. Er wollte die beiden gemeinsam musizieren sehen, um ein klareres

Gefühl für ihre Beziehung zu bekommen. Dass Emile noch so sehr an Azzaria hing, wie seine Sammlung an Fotos zu Hause zeigte, hatte ihn überrascht. Gleichzeitig war Azzaria so unberechenbar, dass Di Bernardo sich in einem Winkel seines Gehirns vorstellen konnte, dass er Cristina getötet und seine Fotos selbst aufgestellt hatte. Ein wahnwitziger Gedanke, das war ihm selbst klar.

Er schränkte die Suche ein auf das vergangene Jahr und klickte das erstbeste Klavierkonzert an, Nr. 23 von Mozart. Das Orchester begann, die Kamera zoomte auf Azzarias Gesicht, der hochkonzentriert wirkte und dabei ganz in sich zu ruhen schien. Dann zeigte das Bild die Streicher und blendete schließlich die Bläser ein. Di Bernardo musste grinsen, als er die Hornisten sah. Was die wohl zu hören bekommen hatten …

Die Musik schien leichte Kost zu sein, sie hatte nicht diese emotionale Gewalt Rachmaninows. Er spulte vor, immer noch Geigen, Flöten, aber kein Klavier. Dann endlich kam Gallois zum Zuge. Die Töne perlten förmlich von den Tasten, aber das war nicht das, was er suchte. Er spulte weiter, zum zweiten Satz. Jetzt hatte die Musik sich völlig verändert, sie wirkte nachdenklich, eine Spur traurig, und Di Bernardo lauschte gebannt. Emile wog sich mit der Musik, sein Mund öffnete sich leicht, und als das Orchester einsetzte, wechselten Azzaria und er einen Blick, als gäbe es nur sie beide auf der Welt. Erneut spielte das Klavier, und der Maestro schien das Orchester geradezu zur Sanftheit zu zwingen, sodass Di Bernardo den Atem anhielt. Die Musik hüllte ihn ein, sie schien aus einer anderen Sphäre zu kommen und trug ihn davon.

Noch zweimal spulte er zurück, um sich schließlich allein auf die beiden Künstler zu konzentrieren. Und als sich ihre Blicke am Ende des zweiten Satzes begegneten, sah Di Bernardo darin nichts als Liebe.

Er sah auf das Datum des Konzerts. Auditorium di Milano. November 2017. Da hatte Emile Timothy bereits gekannt.

Abrupt stand er auf, lief auf und ab. Die Musik hallte in ihm nach, er musste an Camilla und dann an ein Gedicht von Kavafis denken, das sein Vater so mochte, *Stimmen …*

Verklärte, liebste Stimmen derer,
die gestorben oder derer, die für uns
verloren sind gleich den Verstorbenen.
Manchmal sprechen sie zu uns in unsren
Träumen; manchmal, mitten in Gedanken vertieft,
hört sie der Geist.
Und mit ihrem Klang kehren für einen Augenblick
Klänge von unseres Lebens früher Poesie zurück –
wie Musik, des Nachts, die weit entfernt verebbt.

Wie die Musik verebbte auch der Fall, verebbte die Gerechtigkeit, verlor sich in dem Getriebe der Politik. Dabei wünschte Di Bernardo sich in diesem Moment nur eines: den Mörder jenes Menschen zu finden, der ihn mit seinem Klavierspiel der Realität enthob.

Sein Telefon klingelte und riss ihn aus den Gedanken.

Es war Giorgia. Er ließ es klingeln, brauchte einen Moment für sich. *Ruf dich in 20 Minuten zurück,* schrieb er. Als Nächstes öffnete er die Terrassentür, ließ den Geruch des Regens hinein und hörte ein letztes Mal den zweiten Satz des Klavierkonzerts.

»Pünktlich auf die Minute«, sagte Giorgia gut gelaunt, als er zurückrief.

»Ich war in Gedanken noch mit meinem Fall beschäftigt, entschuldige bitte.«

»Kein Thema. Du, Federica hat vorhin geschrieben, wegen des Wochenendes. Ist das denn auch wirklich in Ordnung für dich, wenn ich bei dir übernachte?«

»Ja, warum denn nicht?«, meinte er möglichst unverfänglich.

»Ich freue mich, sehr sogar«, sagte sie, ihre Stimme nun leiser, ein wenig tiefer. »Muss ich wieder im Gästezimmer schlafen?«

Di Bernardo wurde heiß und kalt. Das war es dann wohl mit »unverfänglich«. Er spürte einen Ansturm von Erinnerungen, der ihn aus der Bahn zu werfen drohte.

»Ich weiß noch ganz genau, wie du geatmet hast …«, fuhr sie fort. »Immer ein bisschen schwer, ein leises Seufzen …«

»Bist du sicher, dass das nicht dein Hund war?«, warf Di Bernardo ein. »Felice hat immer alle möglichen Töne von sich gegeben, wenn er geschlafen hat.«

Giorgia lachte, es klang etwas gequält. Di Bernardo dagegen war heilfroh, dass ihm der Hund in den Sinn gekommen war. Er fühlte sich, als hätte er nach einem kleinen Erdbeben endlich wieder sicheres Terrain erreicht.

»Bringst du ihn mit?«, fragte er.

»Felice ist gerade bei meinen Eltern. Zu viel Arbeit …«

»Wie geht es dir denn überhaupt in Mailand? Hast du spannende Projekte?«

Sie seufzte lang und deutlich hörbar. »Dionisio, die Arbeit interessiert mich gerade überhaupt nicht …«

»Bist du denn nicht zufrieden da oben? Geben die Lombarden dir keine guten Fälle?«

Einen Moment war es still in der Leitung. Er kannte diese Stille, sie war so … sprechend. Er hatte mal wieder etwas falsch gemacht, und anders als sonst wusste er diesmal genau, was.

Giorgia räusperte sich. »Ich glaube, du arbeitest zu viel, mein Lieber«, sagte sie sehr sanft. »Sicher bist du sehr verspannt. Vielleicht … vielleicht sollte ich dir am Wochenende den Nacken massieren, als Dank, dass ich bei dir übernachten darf …«

»Hmm«, machte er. Sie hatte recht, er war wirklich verspannt.

»Ich weiß noch, wie deine Haut sich anfühlt, am Hals«, flüsterte sie.

Di Bernardo spürte, wie seine Krawatte ihn einengte. Ihm wurde das eindeutig zu nah mit Giorgia.

»Was tust du gerade?«, fragte sie.

»Ich öffne meine Krawatte«, sagte er wahrheitsgemäß.

»Oh«, machte sie nur. Da wurde ihm klar, dass sie seine Worte falsch aufgefasst haben musste. Verdammt, was sollte er nur tun? Dann kam ihm ein rettender Gedanke.

»*Scusa*«, sagte er. »Ich glaube, ich habe gerade die Tür gehört. Ah, da kommt ja Alberto!«

Giorgia lachte. »Dann hören wir besser auf zu flirten. Sag ihm liebe Grüße. Bis ganz bald!«

Di Bernardo ließ das Telefon sinken und wischte sich den Schweiß von der Stirn. Jetzt schob er sogar schon Alberto vor, der sich in Sachen Mädchen hoffentlich geschickter anstellte als sein Vater.

Erst später, als er sich schlafen legte, kam ihm ein anderer Gedanke. *Verklärte, liebste Stimmen derer, die gestorben …* Vielleicht war es an der Zeit, die Vergangenheit ruhen zu lassen. Anders als Camilla, als Giovanni, als all die Fälle und auch als Emile war er noch am Leben. Vielleicht war es an der Zeit, dieser Lebendigkeit endlich wieder eine Tür zu öffnen. Und während er das dachte, griff er zum Telefon und rief Giorgia an.

31

San Luca, im Juni 1977

Die Sonne brannte so heiß, dass die Luft draußen über dem Asphalt flimmerte. Auch in dem hohen Musikzimmer mit dem Stutzflügel staute sich die Hitze, obwohl die Balkontür weit offen stand. Maria wischte sich zum wiederholten Male die Hände an ihrem geblümten Sommerkleid ab. Dann ließ sie die Finger über den Tasten schweben, schloss die Augen und begann Chopins Prélude in e-Moll zu spielen.

Die rechte Hand übernahm das Thema, und Maria verlor sich in der beseelten Melodie. Eigentlich war ihr heute viel mehr nach einem Walzer oder einer Mazurka zumute, oder einem perlenden Stück von Mozart, doch ihr Lehrer hatte darauf bestanden, dass sie den Anschlag der Akkorde verfeinerte. Und wie es schien, gefiel *ihm* das Prélude … Ihm, dem heimlichen Verehrer, der seit einer Woche an der Säule des Gebäudes gegenüber lehnte und ihr zuhörte, wenn sie nachmittags übte. Als sie kurz die Augen öffnete und hinausspähte, sah sie, wie er den Kopf mit dem vollen, dunklen Haar gegen die Säule lehnte, als würde die Traurigkeit des Stückes ihn durchdringen.

Während sie den Schlussakkord verklingen ließ, traf sie eine Entscheidung. Jungen, die klassische Musik liebten, gab es nicht viele, nicht hier in Kalabrien, wo sich alle Gespräche um den Handel mit Orangen, ums Auswandern oder um die Jagd drehten. Ehe ihre Vernunft sie davon abhalten konnte, stand sie vom Klavierhocker auf, trat wie zufällig auf den Balkon und zupfte ein bisschen an den Rosen herum. Aus dem Augenwinkel sah sie, wie er sich aufrichtete und ihr beinahe schüchtern zuwinkte. Sie erwiderte die Geste, eilte dann in ihr Musikzimmer, riss die Tür auf und lief durch den Flur zur Wohnungstür.

»*Ciao*, Mama, ich muss schnell zu Signora Cutrì, sie braucht heute Hilfe beim Waschen«, rief sie. Das war geschwindelt, aber nicht wirklich gelogen. Schließlich half sie der alten Frau dann und wann, und ganz besonders jetzt, wo sie die Schule beendet hatte und nichts tat außer Klavier zu üben.

Als Maria auf die Straße trat, stand er noch immer im Schutz der Säule, den Blick auf ihren Balkon gerichtet. Er mochte um die eins fünfundsiebzig groß sein, schlank, das weiße Hemd fiel locker über die Jeans und stand offen. Sie bemerkte den Anflug von Melancholie in seinem Gesicht und zugleich die Härte, die Anspannung. Eine vage Gefahr ging von ihm aus, sie machte ihn interessant, ja … Und mit einem Mal wusste sie, mit wem sie es zu tun hatte. Es musste Salvatore sein, der Sohn von Don Giuseppe. Ihr Herz pochte beinahe schmerzhaft, sie drehte sich um und legte die Hand auf die Türklinke, um schleunigst wieder im Haus zu verschwinden. Da rief er nach ihr.

»Warte doch …«

Sie drehte sich um, in seinem Gesicht war eine Mischung aus Unsicherheit und Strahlen, dass sie nicht anders konnte, als zu lächeln. Sie wusste, es war besser, nichts mit diesen Leuten zu tun zu haben. Aber sie blieb wie angewurzelt stehen und grinste auch noch. Logisch war das nicht und auch nicht klug.

»Du spielst wunderschön«, sagte er und kam noch einen Schritt näher. »Die kalabrische Tarantella neulich war toll! Aber heute, das e-Moll-Prélude von Chopin, das war … ich weiß nicht, ich hatte eine Gänsehaut.«

Maria errötete. »Du kennst Chopin?« Eine dumme Frage, warum sonst hätte er ihn erwähnt, aber sie war vollkommen durcheinander. Die Jungen in ihrer Schule hörten Keith Emerson und Umberto Tozzi, und sie mit ihrem Chopin, mit Debussy war überall die Außenseiterin. Das war bestimmt auch der Grund, warum noch kein Junge sie geküsst hatte, obwohl sie vergangenen Monat schon achtzehn geworden war.

»Ich liebe Chopin«, gestand er. »Besonders seine Balladen … die Nr. 4 in f-Moll.«

»Die mag ich auch«, sagte sie ein bisschen zu schnell, aber es stimmte wirklich.

»Ich würde gern hören, wie du sie spielst«, meinte er und lächelte sie an.

Sie errötete schon wieder, wie peinlich. »Sie ist noch ein bisschen zu virtuos für mich, aber die erste Ballade kann ich doch schon recht gut.« So langsam wünschte sie sich, ein Loch im Asphalt unter ihr würde sich auftun, in dem sie verschwinden könnte. Jetzt gab sie auch noch vor ihm an.

Er aber summte das Thema, und sie spürte, wie die Welt um sie herum Farbe annahm, wie die schäbigen Häuser strahlten, als wären sie frisch getüncht, in Dunkelgelb, der Farbe der Ballade.

Schräg über ihnen wurde ein Fenster geöffnet, die Nachbarin lehnte sich heraus, sodass ihr gewaltiger Busen über das Sims quoll, und blickte neugierig hinunter.

»Im Garten hinter der Chiesa di Santa Maria?«, flüsterte er. »In zehn Minuten?« Als sie zögerte, schickte er ein kaum hörbares »Bitte« hinterher.

Dann winkte er und wandte sich zum Gehen. Maria lief in die entgegengesetzte Richtung, bog links ab und dann noch mal, um den Hang zur Kirche hinaufzusteigen.

Der Kirchgarten war kaum existent, aber wenn man über das marode Mäuerchen hinter den Wunderbäumen kletterte, kam man auf einen von Bäumen und Büschen gesäumten Weg, der um den Hügel hinter der Kirche führte.

Er wartete schon am Mäuerchen und hielt ihr die Hand hin, um ihr hinüberzuhelfen.

»Ich habe mich dir noch gar nicht vorgestellt«, sagte er, während er noch immer ihre Hand umfasst hielt. »Ich bin Salvatore.«

»Ich weiß«, meinte sie und bemerkte den Schatten, der sich über sein Gesicht legte. »und ich bin Maria«, sagte sie schnell und hielt seine Hand fest, die er ihr hatte entziehen wollen.

Sie liefen ein Stück, an Erdbeerbäumen vorbei. Maria riss ein Blatt ab und fuhr den sägezahnartigen Rand mit dem Finger nach. Salvatore sah es und lächelte. Schließlich kamen sie zu einem Felsen, der von Korkeichen überschattet wurde. Dort setzten sie sich nebeneinander auf den Stein, und Maria spürte, wie Salvatores Nähe sie seltsam aufgeregt machte. Ihr Atem ging schneller, in ihr schien es zu prickeln. So hatte sie sich noch nie gefühlt. Er rückte so nah an sie heran, dass seine Schultern ihre berührten. Der Stoff seines weißen Hemdes rieb zart über ihre nackte Haut.

Ihr Blick fiel auf seine Hände, die Linke steckte in einer ledernen Bandage.

»Ich habe auch mal gespielt«, sagte er, als er ihren Blick bemerkte. Es klang so traurig, dass ihre Kehle eng wurde.

»Was ist passiert?«, fragte sie.

Er schüttelte nur den Kopf. Sie schmiegte sich an ihn und strich sanft über die lederne Bandage.

»Ich hätte dich gern spielen gehört«, sagte sie, ganz leise.

Da wandte er sich zu ihr um. Seine Züge waren voller Schmerz, doch während er sie ansah, wurden sie weicher, ganz weich. Sanft ließ er die Finger durch ihre roten Locken gleiten.

Glücklicher kann man gar nicht sein, dachte sie, als er sich ihr näherte, bis ihre Stirnen sich berührten und sein Atem sie streichelte.

Glücklicher kann ich gar nicht sein, dachte sie, als sie seine Lippen auf ihren spürte, als er sie küsste, sie berührte, sie aufhörte zu denken …

Wir hätten uns nie begegnen sollen, dachte sie, fast neun Jahre später, als das Inferno losbrach und nichts weiter in ihr entzündete als pures Entsetzen, bis sie auch das nicht mehr spürte.

32

Beschwingt stieg Di Bernardo am Mittwochmorgen aus seinem Wagen. Die Regenwolken hatten sich über Nacht verzogen. Dunst stieg von dem Pflaster und den Pfützen auf, in denen sich die Morgensonne spiegelte. Er nahm einen tiefen Atemzug, streckte sich und dachte bei sich, dass Glück letztlich eine Entscheidung war. Und zwar eine, die er vergangene Nacht für sich getroffen hatte.

Angesichts der vielen Stunden, die ihn und Roberto an der Spanischen Treppe erwarteten, trug er heute keinen Anzug mit Krawatte, sondern hatte sich für eine leichte Sommerhose, ein legeres weißes Leinenhemd und bequeme cognacfarbene Mokassins entschieden. Er hängte sich seine farblich zu den Schuhen passende Messengertasche um und machte sich auf den Weg in sein Büro, als er hinter sich einen schrillen Pfiff hörte.

»Warte!«, rief Federica und schloss zu ihm auf. Sie legte den Kopf schief und musterte ihn. »Gut siehst du aus. Deine Telefonate mit Giorgia stehen dir.«

Er lief rot an, als er ihr leises Grinsen bemerkte.

»Ihr redet ganz schön oft miteinander, oder, Giorgia und du?«

»Nein, nein, überhaupt nicht«, wiegelte er ab, und sie knuffte ihn in die Seite, bevor er in seinem Büro verschwand.

Auf seinem Schreibtisch lag eine aufgeschlagene Ausgabe des *Corriere della Sera*. Über die ganze Seite hinweg zog sich die fette Überschrift: *Tragischer Tod des Traumpaares.* Di Bernardo legte seine Tasche ab, warf die Espressomaschine an und beugte sich über die Zeitung. Seine gute Laune verwehte zusehends. Emiles und Cristinas Hochzeitsfoto nahm ein Viertel der Seite ein, darunter prangte ein glamouröses Bild der beiden, das in der Residenz der Pantaleoni aufgenommen worden sein musste. Er überflog den Text.

»... hinterhältiger Raubmord zerstörte jäh das Glück der beiden.« Sein Puls schoss in die Höhe. Hinterhältiger Raubmord? Was sollte das denn? Stirnrunzelnd las er weiter. *»Am Abend des 13. Mai schlich sich Stancu R., 42, hinter die Bühne des Sinopoli-Saales und lauerte Emile Gallois in seiner Garderobe auf, der an diesem Abend für eine Aids-Gala probte. Der rumänische Hilfsarbeiter überwältigte den Starpianisten, raubte ihm eine goldene Cartier-Panzerkette im Wert von 7400 Euro, die ihm seine liebende Gattin zum zehnten Hochzeitstag geschenkt hatte, und erschoss ihn kaltblütig. Um seine abscheuliche Tat zu vertuschen, sprengte er ein Auto auf dem Parkplatz des Parco della Musica in die Luft. Ein Ispettore der Questura, der an den Tatort geeilt war, wurde schwer verletzt ins Krankenhaus eingeliefert.«*

»Was meinen Sie, wie viel Schmerzensgeld kann ich bei dem guten Stancu herausschlagen?«, fragte Del Pino lachend.

»Ich fasse es nicht«, sagte Di Bernardo. »Das ist doch alles erstunken und erlogen. Die Panzerkette ... ich habe sie selbst am Hals des Opfers gesehen!«

»Und das behalten Sie mal schön für sich«, zischte Borghese und zog Del Pino in das Büro des Commissario.

Di Bernardo starrte ihn nur an.

»Hören Sie, ich habe nachgedacht«, begann Borghese.

»Ach ja?«

»Wenn Sie die Duchessa außen vor lassen, sollten Sie doch eigentlich weiter ermitteln können, zumindest im Fall Emile Gallois. Aber so, dass es keine Wellen schlägt.«

»Ich dachte, Sie hätten den Schuldigen schon gefasst«, ätzte Di Bernardo.

»Sie können den Tag auch gern an der Spanischen Treppe verbringen«, ätze Borghese zurück. »Nun kommen Sie schon, Sie hätten sich doch nicht wirklich aufhalten lassen, oder?«

Di Bernardo zuckte die Schultern. »Ganz ehrlich? Diese Heimlichtuerei ist doch Müll. Bei den Afrikanern dürfen wir wenigstens ungehindert ermitteln.«

Borghese seufzte und sah zu Del Pino. »Haben Sie was für mich?«

»Wir wollten eigentlich dem Dirigenten noch mal auf den Zahn fühlen.«

»Diesem Heißblut? Auf keinen Fall. Der hat heute schon bei mir angerufen und sich über den Artikel beschwert. Ich habe ihm gesagt, wir sind Polizisten, keine Journalisten.«

»Ach, sind wir das?«, ging Di Bernardo dazwischen. »Von wem hat dieser Redakteur denn dann die Infos für das unsägliche Geschmiere?«

Borghese schüttelte müde den Kopf. »Del Pino? Sonst noch eine Spur?«

»Wir dachten, wir statten diesem Esposito mal einen Besuch ab, Gallois' Klavierlehrer …«

Borghese zupfte sich am Kinn. »Und auf den sind Sie wie gekommen?«

Di Bernardo berichtete kurz von der Widmung auf dem Foto und fürchtete insgeheim, dass sie ihn bereits an die Demenz oder eine andere Krankheit verloren hatten, so alt wie er inzwischen sein musste.

»Hm, klingt interessant. Vielleicht weiß er Dinge über Emile, die wir noch nicht kennen. Sagen Sie ihm, dass Sie wegen ›abschließender Ermittlungen‹ kommen. Dass wir eine ganze Bande im Visier haben, die wir hochgehen lassen wollen.« Er warf Di Bernardo und Del Pino einen eindringlichen Blick zu. »Was immer Sie herausfinden: Jeder weitere Schritt wird mit mir abgesprochen. Ist das klar? Und dabei möchte ich Sie schützen, nicht mich. Wenn meine Karriere am Ende ist, in Ordnung, ich habe sowieso nicht mehr lange. Aber Sie beide können noch einiges auf die Beine stellen.«

Überrascht sah Di Bernardo ihn an.

»Ja, jetzt gucken Sie nicht so. Ich will am Ende des Tages auch in den Spiegel sehen können.« Mit diesen Worten verließ der Questore das Büro.

»Das hätte ich jetzt nicht gedacht«, murmelte Di Bernardo und reichte Del Pino einen Espresso.

»Ich auch nicht.« Roberto rührte Zucker in den starken Kaffee und trank die winzige Tasse in einem Schluck leer.

»Der Klavierlehrer hat eine Stadtwohnung in Primavalle und lebt ansonsten in Benevento in Kampanien. Ein Vögelchen hat mir gezwitschert, dass er gerade in Rom ist.«

»Was denn für ein Vögelchen?«

»Eines in Gestalt eines ewig hungrigen Ispettore vielleicht, der sich gestern Abend mal in den Bars in Primavalle umgehört hat?«

Di Bernardo lachte. *»Ottimo!«* Er warf Del Pino die Schlüssel seines Wagens zu. »Machen wir, dass wir davonkommen.«

Kaum hatten sie die Questura hinter sich gelassen, besserte sich Di Bernardos Laune, und er dachte nicht länger über Stancu R. und das ganze Theater nach. Wenigstens hatten sie nicht auch noch einen Afrikaner zum Sündenbock gemacht.

Er ließ sich auf den Beifahrersitz sinken. Aus einer Laune heraus stellte er Musik an, Mina mit »Volami nel cuore«.

Del Pino warf ihm einen kritischen Blick zu. »Wird heute irgendwas gefeiert?«

»Nein, wieso?«

»Na ja, weil wir so gute Laune haben.« Er lenkte den Wagen Richtung Villa Borghese und auf den Viale del Muro Torto, der sie durch die westlichen Ausläufer des Parks führte. Alles war in Grün getaucht, die Natur barst vor Leben.

»Was ist eigentlich mit Giorgia?«, fragte Del Pino betont gleichgültig. »Jetzt, wo Gálinka ausgezogen ist, hätte ich auch Platz …«

»Ah, danke, aber ich habe ja das Gästezimmer.«

»Hm. Alberto ist aber schon am Wochenende da, oder?«

»Nein, der fährt zu meinem Vater«, erzählte Di Bernardo leichthin. »Am Dienstag ist er zurück in Rom und lernt weiter, Stochastik und Mathematik mit Laura.«

»Laura?«

»Ja, das Mädchen aus seiner Klasse, seit Kurzem erzählt Alberto immer mal wieder von ihr. Ich hoffe, dass er sie mir bald vorstellen würde.«

»Cool!« Del Pino blinzelte verschwörerisch mit einem Auge. »Aber dann … ich meine am Wochenende, sind Sie ja ganz allein mit Giorgia?!«

Di Bernardo grinste. »Sieht so aus.«

»Ich könnte vorbeikommen und ein bisschen Gesellschaft leisten«, bot Del Pino an. »Das macht mir nichts aus.«

Di Bernardo lachte lauthals. »Roberto, also, das muss wirklich nicht sein.«

Del Pino schwieg konzentriert, und Di Bernardo meinte die Rädchen in seinem Gehirn rattern zu hören. Als sie am Tribunale di Roma vorbeifuhren, konnte Roberto seine Neugier nicht länger bezwingen.

»Dann ist das wirklich in Ordnung, wenn Giorgia Ihnen auf die Pelle rückt?«

»Und wie!«

»Oh, oh. So weit sind wir schon«, murmelte Del Pino und klang nicht gerade begeistert. Einen Atemzug lang ärgerte Di Bernardo sich über Robertos Reaktion; dann aber fiel ihm ein, wie sein Ispettore nach der Trennung über Wochen seine schlechte Laune ertragen und seine verletzte Seele bestmöglich gesalbt hatte.

»Ich pass auf mich auf, Roberto«, sagte er. »Aber es ist ein gutes Gefühl, einen Freund wie Sie im Hintergrund zu wissen.«

»Hat sie denn vor, wieder zurückzukommen?«

»Glücklich ist sie jedenfalls nicht in Mailand. Sie meinte, sie hätte es sich anders vorgestellt und würde uns alle vermissen. Aber wir warten jetzt erst mal das Wochenende ab.«

Di Bernardo lehnte den Kopf an das Fenster und ließ das Quartiere Aurelio mit seinen kleinen, zur Straße hin offenen Cafés an sich vorbeiziehen. Es war wenig los, hier fand das Leben erst abends statt, wenn die Pendler in ihr Viertel zurückkehrten.

Bald darauf passierten sie den Parco de Pineto, ein hügeliges Gebiet, das aufgrund seiner Ausdehnung und der dichten Vegetation die grüne Lunge Roms hätte sein können. Aber der Park klaffte wie eine offene Wunde am Rande der Millionenstadt. Drogensüchtige, Obdachlose und Kleinkriminelle hatten zwischen den dichten Brombeerhecken fadenscheinige Planen gespannt und marode Zelte aufgestellt; wenn man hier spazieren ging, lief man Gefahr, sich an dem Wildwuchs oder den liegen gelassenen Spritzen zu stechen. Es war kaum begreiflich, wie ein Gebiet darunter litt, wenn man es erst den Menschen und dann sich selbst überließ.

»Die reinste Müllhalde«, sagte Del Pino und nickte voraus. »Dabei könnte es so schön sein. Man kann von dort oben aus sogar den Petersdom sehen.«

»Eigentümliches Viertel«, sagte Di Bernardo. »War das nicht auch hier mit diesem schrecklichen Brand?«

Del Pino nickte. »Das Feuer von Primavalle. Ultralinke Terroristen haben in den Siebzigern nachts das Haus von Mario

Mattei in Brand gesetzt, des Anführers des neofaschistischen Movimento Soziale Italiano. Zwei seiner Söhne konnten nicht entkommen, man fand sie später verbrannt in inniger Umarmung.«

»Unfassbar, was Menschen einander antun«, murmelte Di Bernardo. Schwere legte sich über ihn, und plötzlich ärgerte er sich über seinen hochtrabenden Gedanken vom Morgen, dass Glück eine Entscheidung sei.

Als Di Bernardo an der Türglocke mit dem Namensschild M. Esposito klingelte, fühlte er sich seltsam unangezogen, so ganz ohne Krawatte. Es dauerte eine ganze Weile, dann öffnete sich das Fenster im ersten Stock, und ein grauer Haarschopf kam zum Vorschein.

»Sì?«

»Signor Esposito?«

»Der bin ich.«

»Kriminalpolizei. Wir würden gern mit Ihnen über Emile Gallois sprechen.«

Einige Atemzüge lang blieb es still. Dann hörten sie den älteren Herrn etwas brummeln, das Fenster schloss sich, und vielleicht eine Minute später ging der Türsummer.

Marco Esposito mochte Anfang bis Mitte siebzig sein, eine aufrechte, agil wirkende Gestalt mit wachen, hellbraunen Augen hinter dünnen Brillengläsern. Di Bernardo hatte sich also umsonst Sorgen gemacht.

»Kommen Sie doch herein«, bat er, nachdem er ihre Ausweise und die Polizeimarken studiert hatte, und führte sie in ein dunkles Wohnzimmer, in dem an der einen Wand ein schwarzes Klavier stand. Die Tastatur war zugeklappt, auf dem Schemel davor lag ein Stapel geöffneter Briefe. Irgendwie schien das Instrument verwaist, so als spielte keiner mehr darauf. »Nehmen Sie doch

Platz, bitte.« Esposito deutete auf die Sitzgruppe, deren graue Polster leicht zerschlissen waren.

Di Bernardo sah sich unauffällig um. Verglichen mit Emiles Villino war diese Wohnung nicht anders als schäbig zu nennen. Augenscheinlich machte es sich nicht bezahlt zu unterrichten, selbst wenn man ein solches Talent wie Gallois hervorbrachte.

»Ich bin nur selten hier«, sagte Esposito und hob entschuldigend die Hände, offenbar hatte er Di Bernardos Blick bemerkt. »Die meiste Zeit lebe ich in meinem Haus in Benevento. Dort steht auch mein Flügel.«

Di Bernardo nickte, seinetwegen brauchte sich der Mann nicht zu rechtfertigen. »Wie ich ja schon sagte, sind wir wegen Emile Gallois hier ... Sie haben ihn in seiner Jugend unterrichtet, oder?«

»Bis er zu studieren anfing, und später auch noch dann und wann.« Esposito nahm die Brille ab und rieb sich über die Augen. »Emiles Tod war ein großer Schock für mich. Wir hatten all die Jahre über noch Kontakt.«

»Wann haben Sie ihn denn zum letzten Mal gesehen?«

»Ach, das ist jetzt schon an die zehn Jahre her. Da wohnt man in derselben Stadt und schafft es doch nicht, mal einen Kaffee miteinander zu trinken. Wenn ich in Rom war, dann war Emile irgendwo auf der Welt unterwegs, und kaum war er hier, war ich in Kampanien. Man denkt ja immer, man hat noch Zeit. Was für ein Trugschluss.« Er schüttelte resigniert den Kopf.

Etwas war an der Sprechweise des Mannes, das Di Bernardo seltsam vertraut vorkam. Die Art, wie sich die Vokale am Ende jeden Wortes glichen, die eingeschobenen kleinen Laute ... Seine Härchen stellten sich auf. Er hätte schwören können, eine Spur Kalabrisch herauszuhören.

»Darf ich fragen, wie Sie Emile kennengelernt haben?«

»Das war in Florenz, Mitte der Achtzigerjahre. Nachdem ich meine Konzerttätigkeit beendet hatte, bekam ich eine Stelle als Dozent am Conservatorio Luigi Cherubini. Dort hörte ich von einem musikalisch hochbegabten Jungen, einem Schweizer, dessen Familie erst hergezogen war.« Sein Gesicht verzog sich zu einem traurigen Lächeln. »Emile war sechs, als ich ihn das erste Mal hörte. Er spielte mir in Anwesenheit seiner Eltern etwas vor, was war es noch mal für ein Stück ...« Esposito verlor sich in seinen Erinnerungen. Tränen bildeten sich in seinen Augen, er wischte sie mit einem großen karierten Stofftaschentuch fort.

»Hatte er denn Talent?«

»Oh ja, und ob. Das hatte er wohl von seiner Mutter geerbt.« Esposito seufzte. »Mütter ... Was die musikalische Laufbahn eines Kindes angeht, sind sie oft der Quell großen Ärgernisses, das sage ich Ihnen. Am schlimmsten ist es, wenn sie selbst einmal ein Star werden wollten und die Sprösslinge stellvertretend ihre Träume leben sollen.«

»Und das traf auf Signora Gallois zu?«

Esposito nickte. »Sie war extrem ehrgeizig. Das färbte natürlich auf den kleinen Emile ab.«

»Sie nahmen ihn dann als Schüler an?«

»Natürlich! Er war noch viel zu jung für das Conservatorio, also bekam er auf Wunsch der Eltern Privatunterricht. Er machte unglaubliche Fortschritte, so etwas erlebt man nur selten als Lehrer. Ich wollte ihm Zeit lassen, ihn zu nichts zwingen, auch mal Kind sein lassen. Aber der Wunsch zu spielen ging auch von ihm aus.«

»War er denn so eine Art Wunderkind?«

Esposito zuckte die Schultern. »Das Wort mag ich nicht so. Wenn man Kinder so früh dem Druck von Wettbewerben und öffentlichen Konzerten aussetzt, dann verbrennt man ihr Talent. Ich wollte stattdessen, dass Emile seines pflegte und zur rechten

Zeit erblühen ließ. Ich hatte nicht den geringsten Zweifel daran, dass er später mal zu einem exzellenten Pianisten reifen würde.«

Di Bernardo holte die Kopie des Fotos aus Cristinas Safe aus seiner Tasche.

»Dieses Foto befand sich im Haus der Gallois'. Ich würde sagen, der Junge in der Mitte ist Emile, oder?«

Er hielt dem alten Herrn das Foto hin. Eine Welle von Wehmut schien ihn regelrecht zu überschwemmen.

»Ja, das ist Emile. Dass er nicht mehr lebt …« Er griff nach dem Wasserglas, doch seine Hand zitterte zu stark.

Di Bernardo ließ ihm Zeit, sich wieder zu fangen. »Wer sind denn die anderen auf dem Foto?«, fragte er schließlich.

Esposito nickte in Richtung des Jungen rechts im Bild. »Bei ihm bin ich mir nicht sicher, aber der hier …« Er deutete auf den Jungen, der am linken Rand stand. »Emile war sieben, als dieser Junge hier zu mir kam. Die Eltern hatten sich getrennt, und die Mutter bat mich, ihren Sohn zu unterrichten. Er war sehr aufgeweckt und erzählte mir von Liszt und Rachmaninow. Ich glaubte meinen Ohren nicht zu trauen. Das ist in etwa so, als würde sich ein Junge in der ersten Klasse für die Antike interessieren und Altgriechisch beherrschen.«

»Ein interessanter Vergleich«, sagte Di Bernardo.

»Ja, aber er hinkt, denn was ich damals irgendwann begriff, war, dass Kinder bereits die Gefühlstiefe von Erwachsenen besitzen können, und das befähigt sie in der Musik zu diesem unglaublichen Spiel, während sie auch blind die Vokabeln einer toten Sprache lernen können. Wie er da auf dem Klavierschemel saß, die Beine noch zu kurz, um überhaupt an das Pedal zu kommen, und die Hände viel zu klein, um die Akkorde und Intervalle zu greifen … das werde ich nie vergessen. Er war hartnäckig, und als er mir ein Stück von Rachmaninow vorspielte, klang es auf eine Weise authentischer als bei meinen großen

Schülern, die technisch ausgereifter waren. Jedenfalls sagte ich zu, den Jungen zu unterrichten, und so war ganz unvermittelt ein zweiter Stern an meinem Pianistenhimmel aufgetaucht.«

»Was sagte Emile denn zu der Konkurrenz?«

»Ach, die beiden freundeten sich an, sie spielten Fußball, sie spielten Duette. Es war eine Freude. Damals, zu Beginn.«

»Und dann?«

Marco Esposito griff nach dem Wasserglas. Er hielt es so fest umfasst, dass seine Fingerknöchel weiß hervortraten.

»Signor Esposito?«

Besorgt beugte Di Bernardo sich vor. Der alte Herr schien am ganzen Körper zu zittern.

Del Pino trat zu ihm und fühlte seinen Puls.

Gequält sah Esposito auf. »Es geht schon wieder. Damals lief es ganz wunderbar. Doch ich habe die Zeichen nicht erkannt. Wahrscheinlich habe ich die Jungen von Anfang an viel zu viel gelobt. Und genau darin lag mein größter Fehler.«

»Aber was ist denn passiert?«

»Eine Tragödie.« Esposito wirkte wie versteinert. »Und wissen Sie was, Commissario, wenn ich darüber nachdenke, dann muss ich mich fragen, ob diese Tragödie heute nicht mit jener zusammenhängt …«

Di Bernardo richtete sich auf, sein Herzschlag hatte sich beschleunigt.

»Wie genau meinen Sie das?«

Im nächsten Moment klingelte es, und sie alle erschraken.

Esposito legte eine Hand aufs Herz. »Himmel, sie soll doch den Schlüssel benutzen. Das muss Stefania sein, die Krankenschwester. Ich hatte vor einigen Tagen einen Schwächeanfall, seither sucht sie mich jeden Mittag heim.«

»Soll ich sie hereinlassen?«, fragte Del Pino.

»Ja, bitte«, sagte Esposito, seine Stimme bebte noch immer.

»Ich möchte Sie nicht überfordern. Aber es wäre sehr wichtig, dass wir noch ein wenig mehr erfahren …«, begann Di Bernardo.

»Bitte kommen Sie doch am Nachmittag wieder, Commissario. Ich werde mich ein wenig hinlegen müssen. Drüben in der Bar gibt es einen guten Risotto, und auch die *secondi* kann ich Ihnen nur empfehlen. Und nach dem Essen kommen Sie zu mir.«

Esposito schien sich wieder etwas gefangen zu haben, Di Bernardo ärgerte sich über die Unterbrechung.

Die Schwester trat ins Zimmer, eine resolut wirkende Frau in den Vierzigern mit gewaltigen Oberarmen. Di Bernardo erinnerte sie eher an eine Gefängniswärterin.

»Wir sind schon so gut wie weg«, sagte Del Pino, als sie ihn mit einem strengen Blick bedachte.

Di Bernardo drehte das Foto und wollte es schon einstecken. »Eine Frage noch«, sagte er dann. »Wie heißt denn der Junge?«

Esposito sah auf den Jungen am linken Rand und dann an ihm vorbei, auf einen unsichtbaren Punkt auf der Wand.

»Andrea«, sagte er. »Andrea Rossi.«

Di Bernardo schreckte auf. »Rossi? Der Psychiater?«

Esposito verzog schmerzlich das Gesicht. »Ja, Rossi, der Psychiater.«

33

Die Bar in Primavalle hatte schon bessere Tage gesehen. Sie hatten drinnen bestellt und sich nach einem kurzen Rundumblick entschieden, lieber draußen zu essen. Da sorgte der Regen wenigstens für eine gewisse Grundreinigung. Di Bernardo wischte mit einer Serviette den Taubendreck vom Stuhl und verzog das Gesicht. Aber die Tonnarelli cacio e pepe dufteten herrlich nach Parmesan und Pecorino und waren großzügig mit frisch gemahlenem Pfeffer bestreut. Die einfachsten Gerichte waren oft die besten. Wenn Di Bernardo denn etwas runterbekommen hätte.

»Hätten Sie ihn auf dem Foto erkannt? Rossi, den Schwätzer?«, fragte Del Pino und drehte Eier-Spaghetti auf seine Gabel. »Ich jedenfalls nicht.«

Di Bernardo zog das Foto hervor. »Die Nase ist riesig. Der Junge sieht Rossi nicht wirklich ähnlich.«

»Vielleicht hat er sie operieren lassen«, meinte Del Pino und stopfte die nächste Gabel voll in den Mund. »Sollte ich vielleicht auch mal in Angriff nehmen.«

»Das lassen Sie mal schön bleiben. Sie sehen gut aus, so wie Sie sind.«

»Hm, sehr nett, aber danke, kein Interesse, haha. Der Satz aus dem Munde einer Frau würde mir deutlich besser gefallen.«

Di Bernardo schmunzelte, stocherte in der Soße und sah zu, wie der Käse Fäden zog. Dann ließ er die Gabel sinken. »Dieses Warten passt mir nicht. Esposito hat sehr emotional reagiert, ich wäre gern drangeblieben.«

»Er schien über die Unterbrechung ganz froh gewesen zu sein.«

»Den Eindruck hatte ich auch. Irgendwie bezweifle ich, dass er uns die ganze Wahrheit erzählt hat.«

»Kommt ja hoffentlich noch was«, sagte Del Pino kauend. Er schob den leeren Teller von sich und schielte auf Di Bernardos unangetastete Portion.

»Keinen Hunger, *capo?*«

»Ich bin mir nicht so sicher, wie es hier in der Küche aussieht, wenn der Rest so schmierig ist.«

»Man muss den Magen abhärten und die Augen verschließen.«

Di Bernardo schob Del Pino seinen Teller hin, der sich darauf stürzte wie Alberto früher auf die Schokoladen-Pannacotta.

»Was meinen Sie, warum hat Rossi verschwiegen, dass er und Emile denselben Lehrer hatten? Dass er überhaupt Klavier gespielt hat?«, überlegte Del Pino.

Di Bernardo zuckte die Schultern und blickte auf die Uhr. »Das werden wir hoffentlich bald erfahren.«

Nachdem sie sich noch schnell einen Espresso und danach notgedrungen einen Spaziergang im Viertel gegönnt hatten, waren die beiden knapp zwei Stunden später wieder bei dem Klavierlehrer. Esposito saß auf seinem Sessel, den Arm auf ein Kissen gestützt. Vor ihm stand eine dampfende Tasse Tee. Der Duft der römischen *camomilla* zog durch das frisch gelüftete Wohnzimmer.

»Emile, wie soll ich sagen …«, begann er nahtlos. »Je älter der Junge wurde, desto ehrgeiziger war er, sicher angestachelt durch die Mutter. Die Ehe der Eltern kriselte, der Vater war der Mutter nicht gut genug mit seinem Baukonzern. Sie hätte sich einen Kunstmäzen oder einen Intendanten als Mann gewünscht, schätze ich, jemanden von Einfluss.«

Die Art Frau, die Emile später geheiratet hatte. Es war schon eigentümlich, wie Menschen als Erwachsene ihre kindlichen Muster wiederholten.

»Wie hat sich dieser Ehrgeiz denn geäußert?«

»Er hat wie besessen geübt und sich ständig mit anderen verglichen. An anderen Schülern hat er kein gutes Haar gelassen. Mit Ausnahme von Andrea.«

»Wie alt war er da?«

»Das begann früh, mit zehn, richtig schlimm wurde es dann, als beide in die Pubertät kamen.«

»Meinen Sie, Emile könnte in seinen Freund aus Kindertagen verliebt gewesen sein?«

Esposito schüttelte den Kopf. »Andrea war schon früh der Mädchenschwarm. Emile war in der Hinsicht sehr zurückhaltend, auch wenn ich damals den Grund dafür nicht kannte. Nein, ich glaube nicht, dass er für Andrea irgendwelche Gefühle dieser Art hegte. Ich denke vielmehr, er spürte, dass Andrea etwas hatte, das er damals noch nicht besaß.«

»Und was war das?«

»Emile fehlte es an musikalischem Ausdruck – und Andrea an Technik. Hätte man beide vereinen können … das wäre perfekt gewesen.«

Di Bernardo musste an die Gespräche mit Azzaria, mit Bianchi denken. An das Zauberische, das einen Ausnahmemusiker ausmachte …

»Jedenfalls ernannten die beiden Jungen sich zu Herrschern über den ›Esposito-Olymp‹.«

»Waren sie denn wirklich so gut?«, wollte Del Pino wissen.

Esposito neigte leicht den Kopf, wie um in die Vergangenheit zu horchen. Ein leises Lächeln zeichnete sich auf seinen Zügen ab. »Sie hatten *Talent*. Sie waren in der Lage, mit ihrer Musik Magie zu erzeugen. Wenn man ihnen zuhörte, dann wurde man ein Stück weit entführt ... in eine andere Welt, eine andere Zeit, die des Komponisten, mit all den Entbehrungen, dem Ringen um die perfekte Melodie, dem Glanz ... Man spürte die Macht der Musik, die dem Komponisten Eingebungen schenkte, eine Abfolge von Tönen, Melodien und Harmonien, die sich zu einem Werk verdichteten, das Jahrhunderte überdauern sollte.«

Di Bernardo warf Del Pino einen Blick zu. Auch er wirkte berührt von den Worten des Lehrers.

»Und das Publikum?«

»Oh, ich hielt die Jungen anfangs völlig raus aus dem Licht der Öffentlichkeit. Ich wollte, dass sie heranreiften.«

»Wie ein guter Wein«, sagte Del Pino, und Esposito schmunzelte.

»Ja, da darf man auch nicht ständig Proben nehmen und Verköstigungen anbieten.«

»Aber man darf auch den richtigen Zeitpunkt nicht verpassen. Wenn man zu lange wartet, wird Essig draus.«

Esposito sah den Ispettore traurig an, sein Gesicht verzog sich wie im Schmerz. »Sehr wahr. Doch ein ›zu früh‹ kann ebenso fatal sein. Und während beim Wein nur ein Fass zerstört ist oder eine Ernte, ist es bei der Musik vielleicht ein ganzes Leben.«

Die Stille, die seinen Worten folgte, war drückend. Sie erinnerte Di Bernardo an die dumpfe Schwüle kurz vor einem Gewitter, wenn sich alles entlud. Die Schwere von Espositos Gefühlen, vielleicht auch seiner Schuld, dazu seine wie elektrisierten Nerven, die zum Zerreißen gespannt waren ...

»Als Andrea elf wurde, schien mir der Zeitpunkt gekommen, ihn sein Debüt geben zu lassen. Die Presse feierte ihn als Entdeckung. Zwei Monate später stand Emile auf dem Podium und wurde ebenso gefeiert. Plötzlich war der Erfolg messbar, und das bekam den Jungen nicht. Wer wurde als Erster zu einem Konzert eingeladen, wer hatte die besten Kritiken, die meisten

Zuhörer … Ich redete mit Engelszungen auf sie ein … hielt sie an, nicht gegeneinander anzutreten, sondern voneinander zu lernen. Aber ich muss leider gestehen, dass ihr Ehrgeiz auch mich in seinen Bann zog, dass ich ein wenig genoss, wie sie sich anstachelten und wie der Zweikampf immer schönere Blüten trieb. Andrea wurde technisch besser, und Emile … es schien als hätte er die Anspannung, die sein Spiel anfangs begleitet hatte, nun ganz auf den Wettbewerb abgewälzt, sodass er sich frei spielte, und an Ausdruck, an Seele gewann. Also redete ich mir ein, dass der Wettbewerb den Jungen guttat. Und … ich verschloss die Augen.« Wieder verstummte er, offensichtlich von Erinnerungen übermannt.

Als er weitersprach, zitterte seine Stimme kaum merklich. »Eines Nachmittags waren … nun, es waren die besten meiner Schüler bei mir zu Hause und stöberten in meiner Schallplattensammlung. Da stießen sie auf eine Aufnahme des Zweiten Klavierkonzerts von Rachmaninow, vom Komponisten selbst gespielt. Das … war der Anfang vom Ende.« Esposito beugte sich vor und trank von seinem Tee. »Ich habe Ihnen gar nichts angeboten«, sagte er mit Blick auf den ansonsten leeren Tisch »Möchten Sie …«

Di Bernardo winkte ab, er wollte keine Unterbrechung, nicht ausgerechnet jetzt.

»›Das Konzert oder keines‹ – mit diesen Worten begann mein Albtraum. Andrea und Emile bestanden darauf, das Rachmaninow-Konzert einzustudieren. Ich ging davon aus, dass sie bald aufgeben würden, da es technisch noch zu schwer war und die Spanne ihrer Hände nicht groß genug, um die Intervalle zu greifen. Sie waren ja beide erst dreizehn …« Er schüttelte den Kopf. »Aber das Gegenteil war der Fall. Und da fing ich Feuer, ich veranstaltete einen Wettbewerb. Wer den Rachmaninow bei meinem nächsten Hauskonzert am besten spielte, der würde das

Neujahrskonzert im wundervollen Teatro San Carlo in Neapel geben dürfen.«

Di Bernardo musste an die Widmung auf den Noten denken, die zusammen mit dem Foto im Tresor gelegen hatten. »Und Emile gewann«, sagte er.

»Nein. Andrea gewann.«

Di Bernardo runzelte die Stirn. »Ich bin irritiert. Ich habe bei Emile zu Hause Noten mit einer Widmung von Ihnen gefunden. *Per aspera ad astra … An den zukünftigen Weltpianisten.*«

Esposito schüttelte den Kopf. »Das … das war nicht für ihn gedacht …«

»Nun gut. Also Andrea.«

»Andrea war stolz und übte praktisch Tag und Nacht für das Neujahrskonzert in Neapel und die anschließende Tournee. Das Teatro San Carlo ist ein historischer Opern- und Konzertsaal. Es war ausgebucht.«

»Welches Jahr war das?«, fragte Del Pino.

»1. Januar 1995. Und was niemand ahnte, sollte es das letzte Konzert von Andrea werden. Schon hinter der Bühne war er nervös, hatte feuchte Hände. Ich redete ihm gut zu. Dann schickte ich ihn hinaus aufs Podium. Er verbeugte sich etwas linkisch, setzte sich vor den Flügel – und das Unheil nahm seinen Lauf.« Esposito schüttelte den Kopf, als wollte er die Erinnerung vertreiben. »Schon gleich zu Beginn, bei der Solo-Einleitung, verspielte er sich. Das brachte ihn spürbar aus dem Konzept. Als das Orchester einsetzte, wurde er sicherer, fand zu seinem Können zurück, doch er war zu aufgeregt, spielte zu schnell, lief dem Orchester davon. Binnen Minuten hatte er völlig die Kontrolle verloren. Es war einfach nur furchtbar, das mit anzusehen. Mein wunderbarer, hochtalentierter Schüler ging völlig unter. Das Publikum reagierte ungehalten, die Ersten standen mittendrin auf und verließen demonstrativ ihre Plätze.

Pfiffe wurden laut. Wieder verspielte er sich, ausgerechnet an der schönsten Stelle … Im dritten Satz verpasste er seinen Einsatz. Da stand er auf und ging von der Bühne. Ich denke, es hat ihn alle Kraft gekostet, nicht zu rennen. Das eisige Schweigen, das seinen Abgang begleitete … mich friert jetzt noch.«

Di Bernardo versuchte sich den eitlen Rossi vorzustellen. Ein Desaster! Dann dachte er an Alberto, wie er mit dreizehn, vierzehn gewesen war, und Mitleid für Rossi brandete in ihm auf. Solch ein Erlebnis musste eine tiefe Wunde schlagen … und eine ebenso tiefe Narbe hinterlassen. Was, wenn sie aufbrach? Durch einen Trigger … Durch Rachmaninow?

»Zurück in Arezzo, wollte Andrea mit Musik nichts mehr zu tun haben. Sein Vater war erbost, gab mir die Schuld. Die Mutter bestand darauf, dass Andrea einen Psychologen aufsuchte. So kam es, dass er einen völlig anderen Weg einschlug.«

»Haben Sie noch Kontakt?«

Esposito senkte den Kopf. »Nein«, murmelte er. »›Das hätten Sie mir nie antun dürfen‹ – so lauteten seine Worte zum Abschied. Ich hatte ihn direkt und sehenden Auges in die Hölle geschickt. Er hatte recht.«

»Andererseits ist er durch Sie seiner größten Schwäche begegnet und hat letztlich ein anderes Talent in sich zutage gefördert. Und es gibt auch immer noch die Eltern, die ihn besser hätten kennen müssen als Sie.«

Esposito schüttelte erneut den Kopf. »Er hat es mir bis heute nicht verziehen. Diese Schuld kann mir keiner nehmen. Und das ist auch der Grund, warum ich nicht gleich zu Ihnen gekommen bin.«

Di Bernardo runzelte die Stirn. Was mochte Esposito damit meinen?

»Emile und Andrea blieben Freunde, ein Wunder angesichts dessen, was passiert war«, fuhr der Lehrer fort. »Emile verlor niemals auch nur ein Wort über den Vorfall, soweit ich weiß. Alles ging gut. Bis vor zwei Monaten. Als feststand, welches Stück Emile in Rom spielen würde.«

»Rachmaninow«, murmelte Del Pino.

Esposito nickte. »Emile hatte Rachmaninow überall auf der Welt gespielt, nur nicht in Rom. Nicht da, wo Andrea sich sein neues Leben eingerichtet hatte. Es war wohl eine Art stillschweigender Abmachung. Jedenfalls bekam ich einen Brief von Emile.«

Mühsam stand er auf und kramte in einer Aktentasche, die neben dem Klavier stand. Dann las er mit zittriger Stimme:

Rom, 24. Januar 2018. Lieber Marco, heute wende ich mich mal wieder an Sie, da ich einen Rat benötige. Es geht um Andrea. Wir trafen uns im Caffè nahe seiner Praxis, und ich erzählte ihm, dass ich bei der Gala das 2. Klavierkonzert von Rachmaninow spielen würde. Es war Cristinas ausdrücklicher Wunsch, und sie hatte es so eingefädelt, dass es quasi unmöglich war, das Programm noch zu ändern. Die Auswahl und Besetzung des Orchesters, die gedruckten Plakate und Einladungen … sie hatte mich vor vollendete Tatsachen gestellt.

Andrea war entsetzt, warf mir vor, ich würde ihm seinen Lebenstraum rauben und ihm sein Versagen vor Augen halten wollen, um ihn zu zerstören. Er wollte gehen, und vielleicht hätte ich ihn in Ruhe lassen sollen, aber ich hatte genug davon, immer alles totzuschweigen, was mir etwas bedeutet – davon habe ich weiß Gott genug in meinem Leben.

Also hielt ich ihn zurück. Voller Hass sah er mich an und warf mir vor, die Menschen immer nur zu benutzen, Cristina, Ephraim, Timothy. Ich betonte, dass ich mich ihm gegenüber immer wie ein Freund verhalten und niemals über sein Versagen im Teatro San Carlo gesprochen hätte. Da packte er meine Hand und sagte, das solle ich auch bloß nicht wagen, sonst würde er mir die Knochen brechen.«

Die Hand!

Di Bernardo fuhr auf. »Das hat er wortwörtlich so geschrieben?«

Esposito reichte ihm den Brief, Di Bernardo las die Worte in Emiles ausladender Handschrift.

»Dass Andrea nach all den vielen Jahren noch so reagiert … dass er ihm droht, und dann ist Emile tot …« Esposito rieb sich die Stirn. »Ich habe lange mit mir gerungen, ob ich zur Polizei gehen soll. Wenn Andrea wirklich Hand an Emile gelegt hat … dann ist es, wie ich schon sagte, auch meine Schuld. Ich hätte ahnen müssen, dass er damit nie fertig werden würde. Ich hätte es wissen müssen.«

34

»Autoschlüssel?«, drängte Del Pino.

Di Bernardo, der sein Telefon an das Ohr gepresst hielt, hob eine Hand, um ihm zu signalisieren, dass er warten möge. Auch wenn es ihn genauso drängte, zu Rossi zu fahren.

»Wie – er hat Ärger und ist weg?«, sagte er zu Anna Cantoni, Borgheses Assistentin, am anderen Ende der Leitung. »Weg wie … suspendiert?!«

»Dass Sie auch immer vom Schlimmsten ausgehen, Commissario«, sagte sie launig. »Er ist sicher gleich wieder da.«

»*Mi spiace,* aber ich muss ihn wirklich dringend erreichen.«

»Ich gebe ihm Bescheid, wenn er kommt. Soll er Sie anrufen?«

»Ja, schnellstmöglich.«

»*Va bene,* hab's verstanden.« Endlich legte sie auf.

Di Bernardo verdrehte die Augen. Menschen wie Anna lebten in einem anderen Tempo, sie ließen sich durch nichts und niemanden aus der Ruhe bringen. Wenn man es brandeilig hatte, konnte das zu einer wahren Zerreißprobe werden.

»Was ist denn?«, fragte Del Pino. »Ich dachte, wir nehmen diesen Schwafler hoch.«

»Wir müssen uns zuerst das Okay von Borghese holen, das haben wir ihm versprochen. Im Übrigen haben wir nichts gegen Rossi in der Hand – nichts als die angebliche Drohung. Das reicht lediglich für eine Befragung.«

»Aber die Hand, Commissario … Dass er ihm die Hand brechen wollte, und dann ist sie sogar zertrümmert.«

»Ich weiß. Wenn Emile in dem Brief die Wahrheit geschildert hat, gibt es ganz klar ein Motiv. Passen Sie auf. Rufen Sie in der Klinik an, und machen Sie schon mal einen Termin aus. Sagen Sie, es geht nur darum, abschließende Dinge zu klären und unser Mitgefühl wegen Cristina Gallois blabla …«

»In Ordnung«, sagte Del Pino und hängte sich seinerseits ans Telefon.

Di Bernardo wollte gerade die Beifahrertür seines Wagens öffnen, als er aus dem Augenwinkel sah, wie der Klavierlehrer aus dem Haus trat, seine Aktentasche unter dem Arm.

Aus einem Impuls heraus zog er Del Pino ins Innere der schmuddeligen Bar und orderte zwei Espressi.

»Wie, der Dottore ist verreist …«, sagte Del Pino gerade. Zwischen seinen Brauen bildete sich eine steile Falte, die seine Nase optisch noch zu verlängern schien.

»Und Sie sind aber sicher, dass er heute am späten Abend wiederkommt …?«

Di Bernardo spähte durch das Fenster. Eine Patina aus Küchenausdünstungen, dem Dreck der Straße und einigen toten Insekten hatte die Scheibe getrübt. Marco Esposito kam direkt auf die Bar zu, seine Schritte wirkten beschwingt, jegliche Schuldgefühle, die ihn während ihres Gesprächs niedergedrückt hatten, schienen wie weggeblasen. Dann sah Di Bernardo den Grund für seinen Stimmungswechsel: Eine attraktive Frau in einem senfgelben Kleid näherte sich Esposito winkend. Geradezu enthusiastisch reichten sie einander die Hand, Esposito redete auf sie ein, drückte einen Kuss auf ihre Rechte und deutete auf einen der Tische draußen vor der Bar. Dort schob er ihr galant den Stuhl zurecht und setzte sich ihr gegenüber. Di Bernardo stieß Del Pino an und deutete nach draußen.

»Nein«, sagte sein Ispettore soeben ins Telefon und richtete den Blick nach draußen. »Wir wollten lediglich ein paar abschließende Dinge klären und dem Dottore unser Mitgefühl wegen Cristina Gallois' Tod übermitteln … Halb neun morgen früh, sehr gut. In der Privatpraxis Via dei Tre Archi … Ah … danke sehr!« Er beendete das Gespräch und deutete nach draußen. »Dieser alte Casanova. Wer hätte gedacht, dass er sich so schnell wieder fängt.«

»Was ist mit Rossi?«, wollte Di Bernardo wissen.

»Tagung in Barcelona, er landet heute um 22:30 Uhr in Fiumicino.«

»Und diese Tagung existiert wirklich?«

»Moment …« Del Pino brummelte etwas vor sich hin. »Ah. Hier auf der Webseite der Klinik steht, dass Rossi auf einer psychiatrischen Tagung zu dem Thema traumabedingte Dis… Dissoziation der Persönlichkeit in Barcelona einen Vortrag hält.«

»Das klingt nicht so, als wäre er uns für immer davongeflogen.«

»Wir könnten ja am Flughafen auf ihn … Ah, der geht aber ran.« Del Pino deutete auf Esposito, der die linke Hand der jungen Frau ergriffen hatte und sanft über ihre Finger strich. Sie lachte kokett und entzog sich ihm, indem sie sich die lange dunkle Lockenmähne zurückstrich.

Di Bernardo trank seinen Espresso aus. »Sehen wir uns die beiden doch mal an.« Gefolgt von Del Pino, ging er raus. Esposito war so vertieft in sein Gegenüber, dass er die beiden Polizisten erst bemerkte, als sie bereits dicht vor ihm standen.

»Ah, meine Herren! Haben Sie die Vorzüge dieser kleinen Bar auch für sich entdeckt?«

Del Pino schob sich an Di Bernardo vorbei und reichte der Frau in dem senffarbenen Kleid die Hand. Sichtlich irritiert griff sie danach, während Del Pino sich leicht verbeugte. »Roberto Del Pino, Ispettore der Questura, und das ist Commissario Di Bernardo.« Endlich ließ er die Hand der Frau los. Ein rätselhaftes Lächeln glitt über ihr Gesicht, während sie die beiden Kriminalbeamten musterte.

»Ich wusste ja gar nicht, dass Sie von der Polizei gesucht werden, Marco«, scherzte sie, woraufhin Esposito in ein kleines meckerndes Lachen verfiel.

Di Bernardos Blick glitt über ihr dunkles Haar und die hohen Wangenknochen. Er schätzte sie auf Ende dreißig, höchstens vierzig. Sie war blass, die seelenvollen braunen Augen mit den langen Wimpern verliehen ihr trotz des Lächelns einen traurigen, geradezu verlorenen Ausdruck. Sie schien ihm wie eine jener Frauen, die stark wirkten und verletzlich zugleich und in Di Bernardo den Wunsch weckten, sie zu beschützen.

»Diese junge Dame ist Floria Dalmasso höchstpersönlich – eine Stargeigerin aus dem fernen Südamerika«, sagte Esposito voller Stolz in der Stimme.

Di Bernardo räusperte sich. Irgendwie übten Geigerinnen auf ihn eine unheilvolle Faszination aus. Er konnte bloß froh sein, dass Giorgia nicht in der Nähe war. Auf unerreichbare Frauen, die ihn beeindruckten, war sie extrem eifersüchtig.

»Oddio«, sagte Del Pino, »ich habe Sie schon mal im Fernsehen gesehen, eine Live-Übertragung aus Verona. Kann das sein?«

Floria lachte. »Ja, das kann sein. Aber eine Stargeigerin, wie Marco behauptet, bin ich nicht. Ich spiele hauptsächlich Tango und Pop. Meine geheime Liebe, die Klassik, mogle ich immer in die Zugaben.«

»Sie sind ein Star, meine Liebe«, beharrte Esposito. »Das Genre ist nicht entscheidend, es ist Ihr Talent. Mit Ihrem Können und Ihrer unglaublichen Ausstrahlung füllen Sie ganze Stadien.«

»In Argentinien und Uruguay, ja, aber nicht hier im wählerischen Europa«, gab sie lächelnd zurück. Esposito stand auf und tätschelte ihr die Schulter.

»Ich hole uns rasch etwas zu trinken.«

Di Bernardo war die unprätentiöse Frau sympathisch. »Also haben Sie keinen Auftritt hier in Rom?«, fragte er.

»Nicht dieser Art, nein.« Ihr Blick verschwamm. »Ein virtuoser Kollege und Freund ist gestorben. Wir haben in Mexiko zusammen gespielt. Seine Frau hat mich direkt nach seinem Tod engagiert. Ich werde auf seiner Beerdigung spielen.«

»Das tut mir sehr leid«, sagte Di Bernardo.

»Vermutlich kennen Sie ihn. Emile ... Emile Gallois.«

»Ach ne«, rutschte es Del Pino raus.

»Wir ermi... wir führen gerade noch ein paar abschließende Ermittlungen durch«, erklärte Di Bernardo. »Waren Sie und Emile Gallois eng befreundet?«

»Wir haben 2012 gemeinsam in Mexico-City konzertiert, zum zwanzigsten Todestag Astor Piazzollas. Ich hatte einige Stücke umgeschrieben für Klavier und Geige und konnte Emile als meinen Begleiter gewinnen. Da habe ich auch seine Frau kennengelernt. Sie hatte mich am Tag nach seinem Tod angerufen und gefragt, ob ich für ihn spielen würde.« Ein Schatten legte sich auf ihr Gesicht. »Unfassbar, dass nun auch sie gestorben ist. Aber ich bin Ihnen sehr dankbar, dass Sie Emiles Mörder so schnell gefasst haben.«

Di Bernardo nickte peinlich berührt.

»Floria war so lieb, sich bei mir zu melden, um sich wegen der musikalischen Begleitung auf der Beerdigung mit mir zu beraten«, sagte Esposito, der zwei Glas Weißwein auf dem Tisch abstellte und sich dann vor ihnen aufbaute. »Wir haben noch einiges zu besprechen.«

»Wir müssen sowieso weiter«, sagte Di Bernardo beschwichtigend und reichte Floria die Hand. Ihre fühlte sich warm und geschmeidig an. Im Stillen freute er sich darauf, sie spielen zu hören, auch wenn es ein förmlicher Anlass war.

Del Pino verbeugte sich vor ihr, faselte etwas davon, welch eine Ehre es für ihn sei, sie kennengelernt haben zu dürfen, und sah sie so schmachtend an, dass sie ein Schmunzeln kaum unterdrücken konnte.

Dann gingen sie hinüber zum Wagen. Di Bernardo meinte ihren Blick noch im Rücken zu spüren und drehte sich unwillkürlich um. Sie lächelte verhalten und hob sachte die Hand zu einem kleinen Winken.

»Kommt Giorgia am Freitag eigentlich vor oder nach der Beerdigung?«, fragte Del Pino und sah ihn herausfordernd an.

Di Bernardo lachte und warf ihm den Autoschlüssel zu. »Seien Sie bloß still.«

Kaum hatte er auf dem Beifahrersitz Platz genommen, klingelte sein Telefon.

»Di Bernardo? Wo sind Sie?«, dröhnte Borgheses aufgeregte Stimme durch den Hörer.

»Noch in Primavalle. Gut, dass Sie anrufen, wir …«

»Ich brauche Sie hier«, unterbrach ihn Borghese. »Dieser Dirigent … er treibt mich zum Wahnsinn. Kommt hierher und hält mir eine Quittung von Cartier unter die Nase, die bezeugen soll, dass er diese Panzerkette für Gallois gekauft hat und nicht die ›liebende Gattin‹. Er droht, sich damit an die Presse zu wenden, das gibt eine Katastrophe!«

Di Bernardo ging blitzschnell alle Optionen durch. »Sagen Sie ihm, ich habe etwas für ihn, er möge bitte auf mich warten.«

»Und das soll funktionieren?«

»Ich denke schon.«

»Wann sind Sie hier?«

»In spätestens einer Dreiviertelstunde.«

»So lange kann ich den niemals im Zaum halten.«

»Dann sagen Sie ihm, ich hätte einen letzten Gruß von Emile gefunden. An ihn.«

»Ah gut, ich hoffe, es ist nichts Illegales, Weitergabe von Beweismitteln und so?«

»Nur ein Foto, das ich gemacht habe.«

Borghese seufzte. »Ach, ich soll Ihnen noch etwas von Riccardo Magno ausrichten. Warten Sie, wo habe ich das notiert … Hier. ›Rampini war in Kopenhagen, hat Interviews gegeben.‹ Ich will lieber nicht wissen, was das heißen soll. Dann kümmere ich mich jetzt um den Maestro.«

»Rampini hat ein Alibi«, berichtete Di Bernardo, als er das Gespräch beendet hatte.

»Ich dachte mir schon, dass sie nichts mit unserem Fall zu tun hat«, sagte Del Pino. »Heute Morgen hat sie auf Instagram ein Foto gepostet, das sie in einem Babygeschäft in Valencia zeigt. Hab vergessen, Ihnen davon zu erzählen, *mi dispiace.* Wohin auch immer sie noch gereist sein mag, ich denke mal, da hat in ihrem Leben gerade etwas anderes Priorität als Rache.«

»Wenn kein ominöser Unbekannter der Mörder ist, bleibt uns im Grunde nur Andrea Rossi, er hat ein starkes Motiv«, überlegte Di Bernardo. »Was ich hochinteressant fand, ist, dass Cristina den Rachmaninow eingefädelt haben soll.« Er suchte nach dem kurzen gedanklichen Funken, der angesichts dieser überraschenden Wendung des Falles aufgeblitzt war, nur um ihm sofort wieder zu entgleiten.

»Sie meinen, Emile hat Cristina von Rossis Vergangenheit und dem desaströsen Konzert erzählt?«

»Hmhm. Es hört sich doch fast so an, als hätte sie es absichtlich getan. Was schrieb Emile? ›Sie hatte mich vor vollendete Tatsachen gestellt …‹« Di Bernardo rieb sich das Kinn. »Ob es etwas mit ihren Erpressungsversuchen zu tun hatte?«

»Sie besaß das Foto, darauf hält Andrea die Noten«, sagte Del Pino. »Und sie hatte die Noten mit der Widmung. Sie muss etwas gewusst haben. Sonst hätte sie beides doch nicht im Tresor verwahrt.«

»Was, wenn Rossi es auch wusste? Er wird sich im Haus und vermutlich auch im Garten ausgekannt haben«, überlegte Di Bernardo. »Ärgerlich, dass die Aufnahmen der benachbarten Sicherheitskameras nichts hergeben.«

Del Pino schnaubte. »Salvatore Ciampi war doch mit Campresi beim Notar. Er hat mir gestern Abend bei einem Bier erzählt, dass Cristina offenbar einen Rechtsstreit mit den Nachbarn wegen der Kameras laufen hatte. Sie hatte ihnen untersagt, sie auf ihr Grundstück zu richten.«

Di Bernardo schüttelte den Kopf. Die Leute waren beim Thema Überwachungskameras oft paranoid und das teils aus gutem Grund. Zugleich aber surften sie munter ungeschützt im Netz, so dass sie durch ihr Konsumverhalten, ihre Seitenaufrufe und hinterlassenen Kommentare völlig transparent wurden.

»Ich schreibe mal schnell Claudio Orlando von der Städtischen Überwachung«, sagte er und suchte in seinem Telefon nach der Mailadresse. Anders als in Coppedè gab es in Prati jede Menge Überwachungskameras.

Als sie in die Via Nazionale einbogen, erreichte ihn Orlandos Mail. Sie bestätigte, was er bereits vermutet hatte. Azzaria war nach ihrem Besuch am Abend von Cristinas Tod nicht mehr auf die Straße gegangen. Und wenn, dann unsichtbar für die ganzen öffentlichen Kameras.

35

Als sie auf den Parkplatz im Innenhof der Questura fuhren, lief ihnen Borghese entgegen. »Er sitzt bei mir im Zimmer«, sagte er.

Di Bernardo eilte die Stufen hinauf. Der Maestro schien um Jahre gealtert zu sein, dabei war ihre letzte Begegnung gerade mal zwei Tage her. Als er den Commissario erkannte, sprang er auf und wedelte mit der Quittung der Kette.

»Ich glaube Ihnen ja«, sagte er beschwichtigend und bat Azzaria in sein Büro. Dort bot er ihm einen Espresso an, wählte wegen des aufgewühlten Zustands des Mannes einen entkoffeinierten und bat ihn dann, ihm gegenüber am Schreibtisch Platz zu nehmen.

»Sie wissen vermutlich von Cristinas Tod?«, begann er.

Azzaria hob die Hände. »Ich war sprachlos. Dreizehn Jahre habe ich unter dieser Frau gelitten. Jetzt ist sie tot – und Emile auch.« Er ließ die Hände resigniert sinken. »Es ist so eine sinnlose Verschwendung an Leben. Ich begreife das einfach nicht.«

»Ich war im Haus in Coppedè, um nach Hinweisen zu suchen«, fuhr Di Bernardo ruhig fort.

»Das Märchenschloss«, sagte Azzaria. »Emile wollte mich einmal dorthin mitnehmen, als Cristina in Frankreich wegen irgendwelcher Stoffe unterwegs war. Aber das wollte ich nicht. Es war ihrer beider Haus, da hat der Geliebte nichts zu suchen, oder?« Er atmete hörbar aus. »Er hatte mir versichert, dass sie getrennte Räume bewohnten und dass Cristina sein Refugium nicht betrat. Trotzdem … es schien mir nicht richtig.«

»Sie bewohnten verschiedene Stockwerke«, erklärte Di Bernardo. »Ich würde Ihnen gern etwas zeigen. Aber ich will ganz offen sein. Es hat einen Preis.«

Azzaria umklammerte die Quittung von Cartier fester.

»Ich darf es Ihnen eigentlich gar nicht zeigen, da das gesamte Haus Gegenstand der Ermittlungen ist«, fuhr Di Bernardo fort. »Aber ich habe ein Foto davon gemacht, weil ich dachte, es wäre in gewisser Weise ein Trost für Sie.«

»Und um dieses Foto zu sehen, soll ich verschweigen, dass ich es war, der Emile die Kette geschenkt hat?«

Azzaria war so unglaublich vorhersehbar. Er hungerte so sehr danach, dass seine Liebe zu Gallois anerkannt wurde. Es gab wohl nur eines, was Azzaria schweigen lassen würde … Der Beweis dafür, dass Emile es doch ernst gemeint hatte mit ihm.

Di Bernardo stimmte es seltsam traurig. »Ich kann Ihnen den Grund dafür, warum die Kette in Zusammenhang mit der Duchessa erwähnt wurde, nicht nennen. Das ist intern, und an diesem Teil der Ermittlungen war ich nicht beteiligt. Ich weiß nur, dass auch Emiles Name in den Dreck gezogen werden würde, sollte etwas über seine sexuelle Orientierung in die Hände der Klatschblätter gelangen. Davon abhalten kann ich Sie nicht. Aber hier, sehen Sie …«

Er spielte die Fotos von seinem Handy auf seinen Computer, damit Azzaria sie besser erkennen konnte, und drehte den Bildschirm.

»Ich habe die Bilder in Emiles Zimmer im obersten Stockwerk des Hauses aufgenommen. Sehen Sie selbst … ich habe nichts verändert.«

Azzaria starrte auf die Fotos auf Emiles Sideboard. Tränen bildeten sich in seinen Augen, als er begriff, wie präsent er im Leben seines Geliebten noch immer gewesen war.

Di Bernardo druckte ein Foto aus und schob es ihm über den Tisch hinweg zu.

»Es war nicht so, dass er Sie einfach … abserviert hätte«, sagte er leise. »Ich glaube, er war sich gar nicht so schlüssig über seine nächsten Schritte, wie er behauptet hat.« Kurz rang er mit sich. Sein Blick streifte Azzaria, er hatte keinen Zweifel mehr an der Unschuld des Mannes. »Es gibt noch etwas, auch das ist absolut vertraulich. Kann ich mich auf Ihre Diskretion verlassen?« Azzaria schluckte, dann nickte er. »Sekunden vor seinem Tod hat er eine Nachricht an Sie geschrieben, sie aber nicht mehr abgeschickt.«

Azzaria starrte ihn aus seinen geröteten Augen an. »Was hat er geschrieben? Bitte, sagen Sie es mir …«

»Er schrieb: ›Bitte, lass uns reden, wir …‹ Er kam nicht mehr dazu, den Satz zu beenden.«

Azzaria wirkte wie erstarrt, sah ihn an, unfähig, etwas zu sagen.

»Wissen Sie, worüber er reden wollte?«, fragte Di Bernardo. Er hegte die leise Hoffnung, der Maestro käme vielleicht auf Rossi zu sprechen.

Azzaria räusperte sich. »Als Emile mir von diesem Engländer erzählt hatte, war ich so verletzt, dass ich nichts mehr mit ihm zu tun haben wollte. Ich sagte zu ihm, wenn er es sich anders überlegen, wenn er mich noch lieben würde, könnte er sich wieder melden, ansonsten solle er mich bloß in Ruhe lassen.« Er wischte sich die Augen.

Di Bernardo spürte einen Stich des Bedauerns.

Azzaria stand auf und reichte ihm die Hand. »Sie haben ja keine Ahnung, wie sehr Sie mir gerade geholfen haben, Commissario. Danke.«

Di Bernardo drückte seine Hand. »Was haben Sie jetzt vor?«

»Ich denke, ich werde Rom den Rücken kehren. In den USA

waren wir glücklich. Ich kann jetzt davon träumen, dass wir wieder zusammengekommen wären.«

Mit diesen Worten wandte er sich um und verließ das Büro. Die Quittung hatte er auf dem Schreibtisch liegen lassen. Di Bernardo trat ans Fenster, öffnete es und nahm einen tiefen Atemzug. Dann wischte er die einzelne Träne weg, die sich in seinen Augenwinkel gestohlen hatte.

Borghese musste draußen vor seinem Büro gelauert haben.

»Wie haben Sie das geschafft?«, fragte er erleichtert mit Blick auf den zerknitterten Zettel.

»Das wollen Sie gar nicht wissen«, gab Di Bernardo schmunzelnd zurück.

Borghese nickte nur.

»Sie haben etwas bei mir gut. Del Pino hat mir von der Sache mit Rossi erzählt, das sind ja Neuigkeiten. Wir haben den Rückflug überprüft, Rossi steht auf der Passagierliste und hat vor einer halben Stunde online eingecheckt. Und ich habe noch etwas für Sie. Franco und Ci… Cesare, die beiden sind im Parco beim Sichten des Überwachungsmaterials auf etwas Seltsames gestoßen. Wenige Minuten vor dem Lockdown öffnete sich eine der Notausgangstüren und schloss sich sofort wieder. Gleich darauf öffnete sie sich ein weiteres Mal sehr langsam, aber es war niemand zu sehen. Die beiden haben das durchgespielt. Es wäre möglich, dass jemand unterhalb des Kameraradius rein oder raus ging. In jedem Fall kam man vom Innenhof über einen seitlichen Weg hinaus. Ich habe mir das auf Google Earth angesehen. Der Weg dauert kaum eine Minute, wenn jemand ein bisschen klettern kann.«

»Was ist mit der Explosion? Gibt es da endlich mal was?«

»Die Kollegen sind nicht die schnellsten, da gebe ich Ihnen recht. Es handelte sich um ein halbes Kilo Sprengstoff, der per

Fernzündung zur Explosion gebracht wurde. Sie vermuten eine Handyzündung. Alles in allem sieht es für mich so aus, als hätte der Mörder sich durch die Explosion Zeit verschaffen und von sich ablenken wollen. Gut möglich, dass er in aller Ruhe nach Hause spaziert ist.«

»Gibt es irgendwelche Spuren?«

»Ich habe Federica Giglioli hingeschickt. Und noch etwas. Eine der Musikerinnen behauptet, sie hätte während der Generalprobe jemanden im Zuschauerraum gesehen. Sie konnte es nicht genau erkennen, ist sich aber sicher, dass es ein Mann war. Er sei während eines Klaviersolos im dritten Satz aufgestanden und gegangen, da habe sie ihn bemerkt.«

Rossi, dachte Di Bernardo und ballte die Hände zu Fäusten.

»Kann ich die Musikerin befragen?«

»Sie wohnt in Neapel, wird aber zu einer Probe am Freitag in Rom sein und könnte mittags in die Questura kommen.«

»Freitag … da ist die Beerdigung der Gallois'.«

»Sie halten sich absolut im Hintergrund, verstanden?«

»Letzte Reihe.«

Borghese rieb sich die Hände. »Dann nehme ich mir die Musikerin vor. Del Pino soll mir aktuelle Fotos von Rossi schicken. Gern auch ein Video, vielleicht erkennt sie irgendwelche Bewegungsmuster.«

Di Bernardo sah auf die Uhr, es war gerade mal vier.

»Und jetzt? Was machen Del Pino und ich heute noch?«

»Spanische Treppe. Schicken Sie mir einen Bericht, damit jeder sieht, wie beschäftigt Sie damit sind. Und melden Sie sich morgen früh, sobald Sie von Rossi zurück sind.«

Di Bernardo grinste in sich hinein. So konspirativ kannte er den Questore gar nicht, es stand ihm gut. Er blickte auf den Gang, Del Pino lehnte flirtend in der Tür zu Anna Cantoni.

»Roberto?«, rief er. »Außendienst.«

Mit dem Gefühl, der Lösung des Falles ein ganzes Stück näher gekommen zu sein, griff er nach seiner Tasche. Selbst die Aussicht auf drei Stunden Herumgestehe auf der Scalinata di Trinità di Monti schreckte ihn nicht ab. Vielleicht war es ja ein Glückstag, und sie kamen mit den Afrikanermorden ein Stück weiter.

36

San Luca, im März 1986

»Wir dürfen es ihnen nicht sagen«, flüsterte Salvatore und strich Maria über das Haar, das im Schein des hereinfallenden Mondlichts rötlich schimmerte. Es war tief in der Nacht, doch sie fanden beide keinen Schlaf. »Du weißt doch, wie sehr sie an ihrem Großvater hängen. Er würde es merken, dass etwas in der Luft liegt.«

Maria sah ihm tief in die Augen. »Du weißt, ich hasse es, die Kinder anzulügen.«

Salvatore wandte den Blick ab. »Dann musst du mich auch hassen. Bei all den Lügen in meinem Leben.«

Maria suchte nach seiner Hand und verschränkte ihre Finger mit seinen. »Ich kenne den wahren Salvatore.«

»Ich hoffe, du hast recht«, murmelte er dicht an ihrem Ohr.

Bevor er sie kannte, hatte er einen Schwur geleistet, die *Omertà.* Dann hatte er gemordet. Andere Männer hatten ihm den Eid geleistet, sie hatten in seinem Namen gemordet. Und auch er hatte immer weitergemacht, getan, was sein Vater ihm auftrug. Der wahre Salvatore? Er war ein Krimineller, ein Mörder, der vielen Menschen großes Leid zugefügt hatte.

Müde legte er seine Stirn an ihre, sein Kopf war schwer, so wie sein Herz. Maria hatte ihm von Anfang an vertraut. Als sie schwanger geworden war, hatte sie darauf vertraut, dass er sie heiratete. Und als sie verheiratet waren, hatte sie darauf vertraut, dass er sich eines Tages befreien würde von der *famiglia*. Jetzt war es so weit, fast. In wenigen Tagen würde ihre Tochter den achten Geburtstag feiern. Es sollte ihrer aller Neuanfang werden.

Freiheit. Ein neues Land. Ein neues Leben.

»Und wenn wir es nur unserer *ciccina* sagen? Sie spürt doch sowieso schon, dass etwas nicht stimmt ...«

Im nächsten Moment hörte Salvatore ein Knarren. Das Herz schlug ihm bis in den Hals. Er spannte die Muskeln an, schob sich lautlos aus dem Bett, schlich zur Tür und zog sie auf.

Seine Tochter stand im Flur, sie erschrak.

»Was machst du hier mitten in der Nacht?«, fragte er leise. Sie drückte ihren Kuschelhasen fest an sich und sah ihn aus großen Augen an.

Salvatore atmete aus. Einen Moment lang hatte er schiere Panik gehabt bei dem Gedanken, einer der Handlanger seines Vaters könnte gelauscht haben.

»Komm zu uns ins Bett«, flüsterte er und schloss die Tür. Sie kletterte in die Mitte, Maria deckte sie zu und gab ihr einen Kuss auf die Schläfe.

»Papà und Mama werden dir ein Geheimnis erzählen«, sagte sie und warf Salvatore einen entschuldigenden Blick zu.

Er legte sich auf seine Seite des Bettes, sie war noch warm.

Dann strich er seiner Tochter das Haar aus dem Gesicht und wenig später die Tränen.

37

Die Via dei Tre Archi war eine winzige Gasse, die von der belebten Via Coronari nahe der Piazza Navona abzweigte. Hier standen die Häuser so eng, dass man sich bequem von Fenster zu Fenster über die Straße hinweg hätte unterhalten können. Während die Häuser der Via Coronari mit ihren kleinen Geschäften, den Eisdielen und Bars ganz in satten Sonnenuntergangsfarben gestrichen und teils von wildem Wein überwuchert waren, versprühten die Fassaden in Tre Archi klassizistischen Charme.

Durch eine dunkelgrüne Rundbogentür mit zwei Löwenköpfen aus Messing gelangten Di Bernardo und Del Pino am Donnerstagmorgen in einen hohen Empfangsraum mit einer antik anmutenden Gewölbedecke aus Ziegelstein. Ein Concierge erwartete sie hinter einem Stehpult aus Messing.

Als Di Bernardo sich vorstellte, nickte er: »Der Dottore erwartet Sie bereits«, und holte den Aufzug. »Die Praxis befindet sich im zweiten Stock.«

»Sehr gediegen«, murmelte Del Pino und besah sich den Aufzug. »Hier riecht's jedenfalls besser als bei mir in der Via Magna Greci.«

Als sie den Aufzug im zweiten Stock verließen, stand Andrea Rossi bereits in der Tür am Ende eines kurzen Ganges.

»Bitte, treten Sie doch ein«, sagte er.

Soweit Di Bernardo es überblicken konnte, hatte die Praxis das Format einer großzügigen Zweizimmerwohnung mit einem kleinen Empfang, einer Tür, die dem Schild nach zu urteilen ins

Bad führte, einer Teeküche, dem Praxiszimmer und einem Nebenraum, dessen Tür geschlossen war.

»Hier empfange ich donnerstags und freitags immer meine Privatpatienten«, sagte Rossi nicht ohne Stolz und führte sie in sein Behandlungszimmer. Die Einrichtung karg zu nennen wäre noch übertrieben gewesen; minimalistisch traf es eher. An den Wänden hing kein einziges Bild, es gab auch keine Spuren, die verraten hätten, dass es je anders gewesen wäre. Am Kopfende einer lederbezogenen Liege aus Chrom stand ein dazu passender Sessel, daneben ein Beistelltischchen. Gegenüber befand sich eine Sitzecke, die aus der gleichen Einrichtungsserie stammen musste. Der Raum war nicht ungemütlich, aber fern von behaglich. Vermutlich kostete jedes einzelne Einrichtungsstück so viel wie ein Kleinwagen. Di Bernardos Blick wanderte an den hohen Wänden empor zu der strengen Stuckumrandung. In der rechten Ecke war ein kleiner Strahler eingelassen. Und in der Deckenmitte prangte eine winzige silberfarbene Sonne.

Rossi stellte drei Kristallgläser und eine dazugehörige Karaffe auf den Tisch. »Bitte, bedienen Sie sich. Ich habe gelesen, dass Emile einem Raubmord zum Opfer fiel. Das ist unglaublich deprimierend. Er war ein großzügiger Mensch, er hätte alles gegeben.« Er seufzte betroffen. »Wie kann ich Ihnen helfen?«

Di Bernardo beugte sich vor, die Arme auf die Oberschenkel gestützt, die Hände verschränkt.

»Dottore, jetzt dürfen Sie endlich ein bisschen von früher erzählen. Ich wüsste gern mehr über Ihre Jugendjahre mit Emile Gallois.«

»Ah … ich dachte mir schon, dass meine Ausführungen bei Ihrem letzten Besuch Sie interessiert haben müssen«, sagte Rossi und lächelte. »Wir hatten über Emiles familiäre Situation und seine präliminaren Szenarien gesprochen …«

»Verzeihen Sie mir, wenn ich Sie unterbreche, Dottore. Aber ich würde mich lieber der gemeinsamen Zeit zuwenden, die Sie und Emile bei Marco Esposito verbracht haben.«

Rossi zog eine Braue hoch, ansonsten verriet sein Gesicht nichts. »Ach ja, der Klavierlehrer. Emile war so begeistert vom Klavierspielen, da habe ich mich anstecken lassen. Wie Kinder nun mal so sind.«

Di Bernardo verengte die Augen. »Ist das so?«

»Gleichaltrige sind für das heranwachsende Kind eine immens wichtige Sozialisationsinstanz. Erste soziale Beziehungen außerhalb des Familienverbands werden eingegangen, Kompetenzen erworben, und …«

»Jetzt hören Sie mal mit dem Gefasel auf, wir sind nicht Ihre Studenten«, fuhr Del Pino dazwischen. »Es war ja keineswegs so, dass Sie nur Klavier gespielt haben, um Emile zu gefallen. Sie kamen nach Arezzo, nachdem Ihre Eltern sich hatten scheiden lassen, und hatten mindestens ein so großes Talent wie Emile.«

»Ich weiß wirklich nicht, was mein im Übrigen schwer messbares Talent zur Sache tut.«

»Das überlassen Sie mal schön uns. Also, erzählen Sie uns nun von der gemeinsamen Zeit, oder müssen wir Sie in die Questura bitten?«

Rossi schüttelte unwirsch den Kopf. »Ich … Also gut, ja, es gab eine Zeit, in der mir die Musik sehr viel bedeutete. Aber ich habe mich dann nun mal für einen anderen Weg entschieden. Ich möchte Menschen helfen, statt sie zu unterhalten.«

»Das kam aber erst nach Ihrem Auftritt im Teatro San Carlo«, brachte Del Pino es auf den Punkt.

Rossi schluckte. »Woher wissen Sie von Neapel?«, fragte er dann.

»Marco Esposito.«

»Ausgerechnet Esposito muss diese blamable Geschichte weitertragen. Dann haben Sie ja jetzt einen Grund, sich über mich lustig zu machen«, spie er in Del Pinos Richtung.

»Jetzt aber mal halblang«, sagte Di Bernardo. »Niemand macht sich über Sie lustig. Wir sind sehr wohl in der Lage zu verstehen, wie schmerzhaft solch ein Ereignis für Sie gewesen sein muss.«

»Deshalb haben Sie ja auch nichts anderes zu tun, als mich damit zu konfrontieren«, keifte Rossi. »Und das, wo ich erst gestern Nacht von einem namhaften Symposium zurückgekommen bin und direkt nach Ihnen den nächsten Traumapatienten habe?«

»Ich konfrontiere Sie lediglich mit der Frage, warum Sie uns nichts erzählt haben, als wir uns das erste Mal sprachen ... davon, was Sie wirklich mit Emile verband. Vom Klavierspiel. Von dem Ehrgeiz.«

Rossi presste die Lippen zusammen, seine Nasenflügel bebten, als Di Bernardo fortfuhr.

»Ich konfrontiere Sie auch mit der Tatsache, dass Emile dieses Geheimnis, das Sie – um es mal nebenbei zu erwähnen – offenbar aufwühlt, jahrelang mit sich herumtrug. Dass Sie beide einen Streit hatten und Sie Emile drohten, ihm die Knochen zu brechen.«

Rossi war weiß geworden wie die kahle Wand in seinem Rücken. Di Bernardo sah es mit Genugtuung.

Del Pino warf ihm einen kurzen Seitenblick zu. Di Bernardo aber deutete ein kurzes Kopfschütteln an. Er würde schweigen, bis der Druck zu groß wurde und der Dottore zu reden begann. Was er dann auch tat.

»Ich war kein Kind wie alle anderen«, sagte er schließlich. »Während die gleichaltrigen Jungen auf dem Spielplatz oder in den Parks spielten, übte ich Klavier. Die Musik war damals mein Leben. Und während ich dachte, Neapel würde mein Durchbruch, war es der ultimative Absturz, der Fall aus dem Olymp. Nichts hätte mich darauf vorbereiten können. Ich mochte das Klavier nicht mehr ansehen, die Tasten nicht mehr berühren. Es dauerte sehr lange, diese Enttäuschung zu bewältigen. Das Konzert hatte mein gesamtes Selbstbild ins Wanken gebracht. Ich kann froh sein, dass meine Mutter mich dazu anhielt, eine Therapie zu machen. Sonst ... Ich weiß es nicht.«

»Aber Emile blieb Ihr Freund? Obwohl er Sie doch täglich an das erinnern musste, was Sie aufgegeben hatten?«

»Ja, er blieb mein Freund. Wir hatten so viel geteilt, Gutes und ... nun ja, weniger Gutes. Er war der einzige Mensch, den ich außer meiner Mutter hatte.« Er rieb sich die Schläfen, dann nahm er einen Schluck Wasser. »Es war nicht leicht. Esposito hatte sich ganz ihm zugewandt, natürlich war ich eifersüchtig. Irgendwann verloren wir uns aus den Augen – bis wir uns hier in Rom wiederbegegneten.«

Er zog die Augen leicht zusammen und sah ihn von der Seite her an. »Was hat Esposito Ihnen noch erzählt?«

Di Bernardo fing den Blick auf, doch er ging nicht auf die Frage ein. »Erzählen Sie mir von dem Streit im Januar«, sagte er stattdessen.

Rossi sah ihn an, als lauerte er auf etwas. »Es ging um Rachmaninow.«

Di Bernardo machte eine Geste, um Rossi zum Weiterreden aufzufordern.

»Emile und ich hatten nach dem Konzert in Neapel beschlossen, Rachmaninow nie wieder zu erwähnen. Natürlich hatte er mit dem Klavierkonzert brilliert, aber nie hier, in Rom. Und plötzlich überfiel er mich damit, dass er das Konzert auf der Gala spielen wolle. Bei der ich auch anwesend sein würde.« Er warf Di Bernardo einen Verständnis heischenden Blick zu. Doch der verzog keine Miene.

»Ich kreidete ihm das an«, sagte Rossi, »und er behauptete auch noch, Cristina hätte das arrangiert. Ich glaubte ihm kein Wort, so kam es zum Streit, wir gingen wütend auseinander. Aber das dauerte bloß ein paar Tage. Wie das unter Freunden so ist.«

»Nun, ich würde meinen Freunden jedenfalls nicht drohen, ihnen die Knochen zu brechen«, warf Del Pino ein.

»Ach, das sagt man doch nur so dahin«, wiegelte Rossi ab.

»Emile muss das anders aufgefasst haben. Jedenfalls schrieb er Esposito davon.«

»Er war ja auch Espositos Liebling«, spottete Rossi.

Di Bernardo ließ sich nicht darauf ein. »Bitte sagen Sie uns, was Sie am Sonntagabend gemacht haben.«

»Sonntagabend.« Rossi runzelte die Stirn, dann sah er abrupt auf. »Sie meinen, an Emiles Todestag?!«

»Wo waren Sie zwischen siebzehn und neunzehn Uhr?«

Rossis linkes Auge zuckte. »Was tun Sie nach einer harten Woche, Commissario?«

»Zu Hause sitzen, die Füße hochlegen, meine E-Mails beantworten, vielleicht einen Film oder ein Fußballspiel sehen«, sagte Di Bernardo.

»Da haben wir etwas gemeinsam«, sagte Rossi bemüht jovial. »Wenn Sie also nach meinem Alibi fragen – ich fürchte, ich habe keines. Ich hatte am Nachmittag noch einen Notfall in der Klinik und fuhr dann nach Hause.«

»Hierher?«, fragte Di Bernardo.

»Nein, ich nutze die Praxiswohnung nur in seltenen Fällen unter der Woche zum Übernachten, wenn es mal spät geworden ist. Ich wohne ansonsten im Quartiere Aventino. Aber das müssten Sie doch eigentlich wissen, wenn Sie mich verdächtigen«, fügte er pikiert hinzu.

»Tun wir das, Sie verdächtigen?«

»Sie schneien hier herein, stöbern in meiner Vergangenheit, unterstellen mir Neid und Missgunst …«

»Eigentlich haben wir nur nach dem Alibi gefragt«, sagte Del Pino gelassen. »Von dem Sie gerade abzulenken versuchen.«

»Ich war zu Hause. Hat mich jemand gesehen? Ich weiß es nicht.«

»Nun, zum Glück gibt es ja die Handyortung«, sagte Di Bernardo und fixierte Rossi, dessen Auge erneut zuckte, einmal, zweimal. Dann hob der Psychiater die Achseln.

»Ja, zum Glück. Ich hoffe, ich habe es nicht ausgestellt.«

»Auch das ist kein Problem heutzutage«, sagte Di Bernardo. »Und da wir gerade dabei sind … Wo waren Sie denn am Montagabend? Dem Abend, an dem Cristina Gallois starb?«

Rossis Augen röteten sich. »Nicht da, wo ich hätte sein sollen«, sagte er leise.

»Das heißt?«

»Ich war nicht bei Cristina. Obwohl mir hätte klar sein sollen, dass sie Hilfe benötigte.«

»Standen Sie einander so nah, dass sie einen Besuch vielleicht erwartete? Waren Sie sonst oft bei ihr, wenn es ihr schlecht ging? Wenn sie getrunken hatte?« Di Bernardo fragte sich, ob Rossi auch etwas von einer Erpressung durch Cristina wusste. Freiwillig erzählen würde er es wohl kaum, da es den Verdacht gegen ihn in Sachen Emile erhärtete.

»Ich habe einen Eid geschworen«, sagte Rossi. »Und habe nicht realisiert, dass ein Mensch, der labil war, alkoholkrank und traumatisiert, völlig sich selbst überlassen war. Das werfe ich mir vor, jeden Tag. Stattdessen war ich mit einer Kollegin essen und habe bei ihr übernachtet. Wir sind gegen achtzehn Uhr gemeinsam losgezogen, nach Testaccio.« Er stand auf, trat ins Nebenzimmer und kehrte mit seiner Brieftasche zurück. Sie quoll über vor Quittungen, er musste einen Moment suchen. »Hier … das ist die Rechnung. Eine Kollegin von der Uniklinik kam nach ihrem Dienst vorbei. Wenn nötig, können Sie sie befragen oder den Wirt. Ich wäre Ihnen allerdings dankbar, wenn das möglichst dezent erfolgen könnte.« Er warf einen kurzen Seitenblick auf Del Pino, der sich angelegentlich das Ohr kratzte.

Rossi sah auf die Uhr. »Mein Patient kommt in spätestens fünfzehn Minuten. Die Therapiestunden beginnen bei mir pünktlich. Sie sind oft der einzige Halt, den meine Klienten haben.«

»Wir werden wiederkommen, Dottor Rossi«, sagte Di Bernardo und hob die Hände. »Einige Fragen verlangen noch nach Antworten.«

Rossi seufzte und rieb sich die Stirn.

Di Bernardo stand auf, dabei zog er das Foto der drei Jungen aus der Tasche und hielt es Rossi hin.

»Woher haben Sie dieses Foto?«, fragte er fassungslos.

»Das tut nichts zur Sache«, erwiderte der Commissario. »Sagen Sie mir, wen Sie darauf erkennen?«

Rossi rieb sich die Kehle. »Nun, Emile natürlich, in der Mitte. Und das hier links bin ich.«

»Wir haben Sie erst gar nicht erkannt«, sagte Del Pino.

Rossi lächelte schief. »Ich hatte mit siebzehn einen kleinen Unfall und brach mir die Nase. Ich ließ sie richten, bevor ich nach Rom zum Studieren ging.«

»Alles klar«, sagte Del Pino. »Und der andere Junge?«

Rossi runzelte die Stirn. »Hm. Er muss auch in der Klavierklasse gewesen sein, aber ich glaube, das war nur kurz. An den Namen erinnere ich mich nicht.«

Di Bernardo zog die Noten hervor. »Und was ist hiermit?«

Rossi wich zurück, suchte nach Worten.

Im nächsten Moment klingelte es. Wie gefangen blickte der Dottore von der Tür zu Di Bernardo und zurück. Di Bernardo zuckte die Schultern und steckte die Noten wieder ein.

»Wir melden uns bei Ihnen.« Mit diesen Worten wandte er sich zum Gehen, gefolgt von Del Pino. Sie warteten vor dem Aufzug, und als er kam, huschte eine junge Frau mit bleichem Gesicht an ihnen vorbei. Den Blick auf den Boden gerichtet, verschwand sie direkt in Rossis Praxis.

Nachdenklich fuhr Di Bernardos Hand über die Noten in seiner Tasche. Überall diese Schwere. Und immer wieder Rachmaninow.

38

»Setzen wir uns draußen hin, wie die Touristen«, schlug Di Bernardo vor, als sie das traditionelle Caffè Sant'Eustachio erreichten. Wie jeden Morgen um diese Zeit war die gelb gestrichene Kaffeebar gefüllt von Freischaffenden und Männern im Rentenalter, die ihren Caffè Crema aus den dottergelben Tassen schlürften und sich wahlweise über die Regierung oder die Opposition ereiferten. Gegen Mittag mischten sich die Touristen, die Geschäftsleute und die Hipsters unter sie, doch im Herzen blieb es immer eine Bar für die normalen Leute, dachte Di Bernardo. Er liebte den Geruch nach frisch gemahlenem Kaffee, der in jeder Ritze des Geschäfts zu hängen schien, die alten Mühlen und Waagen, die Säcke, die Fotos ... all das, was ihn an eine Zeit erinnerte, in der »Handwerk« noch mit den »Händen« zu tun gehabt hatte.

Die Stühle draußen hatten auf dem Kopfsteinpflaster einen schiefen Stand. Auf den Tischen lagen in Plastik eingeschweißte Karten, auf denen die Kaffeespezialitäten abgebildet waren. Di Bernardos Blick fiel auf den »Romeo e Giulia«. Morgen um diese Zeit würde Giorgia schon im Zug sitzen. Und am Nachmittag würde er mit ihr hier ihren Lieblingskaffee trinken, anschließend durch die verwunschenen Gassen zum Tiber spazieren, direkt auf die Engelsburg zu. Dann würde er ihr auch die Frage beantworten, die sie ihm letzte Nacht ganz leise gestellt hatte. Ob er wollte, dass sie zurückkam.

Natürlich wollte er es. Aber letzte Nacht, da war er plötzlich unsicher gewesen, ob er das so einfach sagen durfte. Denn da gab es etwas, das ihm wichtiger war als er. Dass sie glücklich war.

»Und? Ist das Gästezimmer gelüftet und geputzt? Alles bereit für Giorgias Ankunft?«, fragte Del Pino.

Di Bernardo errötete leicht. War er so einfach zu durchschauen?

»Sie haben immer diesen bestimmten Blick, wenn Sie an eine Frau denken, Commissario«, sagte Del Pino achselzuckend. »So leicht debil.«

Di Bernardo boxte ihm gutmütig in die Seite und bestellte dann Caffè Crema und zwei Tortina della Mela.

»Wenden wir uns mal den einfacheren Dingen zu. Was halten Sie von Rossi.«

»Er verbirgt etwas.«

Di Bernardo ließ das Gespräch vor seinem inneren Auge Revue passieren. »Die Noten haben ihn ziemlich aus der Fassung gebracht.«

»Aber nicht nur das … ich hatte das Gefühl, er taxiert uns, um herauszufinden, wie viel wir wissen.« Del Pino versenkte die Gabel in den Kuchen und belud sie mit Äpfeln. »Ah«, seufzte er. »Wir waren viel zu lange nicht hier.«

»Wir sollten ihn uns ein weiteres Mal vorknöpfen«, meinte Di Bernardo.

»Morgen Nachmittag würde doch gut passen«, sagte Del Pino und lachte gackernd.

Di Bernardo musste grinsen. Sie benahmen sich so albern wie verknallte Schuljungen. Himmel, er spürte, er war wirklich aufgeregt, wenn er an morgen dachte.

»Gibt es irgendeine Chance herauszufinden, wer der dritte Junge ist?«, überlegte er.

»Muss keinen so großen Eindruck gemacht haben, wenn sich keiner mehr erinnert. Und die Fluktuation unter Espositos

Schülern war offenbar hoch, wie ich gestern noch gelesen habe. Viele kamen lediglich für Sommerkurse oder spezielle Klassen. Barock und so.«

»Glauben Sie das mit dem Unfall und der Nase?«

»Haha, nie im Leben. Aber ich würde es genauso machen.« Er löffelte die restliche Sahne aus dem Schälchen auf den Kuchen. »Sie wollten sicher keine, oder? Schlanke Linie und so.«

Di Bernardo schüttelte geistesabwesend den Kopf. »Die Sache mit Cristina glaube ich ihm. Das Schuldgefühl. Das habe ich auch gespürt.«

Del Pino nickte.

Di Bernardos Telefon meldete den Eingang einer Nachricht. Sie war von Giorgia. Lächelnd klickte er darauf. *Ciao, mein Lieber. Es tut mir so leid, aber der aktuelle Fall verlangt, dass ich am Wochenende in Mailand bleibe. Komme stattdessen in 2 Wochen, wenn es dir passt. Baci!!!*

Di Bernardo ließ das Handy sinken, eine Welle der Enttäuschung erfasste ihn.

Del Pino seufzte. »Sie hat abgesagt.« Es klang nicht wie eine Frage.

Di Bernardo nickte. »War das so offensichtlich?«

»Die Frauen. Soll sie einer verstehen.«

»Na ja«, wehrte er sich, »sie hat keinen Rückzieher gemacht. Sie kann wegen ihres aktuellen Falles nicht kommen.«

»Klar«, sagte Del Pino. »Zurück zu Andrea. Meinen Sie, wir bekommen die Erlaubnis, das Handy orten zu lassen?«

Di Bernardo war dankbar, dass Roberto ihn zwang, sich auf den Fall zu konzentrieren.

»Technisch ist das längst möglich. Aber es schlägt natürlich Wellen. Hoffen wir, dass diese Musikerin von der Probe den Mann im Auditorium als Rossi identifiziert. Haben Sie aktuelle Bilder von ihm an Borghese weitergeleitet?«

»Klar doch. Allerdings glaube ich, dass wir in der Frage weiterkommen sollten, was Cristina gegen Emile in der Hand gehabt haben könnte.«

»Das ist eine Gleichung mit vielen Unbekannten. Sie führt immer wieder zurück zu Rossi und den Noten.«

Di Bernardos Telefon klingelte. Einen irrwitzigen Moment lang hoffte er, es könnte Giorgia sein, die meinte, es sei bloß ein Scherz gewesen. Doch es war Federica.

»Wo seid ihr zwei Abtrünnigen?«, fragte sie. Im Hintergrund war Verkehrslärm zu hören.

»Im Sant'Eustacchio. Und du?«

»Oh, ganz in der Nähe. Torre Argentina.«

»Dann komm doch vorbei«, schlug er vor und sah auf die Uhr. Sie mussten in vierzig Minuten an der Piazza Spagna sein.

»Ich habe eine Verabredung«, sagte Federica.

»Mit Gaia?«

»Nein, mit Pioppo, meinem *angioletto.* Kommt doch rasch vorbei. Wir müssen sowieso über die Spuren im Parco sprechen, die sehen übel aus.«

Di Bernardo runzelte die Stirn. »Stören wir denn nicht bei deiner Verabredung?«

Sie lachte ins Telefon. »Alles gut. Kommt am besten zu der Treppe, die nach unten auf das Gelände der Ausgrabungen führt. Wir warten dort.«

»In Ordnung!«

Zehn Minuten später standen Di Bernardo und Del Pino am Largo Torre Argentina. Die Ruinen der Tempel wie auch der Curia Pompeia, wo Caesar ermordet worden war, befanden sich mehrere Meter unterhalb des Straßenniveaus. Di Bernardo fuhr beinahe täglich hier vorbei; das Spektakulärste waren längst die

Katzen des Sanktuariums, die wie Sphinxen auf den Überresten der Ausgrabungen thronten.

Sie beugten sich über das Plexiglasgeländer und hielten Ausschau nach Federica.

»Da hinten ist eine Treppe«, sagte Del Pino und deutete nach rechts. Als sie die Stufen hinuntergingen, winkte Federica ihnen zu. Auf dem Arm hielt sie eine gut genährte Katze mit seidigem, grau getigertem Fell, das um den Hals herum heller war.

»Darf ich vorstellen? Das ist Pioppo. Ist er nicht schön?« Sie streichelte den Kopf mit den großen Augen, die an helle grüngelbe Jadeperlen erinnerten.

Der Kater strampelte leicht, und sie ließ ihn hinunter. Als er zum Futternapf lief, sah Di Bernardo, dass er nur drei Beine hatte. Er legte den Arm um Federica und drückte sie kurz.

»Ich habe ihn adoptiert, aber er lebt hier. Ich bin einfach viel zu selten zu Hause.« Sie wandte sich zu Di Bernardo und Del Pino um. »Laufen wir zusammen zurück zur Questura?«

»Wir müssen zur Spanischen Treppe«, sagte Del Pino und bückte sich, um einen quirligen schwarzen Kater zu streicheln.

Di Bernardo hielt Ausschau nach Pioppo. Er hatte sich auf eine umgestürzte Säule hinaufgehangelt und putzte sich das Gesicht.

»Was ist jetzt wegen der Spuren im Parco della Musica?« fragte Di Bernardo.

»Wir sind leider zu spät gewesen, da sieht es schlecht aus. Das scheint regelrecht eine Raucherecke zu sein. Lauter Zigarettenkippen und dazu der Regen … Da ist nichts für uns übrig.«

Federica sah ihn von der Seite her an.

»Was ich noch sagen wollte, Dionisio …«, begann sie leise. »Es tut mir leid wegen Giorgia.«

Er zuckte die Schultern. »Die Arbeit geht nun mal vor«, sagte er betont gleichmütig.

»Arbeit?«, fragte sie und zog die perfekt gezupften Brauen zusammen.

Di Bernardo sah sie alarmiert an. »Wieso, was hat sie dir erzählt?«

»Dass sie sich morgen eine Wohnung ansieht. Im Brera-Viertel.«

Di Bernardo fühlte sich, als hätte ihn jemand geschlagen.

»Verdammt, davon wusstest du nichts«, sagte Federica.

»Ist schon gut«, sagte er. Verloren strich er einem rotgrauen Kater über den Kopf. Dann steckte er einen Zehneuroschein in die Spendenbox und lief die Stufen hinauf.

Ich hätte es wissen müssen, dachte er, als er oben ankam und der Verkehr auf der Via di Torre Argentina ihm in den Ohren dröhnte.

Und dann fragte er sich, wo er diesen Satz zuletzt gehört hatte.

39

Reggio Calabria, Jahre zuvor

Ndavia u sacciu chillu chi staci succedendu.

»Ich hätte es wissen müssen«, sagte Don Giuseppe in das Dunkel der Nacht hinein. Trauer erfasste ihn. Doch was zählte, war nicht der süße Duft des Kissens, auf dem seine Enkelin vor weniger als einer Stunde noch tief geschlafen hatte. Es war die *famiglia*.

»Ich hätte es wissen müssen«, sagte der Polizeipräsident und drückte die Hand von Giovannis Witwe, deren Bauch sich unter dem Trauerkleid spannte.

»Ich hätte es wissen müssen«, sagte auch sie, Jahre später, als ihr Sohn sie fragte, wie sein Vater umgekommen war.

»Ich hätte es wissen müssen«, sagte Dionisio im Schlaf, als er an Camillas Grab stand. »Ich hätte es wissen müssen«, sagte er sich, als er den Arm ausstreckte und das Bett neben ihm leer war.

»Ich hätte es wissen müssen«, sagte Salvatore, als er den schwarzen Wagen im Rückspiegel sah.

Doch egal, wie genau man auch hinschaute, »das Wesentliche blieb unsichtbar«.

40

Di Bernardo rieb sich die verspannten Schultern, er hatte schlecht geschlafen. Immerhin war in den Fall an der Spanischen Treppe Bewegung gekommen. Sie hatten endlich den Hersteller der Rebenmesser ausfindig gemacht, eine kleine, familiengeführte *coltelleria* am Fuß der Alpen, die vor gut fünfzehn Jahren von den großen Firmen in Maniagio absorbiert worden war. Ein Weingut nördlich von Rom hatte die Restbestände aufgekauft. Er würde am Wochenende mal einen Ausflug in die Weinberge Capenas unternehmen, Zeit hatte er ja. Doch vorher musste er noch zur Trauerzeremonie in das etwa dreißig Autominuten entfernte Frascati.

Aus seiner Sammlung wählte er eine schwarz und anthrazit gestreifte Seidenkrawatte samt Einstecktuch zum schwarzen Anzug und stellte fest, dass die Farbe ihn nicht gerade jünger machte.

Aus einem Impuls heraus griff er in die Sockenschublade und nahm ein schwarzes Paar heraus. Roberto hatte neulich in einem Anflug von Selbstbewusstsein einen Packen roter Designersocken in einem Outlet erstanden, angeblich der letzte Schrei zu knöchellangen Anzughosen. Er sah ihn lebhaft vor sich, in Hochwasserhosen, roten Socken und den senfgelben Sneakers, auf die er so stolz war, und musste unwillkürlich lachen.

Doch als er ihn eine halbe Stunde später in der Via Magna Grecia abholte, überraschte ihn sein Ispettore. Er trug einen Designer-Anzug mit schwarzem Hemd und silbergrauer Krawatte, und sein volles Haar war zur Seite gekämmt.

»Verdammt, sind die Halbschuhe unbequem«, sagte Del Pino anstelle einer Begrüßung. »Aber der Anzug ist cool, oder? Hab ich beim Chinesen um die Ecke gekauft, Moschino, diesmal haben sie's sogar richtig geschrieben.« Er deutete auf das Label auf der Innenseite des Jacketts.

»Über Plagiate müssen wir noch mal reden«, sagte Di Bernardo grinsend. »Wo sind die roten Socken?«

»Ah, Dionisio, nicht nur Sie wollen den Geigerinnen gefallen«, sagte er schmunzelnd, schob den Beifahrersitz wegen seiner langen Beine zurück und zog sein Handy aus der Tasche.

»›Floria Dalmasso‹, las er, geboren 1978 in Italien, keine Ahnung, wo genau, aufgewachsen in Uruguay, Studium der klassischen Violine am Instituto Universitario Nacional del Arte in Buenos Aires, privates Studium bei einem Typen mit unaussprechlichem Namen, Wechsel zu Tango und Pop. Senkrechter Karrierestart, Wahnsinnspresse, Tourneen in Südamerika, Mexiko, Kanada, nächsten Monat ist sie im Wembley-Stadion. Hammer, was für eine Frau.«

Ah, daher hatte er sich so hübsch gemacht, dachte Di Bernardo. Es ging doch!

»Haben wir nicht gestern Abend bei unserer zweiten Flasche Nero d'Avola beschlossen, den Frauen abzuschwören?«, sagte er und bog auf die Via Appia Nuova ein. Es amüsierte ihn immer wieder aufs Neue, dass die im Mittelalter entstandene Straße den Beinamen »nuova« trug. Das war eben Rom. Die Via Appia Antica hatte er als kleiner Junge mit seinem Vater besucht und sich vorgestellt, dass er auf dieselben Steine trat wie Julius Caesar. Mit seinem Vater, der nun mit Alberto lernen würde, Alberto, der noch geschlafen hatte, als er aufgebrochen war, und mittags den Zug nach Lecce nehmen würde. Drei Generationen, die in dem Zeitstrahl der Geschichte der Ewigen Stadt gerade mal ein Pünktchen waren.

Wenn Giorgia ihn gefragt hätte, ob er zu ihr nach Mailand ziehen würde, dann hätte er Nein gesagt. Nicht, weil er sich in Rom so wohlfühlte, sondern weil Alberto hier bei ihm lebte. Ihn liebte er, für ihn trug er Verantwortung, er war seine einzige Konstante im Leben. Aber sie hatte ihn ja gar nicht gefragt.

Del Pino, der die ganze Zeit neben ihm mit sich selbst gesprochen hatte, klickte ein Video an, »Piazzolla, so 'n Tangozeugs«. Die Melodie drang in den Wagen, sie klang mitreißend, dann plötzlich wehmütig, leidenschaftlich und auch zornig, und sie trug Di Bernardo davon, die Via Tuscolano entlang Richtung Frascati, Cristinas Geburtsort.

Die Trauerzeremonie war ein gesellschaftliches Spektakel. Der halbe Ort war auf den Beinen, die Straßen im Stadtzentrum zugeparkt. Di Bernardo und Del Pino tauchten unter in der Menge vor der Cattedrale di San Pietro, einem vergleichsweise schlichten Bauwerk mit barocker Fassade.

Das Kopfsteinpflaster der Piazza war über und über mit hellgelben Chrysanthemen bedeckt. Aus Lautsprechern klang verzerrt irgendeine Trauermesse. Di Bernardo ließ den Blick über die Menge wandern, doch es war aussichtslos, hier in dem Getümmel ein vertrautes Gesicht auszumachen.

Die Uhren auf den Türmen der Kathedrale zeigten verschiedene Zeiten; als er auf sein Handy sah, merkte er, dass keine der beiden stimmte. Irgendwie war das typisch für das Land. Um solche Dinge scherte sich niemand. Um Viertel vor zwölf vernahm er rhythmisches Hufgetrappel. Als er die mit Absperrgittern gesäumte Straße hinunterblickte, sah er vier Schimmel näher kommen, die eine schwarze Kutsche zogen. Wenige Meter vor dem Portal der Kathedrale kamen die prächtigen Tiere zum Stehen. Aus dem Trauerzug lösten sich jeweils sechs Männer und traten zu den mit weißen Rosen und Lilien bedeckten Holzsärgen. Die Sargträger. Ruhe war eingekehrt, und Di Bernardo lief ein Schauer über den Rücken. Schon einmal waren Cristina und Emile hier in der Kutsche vorgefahren, zu ihrer Hochzeit und unter dem Jubel der Menschen.

Hinter der Trauerkutsche hatten acht schwarze Maserati angehalten. Di Bernardo hörte ein Raunen in der Menge, die Ersten hatten die Angehörigen der Familie Pantaleoni und Vertreter des Hochadels ausgemacht, die nun hinter den Särgen in die Kirche gingen.

Di Bernardo gab Del Pino ein Zeichen. Gerade noch rechtzeitig entkamen sie dem Strom der Menschen, die Blumensträuße auf den hellen Stufen der Kathedrale ablegen wollten. Über die Sakristei gelangten sie dank ihrer Dienstmarken in die Kirche und fanden einen Platz hinten auf einer hölzernen Bank. Liliengestecke bedeckten kaskadenhaft die Särge, die links und rechts vor dem Altar aufgebahrt waren. Der schwere Blumenduft breitete sich in der Kirche aus und vermischte sich mit dem Weihrauch.

Di Bernardo spürte einen ziehenden Kopfschmerz. Sein Blick wanderte an den Säulen aus Sandstein empor. Wie viele Gebete wohl unter der Kuppel schweben mochten, erfüllte oder enttäuschte Hoffnungen, Schreie der Täuflinge, die verhaltenen Schluchzer der Trauernden, über Jahrhunderte hinweg bis zum heutigen Tag.

Dann setzte die Orgel ein. Di Bernardo lehnte sich zurück. Die Bank vibrierte von ihren Klängen. Als das Stück geendet hatte, trat der Pfarrer vor und sprach über die beiden Verstorbenen, das glückliche Paar, das die Menschen mit Musik und ihrer Großherzigkeit erfreut und Gott gedient habe. Die Liste der Wohltätigkeiten und guten Taten der beiden war so lang und die Stimme des Pfarrers so monoton, dass Di Bernardo Mühe hatte, nicht einzunicken. Als die Sprache auf die beispielhafte Ehe kam, die liebevolle Zuwendung der beiden, hoffte Di Bernardo inständig, dass Azzaria zu Hause geblieben war. Er konnte sich lebhaft vorstellen, wie der Maestro wutentbrannt hinter dem Altar hervorspringen und »Alles Lüge, alles Lüge!« schreien würde.

Je erhabener die Rede des Priesters, desto mehr verdüsterten sich Di Bernardos Gedanken. Wäre es nach ihm gegangen, hätten sie die Leichen noch längst nicht zur Beerdigung freigegeben. Sein Blick haftete an Cristinas und Emiles Porträts auf den Särgen, und ihn erfasste die Erinnerung an den Moment, als er Cristina hatte wiederbeleben wollen, an ihre vom Tode geküssten Lippen, und dann an Emile, an sein vom Schuss zerstörtes Gesicht … Mit einem Mal spürte er einen solchen Zorn darüber, dass die Ermittlungen einfach abgebrochen worden waren. Abgebrochen, weil der kleinen Gruppe von Menschen, die da ganz vorne in der Bank saßen, nicht gefiel, was dabei hätte zutage kommen können. Er ballte die Hand zur Faust.

Dann endete der Pfarrer, und Di Bernardo entspannte sich, als er Floria Dalmasso in Begleitung eines Mannes aus der Sakristei treten sah. Der Mann setzte sich hinter das schwarze Klavier, das im Schatten von Christinas Sarg stand. Floria hielt ihre Geige in der Hand und stellte sich zwischen die beiden Särge auf eine marmorne Stufe, die hinauf zum Altar führte. Sie trug eine schmal geschnittene schwarze Hose und dazu eine schlichte schwarze Bluse. Der Verzicht auf jegliche Zierde ließ ihr ebenmäßiges Gesicht umso stärker zur Geltung kommen.

Di Bernardo warf einen Blick auf einen der Programmzettel, die auf den Bänken auslagen. Tomasso Vitali, *Chaconne.* Den Namen des Komponisten kannte er nicht. Floria warf dem Pianisten einen Blick zu, er nickte kaum merklich und begann mit einer Folge düsterer Vokale. Dann setzte Floria ein. Sie hielt die Augen geschlossen, und während sie voller Hingabe spielte, drang die Mittagssonne durch die Fenster der Kathedrale in das Kircheninnere und umgab die Geigerin wie auch die Särge mit einem Strahlenkranz. Der Effekt zusammen mit der klaren, aufsteigenden Melodie war überwältigend. Die Menschen in der Kirche schienen den Atem anzuhalten, und Di Bernardo tat es ihnen gleich.

Als Floria in Begleitung des Pianisten die Variationen des Themas spielte, versank Di Bernardo in seinen Gedanken. Das Leben selbst war ein ewiger Kreislauf aus Werden und Vergehen, voller Variationen immer gleicher Themen. Mehr denn je wünschte er sich, seine Fesseln zu sprengen und nicht immer nur Zuschauer zu sein.

Als Florias Spiel endete, wanderte sein Blick zu Del Pino, der Tränen in den Augen hatte. Sein großer, so gern den Ungehobelten spielender Freund war von klassischer Musik zu Tränen gerührt. Und vermutlich auch von der Frau, die sie so meisterhaft dargeboten hatte.

Nach einer weiteren Rede und Gebeten erklang Johann Sebastian Bachs *Largo* aus der Sonate Nr. 3 C-Dur. Die Zartheit der Melodie berührte Di Bernardo. Und die Klarheit, die sie schuf, die Ordnung, hatte etwas zutiefst Versöhnliches. Er spürte, wie sein Groll sich legte, der Groll auf die Pantaleoni und der auf Giorgia. Sie alle suchten letztlich auch nur nach Trost und dem Zipfel vom Glück.

41

Ein leiser Wind war aufgekommen, er fuhr durch die hellgelben Blütenblätter auf den dunkelgrauen Basalt der Piazza San Pietro. Konzentriert beobachtete der Commissario die Trauergäste, die nach ihm aus der Kirche traten.

Davide Bianchi, Emiles Agent, bemerkte ihn und kam auf ihn zu.

»Commissario …«, begann er. »Ich weiß gar nicht, was ich sagen soll. Es erscheint mir so banal, dass Emile ausgerechnet wegen einer Goldkette gestorben sein soll.«

Di Bernardo sah ihn von der Seite her an. In Bianchis Blick lag kein Zweifel an den Ermittlungen, sondern nichts als tiefe Resignation.

»Wie wird es denn bei Ihnen weitergehen?«, fragte er leise.

»Wir werden den Gürtel enger schnallen müssen. Unser Bestes geben. Ich würde nur im äußersten Notfall die Agentur verkaufen.«

»Ich wünsche Ihnen viel Glück«, sagte Di Bernardo und fühlte einen Anflug von Scham, dass er diesen so integer wirkenden Mann belügen musste, ihn und all die anderen. Doch vielleicht gelang es ihm ja, das Blatt zu wenden und für Gerechtigkeit zu sorgen. Als Bianchi sich zum Gehen wandte, verengte er die Augen und hielt Ausschau nach Rossi.

»Haben Sie den Psychiater irgendwo gesehen?«, fragte er Del Pino, der aber schien ihn gar nicht zu hören und starrte wie gebannt in Floria Dalmassos Richtung. Die Frau kam auch ihm bekannt vor, doch er erinnerte sich nicht daran, einen ihrer Auftritte im Fernsehen gesehen zu haben. Doch wo sonst?

»Rossi?«, sagte Di Bernardo, und Del Pino schien wie aus einer Trance zu erwachen.

»*Scusi,* Commissario, was haben Sie gesagt?«

»Ich suche Rossi.« Di Bernardo spürte eine wachsende Unruhe in sich. Wo steckte der Mann? Inzwischen waren auch die Angehörigen aus der Kirche getreten und gingen in Richtung der wartenden Limousinen. Rossi war nicht unter ihnen.

Als Nächstes läuteten die Glocken, und die Särge wurden aus der Kirche getragen. Zwei Leichenwagen hatten das Heck wie gierige Mäuler geöffnet. Di Bernardo überlief ein Schauer, als er die einsame Gestalt sah, die auf den Stufen vor dem Kirchenportal stand und beobachtete, wie die Leichenwagen beladen wurden und davonfuhren. Es war Azzaria.

Der Maestro schien ihn nicht zu bemerken, er wandte sich um und verschwand im Innern der Kirche.

»Er ist gerade erst gekommen«, sagte Del Pino und deutete auf einen weißen Mercedes, der schräg gegenüber im Halteverbot geparkt hatte.

»Ich sehe weder Rossi noch Gambill«, sagte Di Bernardo und warf einen letzten Blick in die Kirche. Azzaria kniete allein vor dem Altar, den Kopf gesenkt.

»Sie meinen aber nicht den Hugh-Grant-Typen da drüben bei Amelia?«

Di Bernardo reckte den Kopf, dann sah er den Mann, den er für Timothy Gambill hielt, und ging auf ihn zu.

»Mister Gambill?« Der Mann blickte auf, doch er schien ihn gar nicht richtig wahrzunehmen. Auf dem Bild in Emiles Schlafzimmer hatte er jünger gewirkt.

»Mein Beileid«, sagte Di Bernardo auf Englisch und streckte ihn die Hand hin. »Ich bin Commissario Di Bernardo, wir hatten miteinander telefoniert …«

Gambill schüttelte ihm die Hand. »Entschuldigen Sie, Mister

Di Bernardo.« Er zog ein Taschentuch hervor, nahm die Hornbrille ab und fuhr sich über die Augen. »Hier ... in dieser Kirche ... wird Emiles Tod plötzlich so real ...« In dem Bemühen, die Fassung zurückzugewinnen, wandte er sich ab.

»Die Familie hat ihn ausdrücklich gebeten, nicht an der Beerdigung teilzunehmen«, flüsterte Amelia auf Italienisch. »Da gehen nur die engsten Familienmitglieder und ein paar Freunde mit. Er durfte nicht mal was in den Sarg legen, und seine Blumen haben sie auch abgelehnt. Ich kümmere mich ein bisschen um ihn.«

Di Bernardo schrieb ein paar Zeilen auf seine Karte und reichte sie Amelia. »Gut. Geben Sie ihm diese, bitte. Vielleicht möchte er mich morgen anrufen. Oder auch heute, wenn er etwas braucht.«

»In Ordnung«, meinte sie mit einem traurigen Lächeln. »Sagen Sie Roberto viele Grüße.«

Di Bernardo nickte und wandte sich um. Del Pino unterhielt sich gerade angeregt mit niemand Geringerem als Floria Dalmasso, offenbar zum Missfallen Espositos, der sich immer wieder ins Gespräch zu bringen versuchte, von Del Pino aber wenig bis gar nicht beachtet wurde.

Im nächsten Moment beschrieb Del Pino eine große Geste, die den Himmel und Floria umfasste, worauf sie ein warmes Lachen ertönen ließ.

»Das haben Sie wunderschön gesagt, danke, Roberto«, sagte sie gerade, als Di Bernardo sich zu den dreien gesellte.

Der Wind wehte Floria das Haar ins Gesicht, sie strich es in einer betont langsamen Geste zurück. Diese Frau war sich ihrer Wirkung auf andere sehr wohl bewusst. Sie hängte den Geigenkasten über die Schulter und holte ein Haargummi aus ihrer Hosentasche, mit dem sie ihr fülliges Haar bändigte.

Wieder fiel Di Bernardo ihr intensiver und zugleich trauriger

Blick auf, und jetzt wusste er endlich, an wen sie ihn erinnerte: an Julia Ormond in *Fräulein Smillas Gespür für Schnee.* Wie lange das her war, dass er den Film gesehen hatte …

»Erinnere ich Sie etwa an jemanden, Commissario?«, fragte Floria und legte den Kopf schief. »Sie sehen mich gerade so merkwürdig an …«

Di Bernardo räusperte sich. »Entschuldigen Sie … ich … ich musste nur gerade an Ihr wunderbares Spiel denken.«

»Danke sehr«, sagte sie bescheiden. »Ich habe meine ganze Seele hineingelegt.« Leiser noch fügte sie hinzu: »Und mein Herz.«

Di Bernardo erinnerte sich daran, dass auch sie einen Freund verloren hatte, und er ärgerte sich über sein hölzernes Gebaren. Er suchte noch nach angemessenen Worten, als Esposito sich dazwischendrängte.

»Sie haben den Bach wirklich göttlich interpretiert«, sagte er. »Wie kann eine so schlichte Melodienführung nur so erhaben klingen … Solch einem Talent bin ich nur selten begegnet.«

»Danke«, sagte sie nur.

»Kommen Sie mich doch mal in meinem Haus in Kampanien besuchen, Sie hätten ein eigenes kleinen Apartment dort und wären ganz ungestört. Wir könnten ein Hauskonzert geben.«

»Das klingt fantastisch, wie nett von Ihnen.«

Marco Esposito strahlte. »Sie könnten gleich mit mir mitfahren, von hier sind es gerade mal zwei Stunden bis Benevento. Die Luft in Benevento würde Ihnen sicher guttun, in Rom ist es im Mai ja schon dermaßen stickig.«

»Ach, wie schade, aber das geht leider nicht. Ich habe das ganze Wochenende über Verpflichtungen in der Stadt. ›Mach keine längeren Schritte, als du Beine hast‹, pflegte ein mir sehr teurer Mensch zu sagen«, meinte sie mit einem unergründlichen Lächeln.

Esposito sah sie einen Moment irritiert an. »Ich gebe Ihnen meine Karte, einen Moment, dann haben Sie meine Adresse und können einfach vorbeikommen …« Esposito suchte unter Del Pinos argwöhnischem Blick in seinen Taschen.

»Sind Sie denn gut untergekommen in Rom?«, erkundigte sich Di Bernardo.

»Ja, im Hotel Byron in Parioli, ganz entzückend.«

»Ich wäre wirklich sehr froh, wenn Sie einem Hauskonzert zustimmen könnten«, meinte Esposito und reichte ihr seine Visitenkarte. »In der näheren Umgebung wohnen viele Künstler. Und ich … ich hätte noch einmal in meinem Leben die Gelegenheit, ein wahres Talent spielen zu hören und sogar begleiten zu dürfen.«

Sie sah den alten Lehrer an. »Für Sie muss es doppelt schwer sein, Emile verloren zu haben, nicht wahr? Ein so langes Leben als Klavierlehrer, und Ihr größtes Talent verliert sein Leben.«

Esposito warf einen nervösen Blick auf Di Bernardo, er fürchtete wohl, er könne von Andrea Rossi erzählen. Rossi, der immer noch nirgends zu sehen war.

»Aber ich denke, ein so fabelhafter Lehrer wie Sie hat sicher nicht nur ein Talent hervorgebracht«, fuhr Floria fort, »sondern mindestens zwei, vielleicht sogar drei?« Sie sah ihn fragend an.

»Ach, ich kann mich gar nicht mehr an alle erinnern«, sagte Esposito ausweichend.

»Das ist sehr schade«, meinte sie.

»Haben Sie denn noch mehr Konzerte in Europa geplant?«, fragte Del Pino. »Ich würde Sie total gerne mal live erleben.«

Ein Schatten huschte über Florias Gesicht, dann lächelte sie ihn weg. »Ich bin in Südamerika zu Hause. Dort ist es wunderschön, die Straßen sind voller Musik. Melden Sie sich, wenn Sie mal nach Buenos Aires kommen.« Sie richtete den Riemen des Geigenkastens, sah in die Runde und nickte ihnen zu.

Dann wandte sie sich zum Gehen, beharrlich verfolgt von Esposito.

»Eine enigmatische Frau«, sagte Del Pino.

»Eine einsame Wölfin«, meinte Di Bernardo.

Del Pino seufzte. »Immerhin hat sie mich nach Buenos Aires eingeladen. Wie ist denn das Essen dort?«

Di Bernardo grinste, dann wurde er schlagartig ernst. »Ich habe Rossi nirgends gesehen. Möglicherweise ist er auf der Beerdigung, Amelia sagte, dort seien nur die engsten Verwandten und einige wenige Freunde.«

»Vielleicht ist er durch die Sakristei raus, weil er Esposito nicht sehen wollte?«

»Hm, möglich«, brummte Di Bernardo. Er zog sein Handy aus der Tasche.

»Na, da sind aber viele Nachrichten von Giorgia«, sagte Del Pino und machte den Hals lang.

Di Bernardo ging nicht darauf ein. »Vier verpasste Anrufe von Borghese«, sagte er und rief den Questore zurück.

»Endlich! Hören Sie, Di Bernardo! Die Musikerin, die jemanden in der Probe vor dem Mord gesehen hat … sie war da. Ich habe ihr die Fotos von Rossi gezeigt. Sie hat Andrea Rossi erkannt!«

»Verdammt«, sagte Di Bernardo. »Wir haben ihn hier verpasst und fahren sofort los.«

»Tun Sie das, und geben Sie mir Bescheid, wenn Sie ihn haben. Ich tue alles, um eine Vorladung durch den Staatsanwalt zu bekommen. Und dann schaffen Sie ihn hierher!«

»Wird gemacht, *capo.«* Di Bernardo steckte das Telefon ein und holte die Autoschlüssel aus der Tasche.

»*Andiamo,* Roberto, auf nach Rom.«

42

Di Bernardo schnitt einen Fiat Panda und zog seinen Alfa Romeo auf die linke Spur.

»Klinik, Praxis oder Aventino?«, fragte er und trommelte auf das Lenkrad, als der Verkehr sich vor einer Baustelle auf der Via Tuscolana staute. Er setzte den Blinker und wollte noch schnell die Spur wechseln, als der unsägliche Fiat Panda ihn rechts überholte.

»Ich fass es nicht«, murmelte er in sich hinein.

»Praxis«, meinte Del Pino. »Biegen Sie da vorn rechts ab, in den Staumeldungen steht, dass die Strecke ab Cinecittà komplett dicht ist.«

»In Ordnung.« Di Bernardo zwängte sich auf die rechte Spur und zählte. Der Fiat Panda war ihm acht Wagen voraus. Doch der Fahrer hatte die Staumeldungen offenbar nicht gehört. Mit einem Quäntchen Schadenfreude bog er rechts ab und gab Gas. Die Strecke war acht Kilometer länger, aber frei.

»Haben Sie eigentlich noch mal was von Giorgia gehört?«, erkundigte sich Del Pino.

»Hm«, brummte Di Bernardo nur. Er hatte wahrhaftig keine Lust, über sie zu reden oder über die Absage nachzudenken.

»Es gibt Wichtigeres, zum Beispiel: Wir wissen jetzt also, dass Rossi bei der Generalprobe war und im dritten Satz aufgestanden und gegangen ist«, sagte er. »Da ihn sonst niemand gesehen oder über seinen Besuch gesprochen hat, können wir annehmen, dass er es ohne Emiles Wissen getan hat – sonst hätte doch sicher irgendeine Art von Kommunikation stattgefunden. Vielleicht wollte er nach dem Neapel-Fiasko irgendwelche alten Wunden schließen, aber dann sind die Erinnerungen doch auf ihn eingestürzt, sodass er sich ihnen nicht länger aussetzen konnte.«

»Der Saalwart hat niemanden gesehen, der durch die Gänge gelaufen wäre, stand im Bericht.«

»Rossi wird möglicherweise nicht zum ersten Mal bei einer Probe dabei gewesen sein. Das heißt, er kennt sich aus. Kennt die Verstecke. Das können wir aber in Erfahrung bringen. Bestellen wir Ottobre ein, falls Rossi mauert«, sagte Di Bernardo. »Als die Probe endete, ist Emile als Erster gegangen, gefolgt von Azzaria, der dann noch eine Auseinandersetzung mit einem der Musiker hatte ...«

»Mit dem Hornisten«, warf Del Pino eifrig ein.

»Ah ja, da war doch was ...«

»Er kann von seiner Position aus Emile in dessen Garderobe gefolgt sein«, überlegte Del Pino. »Der wollte vermutlich keine Szene mitten im Parco, hat ihn eingelassen, und dort hat Rossi ihn bedroht.«

»Emile hat nicht geglaubt, Rossi würde ernst machen, er hat sich nicht mal gewehrt. Er hat unterschätzt, wie gedemütigt sein angeblicher Freund sich fühlte.«

Del Pino nickte. »Es passt alles. Das Motiv. Die Gelegenheit.«

»Die starken Emotionen. Die – wenn auch eingebildete – Verletzung der Würde.«

»Die Angst, dass sein Versagen öffentlich gemacht werden könnte, gerade jetzt, wo er sich als Psychiater einen Namen gemacht hat. Da wäre ein Skandal nicht wirklich förderlich.«

»Der Mord als einziger Ausweg. Übersehen wir etwas?«

Del Pino knetete sein Kinn, Di Bernardo überlegte fieberhaft. »Die Explosion«, sagte er dann. »Sie spricht dafür, dass die Tat akribisch geplant wurde. Wir aber gehen davon aus, dass Rossi aus Affekt heraus gehandelt hat. Dass er zwar vorhatte, Emile zu bedrohen, aber sich der Schalter erst spontan durch das Rachmaninow-Konzert umgelegt hat.«

»Hm. Aber wenn jemand anders das Auto hat hochgehen lassen? Welchen Beweis haben wir, dass es der Täter war?«

»Keinen.«

»Es könnte also jeder gewesen sein. Die Besucher, die Jogger, die mal ein bisschen Feuerwerk machen wollten. Einer, der eine Rechnung mit dem Autobesitzer offen hatte …«

»Schon ein seltsamer Zufall, dass es zur gleichen Zeit passiert ist, oder nicht?«

Del Pino kaute auf seinem Zeigefinger. »Na ja«, sagte er dann. »Und wenn es ein Feuerteufel war? Einer, der Aufmerksamkeit erregen wollte? Muss ja ein ungeheurer Thrill gewesen sein, das Auto genau dann hochgehen zu lassen, als die Polizei vor Ort war. Wir sollten in die Richtung ermitteln lassen, nicht dass so ein Irrer Rom unsicher macht.«

Di Bernardo nickte. »Da ist was dran, fürchte ich. Aber kümmern wir uns jetzt erst mal um Rossi.«

Gegen 14:30 Uhr erreichten sie die Via dei Tre Archi. Die letzten Meter von der Piazza Fiammetta aus waren sie gerannt.

Auf ihr ungeduldiges Läuten hin öffnete der Portiere, ein blassgesichtiger Mann, der eindeutig zu viel Zeit in geschlossenen Räumen verbrachte.

Di Bernardo zückte seine Marke. »Wir wollen zu Dottor Rossi.«

»Haben Sie denn einen Termin?«

»Sicher doch«, sagte Del Pino. »Wegen der ganzen Traumata. Im Polizeidienst.«

»Ah, ich verstehe.« Er blätterte in einer dicken Kladde. »Aber der Dottore hat nichts eingetragen für heute.«

»Hören Sie, Signor …«

»Monti.«

»Signor Monti. Das ist ganz großartig, dass Sie Ihren Beruf so gewissenhaft ausüben. Aber wir müssen wirklich sehr dringend mit dem Dottore sprechen, und ich denke nicht, dass Sie eine Anzeige wegen Amtsbehinderung kassieren wollen?«

»Nein, natürlich nicht, aber …« Monti blätterte schon wieder in seinem Besucherbuch.

Di Bernardo verdrehte die Augen. Wo gab es denn das noch? Wurde hier nicht mit Computer gearbeitet? Monti erinnerte ihn an Ottobre, den wieseligen Saalwart des Parco della Musica. Genauso umständlich, genauso beflissen, genauso langsam.

»Was ist jetzt, Signor Monti?«

»Mein Kollege hat notiert, dass Dottor Rossi gestern Abend um neunzehn Uhr dreißig noch einen neuen Patienten hatte. Als ich heute Morgen um sieben anfing, brannte bei dem Dottore schon Licht. Er wird wohl hier übernachtet haben, das tut er manchmal, wenn es spät wird. Unten war er heute nicht. Soll ich Sie anmelden?«

»Nein, auf keinen Fall. Gibt es noch einen zweiten Ausgang?«

»Es gibt die Treppe und den Aufzug, aber beide führen hier in den Empfangsbereich.«

»Del Pino, Sie warten hier. Ich nehme die Treppe.«

»Ich muss aber darauf bestehen, dass ich mitkomme«, sagte Monti.

»Und ich muss darauf bestehen, dass Sie hierbleiben. Zu Ihrem eigenen Schutz! Gibt es hier einen Nebenraum?«

Montis Blick wanderte unwillkürlich nach rechts.

Di Bernardos Geduld war erschöpft, er gab Del Pino ein Zeichen und nahm dann die Treppe.

Im zweiten Stock musste er sich einen Moment orientieren. Dann sah er den Aufzug und von dort den Flur zu Rossis Praxis.

Leise näherte er sich der Tür und horchte. Im Innern der Wohnung schien alles still zu sein. Entweder saß Rossi an seinem Computer und arbeitete – oder er hatte sie längst kommen sehen und stand hinter der Tür, mit gezückter Pistole.

Di Bernardo zog seine Dienstwaffe und spürte, wie sein Puls sich beschleunigte. Er spannte die Muskeln an, streckte den linken Arm aus und drückte auf die Klingel.

Angestrengt lauschte er, traute sich kaum zu atmen. Nichts.

Wieder klingelte er. Keine Reaktion.

Er trat ein paar Schritte zurück und rief Del Pino an. »Beobachten Sie die Fenster seiner Wohnung«, flüsterte er, den Blick konzentriert auf die Tür gerichtet. »Und rufen Sie Verstärkung.«

»Wird gemacht, *capo*. Passen Sie auf sich auf.«

Di Bernardo hatte die Tür hinten im Gang erreicht. Dem glänzenden Messingschild nach war es eine Kanzlei. Er drückte die Klinke, doch zu seiner Erleichterung war die Tür abgeschlossen. Dann bewegte er sich nahezu lautlos zurück zu Rossis Tür und hieb dagegen. »Aufmachen. Polizei!«

Noch immer tat sich nichts.

»Andrea Rossi, ich fordere Sie auf, öffnen Sie, und zwar sofort!«

Er presste das Ohr gegen das Holz. Nichts.

Blitzschnell ging er seine Optionen durch. Rossi wusste inzwischen, dass sie da waren. Entkommen konnte er nicht, unten wartete Del Pino. Einen Versuch war es wert, dachte Di Bernardo mit Blick auf das Schloss. Er trat zurück, atmete tief ein, dann legte er all seine Kraft und Technik in den Tritt.

Die Tür sprang auf, sie war nicht mal abgeschlossen gewesen! Mit gezogener Waffe schlich er sich von der Seite her an.

»Rossi? Machen Sie keine Dummheiten. Wenn Sie eine Waffe tragen, legen Sie sie auf den Boden. Halten Sie die Hände hoch!«

Dann roch er es.

Blut. Körperflüssigkeiten. Exkremente.

Di Bernardo spähte ins Innere der Wohnung.

Der Arzt lag zusammengekrümmt auf dem Boden des Vorraums. Di Bernardo beugte sich hinab, sah das Einschussloch an der Schläfe, ein weiterer Schuss hatte die Stirn aufgerissen. Mit zitternden Fingern suchte er nach der Halsschlagader. Doch da war kein Puls mehr.

Er wischte sich den Schweiß von der Stirn und trat in den Flur, um durchzuatmen. Dann rief er Del Pino an.

»Roberto? Kommen Sie hoch, es ist vorbei. Sagen Sie dem Portiere, dass er unsere Leute ohne Verzögerung reinlassen soll.« Als Nächstes beorderte er die Spurensicherung und Ricci an den Tatort.

Borghese war der Letzte, mit dem er sprechen wollte. Aber das konnte er sich nicht aussuchen.

»Ihre Entscheidung, die Ermittlungen abzubrechen, hat ein weiteres Menschenleben gekostet«, sagte er seinem Vorgesetzten. »Ich mache Sie für Andrea Rossis Tod verantwortlich, Questore.« Mehr brachte er nicht hervor, nicht in diesem Moment.

43

Das Warten war das Schlimmste. Warten auf Hinweise, Ergebnisse, irgendetwas, das ihnen Rückschlüsse auf den Mörder erlaubte. Damit nicht noch ein Mord geschah.

Di Bernardo befragte Monti zum gefühlt hundertsten Mal.

Das Haus war am Morgen bei seiner Ankunft ordnungsgemäß verschlossen gewesen. Das Schloss zeigte keine Anzeichen eines Einbruchs. Angeblich hatte der Mann keine Pause gemacht.

»Das kann doch nicht sein. Wenn Sie seit sieben hier sind, werden Sie wenigstens mal etwas getrunken haben oder auf die Toilette gegangen sein«, sagte Di Bernardo, ebenfalls zum gefühlt hundertsten Mal.

»Ich sag Ihnen doch, dass wir keine Pause machen. Unsere Toilette ist gleich da drüben. Das kriegt man mit, wenn jemand die Haustür aufmacht. Aber es ist keiner gekommen und keiner gegangen.«

»Haben Sie jemanden hochbegleitet?«

»Nein, wir dürfen den Empfang nicht verlassen. Wir holen den Aufzug, drücken den Knopf, das war's.«

»Denken Sie noch mal nach.«

»Aber das hab ich doch!«

»Hat Sie jemand in ein Gespräch verwickelt? Sodass sich womöglich ein anderer ungesehen an Ihnen vorbeistehlen konnte?!«

»Nein, ehrlich nicht! Wegen Pfingsten sind die Büros und Praxen fast alle nur halbtags besetzt gewesen.«

»Also haben heute Mittag einige Menschen das Gebäude verlassen. Waren es so viele, dass Sie womöglich jemanden übersehen haben?«

»Nein, ich habe niemanden übersehen. Ich kenne alle mit Namen.«

»Ach, und die Besucher, die Patienten auch?«

»Die tragen wir ja ins Buch ein.«

»Alle? Wirklich jedes Mal?«

Und so weiter und so fort. Bevor der Mann in Tränen ausbrach, zog Del Pino seinen Commissario vor die Tür.

»Wir holen jetzt Kaffee für alle«, beschloss er.

Di Bernardo rieb sich die Schläfen. »Ich bin einfach fertig.«

»Ich weiß«, sagte Del Pino nur.

»Die Verdächtigen sterben uns weg wie die Fliegen. Erst Cristina, jetzt Rossi. Ich fühle mich so machtlos.«

Del Pino nickte stumm.

»Sagen Sie mir, Roberto, ist Rossi erschossen worden, weil wir gestern die Ermittlungen nicht energisch genug vorantreiben konnten? Oder weil ich zu unfähig bin, die richtigen Schlüsse zu ziehen?«

»Uns fehlen Mosaiksteinchen. Die kann man nicht finden, wenn man an der Spanischen Treppe steht und Däumchen dreht. Das ist keinem gegenüber fair, weder Emile, Cristina & Co. noch den Afrikanern.«

Di Bernardo legte eine Hand auf Del Pinos Schulter und drückte sie. »Danke, Roberto.« Und trotzdem wusste er, dass auch er Hinweise übersehen hatte. Nur wo?

Einen Block weiter befand sich eine Bar. Sie orderten Kaffee für Ricci und das Team der Spurensicherung und tranken ihren gleich im Stehen. Del Pino bestellte noch einen für den »armen Signor Monti«, wie er ihn nannte, nicht ohne seinem Commissario einen Seitenblick zuzuwerfen.

Di Bernardo sah hinaus auf die Via dei Coronari, ein Mann, nicht wesentlich älter als er, trat in einen edlen Krawattenladen schräg gegenüber. Ein verliebtes Pärchen steuerte eine Eisdiele an.

»Was ist mit Angehörigen? Rossi hatte doch von einer Kollegin gesprochen … Müssen wir nachher noch irgendwohin?«

»Das habe ich alles Borghese aufs Auge gedrückt. Er … na ja, er zieht es gerade vor, mit mir zu kommunizieren. Um Sie nicht in den Ermittlungen zu stören, sagt er.«

»Sagt er das.«

Del Pino drückte ihm die Kaffeebecher in die Hand. »Wir müssen los, sonst wird er kalt.«

Als sie ins Haus traten, sah Di Bernardo die Sicherheitskamera.

»Vielleicht bringt die uns ja weiter.«

Monti räusperte sich. »Die ist leider nur zur Abschreckung da. Die Praxen und Büros hier im Haus wollen die Identität ihrer Klienten schützen«, erklärte er tapfer. Del Pino reichte ihm einen Kaffee und schob Di Bernardo zum Aufzug.

Der schüttelte nur den Kopf. Das war mal wieder typisch für Rom. Die Hälfte der Kameras war kaputt, die andere Hälfte ausgeschaltet.

Oben angekommen, organisierte Del Pino einen Klapptisch, auf dem sie den Kaffee parkten. Ricci trat heraus auf den Flur, die Handschuhe hatte er abgestreift. Er sah mitgenommen aus.

»Die Tat muss bereits gestern Abend erfolgt sein«, sagte er und trank von seinem Kaffee. »Rossi wurde aber nicht im Vorraum der Praxis erschossen, sondern hat sich noch ein paar Meter weitergerobbt, bevor er wohl das Bewusstsein verlor. Das zeigen die Blutspuren am Boden und auch die Haltung des erstarrten Körpers.«

Di Bernardo versuchte den Gedanken an den angeschossenen Rossi zu verdrängen. Dass der Mord so lange zurücklag, überraschte ihn.

»Wie lange kann er maximal tot sein?«

»Um die vierundzwanzig Stunden. Die Versteifung des Körpers hat sich noch nicht wieder gelöst.«

»Und minimal?«

»Den Totenflecken nach zu urteilen, zwölf Stunden plus, sie sind partiell nicht mehr verlagerbar.«

»Das heißt, sein letzter Patient könnte ihm den Tod gebracht haben«, überlegte Di Bernardo. »Nach Angaben des *portiere* kam er um neunzehn Uhr dreißig. Ich geh mal runter und bringe in Erfahrung, wer gestern Abend wie lange Dienst hatte und was in dem schlauen Buch steht. Angeblich notieren sie ja alle Namen.«

»Das mach besser ich«, sagte Del Pino und ging mit energischen Schritten zum Aufzug.

Ricci sah ihm hinterher. »Was ist denn mit ihm los?«

»Er fürchtet, dass ich meinen Frust auf Borghese an dem armen *portiere* auslasse.«

»Den Frust kann ich verstehen«, sagte der Dottore leise. »Wir hatten ja nicht mal eine Chance, diesen Tod zu verhindern. Er hat meinen Bericht über Cristinas Verletzungen einfach ignoriert, verdammt.« Ricci zog frische Einmalhandschuhe über. »Ach ja … Was den Rand des Einschusslochs an der Stirn angeht, vermute ich, dass es sich um dieselbe Waffe wie bei Emile Gallois handelt. Ich werde mir den Körper morgen früh vornehmen, wenn er in der Gerichtsmedizin ist.«

»Danke«, sagte Di Bernardo. »Ich weiß, dass morgen Samstag ist.«

»Kein Problem, meine Exfrau hat die Kinder«, sagte Ricci.

Das Brummen des Aufzugs ertönte, es war Del Pino.

»Der *portiere* von gestern Abend ist auf dem Weg, er müsste in fünf Minuten hier sein, wohnt ganz in der Nähe. Was soll ich ihn fragen?«

»Das mache ich«, beschied Di Bernardo. »Gehen wir in der Zwischenzeit unsere bisherigen Verdächtigen durch. Diejenigen, die noch leben.«

»Azzaria«, sagte Del Pino.

»Das glaube ich nach wie vor nicht. Wen haben wir noch?«

»Einen von den Pantaleoni?«

»Das wäre was, ha. Wie kommen Sie darauf?«

»Weil sie die Ermittlungen abgebrochen haben. Das macht sie verdächtig. Ist ja quasi ein Gratis-Ticket für den nächsten Mord.«

»Schlagen Sie Borghese vor, in der Schlangengrube zu ermitteln.«

Del Pinos Telefon klingelte, es war Monti.

»Der *portiere* von gestern ist da. Fahren wir runter«, sagte er.

Di Bernardo betrachtete den Mann, an dem seine Hoffnung auf einen brauchbaren Hinweis hing. Er war noch jung, Anfang zwanzig, und erinnerte ihn an die Jungs, die nächtelang in den Internetcafés um Roma Termini saßen und Computerspiele machten: blass, übernächtigt und nicht ganz in dieser Welt zu Hause. In dem Moment war er nur froh, dass Alberto in seinem jungen Alter bereits wusste, was er im Leben wollte.

»*Ciao,* ich bin Enrico Sala. Ich mache hier die Abendschicht, immer von sechzehn bis neunzehn Uhr.«

»So auch gestern?«

»Ja, genau.«

»Haben Sie Signor Rossi gestern gesehen?«

»Ja, der Dottore ging kurz nach seinem letzten Patienten gegen siebzehn Uhr aus dem Haus. Der Name des Patienten steht im Buch …«

Di Bernardo nickte Del Pino zu. »Notieren Sie ihn. Wir sollten ihn befragen.«

»Wird gemacht«, sagte Roberto.

»Und dann?«, fragte Di Bernardo Sala.

»Hier lief alles normal, halt so wie jeden Abend. Nur die Kanzlei im Erdgeschoss war ein bisschen später dran, weil die heute ganz geschlossen haben. Der Dottore kam um Viertel vor sieben wieder. Er sagte zu mir, dass er um halb acht noch einen letzten Patienten erwarten würde, aber ich brauchte nicht zu bleiben, er würde selbst öffnen.«

»Hat er einen Namen genannt?«

»Nein, aber im Buch steht was.«

Di Bernardo beugte sich über den Eintrag. *L. Mancini.* Er seufzte. »Mancini, davon gibt es wie viele in Rom? Fünftausend?« Er sah wieder zu dem Jungen und nickte ihm auffordernd zu.

»Ich hab dann um sieben meine Sachen geholt und bin los. Außer dem Dottore waren alle fort. Die Haustür hab ich zugesperrt, hundertprozentig.«

»Bitte denken Sie genau nach. Wem sind Sie draußen begegnet?«

Enrico Sala zog die Stirn in Falten. »Es war ja noch hell, da waren ziemlich viele Leute unterwegs. So ein Junkie in einem dunkelgrünen Kapuzenpullover lungerte vor der Bar gegenüber herum. Den hab ich schon öfter hier gesehen. Vielleicht weiß der was?«

Di Bernardo spürte, wie etwas Bitteres in seiner Kehle aufstieg. »Bitte, überlegen Sie noch mal. Wir ermitteln in einem Mordfall. Es ist wichtig, dass Sie sich erinnern.« Er wandte sich an Del Pino. »Machen Sie besser weiter, ich fahre wieder hoch.«

Im Vorraum der Praxis lag Rossis Körper zum Abtransport bereit auf einer Bahre. Di Bernardo zog das Tuch über dem Kopf des Mannes zurück und prägte sich die Überreste seines Gesichts ein. Der Mann war ihm nicht sympathisch gewesen, er hatte vieles verborgen, sich hinter seiner Arroganz versteckt. Aber das Wissen, dass sie seinen Tod nicht hatten verhindern können, schmerzte. Und die Vorstellung, wie er sich im schwerverletzten Zustand noch zur Tür hatte ziehen wollen, war ihm unerträglich.

Sein Blick fiel auf die Blutspuren auf dem Boden. »Warum zur Tür?«, überlegte er laut.

»Um nach Hilfe zu rufen?«, meinte Ricci.

»Warum kein Notruf?« beharrte Di Bernardo.

»Weil sein Telefon weg ist. Übrigens auch der Laptop«, sagte Federica.

»Ein Raubüberfall?«

Sie schüttelte den Kopf. »Die Rolex war noch an seinem Handgelenk.«

Del Pino kehrte zurück. »Der Junge weiß nichts. Er hat den Abend bei seinen Freunden verbracht und gezockt. Der Typ in dem Hoodie war schon in der Woche vorher da, er vermutet, der vertickt Drogen oder klaut. Soll ich in den Bars nach ihm fragen?«

»Nein, bleiben Sie hier, lassen Sie uns nachdenken.«

»Noch etwas«, sagte Ricci. »Das Opfer hat Verletzungen an der rechten Mittelhand, wenn auch nicht von einem der Stühle im Raum. Ich tippe eher auf einen stumpfen Gegenstand, vielleicht den Pistolenknauf … Aber das weiß ich erst morgen, wie gesagt.«

»Verdammt«, sagte del Pino.

Di Bernardo rieb sich die Stirn. Er hätte es kommen sehen müssen …

Dieser Satz, dachte er. Was hatte es damit auf sich? Er schloss die Augen, um sich besser konzentrieren zu können. Der Polizeikommissar unten in Kalabrien fiel ihm ein, wie er von Giovannis Tod sprach … Er meinte seinen leichten Dialekt zu hören, und es fuhr ihm eiskalt über den Rücken. Esposito! Er hatte den Satz gesagt.

Seine Gedanken rasten.

»Was ist das verbindende Glied …«, überlegte er laut. »Emile. Andrea. Das Klavierspiel. Esposito. Die Noten …«

Di Bernardo fokussierte seine Gedanken auf den Inhalt des Tresors. »Die Widmung«, sagte er plötzlich. »Sie war datiert auf Februar 1994. Aber das Konzert fand doch erst später statt. Am 1. Januar 1995.«

»Die Zeilen waren nicht für Emile. Und wenn sie auch nicht für Andrea waren?«, sagte Del Pino und zog die Stirn in Falten.

Di Bernardo erstarrte. »Der dritte Junge!«

Der dritte Junge auf dem Foto, das so kostbar oder so brisant war, dass es in einem Tresor aufbewahrt wurde. Und keiner wollte etwas über den Jungen gewusst haben, Esposito nicht, Andrea nicht.

»Da war noch was Komisches … Floria, sie sagte zu Esposito was von den Talenten. Dass er doch sicher nicht nur ein Talent hervorgebracht hätte, sondern vielleicht zwei oder drei … Ob sie mehr darüber weiß?«

»Rufen Sie sie an! Haben Sie das Hotel?«

»Klar.« Del Pino hängte sich an sein Telefon. Di Bernardo lief unruhig den Flur auf und ab, während Federica und Ricci ihn mit Blicken verfolgten. Der dritte Junge. Hatte er auch gespielt? Wahrscheinlich. Was war mit ihm passiert? War er auf einem Rachefeldzug unterwegs?

»Floria ist nicht im Hotel«, sagte del Pino. »Der Typ an der Rezeption meinte, die Signorina sei mit ihrer Geige losgezogen, wollte mit Freunden proben. Ich habe meine Nummer hinterlassen.«

»Haben wir eine Handynummer?«, fragte Federica.

»Ah, ich wünschte, es wäre so«, sagte Del Pino schmachtend, und Federica musste lachen.

»Ich mach mal weiter« sagte sie und zog sich wieder Handschuhe an.

Di Bernardo rief Borghese an. »Bitte suchen Sie in der internen Datenbank nach Marco Esposito«, sagte er ohne jede Begrüßung. »Wir müssen wissen, ob es irgendeinen Vorfall mit einem Schüler gab, um 1994 herum. Sexuelle Belästigung, Erpressung, keine Ahnung …«

»Sekunde …«

Er hörte, wie Borghese etwas in seinen Computer tippte.

»Marco Esposito, einundsiebzig, wohnhaft in Benevento und Roma-Primavalle?«

»Genau der.«

Borghese murmelte etwas. »1994, sagen Sie?«

»Plusminus.«

Borghese stieß einen kleinen Pfiff aus. »Einer seiner Schüler hat sich im September 1994 umgebracht. Ich schicke Ihnen die relevanten Informationen aufs Handy.«

»*Va bene*«, sagte Di Bernardo und legte auf.

Eine Minute später traf die Nachricht ein.

»›Michele Bertini war seit 1988 ein Privatschüler Espositos. Er beging Ende Oktober 1994 im Alter von vierzehn Jahren Selbstmord‹«, las er.

»Was bedeutet das für den Fall?«, fragte Ricci.

»Dass Esposito nicht nur Rossi auf dem Gewissen hatte, sondern noch jemand anderen?«, überlegte Del Pino.

»Schicken Sie das Foto an Borghese, er soll rausfinden, ob der Junge dieser Bertini ist«, sagte Di Bernardo. »Und er soll versuchen, die Handschrift unter Espositos Widmung auf dem Rachmaninow mit der des Jungen abzugleichen. Vielleicht gibt es ja

Unterlagen. Wir dürfen uns nicht den geringsten Fehler erlauben.«

»Aber wenn er der Tote ist, kann er ja kaum einen Rachefeldzug gestartet haben«, sagte Ricci und spitzte die Lippen.

»Borghese soll alles herausfinden, was es zu dem Jungen gibt. Die Ursache für seinen Selbstmord, die Untersuchungen damals, ob Gallois und Rossi darin verstrickt waren oder Esposito«, sagte er zu Del Pino und nahm seine Wanderung durch den Flur wieder auf. »Esposito wollte uns glauben machen, Rossi habe Angst gehabt, dass Emile ihn verraten könnte.« Er blieb stehen. »Was, wenn in Wahrheit er Angst hatte, Emile und Rossi könnten ihn verraten, weil etwas an dem Tod des Jungen faul war?«

Ricci nickte nachdenklich. Im nächsten Moment erklang Federicas Stimme.

»Dionisio, komm mal. Du auch, Roberto.«

Sie schlüpften in die Überzieher.

»Handschuhe auch«, sagte Federica und deutete an die Wand. Auf etwa einem Meter vierzig Höhe prangte ein schwarzes Zeichen, nicht mal einen Zentimeter groß.

»Hier, seht mal. Das ist ein kleines griechisches Sigma, oder?«, meinte Federica.

»Nicht ganz«, sagte Di Bernardo und spürte, wie ihm das Blut aus dem Kopf wich.

»Was meinst du, Dionisio?«, Federica räusperte sich. »Das Zeichen war auch in Emiles Garderobe. Ehrlich gesagt habe ich ihm keine Beachtung geschenkt. Ich dachte, es wäre schon da gewesen, irgendeine Kritzelei.« Sie sah ihn unsicher an.

»Was ist mit dem Pool?«, fragte Di Bernardo alarmiert.

»Warte, ich gucke mir schnell die Fotos vom Tatort an …«

Sie zog den rechten Handschuh aus und wischte über ihr Tablet.

»Verdammt.« Sie vergrößerte einen Bildausschnitt, er zeigte eine Stufe zur Terrasse. Di Bernardo verengte die Augen. Da war das Zeichen, ohne Zweifel.

»Ich hätte das nicht übersehen dürfen«, meinte sie geknickt.

»Sei froh, wenn du es nicht erkennst«, erwiderte er düster. »Das ist kein Sigma.« Mit dem Zeigefinger fuhr er die Linie nach. Sein Magen zog sich krampfartig zusammen. »Ein Sigma hat ein Fähnchen, das hier hat nur einen kleinen waagerechten Strich. Es ist ein Zeichen der ’Ndrangheta. Der Buchstabe ›a‹.«

Er spürte, wie sein Puls sich beschleunigte. Sein Handy vibrierte, rasch zog er es aus der Tasche. Die Nachricht war von Borghese: »›Marco Esposito. Geboren am 17.06.1946 in Cosenza.‹ Die Stadt liegt in Kalabrien.«

44

Einundzwanzig Kilometer vor Caserta, Kampanien, im März 1986

»Wie lange fahren wir denn noch?«, fragte Alma mit ihrer Kleinmädchenstimme.

Salvatore sah in den Rückspiegel, sie drückte ihren Kuschelhasen an ihre Wange. Ihre Augen waren ganz klein vor Müdigkeit.

»Kannst du nicht schlafen?«, flüsterte er, um Angelo, seinen sechsjährigen Sohn, nicht aufzuwecken.

»Ich will nicht für immer weg«, wimmerte sie.

»Wir werden es so schön haben in der Schweiz, *ciccina*«, sagte Maria leise. »Heute Abend schon sind wir da. Dann suchen wir uns ein Haus, und ihr bekommt ein großes Zimmer nur zum Spielen.«

»Kriegt Angelo dann auch ein Klavier? Wir haben doch jetzt keins mehr.«

»Natürlich bekommt er ein Klavier. Vielleicht kaufen wir sogar einen Flügel.«

»Das wäre schön«, murmelte Alma schläfrig.

Salvatore warf Maria einen dankbaren Blick zu. Sie wusste immer, wie man tröstete. Selbst jetzt, wo sie sich auf der Flucht befanden vor der eigenen Familie. Der Flucht vor all der Gewalt, die immer neue Gewalt gebar. Vor seinem Vater, der Gnade als Schwäche empfand. Vor seinem Schwager, der zwölf Polizeiautos in die Luft gejagt und ein Kind hatte verbrennen lassen.

Um die eigene *famiglia* zu schützen, wie er sagte, während in seinen Augen die Lust am Töten glomm.

Salvatore rieb sich den Nacken. Was tat er bloß? Entwurzelte seine Familie, raubte den Kindern die Großeltern und ihnen allen die Heimat ... Kalabrien mit seinen wilden Meeresküsten, dem smaragdgrünen Wasser und dem allgegenwärtigen Duft der Orangen.

Doch ihm blieb keine Wahl, wollte er sie schützen. Sie und auch sich selbst, den kläglichen Rest seiner Seele, die nicht von Schuld erstickt wurde. Deshalb hatte er den heiligen Eid gebrochen, heute nach Mitternacht, als er mit seiner Familie losgefahren war Richtung Schweiz.

Caserta 17 km, las er. Sie kamen gut voran, mitten in der Nacht gehörte die Straße ihnen fast allein. Bei Tageslicht hätten sie die malerische Küste bei Salerno gesehen, dann den beängstigenden Vesuv und jetzt, in ebendiesem Moment, das Castello von San Felice, das hoch oben auf den Ausläufern der Berge thronte. Doch die Nacht war schwarz, nur dann und wann erleuchtet von einem Lichtkegel in seinem Rückspiegel.

So wie auch jetzt. Er kniff die Augen zusammen, die Helligkeit blendete ihn. Der Fahrer musste vergessen haben, das Fernlicht auszuschalten. Näher kam er und näher, dahinter ein zweiter.

»Was ist?«, fragte Maria alarmiert und drehte sich um.

»Fahr rechts ran, lass sie vorbei.«

Salvatores Puls begann zu rasen. Einer der Wagen zog an ihm vorbei. Er atmete auf und sah erneut in den Rückspiegel nach dem zweiten Auto.

»Pass auf!«, schrie Maria plötzlich. Er hörte Reifen quietschen, sah nach vorn, sah, wie die schwarze Limousine sich quer stellte, ihm in den Weg. Sie nahmen ihn in die Zange! Er trat auf die Bremse.

Unendlicher Schmerz durchfuhr ihn, als er in die erschrockenen Gesichter seiner Frau und seiner Kinder blickte. Dann tat er das Einzige, was ihm blieb, um Maria und die Kinder zu schützen.

Er öffnete die Tür, stieg aus und stellte sich ihnen. Hörte noch Marias Schrei, »Salvatore, nein!!!«, bevor er den Kugelhagel empfing. Und er trat ein in das Reich der Toten, wo all diejenigen, deren Leben er in den vergangenen zehneinhalb Jahren geraubt hatte, schon auf ihn warteten …

45

Di Bernardo rieb sich die Augen und versuchte sich zu orientieren. Vor ihm erstreckte sich das graue Band des Asphalts gleich einer Schlange. Dem tiefen Stand der Sonne nach musste es zwischen acht und neun Uhr abends sein.

»Sind wir schon hinter Cassino?«, fragte er und streckte sich, soweit es auf dem Beifahrersitz möglich war.

»Kurz vor Teano«, sagte Del Pino. »Jetzt müssen Sie sich entscheiden. Soll ich rechts abbiegen nach Caserta, Richtung Salerno, und wir gönnen uns ein Junggesellenwochenende an der Amalfiküste, oder jagen wir das Böse in Benevento?«

»Nehmen wir die Raststätte dort geradeaus«, sagte Di Bernardo und grinste.

»Der Satz könnte von mir sein. Wie sagte meine Oma in Anzio immer schon? ›Gut gestärkt jagt es sich besser.‹«

»Vor allem muss ich raus aus diesen Schuhen«, erwiderte Di Bernardo.

»Auch da kann ich nur beipflichten. Murphys Gesetz, dass wir uns ausgerechnet heute auf diesen Weg machen mussten.«

Sie trugen noch immer die formale und damit unbequeme Trauerkleidung vom Morgen.

»Haben Sie vielleicht Ersatzschuhe hinten im Wagen?«, fragte Del Pino hoffnungsvoll.

»Wenn, dann meine schwarzen Laufschuhe in Größe 42.«

»Vier Größen zu klein, wie ärgerlich. Ich könnte sie vorne aufschneiden, dann würden die Zehen frische Luft kriegen.«

Del Pino lenkte den Wagen mit Schwung auf den Parkplatz.

Das Innere der Raststätte duftete nach schmelzendem Käse, kein Wunder, bei der Nähe zu Neapel. Del Pino blickte sehnsuchtsvoll auf die wagenradgroßen Pizzen, doch Di Bernardo holte ihnen lediglich eine Cola und Energieriegel.

»Borghese hat geschrieben«, sagte er, während er das Memo überflog.

»Wir lagen richtig. Der Junge auf dem Foto ist definitiv Michele Bertini. Auch die Worte, die er unter Espositos Widmung geschrieben hat, können ihm zugeordnet werden.«

»›Und sollte ich es nicht erfüllen, werde ich zum Verlierer: als Pianist, als Musiker und als Mensch‹, wiederholte Del Pino. »Vor dem Hintergrund, dass er sich selbst getötet hat, bekommt das eine neue Bedeutung.«

»Den Kritiken zufolge, die Borghese für uns aufgetrieben hat, war er alles andere als ein Verlierer. Hier, lesen Sie selbst.«

Er hielt sein Telefon so, dass Del Pino mit auf den Bildschirm sehen konnte.

Nicht von dieser Welt! Der gerade mal dreizehnjährige Bertini verzaubert das Publikum mit der Makellosigkeit seines Spiels, mit Anmut und lupenreiner Technik gleichermaßen …

Man mag sich fragen, woher die Seelentiefe dieses Jungen stammt, dessen Virtuosität schon jetzt an die der ganz Großen heranreicht …

Eine hervorragende Technik, sprechende Klangfarben und eine selig machende Interpretation …

Del Pino schob sich einen Energieriegel in den Mund, während Di Bernardo weiterscrollte.

»Michele war seit 1988 gemeinsam mit Andrea und Emile Espositos Privatschüler. Offenbar steckte er sie alle in die Tasche. Allerdings war er schon als Kind sehr labil.«

»Weiß man, wieso?«, erkundigte Del Pino sich kauend.

»Hier steht dazu nichts weiter. Ob das der Preis eines so außerordentlichen Talents ist?«

»Na ja, wenn ich an Azzaria denke ... Die haben schon einen an der Waffel. Apropos ... Essen Sie Ihren Snack noch?«

Di Bernardo schüttelte den Kopf.

»Rossi und sein eigener Lehrer haben Michele totgeschwiegen, als sie das Foto sahen. Das musste doch einen Grund haben.«

»Eben.«

»Wie hatte Esposito das ausgedrückt ... dass Emile und Andrea sich in den Olymp erhoben und niemand an sie heranreichen durfte?«

»Hört sich aber so an, als hätte längst jemand den Olymp besetzt«, gab Del Pino zurück.

»Ob sie den Jungen ausgegrenzt haben? Gemobbt?«, überlegte Di Bernardo.

»Da wette ich drauf«, sagte Del Pino düster.

»Aber das alles erklärt die Morde nicht – schon gar nicht jetzt. Ich bleibe dabei, dass Esposito mit drinhängt. Wie ich schon gesagt habe: Er ist das verbindende Element. Drei Jungen, ein Stück, ein Lehrer. Und alle sind tot, bis auf Letzteren.« Innerlich schüttelte sich. »Der Mann ist ein Monstrum. Kleidet sich in das Gewand eines jovialen, leicht verschrobenen Klavierlehrers, der es doch nur gut mit allen meint ...«

»Allein schon, wie er um Floria herumgewuselt ist«, ereiferte sich Del Pino.

»Erinnern Sie sich, wie agil er plötzlich war, als er aus der Tür trat und sie im Café traf? Von wegen Schwächeanfall. Wir müssen sehr auf der Hut sein. Wenn wir recht haben, ist er bewaffnet.«

»Wenn ich nur diese Trauerklamotten loswerden könnte«, klagte Del Pino. »Sieht aus, als hätte ich schon das passende

Outfit für meine eigene Beerdigung an. Ob Questura oder Gruft – immer passend gekleidet. Wäre doch ein toller Slogan für Moschino mit ›h‹.«

Als sie wieder am Auto standen, sah Di Bernardo an sich herab. Del Pino hatte recht, das Schwarz hing über ihnen wie ein schlechtes Omen. Er entledigte sich seiner Krawatte und seines Sakkos, öffnete die beiden oberen Knöpfe und krempelte die Ärmel hoch. Dann legte er seine Dienstwaffe an und kontrollierte mit einem Blick auch Del Pinos Ausrüstung. Im Wagen schickte er Alberto eine kurze Nachricht und fragte, ob er gut angekommen sei. Wenig später poppte als Antwort ein Foto auf, es zeigte seinen Sohn an der Seite seines Vaters, auf der vertrauten Terrasse in Lecce.

Nunc aurea Roma est ☹ – schrieb Alberto.

Mein vollstes Mitgefühl, antwortete Di Bernardo und suchte nach dem Grinse-Smiley. Goldenes Rom hin oder her, Ovid war nicht jedermanns Sache.

Freu mich auf Montagabend! Kochst du was? Kann Laura zu uns kommen?

Laura.

Di Bernardo spürte, wie sich Wärme in ihm ausbreitete.

Sie waren laut Navi zehn Minuten von ihrem Ziel entfernt, als Federica sich telefonisch meldete.

»Hört zu, Jungs, Riccardo hat das Handy von Rossi geortet. Damit hat sich vor einer Stunde jemand in das Netz in Benevento eingewählt, es wurde dann aber wieder ausgeschaltet. Riccardo hat es über IMEI und Standortregistrierung geortet. Es befindet sich an eurem Zielort in Benevento. Wir haben den Mörder. Passt bitte auf euch auf, ja?«

Di Bernardo spürte, wie seine Muskeln sich anspannten.

Seine Sinne schärften sich, als sein Körper das Adrenalin durch seine Adern jagte.

»Borghese will noch was von euch«, sagte Federica. »Er steht neben mir.«

»Nicht jetzt, wir sind kurz vorm Zugriff.«

»Hören Sie, Dionisio, das ist wichtig«, rief der Questore. »Sehen Sie in Ihre Mail. Soll ich Verstärkung anfordern?«

»Verstärkung erst auf unser Zeichen hin, sonst machen die uns am Ende noch den Überraschungseffekt kaputt.« Di Bernardo drückte das Gespräch weg, doch er öffnete seine Mails.

»Im Betreff steht ›Caserta 1986‹.«

»Hätten wir doch die andere Route nehmen sollen«, witzelte Del Pino.

»Halten Sie an«, sagte Di Bernardo keine Sekunde später. Sein Gesicht war fahl geworden.

Borghese hatte ein Archivfoto in Schwarz-Weiß angehängt.

Ein schwarzer Range Rover stand quer auf der rechten Autobahnspur. Links vor dem Wagen lag ein Mann in einer Blutlache, rechts von ihm, vielleicht zwei Meter entfernt, eine Frau, auch sie erschossen.

Di Bernardo schloss die Augen und lehnte sich zurück. Er fühlte sich leer. Er hatte einige solcher Hinrichtungen erlebt, in seiner Zeit in Reggio Calabria.

Del Pino griff nach Di Bernardos Telefon und las den Text vor, den Borghese dazugeschrieben hatte.

»Bei den Ermordeten handelt es sich um den Sohn des Mafiabosses Don Giuseppe aus San Luca und seine Frau Maria, die einer nicht mafiosen Familie angehörte. Sie hatten zwei Kinder, die voneinander getrennt wurden. Die achtjährige Alma wurde von einer Pflegefamilie in Turin aufgenommen, die später wegen schwerer Kindesmisshandlung in vier Fällen verurteilt wurde. Die Pflegeeltern gaben an, Alma und ein weiteres Mädchen in ihrer Obhut seien von einer albanischen Bande entführt worden, beide waren damals knapp zwölf. Angelo hatte mehr Glück. Er war zum Zeitpunkt der Hinrichtung seiner Eltern sechs Jahre alt und wurde von einer Familie in Arezzo adoptiert, sein Vorname wurde aus Sicherheitsgründen in Michele geändert. Wegen seines musikalischen Talents meldeten ihn die Eltern zum Privatunterricht bei Esposito an. Oh, und noch etwas: Salvatore, also Micheles Vater, hat in Cosenza studiert.« Del Pino sah auf.

»Cosenza?«, wiederholte Di Bernardo. »Da ist doch Esposito geboren.« Er atmete tief durch. »Also los. Bringen Sie uns zu ihm.«

Es dämmerte bereits, als sie sich Espositos Haus näherten, das in der *periferia* im Norden der Stadt gelegen war. Die Entfernung zum Nachbarhaus betrug zweihundert Meter. Das Domizil des Klavierlehrers war ein mittelgroßer rechteckiger Bau, der in einem fröhlichen Blau gestrichen war. Ein Stück weit hinter dem Haus begann ein kleiner Wald.

Direkt vor dem Haus stand ein brandneuer Lancia Ypsilon.

Di Bernardo gab das Kennzeichen in die Kraftfahrzeugsuche der Questura ein, der Wagen gehörte wie erhofft Esposito. »Er ist offenbar zu Hause«, sagte er.

Del Pino parkte im Schutz zweier Zypressen, und sie stiegen aus. »Sie halten sich hinter mir«, sagte Di Bernardo, zog seine Waffe und ging rasch an den Irisstauden entlang zur Haustür.

Die Vorhänge im Erdgeschoss waren zugezogen, im Haus war es still. Zeit, aktiv zu werden. Di Bernardo klingelte, hieb dann, als sich nichts tat, gegen die Tür.

»Signor Esposito!«, rief er. »Hier ist die Kriminalpolizei. Machen Sie auf.«

Nichts geschah.

Er deutete nach links. Mit Del Pino in seinem Schatten ging er die Hausfront entlang und bog um die Ecke. Ein mannshohes Tor versperrte ihnen den Weg. Er drückte die Klinke hinunter, es war abgeschlossen.

»Andere Seite«, sagte Di Bernardo. Sie waren vielleicht fünf Meter weit gekommen, als er ein Geräusch vom Garten her vernahm. »Los«, rief er. Sie sprinteten um das Haus herum und gelangten zu einem weiteren Tor. Del Pino trat mit Wucht dagegen, sodass es aus den Angeln sprang. Vor ihnen ragte eine berankte Pergola auf, die sich bis über die Terrasse erstreckte; die Schiebetür des Hauses stand offen.

Del Pino drehte sich einmal um die eigene Achse. »Da«, rief er und rannte los. Ein Stück vor ihnen lief Esposito in Richtung Wald. »Bleiben Sie stehen, Signor Esposito! Commissario Di Bernardo, Kriminalpolizei!«

Del Pino war schneller als die beiden anderen, und fünf Sekunden später hatte er den Klavierlehrer erreicht und packte ihn am Arm.

»Was wollen Sie von mir?«, keifte Esposito. »Dringen hier einfach auf mein Grundstück ein, demolieren meine Einrichtung, zertrampeln meinen Garten …«

»Jetzt mal halblang, Sie Penner«, sagte Del Pino.

Esposito starrte ihn sprachlos an.

»Sie haben keinen Respekt vor dem Alter!«

»Ach ne.«

»Ich werde mich über Sie beschweren, das ist eine Unverschämtheit, so mit unbescholtenen Bürgern …«

»Ruhe!«, donnerte Di Bernardo, und Esposito verstummte schlagartig. »Sie werden uns jetzt einige Fragen beantworten, oder wir schaffen Sie nach Rom.«

»Ich habe Ihnen alles gesagt«, erboste sich Esposito.

»Nicht alles«, sagte Di Bernardo gefährlich leise und trat näher an den Mann heran. »Kennen Sie Michele Bertini?«

Und während er den Namen aussprach, sah er, wie das Blut aus Espositos Gesicht wich.

46

Der alte Lehrer zitterte am ganzen Körper. Was der Name eines toten Kindes bewirken konnte … Gerade so, als suchte ihn seine persönliche Nemesis heim. Eine, die er nicht vernichten konnte – so wie Emile, Cristina und Andrea.

Del Pino führte ihn nicht gerade zartfühlend zur überdachten Terrasse. Ein dunkler Vorhang hatte sich in dem offenen Spalt der Schiebetür verfangen. Di Bernardo hatte es nicht eilig, in ein Haus zu kommen, in dem er sich nicht auskannte. Also beschloss er, Esposito direkt an Ort und Stelle zu vernehmen.

»Setzen Sie sich auf den Stuhl«, forderte er Esposito auf und suchte nach dem Lichtschalter für die Hängelampe, die über dem weißen Tisch baumelte. Als er ihn fand und die Glühbirne hell erstrahlte, sprangen ihn die Farben rund um sie herum förmlich an: das Himmelblau der Wände, das Weißlila der sternengleich um die Pergola rankenden Passionsblumen und der rote Vorhang, der sich sachte in der Abendbrise bewegte.

Del Pino zog sich einen Stuhl heran und nahm rechts von Di Bernardo Platz, der es vorzog, stehen zu bleiben. Er belehrte den Klavierlehrer über seine Rechte, was dieser mit einem nervösen Blinzeln zur Kenntnis nahm.

»Michele Bertini. Was sagt Ihnen der Name?«

Esposito räusperte sich, so als traute er seiner Stimme nicht. »Michele … er war einer meiner Schüler«, sagte er schließlich.

»Erzählen Sie uns, was passiert ist. Und ich erwarte, dass Sie diesmal nichts auslassen.«

»Ansonsten belangen wir Sie wegen Behinderung der Justiz, wobei das ja Ihr kleinstes Vergehen zu sein scheint«, stellte Del Pino klar.

Espositos Blick hetzte von links nach rechts, als suchte er nach einer Möglichkeit zu entkommen.

»Wir haben die ganze Nacht Zeit«, sagte Del Pino und streckte die langen Beine aus.

»Nun gut«, sagte Esposito heiser. »Ich habe Sie angelogen. In Arezzo hatte ich nicht zwei, sondern drei Meisterschüler. Emile Gallois, Andrea Rossi und Michele Bertini. Als Michele zu mir kam, waren Andrea und Emile bereits ein Jahr bei mir. Sie beäugten den neuen Schüler kritisch, hielten ihn aber für keine wirkliche Konkurrenz.« Unsicher blickte er zu Di Bernardo, der ihn mit einem Nicken aufforderte weiterzureden.

»Michele war ein wenig linkisch, zurückhaltend und auffallend ernst. Wenn ich ihn lobte, wurde er rot und senkte den Kopf. Gerade so, als wollte er mein Lob gar nicht hören! Wenn ich im Gruppenunterricht fragte, wer als Erster spielen wollte, hob er niemals die Hand, sodass ich ihn verdächtigte, nicht genug geübt zu haben. Das sagte ich ihm auf den Kopf zu, und was tat er? Blickte zu Boden und murmelte eine Entschuldigung. Der Junge irritierte mich. Er war so verschlossen wie eine Auster. Ich musste ihn aufbrechen, um die Perle in seinem Innern hervorzubringen.« Der Mann wurde Di Bernardo von Minute zu Minute unsympathischer.

»Das hört sich etwas … martialisch an, finden Sie nicht?«

»Ach, und wenn jemand einen Diamanten schlägt und ihn anschließend schleift, bis er mit den fernen Sternen um die Wette funkelt – dann ist das etwa zartfühlend? Klavierspiel hat ebenso mit Handwerk zu tun wie jede Kunst.« Er reckte das

Kinn. »Mit Verlaub, wie ich meine Talente fördere, ist meine Sache, und der Erfolg gibt mir recht.«

»Ich weiß jetzt nicht, wie man einen Jungen, der in den Selbstmord getrieben wird, als Erfolg bezeichnen soll … von Rossi ganz zu schweigen …«, brummte Del Pino. »Aber erzählen Sie weiter.«

Esposito schien durch Del Pinos unverhohlene Kritik an Energie zu gewinnen; es gab Menschen, die liebten und lebten von Konflikten. Als er weitersprach, klang seine Stimme fester.

»Eines Tages stellte ich ihm ein Ultimatum: Entweder er beeindruckte mich, oder er würde nur noch eine gewöhnliche Einzelstunde pro Wochen bekommen. Emile und Andrea lachten schadenfroh; ich schickte sie fort. Dann setzte Michele sich an den Flügel, schloss die Augen und begann zu spielen – aus den *Liedern ohne Worte* von Mendelssohn. Ich war hellauf begeistert. Er hatte solch einen differenzierten Anschlag und eine derartige Ausdruckskraft, dass ich, wenn ich die Augen schloss, niemals gedacht hätte, ein Kind würde derartig interpretieren können. Und so sagte ich zu Emile und Andrea, sie sollten Michele zuhören und von seinem Spiel lernen. Das war ein Fehler.«

»Und wie machte sich dieser Fehler bemerkbar?«, wollte Di Bernardo wissen.

»Wie sich das bemerkbar machte? Die beiden sahen sich bedroht, und das ausgerechnet von einem Jungen, der beim Sprechen zu Boden sah und nicht zu wissen schien, wie man sich wehrte.«

»Hatte Michele keine anderen Freunde?«

»Dazu blieb ihm wenig Zeit. Ich unterrichtete die drei Jungen täglich, und sie mussten ja auch noch üben. Michele wirkte traurig und verschlossen, sodass selbst die Jungen, die Kontakt zu ihm mehr suchten, nicht mehr an ihn herankamen.«

»Und Sie kamen nie auf die Idee, mal mit den Adoptiveltern zu reden?«

»Die kamen ja auch nicht weiter mit ihm! Anfangs triezten die Jungen ihn, zogen ihn auf, wenn er sich mal verspielt oder ich ihn korrigiert hatte. Und er? Er ließ alles über sich ergehen.«

»Redeten Sie denn nicht mit den anderen Jungen?«

»Ich ließ sie gewähren. Tat so, als hätte ich nichts mitbekommen. Denn ganz ehrlich: Ich war und bin der Meinung, dass Kinder diese Dinge unter sich klären sollten.«

»Und das ging wie lange?«

»Nun ja. Vielleicht, bis sie zehn, elf wurden. Zu dem Zeitpunkt hatte Michele das eine Jahr Unterricht, das die anderen ihm voraushatten, längst aufgeholt. Nun wurde die Konkurrenz stärker, die Jungen spielten dieselben Stücke. Entsprechend herber wurden die Bemerkungen, die Emile und Andrea vom Stapel ließen. Manchmal weinte Michele. Dann lachten sie ihn aus, weil er weinte. Ich tröstete ihn und sagte: ›Vielleicht meinen die es nicht so.‹ Das ist ja auch ein schwieriges Alter. Emile und Andrea aber wussten längst, was sie wollten. Neben Talent ist Ehrgeiz immens wichtig, und den sollte Michele sich bei ihnen abgucken.«

»Lassen Sie mich raten. Ihre Rechnung ging nicht auf.«

»Nun ja, die Jungen kämpften bald mit härteren Bandagen. Noten mit seinen Fingersätzen verschwanden, beim Umblättern ließen sie den schweren Notenstapel auf seine Hände fallen. Einmal klappte der Flügel zu, und Michele prellte sich die linke Hand. Dann kreuzten Emile und Andrea so unglücklich seinen Weg, dass er vom Fahrrad fiel und sich den Ellbogen verstauchte.«

Fassungslos sah Di Bernardo den Klavierlehrer an. »Sie haben das alles mitbekommen und nichts dagegen getan? War Ihnen denn überhaupt nicht bewusst, dass Sie Andrea und Emile durch

Ihr Stillschweigen in ihrem abscheulichen Verhalten noch bestärkten?«

Esposito zog die Brauen zusammen. »Sagen Sie mir nicht, wie Kindererziehung funktioniert!«

»Doch, das tue ich. Mit Respekt, mit Anerkennung, mit Liebe. Mit klaren Regeln und einer Portion Großzügigkeit und Nachsicht. Aber doch nicht, indem man den Kopf in den Sand steckt, wenn ein Kind systematisch gequält wird. Und ein anderes zum Täter wird.«

Esposito funkelte den Commissario an.

»Als Sie von Andrea gesprochen haben, hatten Sie irgendwie mehr Schuldgefühle. Woran lag das?«, fragte der.

Noch immer entgegnete der Klavierlehrer nichts.

»Ha, ist ja klar«, warf Del Pino ein. »Sie wollten sich selbst über Ihre Schüler profilieren. Andreas Blamage fand in aller Öffentlichkeit statt, das kann Ihnen nicht gefallen haben. Eine Runde Mitleid kommt dann besser rüber, hm?«

Esposito schlug die Hände vors Gesicht. Erst nach einer ganzen Weile ließ er sie sinken. »Als es um das Rachmaninow-Konzert ging, hatte Michele gerade einen verstauchten Ellenbogen. Ich konzentrierte mich auf Andrea und Emile, und wie Sie sich vielleicht erinnern, gewann Andrea. Dann aber lernte Michele das Konzert so unglaublich schnell und spielte es so beseelt, so voller Gefühle, dass ich mich umentschied und ihm das Konzert am Theater versprach.«

»Das …« Di Bernardo war buchstäblich sprachlos.

»Natürlich beschwor das großen Neid und Enttäuschung auf Seiten der anderen herauf, aber ich sagte immer wieder zu Michele, dass Neid zum Preis des Erfolgs gehört. Neider sind ein Zeichen, dass man etwas erreicht hat. Und sagen Sie mir nicht, dass Sie das nicht von sich kennen.«

»Ich bin kein neidischer Mensch«, sagte Di Bernardo. »Man

kann sich immer auch für den Erfolg der anderen freuen, statt ihn diesen zu missgönnen.«

»Gutmenschen-Geschwätz«, murmelte Esposito. »In der Realität regiert das Gesetz des Stärkeren, das kann man jeden Tag überall beobachten. Ich jedenfalls sagte zu Michele, er solle sich durchsetzen oder eben der Schwächling bleiben, der er war. Was hätte ich denn sonst tun sollen, damit er belastbarer wurde? Seine Adoptiveltern fassten ihn mit Samthandschuhen an, das war meiner Ansicht nach ein großer Fehler.«

»Sie wussten, dass er dabei war, als seine Eltern hingerichtet wurden?«

»Ja, das haben mir die Adoptiveltern mal erzählt. Schrecklich, sicher.«

Di Bernardo schüttelte nur den Kopf. Michele tat ihm unsäglich leid. Die frühe Kindheit in der Mafiafamilie, der Tod der Eltern, dann diese Riesenbegabung und ein Mensch, der nicht mal mitbekam, wie er ihn immer weiter zerstörte. »Was geschah dann?«

»Nun ja, die Jungen gingen wohl etwas zu weit. Jetzt litten Micheles Leistungen darunter, er wurde nervös, kam manchmal nicht in den Unterricht, weil er sich nicht traute, über die Straße zu gehen.« Esposito sah Di Bernardo in die Augen. »Ich bin nicht herzlos, Commissario. Doch auch meine Geduld war nicht grenzenlos. Ich fragte ihn mehrmals, was denn los sei, aber er wollte partout nicht darüber reden. Da platzte irgendwann auch mir der Kragen, und ich sagte zu ihm, dass ich es mir noch mal überlegen würde mit dem Rachmaninow-Konzert.«

Di Bernardo ahnte, was als Nächstes kam, ihm wurde übel.

»In den folgenden Wochen hatte ich außerhalb von Florenz zu tun. Als ich zurückkehrte, war Michele nur noch der Schatten seiner selbst. Nachts konnte er kaum schlafen. Wenig später brach er im Unterricht zusammen und musste ins Krankenhaus. Ich konnte nur hoffen, dass Michele sich vor dem Konzert in Neapel erholen würde, und versuchte seine Adoptiveltern und Ärzte zu überzeugen, dass er das Konzert spielen solle. Es waren ja noch zwei Monate bis dahin.«

»Hatten Emile und Andrea sich in der Zwischenzeit denn etwas beruhigt?«

»Nein, Signore, und ich gebe zu, ich hätte bedachter vorgehen sollen, als er nach seinem Klinikaufenthalt in den Unterricht zurückkehrte. Eines Abends hörte ich mit, wie sie ihm drohten, ihm etwas anzutun, sodass er nie wieder spielen könnte. Anschließend verbrachte ich eine schlaflose Nacht und erkannte den Ernst der Lage. Am nächsten Morgen fuhr ich zu Michele. Aber ich kam zu spät. Er war bereits tot.«

»Mörder.«

Di Bernardo drehte sich zur Terrassentür. Dort stand Floria Dalmasso mit einer Waffe in der Hand und zielte auf Espositos Kopf.

Der Commissario sah zu Del Pino. Der starrte Floria nur fassungslos an. Gedankenfetzen schossen Di Bernardo durch den Kopf, ohne ein sinnhaftes Ganzes zu ergeben. Er versuchte zu erfassen, was sich ihm hier gerade auftat.

Dann plötzlich glitten die richtigen Steinchen seines Mosaiks an ihren Platz.

»Alma«, sagte er zu Floria, und es lag all die Erkenntnis, die Fassungslosigkeit und Traurigkeit in den zwei Silben, die sein Denken und Fühlen in diesem Moment fluteten.

Eben noch hatte er Esposito dafür angeklagt, Michele im Stich gelassen und seinen Tod mitverschuldet zu haben. Und jetzt stand er in der Pflicht, ausgerechnet diesen Mann zu verteidigen.

»Sie beide da«, sagte Floria hart. »Legen Sie Ihre Waffen nacheinander vor sich auf den Boden, und treten Sie sie zu mir. Machen Sie keinen Unsinn. Sonst ist dieses Ungeheuer hier tot.«

Di Bernardo kam ihrer Aufforderung betont ruhig nach, Del Pino folgte ihm. Dann warf er Del Pino einen winzigen Blick zu, der übernahm das Reden.

»Was machen Sie denn da mit der Waffe?«, fragte er. »Das wollen Sie doch gar nicht.«

»Und ob ich das will«, zischte Floria.

»Ist er es denn wert, dieser Mörder?«, hielt Del Pino dagegen.

»Ich bin kein Mörder!«, gab Esposito zurück.

»Ach, und Emile, Cristina und Andrea hat das Jesuskindchen zu sich geholt, oder was?« fragte Del Pino.

Entgeistert sah Esposito ihn an. »Andrea … er ist auch tot?«

Del Pino kniff die Augen zusammen, kurzzeitig war er aus dem Konzept gebracht und musterte den Mann vor sich. Dann huschte sein Blick zu Floria, und binnen eines Herzschlags verstand er.

»Verdammt. Sie sind Micheles Schwester …«

Die Schwester, die schlussendlich zurückgekehrt war, um den Mord ihres Bruders zu rächen. »A« für Angelo, »a« für Alma …

»Ist der da es wert, dass Sie sich die Finger schmutzig machen?« beschwor er sie.

»Halten Sie die Klappe«, sagte Floria, während ihr wachsamer Blick zwischen Del Pino und Esposito hin und her glitt. Di Bernardo bewegte sich wie in Zeitlupe um den Tisch herum. Dann hatte er Esposito erreicht und stellte sich schützend vor ihn – mitten in die Schusslinie.

Floria zielte nun auf ihn. »Gehen Sie zur Seite. Ich werde nicht zögern, abzudrücken.«

Di Bernardo schüttelte den Kopf. »Ich bleibe hier. Das ist mein Job.«

»Sie sind ein Dummkopf«, sagte sie.

»Mag sein«, gab er zurück. Er sah Florias Zeigefinger auf dem Abzug liegen. Sein Atem ging schneller, er zwang ihn zur Ruhe und atmete betont langsam aus. Hyperventilieren würde ihn nicht retten, es würde nur seine Panik schüren. Zentimeterweise schob er sich näher an sie heran, um sie mit einem Tritt entwaffnen zu können.

»Bleiben Sie stehen«, rief Floria, nun ganz auf ihn fixiert. Del Pino erhob sich langsam von seinem Stuhl. Unwillkürlich sah sie zu ihm, und das war Di Bernardos Chance!

Genauer gesagt wäre das seine Chance gewesen, wenn Esposito nicht ausgerechnet diesen Augenblick gewählt hatte, um sich im Schutz von Di Bernardos Rücken aufzurichten. Dann rannte der Narr tatsächlich los in Richtung Waldrand.

»Esposito! Auf den Boden!«, schrie Di Bernardo, aber der Klavierlehrer reagierte nicht auf seinen Befehl.

Floria jedoch zielte und drückte ohne zu zögern ab. Acht Meter von Di Bernardo entfernt ging Esposito zu Boden. Er selbst nutzte den Moment des Rückstoßes der Waffe, sprang vor und trat sie Floria voller Wucht aus der Hand.

Aus dem Augenwinkel bekam er mit, wie Del Pino zu Esposito rannte. »Arterielle Blutung!«, schrie er.

»Drücken Sie sie ab«, rief Di Bernardo. Er holte ein weiteres Mal mit dem Bein aus, drehte es leicht ein, beschrieb einen tiefen Bogen und landete einen Tritt in ihrer Kniekehle, sodass sie ins Straucheln geriet. Mit der linken Hand wollte er sie packen und zu Fall bringen, doch da holte sie mit dem Bein aus und trat zu. Instinktiv schützte er seinen Schritt, doch sie hatte es auf sein Schienbein abgesehen. Der Schmerz war gleißend, Di Bernardo schnappte nach Luft, beugte sich unwillkürlich vor und kassierte schon einen heftigen Schlag in den Nacken. Er atmete gegen den Schmerz an, blieb gebeugt, spannte seine

Muskeln und nutzte seinen Körper als Rammbock. Voller Wucht hielt er auf sie zu.

Er traf sie im Solarplexus, hörte, wie ihr die Luft entwich, nahm wahr, wie sie sich krümmte. Als er sie in den Klammergriff nehmen wollte, sah er ihn nicht kommen, den Hieb ihres Kopfes gegen sein Kinn. Für einen Moment sah er nur Sternchen, und der Schmerz brannte so sehr, dass er die Orientierung verlor. Er spürte mehr, als dass er es sah, wie sie sich nach ihrer Waffe bückte. Da hebelte er ihr mit letzter Kraft die Arme weg, drehte sie ihr auf den Rücken und ließ sich auf sie fallen. Ächzend lag sie unter ihm, trat rückwärts nach ihm, sodass er die Beine anwinkelte, um ihre zu fixieren. Wild warf sie den Kopf nach hinten und verpasste seine Nase um Zentimeter. Halb richtete er sich auf, um ihren blinden Angriffen zu entgehen, und fixierte sie mithilfe seiner Schulter und seines Kopfes.

Mit der Kraft der Verzweiflung startete sie den Versuch, sich zu drehen, aber der Hebel seines Körpers war stärker.

Wieder und wieder versuchte sie es, sich zu befreien.

»Es ist vorbei, Alma«, sagte er leise.

Er spürte, wie ihr Widerstand brach und sie einen Augenblick erschöpft liegen blieb. Mit einer Hand hielt er sich noch, zur Vorsicht, mit der anderen griff er nach den Handschellen und legte sie ihr an. Dann half er ihr hoch, setzte sie auf den Stuhl.

Und Alma begann zu reden. So viele Jahre hatte es gedauert, den Bruder zu finden; da war er längst tot. Sie sprach von Emiles entsetztem Blick, als er begriff, dass sie gekommen war, um ihren Bruder zu rächen. Gestand den Mord an Emile.

Erzählte von Cristina, mit der sie im Garten gestanden hatte, und wie der Hass in ihr so übermächtig geworden war, als sie erfahren hatte, dass diese Frau von Micheles Qualen gewusst hatte, und ihn lachend einen Schwächling nannte. Gestand, dass sie die betrunkene Cristina zu Boden gestoßen, den Kopf gegen den Beckenrand geschlagen und zugesehen hatte, wie sie auf den Grund des Pools gesunken war. Und sie erzählte von Rossi, wie er schon halbtot zur Tür hatte robben wollen und wie selbst dies ihren Hass nicht hatte mindern können, sodass sie ihm ein weiteres Mal in den Kopf geschossen hatte.

Und während Di Bernardo sie reden ließ, bis endlich der Krankenwagen und die Verstärkung aus Benevento kamen, sah er flüchtig eine andere Floria vor sich, eine, die in der Kirche stand, umkränzt vom Sonnenlicht, und Geige spielte. Wie konnte eine kaltblütige Mörderin den Menschen eine so himmlische Musik schenken?

Er wusste es nicht.

Er wusste nur, dass Floria es konnte.

47

Carcere Di Rebibbia, einige Tage später

Sie saßen einander gegenüber in dem kahlen Raum des Untersuchungsgefängnisses. Floria Dalmassos Anwältin hatte im Hintergrund Platz genommen.

»Ich halte mich zurück, meine Klientin wollte offen mit Ihnen reden«, sagte sie.

Di Bernardo hob die Schultern. »Ich bin immer noch der Commissario, und als solcher bin ich hier.«

»Ich weiß«, sagte Floria, »und es ist in Ordnung.« Sie legte die Hände nebeneinander auf den Tisch vor sich und spreizte die Finger. »Esposito verzichtet ausdrücklich auf eine Anklage«, erzählte sie.

Di Bernardo nickte. Das hatte Esposito ihm während der Vernehmung auch schon gesagt. Der Klavierlehrer hoffte wohl, seine Schuld gegenüber Michele auf diese Weise abzutragen. Di Bernardo fühlte sich in diesem Fall hin und her gerissen. Seine menschlichen Vorlieben, sein Bedauern über Micheles Schicksal, sein Schmerz angesichts der Geschichte der beiden Kinder war das eine; das andere war, dass drei Menschen ermordet worden waren und er mit beiden Beinen auf der Seite des Rechts stand.

»Ich möchte ganz ehrlich zu Ihnen sein«, sagte er. »Sie haben zwei Morde akribisch geplant, Cristina Gallois vermutlich im Affekt getötet und Esposito durch einen Streifschuss verletzt. Dabei bin ich mir sicher, Sie spüren längst, dass Ihr

Rachefeldzug Ihnen nicht die gewünschte Erleichterung gebracht hat.«

»Es war wie ein Sturm, und er hat eine Spur der Zerstörung hinterlassen.« Sie zuckte die Schultern.

»War es denn eine heilsame Zerstörung in Ihren Augen?«

»Zumindest sind diese beiden Monster nicht mehr unter den Lebenden«, sagte sie düster.

»Schade«, meinte Di Bernardo und lehnte sich zurück. »Schade, dass Sie es nicht erkennen.«

»Und was?«

»Dass Sie die Gewalt – das Erbe Ihres Großvaters – weitergeführt und hierher nach Rom, unter die Menschen getragen haben.«

Sie starrte ihn an, ihre Nasenflügel bebten.

»Ihr Vater hatte sich entschieden zu fliehen. Seinen heiligen Eid zu brechen. Sich mit der *famiglia* zu überwerfen. Ein hochriskantes Vorhaben! Er war nicht der Erste, der es versucht hat. Manche haben es überlebt, nicht viele. Und warum tat er das? Um seiner Familie willen. Er wollte, dass die Spirale der Gewalt aufhörte. Dass seine Frau und seine Kinder ein anderes Leben hätten.«

Noch immer starrte sie ihn an, unfähig, etwas zu sagen. Di Bernardo fuhr fort.

»Salvatore wusste, was passieren würde, wenn er bliebe. Dann hätte eines Tages Ihr Bruder in seine Fußstapfen treten müssen. Das verlangen die Rituale. So pflanzt sich das Morden fort.«

Ihre Lippen bebten, er ließ ihr etwas Zeit.

»Ich verstehe nicht viel von Musik«, sagte er dann. »Aber eines ist mir aufgefallen. Musik ist nicht nur Harmonie. Sie verdichtet sich, es bilden sich Spannungen, Disharmonien, die dann in eine neue Harmonie finden.« Er errötete, fühlte sich ein bisschen lächerlich, gerade mit ihr so zu reden. Doch vielleicht konnte er sie selbst mit diesem Gestammel so besser erreichen. »Die Art, wie sie zurückfindet, ist immer anders. Das Rachmaninow-Konzert ist voller Gefühle. Bei dem Stück von Bach war so viel Klarheit …«

Traurig sah sie ihn an. »Bach hatte die Stücke für Violine solo komponiert, nachdem seine Frau gestorben war. Die ersten Solostücke sind in Moll, die Sonate Nr. 3 ist in Dur. Ich habe mir oft gedacht, dass er glaubte oder vielleicht eher hoffte, seine Trauer mit dieser Sonate überwunden zu haben. Daher die Takte voller Klarheit. Aber ganz … ganz kann man das wohl nicht.«

Di Bernardo schwieg nun seinerseits, verstand auf einmal seine Sehnsucht nach dem Largo, das er seither jeden Abend vor dem Einschlafen gehört hatte.

»Sehen Sie«, sagte er und lächelte traurig.

Sie sah ihn an, ihr Gesicht ein Spiegel des seinen. »Ich glaube, ich verstehe, was Sie meinen … Dass ich eine andere Sprache als die der Gewalt hätte finden sollen.«

Er nickte, dann sagte er: »Das meint man mit Schuldeingeständnis. Damit, eine Schuld abzugelten. Wenn Sie verurteilt werden, dann geht es nicht darum, Ihnen mit dem Strafmaß Lebenszeit zu stehlen, sondern Ihnen die Möglichkeit zu geben, die Gewalt hinter sich zu lassen. Sie können nicht wiedergutmachen, was geschehen ist. Genauso wenig wie Ihre Taten Ihren Schmerz wiedergutmachen konnten. Aber Sie haben auch andere Menschenleben zerstört. Wenn jemand stirbt, gibt es fast immer jemanden, der diesen Menschen liebt. Ihn braucht.« Er dachte an Azzaria, wie er allein in der Kirche gekniet hatte.

»Deswegen will ich keine Strafminderung«, sagte sie und spannte den Kiefer an. »Das verdiene ich nicht.«

»Da würde ich vorsichtig widersprechen.«

Sie lachte bitter. »Haben Sie noch immer nicht herausgefunden, dass wir uns vorher schon begegnet sind?«

Er verengte die Augen. Die vergangenen Tage liefen wie im Zeitraffer vor seinen Augen ab. Die Spanische Treppe, Borgheses Anruf. Die halsbrecherische Fahrt zum Parco della Musica. Dann dämmerte es ihm. »Sie waren die Joggerin, der wir begegnet sind.«

»Ihr Ispettore hat mir etwas zugerufen, er war nett. Ich habe trotzdem nicht gezögert, die Bombe zu zünden.«

Di Bernardo spürte einen Ansturm von Gefühlen. Wenn Del Pino etwas passiert wäre … oder ihm … Seine Gedanken wanderten für den Bruchteil einer Sekunde zu Alberto. Dann schüttelte er den Kopf. Gewalt war keine Lösung, war niemals die richtige Antwort.

»Sie waren das auch in Coppedè«, sagte er schließlich, als er sich an das stechende Gefühl im Nacken erinnerte. Die Gruppe asiatischer Touristinnen … Und er war so naiv gewesen, Rampini für eine von ihnen zu halten.

»Es hätte mir gleich auffallen sollen, dass Sie nicht in die Gruppe der Asiatinnen passten. Nicht mit Ihren Locken.«

Sie atmete hörbar aus. »An dem Tag fand ich es amüsant. Es war gefährlich, Ihnen so nahe zu kommen.«

»Es fühlte sich an, als stünde ich im Fadenkreuz.«

»Das taten Sie auch, Commissario. An dem Tag schon.«

»Und wann änderte sich das?«

»Als ich Sie in der Bar traf, wo auch Esposito war. Da sah ich die Menschen in Ihnen, gute Menschen. Für einen Moment war die Welt voller Farben.« Sie schüttelte den Kopf. »Ich glaube, meine Mutter hatte das mal gesagt … über den Tag, als sie meinen Vater kennenlernte.«

»Denken Sie noch mal nach, ob Sie wirklich keine Strafminderung beantragen sollten. Ich bin sicher, dass Sie mit Ihrer

Musik mehr heilen, mehr bewegen können, als wenn Sie im Gefängnis sitzen und irgendwelche Arbeiten verrichten. Und damit bin ich nicht allein.«

Sie legte den Kopf schief.

Er zog einen Brief aus seiner Tasche, Borghese hatte ihn ihm zähneknirschend überlassen. Offenbar hatte der Questore noch immer das Gefühl, etwas wiedergutmachen zu müssen.

»Er gehört Ihnen. Ich lasse Sie nun allein damit.«

Mit diesen Worten wandte er sich zum Gehen.

Er kannte den Inhalt des Briefes, er war von Michele. Vielleicht gelang es ihm ja über die Jahrzehnte, über die Grenze zwischen Leben und Tod hinweg, ihr Herz zu berühren und ihr Gewissen zu wecken. Und das Erbe der Gewalt auszuschlagen.

Arezzo, 31 Oktober 1994

Liebste Alma,

ich weiß nicht, ob dieser Brief dich eines Tages erreichen wird. Ich wollte so gerne stark sein, auf den Tag warten, an dem wir uns wiedersehen. Jetzt aber frage ich mich, ob du nicht längst zusammen mit Mama und Papà auf mich wartest, dort, wo alles Musik ist.

Wenn du aber noch lebst und diese Zeilen liest, dann verzeih mir. Es ist Nacht, und ich bin wieder allein. Ich kann nicht mehr. Es ist dunkel, und mit der Dunkelheit verschwindet meine Hoffnung, dass ich mich je wieder besser fühle. Weißt du, ich sollte Rachmaninow spielen, das Zweite Klavierkonzert, in Neapel. Ich, dein kleiner Bruder, stell dir das mal vor! Ich hätte dich so gern stolz gemacht. Aber auch andere wollen es spielen, sie quälen mich, und ich bin ein leichtes Opfer. Ich würde gerne kämpfen, aber ich kann es einfach nicht. Es ist so, als wäre ich plötzlich gelähmt. Ich habe schreckliche Angst, so zu werden wie unser Großvater. Das will ich nicht, niemals! Und deshalb schweige ich, wenn jemand mich mit Worten angreift, und ich schlage nicht zurück, wenn sie die Fäuste sprechen lassen. Sie halten mich für schwach und dumm. Vielleicht bin ich es ja. Doch ich habe nie jemandem absichtlich wehgetan.

Sei nicht böse auf sie. Sie haben auch Angst, und sie wissen nicht, was du und ich wissen. Was Gewalt anrichten kann.

Nun bin ich in Gedanken wieder auf der Straße, wo unsere Eltern starben. Es ist dunkel und kalt, wir zittern. Ich nehme alle Schlaftabletten auf einmal, die ich im Krankenhaus bekommen und im Schrank meiner Pflegeeltern gefunden habe. Ich spüre, wie du meine Hand nimmst und mich tröstest, so wie damals. Und ich hoffe, ich wache in einer Welt wieder auf, die voller Farben ist und wo ich euch alle wiedersehe.

Dein Angelo

Epilog

Bocca della Verità, Rom, 2. Juni 2018

Di Bernardo verstand nicht ganz, warum Giorgia unbedingt hierher wollte. Nachdem er sie am Bahnhof abgeholt hatte, hatten sie ihren Koffer im Wagen verstaut und waren an den Tiber gefahren, um am Fluss entlang spazieren zu gehen, den anderen sondierend und später dann untergehakt.

Die Schlange der wartenden Touristen an der Basilika *Santa Maria in Cosmedin* reichte bis weit auf die angrenzende Piazza hinaus. Eigentlich hatte Di Bernardo sich eine kleine Taverne in einer Seitengasse des Pantheons überlegt, deren Terrasse sonnenbeschienen war und von Wein berankt. Doch Giorgia hatte ausgerechnet auf der Bocca della Verità bestanden, diesem hässlichen steinernen Relief in der Vorhalle der Kirche, von dem manche Historiker behaupteten, es hätte mal als Abdeckung der Cloaca Maxima gedient. Mindestens fünfzig, wenn nicht sogar mehr Menschen standen vor ihnen in der Schlange, und jeder Einzelne hatte nur ein Ziel: nämlich ein Foto von sich zu machen, todesmutig mit der Hand in dem steinernen Maul. Und das alles wegen der Legende, die besagte, dass einem die Hand abgeschlagen wurde, wenn man log. Ab und an kreischte jemand auf und sorgte für einen kleinen, angenehmen Schauer, doch bisher waren alle Gliedmaßen drangeblieben.

Di Bernardo betrachtete Giorgia von der Seite. Ihr Haar hatte einen intensiveren Rotstich, und sie hatte ein wenig zugenommen, was ihre Züge weicher wirken ließ. Er fühlte sich nach wie vor zu ihr hingezogen, doch es war nun mal so eine Sache mit dem Vertrauen. War es einmal verletzt, konnten auch ein noch so ehrliches Wort Zweifel nach sich ziehen. Der Spruch stammte von Roberto, der ihn irgendwo aufgeschnappt hatte: in seinen eigenen Gedanken, einem Flirtratgeber oder dem Internet.

»Was ist mit der Wohnung im Brera-Viertel? Hast du den Vertrag schon unterschrieben?«, fragte er und ärgerte sich ein bisschen über sein Herz, das zu pochen begonnen hatte.

Sie strich ihm über den Arm. »Noch nicht«, sagte sie.

Forschend sah er sie an. »Was hält dich davon ab?«

Sie verzog den Mund zu einem sphinxhaften Lächeln. »Mal sehen«, sagte sie nur.

Warum fiel es ihm nur so schwer, in ihren Zügen zu lesen?

»Hör zu, ich weiß, es war ein Fehler, dir nicht davon zu erzählen. Ich wollte vermeiden, dass du denkst, ich spiele bloß mit dir. Ich glaube, ich habe es … wie sagt Alberto immer?«

»Verkackt«, sagte Di Bernardo lachend.

Während ihre Blicke sich einen Atemzug lang trafen, spürte Di Bernardo plötzlich einen Schubs im Rücken und fuhr instinktiv herum. Die Frau hinter ihm deutete geradeaus, auf das steinerne Gesicht.

»Wir sind schon an der Reihe«, rief Giorgia und zog ihn mit sich. Dann griff sie nach seiner Hand, um sie in das steinerne Maul zu schieben. Di Bernardo spürte, wie er eine Gänsehaut bekam. Natürlich war das hier und heute ein Aberglaube, aber die Luft war voll davon, sodass man sich ihm gar nicht entziehen konnte. Und dann gab es ja auch die tausend kleinen Notlügen, die seine Lage prekärer machten. Giorgia hatte ihre Kamera gezückt und hielt sie auf ihn.

»So, Dionisio, und jetzt beantworte mir die Frage, ob du mich noch liebst.«

Er saß in der Falle! Ein Schweißtropfen bildete sich auf seiner Stirn, dann musste er lachen. Das war verrückt, das war … das war … Giorgia eben.

Er sah sie an und wusste einfach nicht, was er sagen sollte, hier, mit einer Schlange neugieriger Touristen im Rücken, die sie mit einer Mischung aus Neugier und Ungeduld beobachteten. Ich weiß es nicht, das war die Wahrheit. Aber ganz bestimmt keine, die sie hören wollte. Wenn die Bocca della Verità von einer Frau wie ihr konstruiert worden wäre, dann würde Wahrheit sich als das definieren, was am meisten schmeichelte.

Im nächsten Moment klingelte sein Telefon. Reflexhaft zog er die Hand aus dem steinernen Schlund.

»Di Bernardo?«, ertönte Borgheses Stimme, und er konnte sich nicht erinnern, sich jemals so gefreut zu haben, den Questore zu hören.

»Wir haben einen Zeugen aus Capena. Ein Nigerianer, er sagt, er sei bedroht worden. Er will reden.«

»Ich mach mich auf den Weg«, sagte er.

Giorgia sah ihn an. »Was ist los?«

»Ein Zeuge im Mordfall an der Spanischen Treppe. Der dritte Afrikaner, der bedroht wurde.«

Giorgia steckte den Fotoapparat in die Tasche. »Dann lass uns hinfahren«, sagte sie.

»Du kommst mit?«, fragte er überrascht. »Du bist nicht sauer?«

»Nur wenn du schwindelst. Wenn du Alberto vorschiebst oder so.«

»Ich? Das habe ich noch nie gemacht«, sagte er, insgeheim froh darüber, dass seine Hand nicht mehr in dem Mund der Wahrheit steckte.

»Glaub ja nicht, dass du um die Frage herumkommst«, flüsterte sie ihm ins Ohr, und dann lief sie voran, dem Auto entgegen.

ENDE

Nachwort

Als ich noch ein Kind war, konnten sich meine Eltern, beide großartige Musiker, am Anfang nicht festlegen, welches Instrument ich spielen sollte. Mein Vater, ein Violinsolist, wünschte sich kurioserweise, dass ich Pianistin würde. Meine Mutter, eine Pianistin, tendierte dagegen zur Violine. Ich selbst spielte gerne beides, bis meine Mutter schließlich ihren Wunsch durchsetzte. Noch nie habe ich diese Entscheidung bereut. Mit einer einzigen Ausnahme: Als Geigerin kann ich die fabelhafte, atemberaubende Klaviermusik von Sergej Rachmaninow nicht spielen. Und so bin ich noch heute auf die Pianisten, die mit dieser fantastischen Musik auftreten, im guten Sinne neidisch. Dazu kommt , dass Rachmaninow nie ein Violinkonzert komponiert hat.

Das Zweite Klavierkonzert von Rachmaninow Op. 18 und dessen Geschichte haben mich immer schon besonders berührt. Es fiel mir nicht einfach zu glauben, dass der russische Komponist noch kurz vor der Entstehung dieses genialen Werkes schwer depressiv gewesen war und sich nach dem Rat seiner Verwandten einer Hypnosetherapie bei dem Neurologen Nikolai Dahl unterzog. Bei der Hypnose sagte der Neurologe immer wieder, dass Rachmaninow »ein Konzert von exzellenter Qualität schreiben« würde. Kurz nach der Therapie entstand tatsächlich das berühmte Klavierkonzert Nr. 2, das der Komponist seinem Arzt widmete.

Aus Liebe zu Rachmaninow habe ich entschieden, die musikalischen Fragmente in diesem Roman ihm zu widmen. Schließlich geht es in der Geschichte um das Schicksal gleich mehrerer Pianisten. Hier möchte ich mich ganz besonders bei meiner Mutter Yolanta bedanken, die mir Rachmaninows Musik als Erste nahebrachte; ihre Interpretationen werden immer in meinen Ohren und meinem Herzen bleiben.

Auf Grund meiner zahlreichen Lese- und Konzertreisen entstand »Römisches Finale« in mehreren Ländern: von zu Hause im Tessin über Arkansas in den USA bis Kapstadt in Südafrika. Eine besonders intensive Woche hat es in Athen gegeben, wo ich dank meiner Tante Natalia (Talissimo) und Onkel Alexis die idealen Bedingungen zum Schreiben hatte.

Auch in dieser Geschichte entschied ich mich für die Szenen aus einer Zeit, die etwas länger zurückliegt. Die Verbindung zwischen Rom und Kalabrien ergab sich aus einem tragisch-dramatischen Grund: der immerwährenden Präsenz der Mafia. Das Ritual der kalabrischen Ndrangheta, wie im Prolog beschrieben, ist auf wahren Begebenheiten aufgebaut, wobei ich mir die Freiheit erlaubt habe, es an die Taufe Salvatores anzuhängen.

Persönlich habe ich Kalabrien, ihre warmherzigen Bewohner und das aufmerksame Konzertpublikum bereits auf meinen ersten Reisen nach Cosenza, Reggio Calabria, Catanzaro, Locri und Gerace ins Herz geschlossen. Und auch wenn ausgerechnet diese Region leider oft mit der Ndrangheta in Verbindung gebracht wird, haben die kalabrische Kultur wie auch die dortige Natur Natur viel Großartiges zu bieten.

In bester Erinnerung sind die Erkundungen mit meinem lieben Freund Francesco Nicita, der mir während der Reisen das Schönste von seinem Land zeigte. Was die lokalen Snacks und Getränke betrifft, so kann ich den Kalabrien-Reisenden unter anderen nur zu gern eine *Muzzunata, Granita calabrese di man-*

dorle sowie *Polpette di melanzane* (eine Art Auberginen-Bällchen) empfehlen!

Es liegt mir am Herzen, noch einen besonderen Protagonisten zu erwähnen. Pioppo, der wunderschöne grau getigerte, dreibeinige Kater, um den sich Federica kümmert, wurde in Wirklichkeit von mir vor zwei Jahren auf Distanz adoptiert. Unnötig zu sagen, wie glücklich es mich macht, ihn während meiner Rom-Besuche gesund und munter wieder zu sehen. Pioppo und viele andere Katzen leben in der *Colonia Felina di Torre Argentina* und freuen sich immer auf Besuch und Unterstützung.

Allen Lesern und Buchhändlern, die sich einen zweiten Fall für Commissario Di Bernardo gewünscht haben, danke ich vom Herzen. Nach der »Tödlichen Sonate« hatte ich selbst das Gefühl, dem Commissario und seinem Team wie alten Freunden wiederzubegegnen. Wie im realen Leben auch haben die Figuren in der Zwischenzeit weitergelebt, haben sich entwickelt, zeigen alte und neue Marotten und haben sich Neues einfallen lassen. So hat es sich zum Beispiel ergeben, dass Roberto Del Pino sich eine E-Mail-Adresse (rdpiii@yahoo.com) zugelegt hat. Wer neugierig sein sollte, dem kann ich versichern, dass diese Adresse existiert, und wer weiß, vielleicht schaut Roberto ja auch mal in seinen Account, ob er Post bekommen hat... ☺

Danke sagen möchte ich ...

Meinen Eltern, die mich immer und überall, mit oder ohne Schreiben, mit oder ohne Musik, dafür immer mit ganz viel Liebe, unermüdlich unterstützen!

Meinem Freund Manrico, ganz einfach für so vieles.

Angela Kuepper, meiner besonderen Freundin. Wie Fräulein Smillas' einzigartiges »Gespür für Schnee«, genauso präzise und tief ist Dein Gespür für die Geschichte und Protagonisten, multipliziert mit einem herrlichen Humor und vielem mehr!

Dem fantastischen Team vom Heyne Verlag, u.a. Doris Schuck und Margarete Ammer für einen traumhaften Einsatz. Und allen voran der Verlagsleiterin Anke Göbel. Vom ersten Tag an war und ist die Arbeit mit Dir schlechthin beflügelnd!

Meiner wunderbaren Lektorin Claudia Wuttke: für die tolle Arbeit am Manuskript und für die inspirierenden Gespräche, die unsere gemeinsame Beschäftigung begleiteten.

Meiner Agentur, der Agence Hoffman, und meinem Agenten Dr. Uwe Neumahr, die mir einen spannenden Weg in die neue Literaturwelt eröffnet haben.

Meiner Tante Serenella, die mir ihre Wohnung in Rom jederzeit zur Verfügung gestellt und die »ewige Stadt« längst zu meinem Zuhause gemacht hat!

Den virtuosen Pianisten und Freunden Kira Ratner und David Michael Wolff, die für mich persönlich Rachmaninow »on demand« gespielt und für Inspirationen für das »Römisches Finale« gesorgt haben.

Dr. Judith Volmer (Neurologie) und Dr. Christina Bartsch (Rechtsmedizin), die mir mit ihrer medizinischen Expertise jederzeit zur Seite gestanden haben.

Dave Loughran – Du weißt schon, wofür!